GW01185766

«Bei aller Hochschätzung für Herrndorfs Romane – sein Blog *Arbeit und Struktur* steht ihnen an literarischem Rang nicht nach. Es gibt in der Geschichte der Tagebücher nichts, was ihm gleichkäme an Takt, Wärme, dunklem Witz, Sarkasmus und stillem Grauen.» (Michael Maar)

Wolfgang Herrndorf, 1965 in Hamburg geboren und 2013 in Berlin gestorben, hat ursprünglich Malerei studiert. 2002 erschien sein Debütroman «In Plüschgewittern», 2007 der Erzählband «Diesseits des Van-Allen-Gürtels», 2010 und 2011 folgten die Romane «Tschick» und «Sand». Nachdem Wolfgang Herrndorf 2010 an Krebs erkrankt war, begann er unter dem Titel «Arbeit und Struktur» ein Tagebuchblog, «in dem manche sein eigentliches Hauptwerk erkennen», so Felicitas von Lovenberg in der «Frankfurter Allgemeinen Zeitung».

Wolfgang Herrndorf

ARBEIT UND STRUKTUR

Rowohlt Taschenbuch Verlag

Veröffentlicht im Rowohlt Taschenbuch Verlag,
Reinbek bei Hamburg, April 2015

Umschlaggestaltung any.way, Cathrin Günther,
nach einem Entwurf von Anzinger | Wüschner | Rasp, München
Umschlagabbildung Jacob Isaackszon van Ruisdael,
«Ansicht von Haarlem mit Bleichfeldern», ca. 1650–1682,
Rijksmuseum, Amsterdam/Legat von L. Dupper Wzn.,
Dordrecht
Satz Adobe Garamond PostScript, InDesign
Gesamtherstellung CPI books GmbH, Leck, Germany
ISBN 978 3 499 26851 9

Das für dieses Buch verwendete FSC®-zertifizierte Papier
Lux Cream liefert Stora Enso, Finnland.

ARBEIT UND STRUKTUR

DÄMMERUNG

Ich bin vielleicht zwei Jahre alt und gerade wach geworden. Die grüne Jalousie ist heruntergelassen, und zwischen den Gitterstäben meines Bettes hindurch sehe ich in die Dämmerung in meinem Zimmer, die aus lauter kleinen roten, grünen und blauen Teilchen besteht, wie bei einem Fernseher, wenn man zu nah rangeht, ein stiller Nebel, in den durch ein pfenniggroßes Loch in der Jalousie bereits der frühe Morgen hineinflutet. Mein Körper hat genau die gleiche Temperatur und Konsistenz wie seine Umgebung, wie die Bettwäsche, ich bin ein Stück Bettwäsche zwischen anderen Stücken Bettwäsche, durch einen sonderbaren Zufall zu Bewusstsein gekommen, und ich wünsche mir, dass es immer so bleibt. Das ist meine erste Erinnerung an diese Welt.

Angeblich wächst die Sentimentalität mit dem Alter, aber das ist Unsinn. Mein Blick war von Anfang an auf die Vergangenheit gerichtet. Als in Garstedt das Strohdachhaus abbrannte, als meine Mutter mir die Buchstaben erklärte, als ich Wachsmalstifte zur Einschulung bekam und als ich in der Voliere die Fasanenfedern fand, immer dachte ich zurück, und immer wollte ich Stillstand, und fast jeden Morgen hoffte ich, die schöne Dämmerung würde sich noch einmal wiederholen.

EINS

8. 3. 2010 13:00

Gestern haben sie mich eingeliefert. Ich trug ein Pinguinkostüm. Jetzt habe ich einen Panoramablick über ein trapezförmiges Stück Spree, den Glaszylinder des Hauptbahnhofs, einen Kanal und klassizistische Gebäude. Auf dem Mäuerchen um die Neuropsychiatrie herum sitzt eine Schulklasse. Mein Bedürfnis, unter Zucken und Schreien einen Zettel durchs Fenster hinunterzuwerfen, wächst: «Hilfe! Ich bin nicht verrückt! Ich werde gegen meinen Willen hier festgehalten! Das mit dem Pinguin war nur ein Scherz, ihr könnt Marek fragen oder Kathrin!» Aber erstens kann man die Fenster nicht öffnen, und zweitens, fürchte ich, würden sie den Witz nicht kapieren.

Gestern noch lag ich auf der Psychiatrie, ich kann mich aber nicht mehr an viel erinnern, außer an den sehr unaufgeregten Morgenkreis. Eine Patientin wollte für eine andere beten, die sich umgebracht hatte, es wurde aber entschieden, das im Stillen zu tun, jeder für sich. Und an den Zimmergenossen Iwan erinnere ich mich und an die Frage: «Darf ich das Bild über deinem Bett verändern?» Klar, warum nicht. Dann Verlegung.

Gespräche mit den Ärzten laufen darauf hinaus, dass sie versuchen, mir Erinnerungslücken nachzuweisen, weil ich mich an sie und ihre Namen nicht erinnere. Mich nennen sie grundsätzlich Hernsdorf.

Tests vom Kaliber «Ich sage Ihnen drei Gegenstände: Ten-

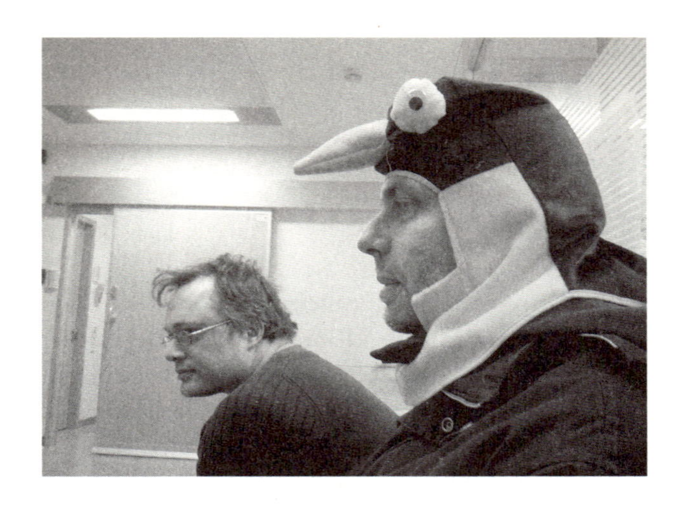

nisschläger, Apfel, Omnibus. Was ist dreizehn zum Quadrat? Fünfzehn zum Quadrat? Was waren die drei Gegenstände?» bestehe ich aber. Die Gespräche kommen mir mehr als einmal wie Dialoge aus dem Krimi vor, an dem ich die letzten Jahre gearbeitet habe. Der beginnt mit einem Mann, der ungeheuere Kopfschmerzen hat, dann wird ihm der Schädel eingeschlagen, er erleidet eine Totalamnesie und unterhält sich achtzig Seiten lang mit einem Psychologen, der ihm erklärt, dass man von einem Schlag auf den Kopf keine Amnesie bekommt. Am Ende stirbt er.

«Fällt Ihnen auf, wie schnell Sie sprechen?»

Ja, ich denke aber auch schnell. Ich schreibe auch schnell, ungefähr dreimal so schnell wie sonst, und zehnmal so viel.

9. 3. 2010 17:00

Als es nachmittags anfängt, süßlich zu riechen und ich im Gemeinschaftsraum ein junges Mädchen am Waffeleisen entdecke, kriege ich einen kleinen, privaten Lachanfall. Sieben oder acht Patienten bekommen reihum Herzchen mit Puderzucker. Die Leute sind sehr freundlich. Außer mir sind alle sediert.

Die ältere Frau, deren Essen von Scientology vergiftet wird und die bedrohliche Symptome entwickelt (sonst wäre sie wohl auf der Psychiatrie und nicht auf der Neuropsychiatrie), protokolliert minuziös ihren Tagesablauf. Ihr Essen. Sie ist witzig und beredt, und ich frage sie: Sind wir verrückt, weil wir alles aufschreiben, oder schreiben wir alles auf, weil wir verrückt sind? Man sieht, ich nehme doch besser meinen Roman in Angriff als einen Aphorismenband.

Zum Lesen und Schreiben sitze ich an dem kleinen Tisch mit Spreeblick direkt vor ihrem Einzelzimmer, und wenn sie an mir vorbeikommt, nennt sie mich Schatzi und schenkt mir ein Duplo: «Originalverpackt.» Das erste Duplo werfe ich in eine Zeitschrift gewickelt in den Papierkorb. Kuchen, Schokolade und weitere Duplos, die in den nächsten Tagen folgen, esse ich. Und nein, ich glaube nicht an die Sache mit Scientology. Meine Amateurdiagnose war Münchhausen oder so was. Aber ich muss es nicht herausfinden.

10. 3. 2010 9:00

Lars fährt mich zum Planungs-CT, eine Kunststoffmaske wird angefertigt, damit bei der Bestrahlung mein Kopf fixiert ist. Anschließend gehen wir in ein Schreibwarengeschäft und sind beide der Ansicht, dass Schreibwarengeschäfte mit die tollsten Geschäfte sind.

11. 3. 2010 0:30

Heftiger Kopfschmerz und abermals positive Gedanken, die in der Nacht von der Festplatte gelöscht werden wie alle positiven Gedanken zuvor. Unter unendlicher Anstrengung baue ich die Gedankenkette wieder zusammen und gehe auf Zehenspitzen auf Toilette, um sie aufzuschreiben. Im Moleskine steht am nächsten Morgen: «1. Den andern mitteilen, die Todesangst sei vorüber. 2. Aus dem Widerstand gegen den Gedanken seine Richtigkeit ableiten. 3. Leichter Kopfschmerz bleibt. 4. Werde dennoch ohne Tavor schlafen, womit 2. seine Bestätigung erfährt.» usw.

Später noch mehr Gedanken ähnlicher Art, diesmal schreibe ich unter der Bettdecke im Licht des Handydisplays, um meinen Zimmernachbarn nicht zu wecken.

11. 3. 2010 10:00

Verabredung mit dem Waffelmädchen zum Tischtennis. Im Innenhof gibt es eine Platte, und die Sonne scheint. X. hat verwirrende Ähnlichkeit mit Ira, Mimik und Stimme fast komplett, aber auch Gesprächsführung, Interessen, teilweise Aussehen.

Mein Sichtfeldausfall macht sich nicht bemerkbar. Wir zählen keine Punkte, auch geschmettert wird nicht, die Gefahr ist zu groß: Der Ball ist alt, und es ist der einzige auf der Psychiatrie. Nur schnelles, kontemplatives Hin- und Herspiel, dazwischen gelegentlich Stillstand, da gleichzeitig konzentrierter Austausch der Biographien, der Ereignisse rund um den Anfall. Dabei so starke Übereinstimmung des gegenseitig mitgeteilten Wahns (X.: Beherrscherin der Sonne, ich: Seher der Zukunft. X.: Unendliche Funktion gelöst, ich:

Die Weltformel ein endloser Zirkelschluss etc.), dass ich, der ich immer noch keine klare Diagnose habe (Manie wurde mittlerweile ad acta gelegt), einfach mal ihren Befund anprobiere: Schizoaffektive Störung. Um zu gucken, wie sich das anfühlt. Schizoaffektive Störung. Und wie fühlt sich das an? Manie infolge Schlaflosigkeit infolge Todesangst war mir lieber.

Längere Ballwechsel, und dann geht es rasant über die Dörfer. X. hat gerade Nietzsche komplett. Wir kommen von Heidegger (fraglich) über Grass (Arschloch) zu Salinger (groß) und Piaget (groß). Die Sonne wärmt, wir freuen uns an der Übereinstimmung und rufen die Namen großer Geister. Jetzt bin ich endgültig in der Klapse angekommen.

Ebenfalls im Garten anwesend: 1 Maiglöckchen, einige Krokusse, später zwei Blaumeisen.

Hier wohne ich jetzt also.

ZWEI

11. 3. 2010 15:00

Sitze im Garten in der Sonne mit Dostojewskij, Der Spieler. Mein bester Freund Rolf Müller empfahl mir das Buch, als ich noch irgendwo zwischen Enid Blyton und Karl May steckte. Als ich es dann mit Mitte zwanzig las, fand ich es deutlich schwächer als die anderen Dostojewskijs. Jetzt bin ich so begeistert von den ersten acht Sätzen, dass ich nicht weiterlesen kann. Die superelegante und indirekte Mitteilung der Informationen, das perfekte Handwerk. Wer es übersetzt hat, steht leider nicht dabei. Kunstleder, seinerzeit im Billigangebot: Sieben Russen zum Preis von einem.

> Copyright WELTBILD
> Mit Genehmigung der Recht-Inhaber
> Herstellung: SVS, Stuttgart
> Printed in Austria

Das ist alles, und das alles war wichtiger als der Übersetzer. Während ich lese, verzweifeltes Schluchzen aus dem Gebäude neben mir. Das Gefühl, es könne jemand von unserer Station sein, jemand, dessen Gesicht ich aus dem Gemeinschaftsraum, vom Essen, kenne, ist zutiefst deprimierend.

Dann sich verdichtende Angst, es könne X. sein. Ich gehe auf Station, um Tee nachzuholen, begegne der Ärztin-Praktikantin und stelle so neutral wie möglich die Frage (nachdem ich darauf hingewiesen habe, dass mich das Schluchzen beim

Lesen *störe*), ob es jemand von unserer Station sein könnte. Die Ärztin-Praktikantin verneint und fügt hinzu: «X. ist es jedenfalls nicht. Die ist ausgegangen.»

11. 3. 2010 20:00

Abends ist es ruhig. Wer wach ist, sieht im Gemeinschaftsraum fern, über das Programm wird abgestimmt. Ich trinke Tee und lese. Raise High the Roof Beam, Carpenters.

11. 3. 2010 20:11

Einer geht immer auf und ab. Das ist der Traurigste.

12. 3. 2010 2:30

Zolpidem reduziert. Mache im Bett Yoga-Übungen in Erinnerung an die einzige Stunde Yoga, die ich vor 27 Jahren im Rahmen einer Projektwoche am Gymnasium bei der Mutter von Anja Kranz machte. Jeder Körperteil einzeln ansprechbar. Konzentriert entspannen. Danach zwar immer noch schlaflos, aber entspannt und schwer wie Blei. Unser Projekt damals hieß Gesundheitswoche, und ich hatte mich dafür gemeldet, weil ich dachte, dass B. daran teilnehmen würde, die sich das ausgedacht hatte. Sie machte dann aber Skifahren, und ich ernährte mich eine Woche von Gemüse und lernte Yoga.

12. 3. 2010 4:50

Was macht mein Zimmernachbar da eigentlich? Zähneknirschen?

12. 3. 2010 5:00

Wach. Aufstehen. Draußen Schnee. SCHNEE. Eine dünne, weiße Schicht über dem Garten zwischen den roten Ziegelbauten aus wilhelminischer Zeit. Arbeite im Gemeinschaftsraum. Sonst ist keiner wach.

Muss für die Ärzte Stimmungstagebuch führen, jeweils um 8, 13, 19 Uhr Check: Bin ich sehr fröhlich, fröhlich, mittel, bedrückt, sehr bedrückt? Durchgehend «sehr fröhlich» und ein durchgestrichenes und durch «sehr fröhlich» ersetztes «fröhlich» bisher. Da die Kategorie «hocheuphorisch» fehlt, die ich während jener Tage hätte ankreuzen müssen, vermute ich, dass sich hinter dem Begriff «sehr fröhlich» eine Falle verbirgt. Wenn ich durchgehend «sehr fröhlich» ankreuze, lassen sie mich nie wieder raus. Deshalb das versuchsweise Kreuz bei «fröhlich». Dann aber entschieden, ehrlich zu antworten. Die Ärzte sind ja nicht blöd.

12. 3. 2010 6:46

Im Gemeinschaftsraum der Neuropsychiatrie gibt es:

1 Fernseher
1 VHS-Gerät
7 VHS-Kassetten (Blockbuster)
1 Computer (Windows XP, kein Internet)
17 Bücher

Von Frl. Smillas Gespür für Schnee übers Moppel-Ich bis Tzvetan Todorov (Die verhinderte Weltmacht, Reflexionen eines Europäers) ist es genau das Zusammengewürfelte, das man erwartet. Überraschung: «Frei erfunden» von Jochen Reinecke. Hey, Jochen! Du auch hier!

12. 3. 2010 7:30

Arbeite an drei Textstellen, frühstücke und unterhalte mich mit Pfleger und Patienten gleichzeitig, ohne irgendwo den Faden zu verlieren. Auch nicht normal.

Fünf Männer auf der Station teilen sich Toilette und Dusche. Außer mir sind das: der Zimmernachbar, der Geher, der Küchenaufräumer, der Zucker. Einer von ihnen hat offenbar ein Problem mit dem Klopapier. Er zieht nie die Spülung, und jedes Mal, wenn ich in die Kabine komme, liegt ein Muster aus (meist unbenutztem) Toilettenpapier am Boden: geheime Botschaften aus einer anderen Welt.

Eine einzige Patientin entspricht dem Hollywood-Klischee der Irren: nachlässige Kleidung, schlappe Haltung, wirre Haare. Nun sitzt sie zusammengesunken auf dem Sofa und starrt auf den nicht eingeschalteten Fernseher, während vor dem Fenster große Flocken fallen.

Jack-Nicholson-Momente:

- der Bällekorb in der Psychiatrie, insbesondere der fast braune, abgegriffene Basketball
- die Diskussion ums Fernsehprogramm
- der Duschraum
- Einladung zum Gesprächskreis
- Einladung zum Töpfern und Basteln
- Einladung, am Ausflug in die Stadt teilzunehmen (sehe mich schon den Bus zum Hafen steuern, wo Max' Boot liegt)

Was fehlt: Mildred Ratched.

12. 3. 2010 8:08

Jemand hat den Fernseher eingeschaltet. Der Hollywood-Irren ist es egal. Sie guckt trotzdem hin.

12. 3. 2010 10:00

Ganzen Tag geschrieben. Die Visite kommt, der Stationsärztin Dr. Eins macht mein haltbar fröhlicher Affekt Sorgen. Hypomanie ist das Wort. Sie würde mich gern länger hierbehalten, und das ist genau das, was ich mir auch wünsche. Ich nenne meine Gründe, Räumlichkeiten hier vs. Ein-Zimmer-Loch zu Hause, phantastisches Essen, Ruhe, konzentriertes Arbeiten und ein Garten praktisch für mich allein; füge hinzu, dass es wie Urlaub für mich sei, ich es aus demselben Grund für Verschwendung von Steuergeldern hielte, und habe mit dieser Gesamteinschätzung ihre Diagnose der Hypomanie offenbar befestigen können. Merkwürdiger Rat: Man hält meinen Aktivismus für ein gefährliches Symptom, rät jedoch zur Aktivität, da Stillstand eine Rückkehr des noch Schlimmeren bedeute.

Für das Wochenende erkläre ich vorauseilend meine Bereitschaft, mich mit Zyprexa abschießen zu lassen, falls die *Manie* wiederkäme. Wochenende gefürchtet wegen Ärztemangel. Manie mein Arsch.

12. 3. 2010 12:20

Ich darf nirgends allein hin. Mit der Praktikantin bei der Strahlentherapeutin Dr. Zwei, Bilder abholen. In der Angst, die ich noch vom letzten Mal her verspüre («Sie haben da einen zweiten Herd, falls Sie's nicht wussten»), klammere ich mich am Arm der Praktikantin fest. Befund nach MRT weiter unklar, Dr. Zwei macht mir einen Termin am PET-CT, das ich selbst bezahlen muss, die Rede ist von 1000 Euro. Meine Frage, ob ich nächstes Jahr noch da bin, bleibt ohne Antwort. Natürlich will keiner falsche Prognosen abgeben, aber sie sagt weder ja noch nein, sagt auch nicht «Ich weiß es nicht» oder «Das kann man nicht wissen», ignoriert die Frage einfach, sodass ich in der Nacht abermals damit beschäftigt bin, mich auf drei Monate, wahlweise dreißig Tage runterzurechnen. Meine spätere Vermutung, dass die richtige Antwort gewesen wäre: «Ich weiß es nicht, weil ich beim Glioblastom inkompetent bin und meine Strahlen auf alles richte, was da kommt zwischen Prostata und Frontallappen, weshalb ich Ihnen auch ein Faltblatt in die Hand drücke, auf dem erklärt wird, wie Sie währenddessen mit einer Magensonde ernährt werden», wird sich noch als falsch herausstellen.

Auch hat Dr. Zwei etwas nicht ganz und gar Unbewundernswertes an sich, etwas von einer mittelalterlichen Rüstung und Waffe. Sie schenkt mir einen Kugelschreiber.

13. 3. 2010 10:07

Erster Besuch zu Hause ohne Begleitung, der beruhigende Anblick vertrauter Gegenstände. Die Waschmaschine, die meine Eltern beim Aufenthalt in meiner Wohnung zerstört zu haben glaubten und die mehrere Waschgänge lang nicht tat, was sie tun sollte, tut es wieder. Einfach so. Miele. Die Maschine wurde noch von meiner Großmutter erworben, ein Waschautomat der 1968er-Baureihe, also aus einer Zeit, als der Mond noch nicht betreten, Borussia Neunkirchen noch in der Bundesliga und das elektronische Signallämpchen nicht erfunden war.

Das mechanische Äquivalent zum Signallämpchen ist die Überschwemmung des Fußbodens, die den Besitzer darauf hinweist, dass das Flusensieb voll ist. Man muss das Sieb dann rausnehmen und entflusen, etwa alle fünf Jahre, was bedeutet, dass dies im Leben des Automaten sieben oder acht Mal geschah, und ich erinnere mich, wie gerührt ich immer beim Entflusen war: Wie die Zeit vergeht. Die Maschine wurde nie gewartet und war nie defekt. Die vollständige Aufschrift lautet: MIELE AUTOMATIC W 429 S.

13. 3. 2010 10:12

Summe von mir selbst unbemerkt seit Tagen «Bunte Schlangen, zweigezüngt, Igel, Molche, fort von hier! Dass ihr euren Gift nicht bringt in der Königin Revier!» Text kannte ich nur bis zweigezüngt, musste ich googeln. Seit dem Aufenthalt im Bundeswehrkrankenhaus laufen in Endlosschleife zwei Kassetten bei mir, Kassette 1: Dowland, Handford, Rosseter, Lawes, Monteverdi, Bachchoräle. Aufgenommen von Calvin, meinem besten Freund aus der Nürnberger Zeit, der sich mit Holm die Figur des Desmond in den «Plüschgewittern» teilt (ohne die Zwielichtigkeiten, die erfunden sind). Jetzt Orchestermusiker in Christchurch, NZ. Seit Jahren nicht gesehen. Schrieb zuletzt gegen Weihnachten, lud mich wie immer ein, ihn zu besuchen.

Weiß nicht, wie ich es ihm sagen soll. Wahnsinnig empfindlicher Mann, kann nicht mal Blut sehen.

Kassette 2, Seite A: Campian, Marchant, Corkine, Dowland, Morley, Perrichon, Hume, Anne Boleyn. Seite B: Mendelssohn-Bartholdy, Sommernachtstraum, von mir selbst aufgenommen zu Zeiten, als ich in A. verliebt war. Fünfzehn Jahre grässlicher Liebeskummer um einer Frau willen, die ich in all den Jahren, seit ich sie zum ersten Mal besuchte, nicht länger als acht Stunden gesehen habe. Nie ein Bild von ihr besessen. Hunderte Briefe geschrieben, entsetzliche Briefe. Sie vor Beginn meines Studiums einmal besucht, um sie zu zeichnen: komplett misslungen. Schwärzester Tag meines Lebens. Abends ihren Vater mit dem Auto abgeschleppt, der liegengeblieben war und anrief. Dann im Haus übernachtet, weil schon spät. Keine Sekunde geschlafen, hin- und hergerissen zwischen Hoffnung und Vernunft. Am nächsten Tag peinliches Geständnis, mit dem ganzen Furor meiner sozialen Inkompetenz. Dann mit 150 km/h zurück nach Hamburg, über die kurvigen Landstraßen der Holsteinischen Schweiz, und ich erinnere mich noch genau, wie überrascht ich war festzustellen, dass Autos seitlich gleiten können wie Schlittschuhläufer, und an das Gefühl in meinem Magen. Dass man es danach noch ein Vierteljahrhundert aushält in dieser Welt, auch eine Leistung.

Übrigens bin ich völlig unmusikalisch. Dass Emma Kirkby phantastisch singt, weiß ich von Calvin. Glaube auch, hören zu können, dass sie phantastisch singt, weiß aber aus Erfahrung, dass ich mittelprächtige Ausübung von Musik nicht von guter unterscheiden kann. Ähnlich schwach ausgeprägte Sinne: Geschmack, Geruch. Der Rest ist okay.

Wir eilen mit schwachen, doch emsigen Schritten.

Aus meinem letzten Brief an Calvin, 27.12.2009: «Meine Vorstellung des Lebens war immer die einer Parabel: Von der Geburt leicht geschwungen ansteigend bis zum Höhepunkt, dann ebenso leicht geschwungen und immer rascher abfallend bis zum Ende. Wobei dieser Höhepunkt nicht als Höhepunkt der Vitalität oder dergleichen vorgestellt werden kann, lediglich als geometrische Mitte des Lebens, als statistische Marke; und seit ich diese statistische Marke sicher überschritten habe und mich nun Tag für Tag und Nacht für Nacht auf absteigender Linie mit zierlichem Schwung dem Grab entgegenrutschen sehe, hat es meine ohnehin nie geringe Thanatophobie noch einmal in ganz andere Dimensionen katapultiert. Da sich die Psychologie der Behandlung dieser Angst wegen erwiesener Berechtigung und Realitätsnähe nicht widmet, hab ich in den letzten Monaten eine Selbstmedikamentierung mit Salmiak-Wodka nicht ohne Erfolg in die Wege geleitet.» Drei Wochen bevor alles losgeht.

13. 3. 2010 10:20

Wenige Minuten nachdem ich über meine Waschmaschine schrieb, trete ich in meinem Badezimmer in eine Pfütze. Das Flusensieb ist voll. Es ist nicht der einzige Zufall der letzten Tage. Die Begegnung mit X., der Entschluss, am Jugendroman weiterzuarbeiten, auf den Tag genau sechs Jahre nachdem ich ihn begonnen hatte, heute Morgen die Lektüre der «Blume von Tsingtao», die auf der Irrenstation der Charité spielt und lauter Sätze enthält, die ich im Wahn auch sagen musste, etc. Die Häufung der Zufälle offensichtlich Folge eines überwachen Zustandes, in dem alles genau miteinander verglichen wird. Ich kenne das sonst nur aus den Phasen starker Verliebtheit. Trotzdem verwirrt es mich.

13. 3. 2010 11:00

Gib mir ein Jahr, Herrgott, an den ich nicht glaube, und ich werde fertig mit allem. (geweint)

13. 3. 2010 14:00

Die anzugtragenden Türsteher oder Gäste vor dem BABALU halten Sektgläser auf Bauchhöhe und schauen stumpf gen Reinhardstraße. Da geht's mir doch vergleichsweise gut.

13. 3. 2010 16:15

Nach «Blume von Tsingtao» auch «Diesseits des Van-Allen-Gürtels» noch mal Korrektur gelesen. Um zu gucken: Lohnt sich das überhaupt? Kann ich das? Oder mache ich lieber eine Weltreise? Aber die Geschichte ebenfalls völlig okay, sogar gut (und überraschenderweise ziemlich genau das, was ich schreiben wollte, während ich über der Fahnenkorrektur immer dachte: Das ist nicht zu zehn Prozent das, was es sein soll). Mir schleierhaft, wie ich damit in Klagenfurt gegen den handwerklich grotesken und pathetischen Tellkamptext verlieren konnte. Entweder bin ich immer noch vollkommen größenwahnsinnig und dies wird ein Helmut-Krausser-Journal (sagt Bescheid, nebenan gibt's noch Zyprexa) oder –

14. 3. 2010 11:00

Arzttermin bei Gott, er versteckt sich hinter dem nom de plume Prof. Drei. Kurz vor der Rente oder drüber, Jahrzehnte Erfahrung, arbeitet zwölf Stunden am Tag, jeden Tag, schiebt mich am Sonntag in der Sprechstunde dazwischen. Wartezimmer voll mit Hirntumoren, die sein Loblied singen. Inoperable Gliome, die er operiert hat, vor neun Jahren. Der erste Arzt, der redet, wie mir das gefällt: in Zahlen, in Prozenten, in Wahrscheinlichkeit und Wirkungsgrad. Auch in Graden der Wirkungslosigkeit (80 % der Bestrahlten zeigten überhaupt keine Wirkung, null, lediglich Spätfolgen in zwei bis vier Jahren). Dass er überhaupt mit Spätfolgen rechnet: Bis heute Morgen war ich nicht sicher, ob ich im Sommer noch da bin. Weitere Zahlen, die ich nicht kannte: Tumor war acht Zentimeter groß, gewachsen in ca. sechs Monaten. Prof. Drei empfiehlt Angiogenesehemmer (Hypericin = Johanniskraut), Apoptoseauslöser (Resochin), EGFR-Blocker, spricht von einer Studie in Denver und einem Mann, der mit Hypericin geheilt wurde. Geheilt? Widerspricht das nicht der Wissenschaft? Er nimmt sich Zeit, erklärt alles, gibt mir zum Abschied die Hand und zieht mich gleichzeitig mit dem Händedruck aus dem Sprechzimmer: nächster Patient.

In der U-Bahn vor Glück außer mir.

15. 3. 2010 12:00

Entlassung aus der Psychiatrie, poststationäre Behandlung. Adresse einer Psychologin, an die ich mich ggf. wenden kann. Ich glaube sicher, es nicht nötig zu haben, behalte diese Einschätzung aber lieber für mich.

Zu Hause begeistertes Auf- und Umräumen der Wohnung, zentimeterdicke Staubschichten, stelle den Computer ans Fenster und frage mich, warum ich fünfzehn Jahre in der dunklen Ecke gesessen habe. Ach ja: Damals hab ich noch gemalt. Da brauchte ich auch Licht.

16. 3. 2010 20:00

Bunnyshow. Phantastisch. Bunnys gut, Gäste gut, keine Hänger, alles richtig. Erkundige mich bei anderen, die die Show auch okay fanden, aber nicht *so* okay. Bin offenbar deutlich kritikloser als sonst, sollte also weiter vorsichtig sein, was den Schwanzvergleich mit Tellkamp angeht.

Die letzten Tage «Loslabern» von Goetz. Bizarrer Text über Tellkamps «Turm», er habe jetzt endlich Thomas Mann begriffen oder in Tellkamp Thomas Mann gelesen oder begriffen. Vermute, dass er weder das eine noch das andere wirklich gelesen hat, wenn er schon bei Kracht nur bis zu dem Wort Menschentalg kam. Wobei er mit dem Feuilleton ja übereinstimmt. Wenn man in Deutschland Geschichten schreibt, kommt man um Carver nicht herum, Adoleszenz immer Salinger, und beim ganz großen Wurf rauscht das alte Doppelgespann zum Einsatz: «Uwe Johnson: nur mit Proust und Joyce vergleichbar.» Aber am schlimmsten erwischt es immer Thomas Mann. Alles über 600 Seiten und Familie: Thomas Mann. Ja, richtig, der hat mal diesen einen Roman über eine Familie geschrieben. Gesellschaft kommt auch vor. Und? Ich kann mich nicht erinnern, schon mal einen einzigen Mann-Vergleich gelesen zu haben, der darauf hinauswollte, dass der zu Vergleichende ein unfassbar großartiger Trickser sei. Schlagt mich tot mit der Hans-Carossa-Gesamtausgabe, aber ich halte die Trickserei für die Hauptsache bei Mann.

Letztes Jahr hab ich «Buddenbrooks» und «Zauberberg» wiedergelesen im Rahmen des Projekts: Ich überprüfe mein Urteil mit zwanzig. Da gab es in diesem Fall ausnahmsweise nicht viel zu korrigieren, nur die Reihenfolge hatte sich geändert: Jetzt waren mir die «Buddenbrooks» noch lieber. Aber was mich killt an Mann und immer gekillt hat, sind seine formalen Tricks, diese kleinen Hebel zum Beispiel, die er im Text einbaut, um Hunderte Seiten später mit einem einzigen Ruck und Satz und Wort ganze Figuren, Handlungsstränge und Lebenskonzepte im Abgrund zu versenken, Desillusionsmaschine aus der Hölle. Und ich erwarte nicht, dass das einer genauso macht oder kann, Desillusion ist vielleicht auch nicht jedermanns Sache, obwohl ich nicht weiß, wie man über 300 Seiten gehen soll ohne das. Aber eine wenigstens spürbare, wie auch immer geringe Aufmerksamkeit der Form und Struktur widmen und meinetwegen scheitern, das sollte doch wohl drin sein, bevor man den Mann-Vergleich rausholt. Und Tellkamp hat ihn ja selbst rausgeholt, im Doppelpack mit dem Goethe-Schwingschleifer, und wenn man dann diesen – ja – Familienroman liest: Himmel. Nichts. Nada. Nicht mal der Versuch zu irgendwas. Dieses ganze Gedödel um Uhren und Brötchen ist ja das Eigentliche, der existenzielle Kern dieses sprachlich verlotterten Scheißdrecks. Uhren und Brötchen und Mädchen hätte ich am liebsten geschrieben, aber selbst das Mädchen, den Selbstläufer einer wie auch immer vermurksten Adoleszenzgeschichte kriegt er nicht hin, versackt im Nichts. Der Flugzeugbauer versackt im Nichts. Die Familie, die in den Westen ausreist, versackt im Nichts. Was man ja im Fall dieser Ausreisenden, wenn's einen nur für fünf Pfennig interessieren würde, zu einem spürbaren Nichts auszubauen versucht haben würde. Aber die Familie wird vorher nicht eingeführt und hinterher nicht vermisst, und das Ganze darf man jetzt vergleichen mit einem – Entschuldigung – Zauberer, der Clawdia Chauchat 120 Seiten vor Schluss in einem Nebensatz aus dem Roman eskamotiert, um das Elend ihrer Nichtanwesenheit, den Liebeswahnsinn und die fiebrige Erwartung ihrer Rückkehr gezielt aus Hans Castorp hinaus- und in den Kopf des Lesers hineinzuprügeln. Und während man noch vergeblich auf ein Lebenszeichen der Angebeteten wartet, flackert ein Schwarz-Weiß-Film vom Ersten Weltkrieg über die Leinwand. Als ich das das erste Mal gelesen hab, bin ich fast gestorben.

Drei Sachen, die Tellkamp hinkriegt: Unterwasserfahrt des

Panzers (wo er sich dankenswerterweise auch sprachlich dem B-Picture nähert), Chirurgenszene («der Operateur setzt den Haken» o.s.ä.), die Reden vorm Schriftstellerverband. Wo ich wirklich gern wüsste, inwieweit die recherchiert oder selbst ausgedacht sind. Weil, wenn selbst ausgedacht: groß.

Zum Schluss der Bunnyshow einen Kompass gewonnen, «showing direction of al-kaaba». Der Kompass teilt den Umkreis in 40 Abschnitte zu 9 Grad, ein Begleitheft informiert über die Kennzahl des jeweiligen Standorts auf der Weltkugel, nach dem sich die Qibla errechnet. Schwer zu sagen, ob man mit seinem Körper so präzise hinbeten kann. Die Frage, ab wie viel Grad Abweichung das Gebet ungültig wird, bleibt unbeantwortet. Vier Komma fünf?

Bei Recherche zum Wüstenroman immerhin gefunden: «Wenn ein Hase, eine Ziege oder ein anderes Tier sich vor einem Betenden bewegen, bleibt das Gebet gültig. Die Rechtsgelehrten sind sich darüber einig, dass nur drei Wesen das Gebet ungültig machen: Eine erwachsene Frau, ein schwarzer Hund und ein Esel.» (Abd al-Aziz ibn Baz)

Tatsächlich brauche ich dringend einen Kompass, wenn ich nachts durch Berlin laufe, kein Mond und keine Sterne zu sehen sind und ich nicht weiß, ob ich nach Ost oder West unterwegs bin: Ich bin unglaublich orientierungslos. Vom NBI zu mir nach Hause sind es zwei lange gerade Straßen, die im rechten Winkel zueinander stehen. Letztes Jahr versuchte ich das mit der Diagonalen Richtung Südwesten abzuschneiden, anderthalb Stunden später stand ich nördlich vom NBI. Thema der Bunnyshow übrigens Buchvorstellung Passig/Scholz: Verirren.

17. 3. 2010 00:45

Vier Ratten auf dem Bürgersteig. Sie laufen nicht weg, als ich stehen bleibe, sie laufen nicht weg, als betrunkene Passanten vorbeikommen. Sie laufen nicht weg, als ich mich nähere, als ich mich niederknie und die Hand ausstrecke. Eine schnuppert an meinem ausgestreckten Finger und trottet zurück in ihre Wohnung: Torstraße 203.

17. 3. 2010 15:00

Letzter Termin in der Psychiatrie. Ja, es geht mir gut, ja. Bringe X. wie versprochen «Nine Stories» in der Tagesklinik vorbei.

Unten eine Ausstellung der Bildhauerin Dorothea Buck, die Psychose für unter anderem Selbstfindung hält und Psychoseinhalte als religiöse Erfahrungen verstanden wissen will. «Könnte es sein, dass Schizophrene manchmal die vom christlichen Glauben eigentlich begabten Menschen sind? Welches Wissen über den Menschen, über seine Abgründe, über seine Sehnsucht und Religiosität ginge verloren, wenn es die Schizophrenie nicht gäbe?» Wohl wahr. Aber für alle reichen die Medikamente halt nicht.

18. 3. 2010 14:30

Erster Sommertag, ganzen Tag Kopfschmerzen. Drei Tage kein tierisches Eiweiß, heute überhaupt nichts gegessen wegen PET-CT. Kostet 2000 Euro: «Zahlen Sie bar oder mit Karte?» Tut mir leid, könnte man mir das vorher sagen, dass ich hier mit Plastiktüten voller Geld in die Arztpraxis kommen muss? Jetzt kann ich morgen wieder hin und meinen Befund kaufen. Erster relativer Scheißtag, wegen Kopfschmerz. Um acht bringt mich C. ins Bett. Bin allerdings nicht hypochondrisch genug, es auf etwas anderes als das Wetter zu schieben.

19. 3. 2010 6:50

Wache von allein um 6:50 auf. 73 Kilo, sechs bis sieben Kilo unter normal. Sieht gut aus.

Schon der Lerche Morgensang. Hüpfen wir denn, Königin, schweigend nach den Schatten hin!

DREI

19.3.2010 14:30

Das PET-CT zeigt keinen zweiten Herd vorne rechts. Ich erzähle Dr. Zwei von den Einwänden Prof. Dreis. Sie nennt ihn einen charismatischen Mann, der nicht auf dem neuesten Stand der Forschung sei. Seine Zahlen seien falsch. Sie beruft sich auf die NOA.

19.3.2010 18:00

Eine CD vergessen, erneut zum PET-CT. Die Praxis ist ganz in der Nähe von Marek, ich gehe zum Schachspielen vorbei. Spiele deutlich schneller, aber auch deutlich waghalsiger als sonst. In der Spielstärke am Ende kein Unterschied.

19.3.2010 23:30

Prof. Drei und seine Medikamente, hauptsächlich Hypericin, bei gleichzeitiger Ablehnung der Bestrahlung, gegoogelt. «Für die Wirksamkeit von Hypericin gibt es keine Nachweise.» Quelle: NOA. Die Suche nach neuesten Studien macht nicht glücklicher. Überhaupt: Ich finde fast keine «neuesten Studien». Bei der Suche nach zuverlässigen Angaben lande ich immer wieder auf Wirtschaftsseiten. DCVax-Brain von Northwest Biotherapeutics, Impfung mit dendritischen Zellen, phantastische Studien aus dem Jahr 19** etc., wo bleibt die Folgestudie? Die Börse rät ab.

20. 3. 2010 8:00

Traum: Ich gehe an einer Reihe von Rassehunden mit schönem Fell vorbei. Eine Stimme sagt mir, die Hunde hörten auf mein Kommando. Ich befehle einem zu verschwinden, er rührt sich nicht. Ich gehe einen Hügel hinauf und schaue mich nach den Tieren um, von denen ich weiß, dass jemand sie gleich auf mich hetzen wird. Ich verstecke mich in einem Kellereingang, und die Stimme sagt, dass dort der größte, schrecklichste Hund wohnt. Ich kehre zurück zu den Hunden, die in Reihe stehen.

Traum: Bei der Entlassung geben die Ärzte mir sieben Valium, die «sicher tödlich sind». Ich schlucke zu Hause zwei oder drei, um mich zu beruhigen. Dann fürchte ich, sie könnten mich in dieser Dosierung bereits einschläfern, und pule den zerkauten Rest aus der Mundhöhle. Wie viel habe ich jetzt genommen? Ich frage die Ärzte, ab wie viel Tabletten genau es aus ist. Zwei, sagen sie. Ich trinke eine Schüssel Salzwasser und weiß: Ich brauche eine Waffe.

20. 3. 2010 15:00

Vier Stunden warten auf Prof. Drei. Zwei Patienten waren gestern schon da, haben fünf Stunden gewartet und wurden dann nach Hause geschickt. Diesmal keine beeindruckenden Langzeitpatienten, dafür viele aus dem Ausland, ein Schwede oder Niederländer, ein Italiener, ein Russe, eine Vietnamesin.

Prof. Drei hat keine Einwände gegen meine Strahlentherapie am Montag. Spricht nur abermals von Wirkungslosigkeit, allerdings mit anderen Zahlen: Lebensverlängerung um 2 Monate. Stützt sich auf NOA 1, 2 und 3, worauf auch Dr. Zwei sich stützt. Ihm geht es nach wie vor um Jahre.

Will nach 6 Wochen ein MRT und mich dann wiedersehen. Empfiehlt die Kombination aus Hypericin, Thalidomid (Contergan-Wirkstoff, Angiogenesehemmer) und Resochin (Chloroquin) als Apoptoseauslöser.

Dass ich keine Studien zu Hypericin finden konnte, wundert ihn nicht: Es gibt keine. Zu dem, was er macht, auch nicht. Googelt man die Medikamentenkombination, findet man nichts.

Ich frage, wo im Krankenhaus ich meine AOK-Karte vorzeigen soll, weil sie schon letztes Mal keiner sehen wollte. Er sagt: Ist alles umsonst. Klingt phantastisch und macht mich noch misstrauischer. Wieder der Händedruck, der einen hinauszieht.

22. 3. 2010 13:50

Beginn von Temozolomid und Bestrahlung im Clinac 3 der Charité. Schönes Gerät, könnte für meinen Geschmack noch futuristischer sein. Der Kopf wird in der vor zwei Wochen hergestellten Maske fixiert, die Kanone wandert um den Tumor herum und verschießt aus verschiedenen Winkeln hochenergetische Photonen mit 1,5 Gray. Zweimal täglich. Es piepst, dann werde ich gedreht, dann piepst es wieder, und wenn die Assistentin unter großem Applaus das schwarze Tuch von der Kiste zieht, ist der Krebs verschwunden.

Strahlender Sonnenschein, fast blauer Himmel. Clinac 3 liegt an der Spree, es sind nur ein paar Meter bis zum Hauptbahnhof, und da stehe ich jetzt in dem Panorama, das ich von der Neuropsychiatrie aus noch sehen konnte. Das Fenster, an dem ich stand, kann ich nicht mehr identifizieren.

Sitze am Wasser mit Salinger. Jogger im T-Shirt, eine Frau,

die sich auf der Bank ausgestreckt sonnt, Skater mit Slalomhütchen und Zeitmessanlage.

Jetzt zeig mal, was du kannst, Karnofsky. Los.

23.3.2010 6:55

In der Bestrahlung vor mir ein etwa gleichaltriger Mann mit einer senkrechten Narbe auf der Stirn. Sieht deutlich attraktiver aus als bei mir, wo ich vorgestern beim Haareschneiden feststellen musste, dass meine Seite wirkt wie ein von Andy Warhol gestaltetes, von behinderten Kindern abgezeichnetes Rolling-Stones-Cover.

23.3.2010 17:10

Eine Stunde warten auf die zweite Bestrahlung. Zeichne einen Mitwartenden mit Kugelschreiber in mein Notizbuch. Erstes Porträt seit, ich glaube, Tiina, fünfzehn Jahre ist das her. Nicht gut, ich habe den abstrakten Zugang zu den Linien und Winkeln nicht mehr, aber dass ich überhaupt wieder Freude am Zeichnen verspüre: eine der vielen Merkwürdigkeiten der letzten Wochen.

24.3.2010 16:39

Der Jugendroman, den ich vor sechs Jahren auf Halde schrieb und an dem ich jetzt arbeite, ist voll mit Gedanken über den Tod. Der jugendliche Erzähler denkt andauernd darüber nach, ob es einen Unterschied macht, «ob man in 60 Jahren stirbt oder in 60 Sekunden», usw. Wenn ich das drinlasse, denken alle, ich hätte es nachher reingeschrieben. Aber soll ich es deshalb streichen?

24.3.2010 18:49

Noch mal googeln: eine Hypericin-Studie an Mäusen mit gutem Erfolg. Eine Chloroquin-Studie an Menschen vom National Institute of Neurology and Neurosurgery of Mexico, 2005: Die Chloroquin-Gruppe überlebt im Schnitt 24 Monate, die Placebos 11 Monate. Dreißig Teilnehmer, und etwas verwirrend: die randomisierte Chloroquin-Gruppe ist durchschnittlich fünf Jahre jünger, bei gleichem Karnofsky. Was mir nicht ganz unerheblich vorkommt. Folgestudien?

Ansonsten wenig zu Chloroquin, außer dem Treffer in der «Blume von Tsingtao». Da wirft der Erzähler sich damit zu, nachdem er seinen Fieberanfall hatte und in einer Gedankenschleife aus der Welt zu verschwinden glaubte.

Apoptoseauslöser: Das Protein CD95 ist ein wichtiges Schaltmolekül, um den programmierten Zelltod auszulösen, wofür sich die Krebsforschung logischerweise interessiert. Schalter anschalten, und der Krebs macht sich selber weg. So die Idee. Martin-Villalba vom Deutschen Krebsforschungszentrum findet 2008 (?) heraus, dass die Aktivierung von CD95 beim ausgerechnet Glioblastom zu explosionsartigem Wachstum des Tumors führt.

Jetzt in Heidelberg in der Entwicklung: APG 101 von Apogenix, das den Apoptoseschalter CD95 über die Neutralisierung des Liganden CD95L auszuknipsen versucht. Verträglichkeit des Medikaments erwiesen, zurzeit Phase-II-Studie an Rezidiven in Heidelberg.

«Ligand CD95L», «Rezeptor mit pleiotroper Funktion» – mittlerweile gehen mir die Worte so leicht über die Lippen wie «Schmetterlinge im Bauch». Ich weiß sogar teilweise, was sie bedeuten.

Laut Apogenix-Website überleben weniger als 30 % der Glioblastome das erste Jahr. Bisher waren es immer siebzig. Dreißig, siebzig, whatever: Old Karnofsky und ich fahren eh mit dem Taxi.

26. 3. 2010 10:00

Nach einer Woche Chemo und Bestrahlung keine Nebenwirkungen, vielleicht ein leicht benommenes Schwindelgefühl.

28. 3. 2010 21:44

Die letzten Tage den Jugendroman gesichtet und umgebaut, Übersicht erstellt, einzelne Kapitel überarbeitet, neue entworfen. Jetzt von Anfang an: jeden Tag mindestens ein Kapitel. In spätestens 52 Tagen ist es fertig. Heute: Kapitel 1.

28. 3. 2010 22:30

Je länger man googelt, desto sicherer sinkt die Wahrscheinlichkeit, ein Jahr zu überleben, unter 50 Prozent. Immer noch ohne Schlafmittel.

29. 3. 2010 12:30

Termin bei Prof. Moskopp und ein Treffer im Gen-Lotto: Ich hab die Scheißmethylgruppe. Ich bin hypermethyliert. Der entscheidende Marker dafür, ob der Körper auf Temodal wahrscheinlich überhaupt anspricht. Und jetzt fick dich in deinen kleinen, gottlosen, unhypermethylierten Arsch, du Dreck von einem Krebs. Die Wahrscheinlichkeit war 45 %. Die Folge sind ein paar Wochen oder Monate. Statistisch.

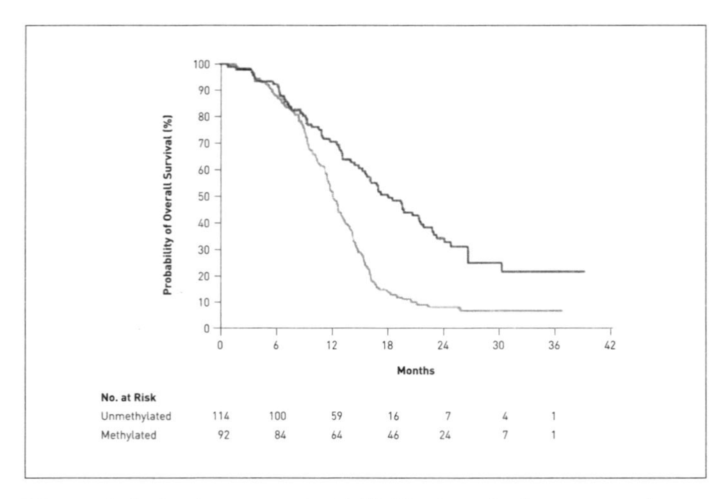

The survival of patients treated with TMZ plus radiotherapy according to MGMT promoter status.[1]

Statistisch ist es aber auch so: Nach zwei Jahren wird die Kurve flach.

Auf dem Rückweg von Moskopp sehe ich aus der Straßenbahn Holms Büro am Alexanderplatz. Ich steige aus, um ihn zu besuchen, kann das Bürogebäude aber nicht mehr finden.

29. 3. 2010 22:25

Der vielleicht senilste Sack der deutschen Literatur redet eine Stunde lang über sein bevorzugtes, seit dem Ende des Judenthemas einziges Thema: Wie ungerecht er um 1924 herum einmal kritisiert worden sei von der Kritik für seinen Roman «Hans» oder «Dörte», während aufmerksame Geister doch schon auch damals und von den Übelmeinenden leider verdeckt und überschattet hinter ihm gestanden hätten wie selbstverständlich auch jederzeit sein Publikum, beispielsweise jener Studienrat aus München, von dem es folgende herzstärkende Anekdote zu erzählen gebe, wodurch in diesem ganzen Prozess nicht zuletzt auch noch einmal der demokratische Gedanke selbst gegen die Verschwörung der Cliquen sich ausgedrückt und ihn seelisch aufgebaut und sein Tun abermals zu Recht bestätigt habe usw.: Walser auf 3sat. Vielleicht sollte er zu dem Judenthema zurückkehren, das war irgendwie noch weniger anstrengend.

30. 3. 2010 13:09

Sechs Kohlenstoff, sechs Wasserstoff, sechs Stickstoff, zwei Sauerstoff zu zwei Ringen gebogen: Temozolomid. Fünf Tabletten 1189,17 Euro. Danke, AOK. Im Ernst: Ich weiß nicht, wie das Gesundheitssystem ausgesehen hat, bevor alle anfingen, sich zu beschweren, wie sehr runtergerockt es nun sei, aber was dieses System schon in die Errettung und Erhaltung einer flackernden Kerze investiert hat, die sich um das Bruttosozialprodukt dieses Landes bisher auch noch nicht *so* verdient gemacht hatte: erstaunlich.

Danke, Staat, danke, Gesellschaft, danke, AOK, danke, danke.

2. 4. 2010 8:00

«Du wirst sterben.»
«Ja, aber noch nicht.»
«Ja, aber dann.»
«Interessiert mich nicht.»
«Aber, aber.»

Der Komödienstadel führt sein tägliches Stück zum Weckerklingeln auf, fünf Sekunden später beendet der Intendant die Vorstellung. Work!

2. 4. 2010 12:37

Krebs und Reiki: der tägliche Irrsinn der Mailingliste.

Ich kann nicht mehr googeln, es zieht mich runter. Organspendeausweis im Portemonnaie gefunden und weggeworfen. Der genetische Schrott, der meinen Geist beherbergt, ist jetzt wertlos.

4. 4. 2010 20:00

Prassnik. Normalität. Gut.

5. 4. 2010 17:30

Vor zwei, drei Wochen war ich wieder bei meinem Nachbarn unten, der mich seit Jahren mit Lärm foltert und den keine Botschaft erreicht, und habe ihm die Lage erklärt und warum ich jetzt keinen Lärm mehr brauche. Bat ihn am Ende, sich eine neue Wohnung zu suchen oder Kopfhörer zu kaufen. Ein paar Tage war Ruhe, jetzt ist es wieder wie immer. Ich meine, ich *muss* nicht unbedingt den Diktator einer Bananenrepublik nehmen. Ich kann die Welt auch ein kleines bisschen schöner machen, indem ich mit dem Tranchiermesser ein Stockwerk tiefer gehe.

6. 4. 2010 19:02

Es gibt wenig, was unsichtbarer wäre als Denkmäler. Aber wenn man so durch die Straßen läuft wie ich zurzeit, fallen sie einem doch auf. Imperatorenpose, weißer Marmor, Hannoversche Straße: «Dem siegreichen Führer im Kampfe gegen Seuche und Tod» Robert Koch. Es rührt einen deutlich mehr, wenn man gerade unter einem der modernsten Linearbeschleuniger gelegen hat, als wenn nicht.

7. 4. 2010 7:20

Clinac 3 fährt nicht hoch, ein Techniker und ein Physiker sitzen ratlos vor der Maschine. Ich werde in den Keller geführt, warte vor dem Gammatron-Schaltraum und denke an den letzten Coen-Film. Wie hieß die Formelsammlung des Verrückten noch mal? Aber Clinac 2 will mich auch nicht, ich kann nach Hause gehen.

Zwei bis drei Termine am Tag und stundenlange Wartezeiten: So kann ich nicht arbeiten. Acht Kapitel in zwölf Tagen.

Im Projekt Regression noch mal Wackenroder gelesen: «Was soll ich aber von jenen sagen, die mir immer am verdrießlichsten gefallen sind und die meiste Langeweile erregt haben? – Die als Knaben mit unnützer Hitze und wilder Eitelkeit über Kunst und Wissen fielen und alles wie Blumen pflückten und rissen, um sich damit zu putzen; die als Jünglinge noch Knaben blieben, und sich bald mutlos dem Eigennutze, der Sorge für ihre dürftige Wohlfahrt überließen, die sie ihr Schicksal, ihr Verhängnis nannten? – Immer tiefer in das Leben hineingelebt, fällt es wie Mauern hinter jedem ihrer Schritte, den sie zurückgelegt haben; sie sehn auch nur vorwärts, ihrem Gewinne, ihren Titeln, ihrer Ehrerbietung entgegen, die ihnen andre bezeigen, immer enger wird ihr Weg zu beiden Seiten, immer mehr schrumpft ihr Herz zusammen, und das, woran sie leiden, ist ihr Stolz, ihre Krankheit ist ihr Glück, die sie Erfahrung und Weisheit nennen. Sie billigen mit einschränkendem Bedauern die Begeisterung, weil sie sie für das Jünglingsfeuer halten, an dem sie sich als Kinder auch verbrannten, um sich nachher desto mehr davor zu hüten: sie behandeln den Enthusiasten gern wie einen jüngern unmündigen Bruder, und sagen ihm, wie mit den Jahren alles, alles schwindet, und wie er dann das eigentliche Leben, die eigentliche Wahrheit kennenlernt. So unterweist der Schmetterling den Adler, und will, daß er sich doch auch einmal, wie er getan, einspinnen soll, und dem Fluge und der tändelnden Jugend ein Ende machen. So wahr ist es, daß viele in der Unerfahrenheit der Jugend noch am besten sind, daß die Klugheit der Jahre sie erst mit dem dichtesten Nebel überhängt, und daß sie dann den Glanz der Sonne leugnen.»

9. 4. 2010 8:10

Auf Wiedersehen, Haare.

VIER

9. 4. 2010 22:30

Abends bei Ulrikes Buchvorstellung zu müde, um viel mitzukriegen. C. bringt mich ins Bett.

12. 4. 2010 13:18

Die bestrahlungsfreien Wochenenden erweisen sich als irgendwie schwieriger als die Werktage. Vielleicht liegt es am Mangel an Struktur. Vielleicht brauche ich auch die Stromzufuhr, wie der Held in Crank 2. Toller Film übrigens, beste King-Kong-Szene aller Zeiten.

14. 4. 2010 8:25

Ist der Artikel aus der Ärzte Zeitung[2] ein Argument, es vielleicht doch mit ein paar ungewöhnlichen Medikamenten zu versuchen?

14. 4. 2010 17:28

«Nach Therapieende bitten wir Sie, die nicht mehr benötigten Enten in den Mülleimer zu werfen.» Neben dem Waschbecken ein viereckiges Plastikfläschchen Sterillium zum Händedesinfizieren, darauf ein durchsichtiges Firmenschildchen von Bode Chemie Hamburg, Melanchthonstraße 27. Vierundzwanzig Jahre ist es her, dass ich immer mit dem

VW-Bus zu dieser Adresse fuhr, um diese Schildchen auszuliefern, die ich zuvor als Druckvorlagen auf dem Leuchttisch zusammengeklebt hatte. Und die immer ganz genau kontrolliert wurden, Bode war einer der drei wichtigsten Kunden. Wenn da nur ein Komma angebröselt war, wurde anstandslos die ganze Ladung neu gedruckt.

Ein halbes Jahr Praktikum in der Druckerei, das brauchte man angeblich fürs Kunststudium in Nürnberg, ein halbes Jahr harte Arbeit, das verschwendetste halbe Jahr meines Lebens. Das war zu der Zeit, als diese Passfotos entstanden, auf denen ich mich selbst nicht erkannte, und meine Mutter eines Tages fragte: Du willst dich nicht umbringen, oder?

Jeden Tag stand ich in der Dunkelkammer, drei Minuten, während der Film entwickelte, spürte, wie mein IQ nach unten zählte, und sagte mir Gedichte auf. Lange tot und tiefverschlossen. Alles, was ich so kannte.

Aber guter deutscher Mittelstand: Wulf Offset gibt's noch immer, und ich stelle mir vor, wenn's die immer noch gibt, ist Bode Chemie wahrscheinlich immer noch Kunde, und irgendwo in einem alten Fotokarton in der Wiesenstraße lagern noch immer die Signets, die ich damals sorgfältig umkopiert habe, und sie finden noch immer ihren Weg auf die Etiketten und in die Krankenhäuser und über die Waschbecken, wo sie mich treu begleiten.

Eine Gedichtzeile von Eich, die ich immer gut fand: Gruß dir, du Gruß von drüben, wo einst die Welt geschah.

15. 4. 2010 12:30

Der Onkologe Dr. Vier nimmt die Studie zu Cilengitid, Oncovir und Talampanel auseinander, die ich ihm ausgedruckt habe. Phase-II-Studie mit noch nicht zugelassenen Medikamenten, warum ist das am Ende nicht mal nach Medikament aufgeschlüsselt? Okay, alles zu weit weg. Er spricht von Avastin, ebenfalls Angiogenesehemmer und ohne Zulassung in Deutschland, das er, wenn es so weit ist, mit Ausnahmeregelungen bei der Krankenkasse beantragt. Aber es ist gut, dass ich gefragt habe. Ich habe das Gefühl, in guten Händen zu sein und mich mit der Sache nicht mehr befassen zu müssen. Der Verlust an Lebensqualität, der durch die Beschäftigung mit dem Elend eintritt, wird durch das Ergebnis nicht aufgewogen. Ende des Googelns. Schön nur die neuesten Zahlen, die Kai mir geschickt hat, dort überleben mittlerweile in meiner RPA-Klasse 28 % vier Jahre, und 28 % erreichen die Fünfjahresgrenze: praktisch ewiges Leben. Damit kann man arbeiten.

16. 4. 2010 12:44

Meine Chronik des Jahres 99 wiedergelesen, was ein Elend. Glücklich war ich auch nur, wenn ich nicht verliebt war. Im Vergleich zu 1986 und 1999 nimmt sich 2010 nachgerade prächtig aus.

16. 4. 2010 19:49

Ich kann mich nicht erinnern, wie diese zwei Nerd-Statuszeilen hießen, die manche Leute vor zehn Jahren unter ihren Mails hängen hatten und wo man in verschlüsselter Form über ihre gesamte Biographie, ihre wirren Vorlieben und ihr Verhältnis zu Bill Gates informiert wurde. Aber auch auf der Hirntumorliste ist es üblich, Chiffren an seinen Namen zu hängen, die zu den Ansichten über Strahlen, Haarausfall und Boswellia serrata hinzuaddiert werden müssen: «LG Karen

AA III/07» oder «Heinz Astro 2.2003». Wenn «Christina 35, GBM IX/03» postet, hört man, wie die anderen Glioblastome in Deutschland die Luft anhalten.

19. 4. 2010 13:17

C. hat mir ein vom Sand und Blut des Irakkriegs gereinigtes Militärkäppi für meine Frisur gekauft. Wenn ich mit meinem Sichtfeldausfall jetzt Leute anremple, fangen sie an, sich bei mir zu entschuldigen.

Am besten geht's mir, wenn ich arbeite. Ich arbeite in der Straßenbahn an den Ausdrucken, ich arbeite im Wartezimmer zur Strahlentherapie, ich arbeite die Minute, die ich in der Umkleidekabine stehen muss, mit dem Papier an der Wand. Ich versinke in der Geschichte, die ich da schreibe, wie ich mit zwölf Jahren versunken bin, wenn ich Bücher las.

Liste der Bücher, die mich in verschiedenen Phasen meines Lebens aus unterschiedlichen Gründen am stärksten beeindruckt haben und die ich unbedingt noch einmal lesen will:

Der Seeteufel
Aquis submersus
Jane Eyre
Arthur Gordon Pym
Sommer in Lesmona
Im Schatten junger Mädchenblüte
Hunger
Der Idiot
Schuld und Sühne
In Cold Blood
Dies ist kein Liebeslied

Wobei von Stendhal über Nabokov bis Salinger alle fehlen, die ich in den letzten ein, zwei Jahren schon erledigt hab. Und für den ganzen Proust reicht's halt nicht noch mal.

21. 4. 2010 23:00

Bayern–Lyon bei Cornelius. Nachdem mich die 22 Akteure auf dem Rasen lange Wochen nicht wirklich interessierten, ist jetzt alles wie gehabt. Cornelius erklärt den Totalen Fußball, ich trinke Tee, und Holm, Tim und Philipp bewundern Cornelius' neueste Sesselanschaffungen auf eBay, die er offenbar in Staatsaktionen mit der U-Bahn durch Berlin kutschiert. Man hatte sich ja immer gefragt, was der Mann eigentlich macht.

Neben Passig und Hubrich ist Cornelius derjenige, bei dem es mich am meisten schmerzt, nicht zu wissen, wo er in zehn Jahren sein wird. Dieses unfassbare Potenzial, das nirgends hinsteuert. Vielleicht sitzt er dann bei Alexander Kluge. Oder versackt in Princeton. Oder redet weiter im Prassnik Leute an die Wand.

Per Leo ist auch noch so einer. Aber da sieht man's wenigstens schon ungefähr.

22. 4. 2010 11:07

Zu meiner Überraschung ist die Strahlentherapie heute schon zu Ende, ich hatte nicht mitgezählt. 41 Termine, 60 Gray. Ein bisschen Haarausfall, eine Schwummrigkeit und die letzten Tage mitunter Konzentrationsstörungen, mitunter starke Konzentrationsstörungen. Offenbar zeige ich wieder die falsche Reaktion: Ich freue mich nicht. Ich mochte es, dass da auf diese Stelle in meinem Kopf geschossen wurde. Gibt es eigentlich Versuche mit Placebo-Strahlentherapie?

22. 4. 2010 11:38

Bischof Mixa hat's versenkt. Dass ich das noch erleben darf. Jetzt noch den Papst, Deutschland Fußballweltmeister und der Jugendroman mit mehr als 3000er-Auflage, bitte.

Fahrrad reparieren: Es ist ungeheuer, was man im Lauf seines Lebens an Weltwissen und Kulturtechniken sich aneignet und mit sich herumschleppt, und man kann mit dem meisten doch nicht viel mehr anfangen, als es irgendwann weiterzugeben. Ich weiß nicht, warum es mir beim Fahrradreparieren immer so besonders auffiel. Aber ich hab in meinem Leben keinen Reifen geflickt und wieder aufgezogen, ohne beim Sichern des Ventils die Worte meines Vaters zu hören, gesprochen in einem Keller am Möhlenbarg vor fünfunddreißig Jahren: Wenn das da wieder reinrutscht, war alles umsonst. Und ziemlich oft habe ich mir auch vorgestellt, ich selbst würde diesen Satz eines Tages zu einem Zehnjährigen sagen.

23. 4. 2010 13:01

Das Wesen der Zeit mag unerfindlich sein, und was ich über Präsentismus, Blockzeit und Possibilismus auf Wikipedia nachlesen kann, verstehe ich bestenfalls als Konzept. Aber in meinen täglichen und nächtlichen Gedanken gewinnt die Vorstellung der Unendlichkeit und des Nichts, zu dem unsere Existenz ihr gegenüber zusammenschrumpft, so sehr an Plastizität, dass ich manchmal glaube, alles verstanden zu haben. *Alles* verstanden zu haben. Die Gewissheit kommt schlaglichtartig und ist nicht so hundertprozentig wie in den Momenten der größten Verrücktheit. Aber irgendwas ist hängengeblieben. Gestern beim Fahrradreparieren alle zwei Minuten eine Erleuchtung.

Als Tony Soprano einmal im Krankenhaus liegt, ich glaube, wo er angeschossen wurde, liest er ein Kinderbuch über Dinosaurier. Er ist auf tonyhafte Weise sichtlich ergriffen, Christopher kommt rein:

TONY: «Get this ... It says here that if the history of the planet was represented by the Empire State Building, the time that human beings have been on earth would only be a postage stamp at the very top. You realize how insignificant that makes us?»

CHRISTOPHER: (pauses for a second and then): «I don't feel that way.»

23. 4. 2010 13:15

Wir treffen uns wieder in meinem Paradies
Und Engel gibt es doch
In unseren Herzen lebst du weiter
Einen Sommer noch
Noch eine Runde auf dem Karussell
Ich komm' als Blümchen wieder
Ich will nicht, dass ihr weint
Im Himmel kann ich Schlitten fahren
Arbeit und Struktur

25. 4. 2010 8:52

Zwei Tage lang wenig geschafft, dem Hirn beim Regenerieren zugeschaut. Die teilweise schon wilden Konzentrationsstörungen haben sich gelegt, die Schwummrigkeit überwiegend auch. Ob die mühsam zusammengeschraubten Kapitel der letzten Wochen etwas taugen, weiß ich nicht. Der Anfang des Romans war leicht, der war ja auch am weitesten, aber immer spürbarer wird jetzt zur Mitte hin das Problem, die Fäden in der Hand zu behalten. Warum geht es dem Jungen zwei Kapitel scheiße, und dann beginnt das nächste Kapitel mit Aufbruch und Begeisterung? Unterbricht die Sache mit dem Vater nicht den Lesefluss komplett? Mir fehlt die Übersicht, und ich wage es nicht, diese Probleme auf eine Schlusskorrektur zu verschieben.

Statt Konzentrationsstörungen Halsschmerzen und Schnupfen. Das wird mir jetzt zu blöd. Nachdem ich den Alkohol aufgegeben habe, müssen als Nächstes die Raucherkneipen dran glauben. Leb wohl, Prassnik.

27. 4. 2010 13:07

Diese Empfänglichkeit für Lyrik. Goethes «Zueignung», und ich bin am Ende. Auch ein Buch, das ich eigentlich noch mal lesen müsste: der kommentierte Briefwechsel. Ich habe Goethe wirklich gehasst für seine Romane (alles außer erster Hälfte Werther) und seine kleinkarierte Kunsttheorie, aber ungeheuer nahegekommen ist er mir in diesen Briefen. Die Lyrik und die Briefe.

28. 4. 2010 20:47

Endlich schleppt sich die Romanhandlung raus aus Berlin. Der Lada ist fachmännisch kurzgeschlossen, und grad hab ich die Jungs auf die Autobahn gejagt und mich unter den Tisch gelacht über den Einfall, dass sie keine Musik hören können. In Gegenwartsjugendliteratur ist es zwingend notwendig, die Helden identitätsstiftende Musik hören zu lassen, besonders schlimm natürlich, wenn der Autor selbst schon älteres Semester ist, dann trifft es auch gern mal Jimi Hendrix, der neu entdeckt werden muss, und Songtextzitate gehören sowieso als Motto vor jedes Buch. Aber der Lada hat leider nur einen verfilzten Kassettenrekorder. Kassetten besitzen die Jungs logischerweise nicht, und dann finden sie während der Fahrt unter einer Fußmatte die Solid Gold Collection von R. Clayderman, und ich weiß auch nicht, warum mich das so wahnsinnig lachen lässt, aber jetzt kacheln sie gerade mit Ballade pour Adeline ihrem ungewissen Schicksal entgegen. Projekt Regression: Wie ich gern gelebt hätte.

Ein Motto aus meinem Lieblingsfilm steht dem Buch trotzdem voran, ich hoffe das geht okay:

Dawn Wiener: I was fighting back.
Mrs. Wiener: Who ever told you to fight back?

29. 4. 2010 19:00

Mit dem Fahrrad durch Marzahn und Hellersdorf. Erstbesteigung des Kienbergs (102 m). Meine Angst vor dem Straßenverkehr ist wieder nahe null. Nirgends gegengefahren. Einen Eichelhäher gesehen, einen Hasen, ein Eichhörnchen und eine Schlange. Und die passende Wohngegend gefunden für den Erzähler: mittelprächtige Villen neben Plattenbauten. Google Earth zeigt Swimmingpools.

30. 4. 2010 21:36

Was ich brauche, ist eine Exitstrategie. Ich hatte Cornelius gegenüber schon mal angefangen, aber das war noch zu Zeiten der Manie, und da war ich noch vollkommen sicher, dass es nur eine Waffe sein könne. Aus dem einfachen Grund, dass ich herumging und mich prüfte und spürte, die Sache nicht in einem Moment der Verzweiflung, sondern der Euphorie hinter mich bringen zu können, und ohne Probleme. Voraussetzung dafür war, dass zwischen Entschluss und Ausführung nicht mehr als eine Zehntelsekunde liegen dürfe. Schon eine Handgranate wäre nicht gegangen. Die Angst vor den drei Sekunden Verzögerung hätte mich umgebracht. Medikamente mit dem langwierigen Vorgang des Schluckens und Wartens sowieso. Weil, ich wollte ja nicht sterben, zu keinem Zeitpunkt, und ich will es auch jetzt nicht. Aber die Gewissheit, es selbst in der Hand zu haben, war von Anfang an notwendiger Bestandteil meiner Psychohygiene. Googeln fällt mir unsagbar schwer, ein praktikables How-to ist nicht auffindbar. Freunde informiert: Falls jemand von Mitteln und Wegen weiß oder im Besitz davon ist – am 21. Juni ist das erste MRT. Bis dahin brauche ich was hier. Ob ich die Disziplin habe, es am Ende auch zu tun, ist noch eine ganz andere Frage. Aber es geht, wie gesagt, um Psychohygiene. Ich muss wissen, dass ich Herr im eigenen Haus bin. Weiter nichts.

5. 5. 2010 9:50

Morgens mit dem Fahrrad die Spree entlang, auf dem Weg von C. nach Hause. Ausschließlich Frauen am Ufer. Sie gehen spazieren und machen mit den Armen Bewegungen, dass man sieht, es soll Sport sein. Vielleicht ist Moabit zu arm für Skistöcke.

Und richtig gut angesehen ist man im 451 auch nicht, wenn man den neuen Roland Emmerich ausleiht.

5. 5. 2010 22:20

Wieder runter zu meinem Nachbarn, der es schafft, mir den Tag zu versauen. Nachdem er die Tür aufgemacht hat, frage ich nur: Geht's?, und gehe wieder, und er fragt mich allen Ernstes, warum ich geklingelt habe. Warum habe ich all die Jahre bei ihm geklingelt? Damit er mir mit einer Tasse Zucker aushilft? Um seinen Subwoofer zu loben? Warum noch mal? Die letzten drei Jahre hat er übrigens fast nie die Tür aufgemacht, auch wenn man nachts Sturm klingelte. Ich träumte immer davon, ihn mit zwei Metallwinkeln von außen zuzudübeln.

10. 5. 2010 18:20

C. hat mir einen Stapel Jugendliteratur hingestellt, damit ich sehe, was die Kollegen so treiben, darunter drei Gewinner des Deutschen Jugendbuchpreises. Bis auf ein Buch unternimmt keins die Mühe, eine Geschichte erzählen zu wollen. Sprachlich wirken sie, als wolle ein Kulturpessimist die Ansicht demonstrieren, Jugendliche könnten längere, zusammenhängende Sätze oder Gedanken weder formulieren noch begreifen.

In «Heim» (2004), das noch am spannendsten zu sein scheint, hingegen gleich der sprachliche Biedersinn. Erst mit «ätzend» und «Tussi» losgekumpelt, und dann: «Der konnte warten, bis er grün wurde!» – «Wenn der wüsste, wofür ich mich ganz gewiss nicht interessierte!» Ja, so redet sie, die Jugend, die sich ganz gewiss nicht dafür interessierende.

Mein Lieblingsjugendbuch neueren Datums immer noch: «Holes» von Sachar, das ich nicht aufblättern kann, ohne sofort das ganze Buch zu lesen. «Diary of a Wimpy Kid», zurzeit auf den Bestsellerlisten, ist auch nicht schlecht. Irgendwann ist man satt davon, aber die Einfälle sind hübsch.

Lektüre: «Huckleberry Finn». Ich kann mich nicht erinnern, wann genau ich das zum ersten Mal gelesen habe. Aber dieser unfassbare Beginn, wie Huck in seiner Kammer sitzt: «I felt so lonesome I most wished I was dead. The stars was shining, and the leaves rustled in the woods ever so mournful …» Und dann am Ende das zweifache Miauen im Garten und: «Then I slipped down to the ground and crawled in amongst the trees, and sure enough there was Tom Sawyer waiting for me.»

Wenig hat mich, glaube ich, im Leben glücklicher gemacht als die Kieselsteine, die Stefan Büchler in der Dämmerung gegen mein Fenster schnickte. Die Abende, wo wir die Letzten draußen waren, alle anderen längst im Bett. Wie wir immer auf dem Rand der Sandkiste saßen und Sandklopse formten, um uns zu erinnern, wie viele Abende zuvor wir das auch schon gemacht hatten. Wie wir auf allen vieren kilometerweit durch das Kornfeld krochen: Flucht aus der DDR. Wie er ein Taschentuch an dem Bauwagen hinter den Feldern aufhängte, wenn er Zeit hatte und ich ihn besuchen konnte. Wie er mich einmal verraten hat. Wie wir einen ganzen Tag lang versuchten, die Wurfgeschosse aus dem Stoppelfeld über die Stromleitung zu schleudern. Wie wir es schafften, den Fahrradmantel über eine Peitschenlampe zu fädeln. Wie ich aus seinem drei Meter fünfzig hohen Fenster sprang, um einem seiner Bösartigkeitsanfälle zu entkommen. Wie er mit seiner Schwester das Schachspielen entdeckte und sie mir vormachten, wie sie Kampfsportlern gleich die Partien mit «japanischen» Höflichkeitsverbeugungen begannen. Wie er mir zeigte, wie man eine Schallplatte mit einem gefalteten Pappkarton und einer Stecknadel abspielen kann. Wie wir Hunderte von Papierzeppelinen vom Balkon warfen. Wie wir eine Höhle unter dem Dachfirst im dritten Stock bauten und unser Bettzeug raufschleppten und dort übernachteten, als meine und seine Eltern verreist waren. Wie er mir Liebesbriefe an Annett Solty mitgab, die zufällig in meiner Klasse war. Wie er Ulf Dassow schlug, nachdem der Kai geschlagen hatte. Wie er in der schwarzen Gymnastikhose Handball spielte an der Realschule Aurikelstieg, wo mein Vater Lehrer war. Wie er die Schule schmiss. Wie er seine neuen Adressen verschwieg, weil sie ihm peinlich waren. Wie er eine Adresse in Hamburg nannte, und ich fuhr einen ganzen Nachmittag kilometerweit mit dem Rad dorthin, um festzustellen, dass es die Adresse nicht gab. Angeblich hatten sie einen Swimmingpool dort. Das letzte Bild von ihm, die letzte Begegnung: Ich kann mich nicht erinnern. Wahrscheinlich fuhr er auf dem Mofa davon, und ich stand am Möhlenbarg und sah ihm nach.

Ungefähr in der fünften Klasse hatten wir eine Zeitlang unsere eigenen Zeitschriften mit einer Auflage von je einem Exemplar. Meine hieß ZfS, Zeitung für Schwachsinnige; wie Stefans hieß, weiß ich nicht mehr. Aber an einen seiner Artikel erinnere ich mich noch: «Pazifik entführt! Letztes Foto des Vermissten:» – und dann ein blaues Quadrat.

Von meiner Mutter hörte ich einmal, er sei Filialleiter eines Supermarktes geworden. Ich habe ihn mehr geliebt als alle meine anderen Freunde.

11. 5. 2010 00:55

Erste milde Hypochondrie. Dieses Ziehen am Kopf, der komische Druck auf den Ohren, und immer der Gedanke: Jetzt geht's schon los. Gleichzeitig auf der Mailingliste Diskussion über Fälle, die es trotz guten MRT-Befundes nach drei oder vier Monaten zerlegt.

Ich bin trotzdem ruhig, aber ich fühle mich, als wäre ich schon nicht mehr hier, schon auf der anderen Seite. Das ist nicht schön, aber ist auch nicht mehr wichtig. Spazieren gegangen an den Hackeschen Höfen vorbei, in ein Café gesetzt und an den Ausdrucken gearbeitet. Am Nebentisch ein Mann, der einer nicht deutschsprachigen Frau von einem Land erzählt, wo die Leute wahnsinnig oberflächlich sind.

Einen Ordner UNBESEHEN LÖSCHEN auf meinem Desktop eingerichtet und Freunde gebeten, gemeinsam dieser Aufforderung nachzukommen. Ich möchte, dass es am Ende mehrere sind und nicht ein Einzelner, der aus Neugier oder anderen persönlichen Gefühlen auf die Idee kommt, meine Entscheidung in Frage zu stellen. Außerdem alle Festplatten und Speichermedien zerhacken, bitte. Priester sind mit Waffengewalt von mir fernzuhalten.

Und wo wir schon dabei sind: Ich hoffe, es kommt keiner auf die Idee, eine Annonce aufzugeben oder einen Kranz zu kaufen. Besauft euch im Prassnik. Meine Vorstellung einer geglückten Party war immer: Beckett/Murphy, Kapitel 12. Wenn es jemand schafft, so ein Papiersäckchen aufzutreiben, würde mich das ohne Ende erheitern. Und um das restliche

Pathos gleich noch mit wegzuerledigen: Ich wünsche euch, wenn eure Stunde kommt, dass ihr Freunde habt, wie ihr es seid.

Thema Ende.

11. 5. 2010 10:03

Gestern bis vier nicht geschlafen. Trotzdem kein Schlafmittel. Heute um neun aus dem Bett gesprungen, festgestellt, dass mir nichts fehlt, losgearbeitet. Harvest, Neil Young: Meine erste Kassette, aufgenommen von meiner ersten Freundin. Hatte man nicht immer gesagt, diese Kassetten halten höchstens zehn, fünfzehn Jahre? Und weil die Rückspulfunktion kaputt ist, muss ich die andere Seite jetzt auch noch hören: Georges Moustaki. 1982.

11. 5. 2010 13:53

Klaus Caesar und Fil schauen vorbei und zeigen mir ihr Kinderbuch. Es geht um einen Elefanten mit einer speziellen Fähigkeit. Ich finde es sehr lustig, bezweifle aber, dass ich es als Kind gemocht hätte.

11. 5. 2010 17:32

Der ungeheure Trost, der darin besteht, über das Weltall zu schreiben. Heute die Szenen mit dem Sternenhimmel, mit Starship Troopers und der Entdeckung der Nacht eingebaut. Wie der Held sich erinnert, mit acht Jahren in der Dunkelheit durch den Hogenkamp gejoggt zu sein, die einzige wirklich autobiographische Stelle. Warum ist der Anblick des Sternenhimmels so beruhigend? Und ich brauche nicht einmal den Anblick. Vorstellung und Beschreibung reichen. Als ich noch auf der Kunstakademie war, war das immer mein Einwand gegen die Abstraktion: der Himmel. Leider war ich mit dieser Meinung ganz allein.

Gibt es in der Wissenschaft eigentlich Denkmodelle, die versuchen, die ungreifbare, nur an Sekundärphänomenen wie Veränderung und Bewegung messbare und anstößige Größe der Zeit aus der Physik herauszurechnen?

12. 5. 2010 23:49

Mit Lars und Marek in «Sin Nombre». Toller Film, aber die Gewaltszenen erfreuen mich nicht. Das Sozialleben auch etwas schwierig, viele Dinge interessieren mich gerade nicht richtig. Bin in Gedanken immer bei der Arbeit. Zurzeit wieder fast ein Kapitel pro Tag.

13. 5. 2010 13:49

Erstes Tavor seit der Psychiatrie. Mal testen, was das macht.

13. 5. 2010 14:01

Die Beruhigung setzt so schnell ein, dass man davon ausgehen muss, dass es nicht die Tablette ist, sondern die sofort nach Tabletteneinwurf konzentriert wiederaufgenommene Arbeit. Merken.

14. 5. 2010 18:30

Nach langer Zeit wieder Fußball in der Bergstraße. Wie schon beim letzten Mal kämpfe ich mit der Nostalgie. Der

Tartanplatz zwischen den Häusern, die Schwarzpappeln, der Himmel, die vielen Jahre, die ich hier jeden Sommer gespielt habe. Zwei- oder dreimal, erinnere ich mich, war ich nachts auf dem Platz, allein, wenn ich besoffen und mit einer Bierflasche in der Hand aus der Stadt kam. Ich bin über den Zaun geklettert und habe mich in die Mitte des Feldes auf den Rücken gelegt und die Sterne angeguckt, und auch, wenn ich nicht mehr sagen kann, worüber ich seinerzeit nachgedacht habe, es wird so etwas Ähnliches gewesen sein wie heute.

Den Ball treffen und Pässe schlagen und all das funktioniert, aber im Gewühl und wenn sich die Spielsituation schnell ändert, macht sich der Sichtfeldausfall als Orientierungsverlust bemerkbar. Nach einer Viertelstunde stellt sich Schwummrigkeit ein, aber nachdem ich mich entschlossen habe, einfach mehr statt weniger zu laufen, komme ich über den toten Punkt, und es macht wieder Spaß. C. holt mich ab, und im Bett versuche ich, ihr zu erklären, was ich in den letzten Wochen herausgefunden habe: dass dieses Universum nicht existiert. Oder nur in diesem Bruchteil dieser Sekunde.

16. 5. 2010 4:00

Ist das anhaltende Druckgefühl an den Ohren hypochondrisch, Nebenwirkung meines mit Ohropax geführten Kampfes gegen den Lärm meiner Nachbarn oder schon das andere? Nachts um vier tobt die Party im zweiten Stock, und ich übertöne den Lärm, indem ich das Radio leise laufen lasse, Jazz auf Radio Eins. Ich döse mit meiner Wärmflasche unter der Decke und bin vollkommen ruhig und gelassen und gleichgültig. Ich könnte jetzt gehen, wenn ich wollte, es ist mir egal. Das Buch, an dem ich seit Ende März jeden Tag von morgens bis abends wie ein Irrer gearbeitet habe, ist mir egal, es ist der Welt egal, alles egal. Irgendwann schlafe ich ein, und ich schlafe sehr gut.

16. 5. 2010 13:38

Lektüre: «Jane Eyre». Als Helen Burns stirbt, beschreibt Jane die Welt als einen Abgrund mit nur einem einzigen Halt: der Gegenwart. Meine Worte zu C. vorgestern. Tolles Buch.

Als ich etwa 18 war, las ich mich durch die Deutsche Romantik auf der Suche nach – ja – dem großen Gefühl, in der Hoffnung, etwas Vergleichbares zu finden wie in der Malerei. Tatsächlich eine einzige Enttäuschung. Der «Taugenichts» entsprach noch am ehesten den Erwartungen, aber es fehlte das Düstere, Schauerliche. Mörike und Hoffmann langweilten mich milde, im «Ofterdingen» gab es irgendetwas, was mich ansprach, das Überspannte, Verblasene, wenn ich das richtig erinnere, aber ich las das Buch auch in einer Zeit schwerer Verstörung und als Reiselektüre auf der Fahrt nach München und Nürnberg. Dort stellte ich mich mit meiner Mappe an den Kunsthochschulen vor, völlig naiv. Ich wusste nicht mal, dass man sich einen bestimmten Professor suchen musste, ich dachte, Qualität hätte allgemeinen Vorstellungen zu genügen. In München landete ich bei einem Abstrakten. Der Mann war nett und behandelte mich höflich, aber die ganze Situation war absurd. Abends fuhr ich mit dem Zug nach Nürnberg, wo ich keine Schlafgelegenheit hatte. Erst rüttelte der Kellner in einem Nachtcafé mich wach, wo ich über Novalis einzuschlafen drohte, dann übernachtete ich auf dem Bahnhofsklo, während zwei Penner vor der Kabine auf der Heizung saßen und sich über mich lustig machten, und las erst den «Ofterdingen» und dann die «Lehrlinge zu Sais». Letzteres grauenvolle Lektüre, wenn man übermüdet ist, und wahrscheinlich auch, wenn man nicht übermüdet ist. Zu einer Zeit, wo ich noch nicht wusste, dass Sätze voller großer Begriffe auch einfach mal nichts bedeuten können. Schlimmer als das eigentlich nur noch Brentano.

Und was ich suchte und mir vorstellte unter dem Begriff Romantik, fand ich schließlich in «Jane Eyre». Begeistert mich auch bei der Zweitlektüre. Rasend gut gebaute, schnelle Szenen.

Eigenartiger Eindruck in der Zigeunerszene: Man verkleidet sich und wird von seinen Liebsten nicht erkannt, denen man aus der Hand liest. Ob das wirklich funktioniert hat in früheren Jahrhunderten, vor der fotografischen Wahrnehmung der Welt? Der Topos ist ja weit verbreitet.

Meine Lieblingsstelle immer noch ihre einsame Wanderung. Wie sie fast verhungert, wie sie übernachtet zwischen Felsen und Heidekraut. Wo man sieht: ein Mensch. Und auch 150 Jahre nach ihrem Tod ist es immer noch: ein Mensch.

Nach dem Antrag Rochesters wird das Buch allerdings etwas verschwafelt, das ist schade.

17. 5. 2010 13:07

C. hat das erste Kapitel sehr effektiv zusammengestrichen. Die Überlegungen mit dem Anwalt musste ich wieder reinschreiben, das scheint mir zu wichtig als Information über seine Naivität, aber ansonsten ist Geschwindigkeit das Wichtigste. Hatte ich bei «Plüschgewittern» unendlich lang gehadert und es am Ende auch nicht hingekriegt.

18. 5. 2010 15:00

Einfach mal bei Dr. Vier angerufen. Nein, an den Ohren, das hat nichts mit Glioblastom zu tun. Sofort sind alle Schmerzen weg.

23. 5. 2010 15:00

Tage der Arbeit. Passig kommt und liest die erste Hälfte, findet es so mittel, Roadmovie, kein Ziel, keine Aufgabe. Nicht schlechter als «Plüschgewitter», aber die waren ja auch schon mittel.

24. 5. 2010 20:15

Weil ich mich selbst nicht mehr als Person wahrnehme, kommt es mir vor, als ob auch andere mich nicht mehr so wahrnehmen, sondern nur noch als Schatten, als etwas, mit dem nicht mehr zu rechnen ist. Ich versuche mich zu erinnern, wie meine Gefühle gegenüber Todgeweihten waren. Oft muss ich an Kris[3] denken, dem ich in den letzten Tagen und Wochen immer wieder auf der Straße begegne. Ich war ihm nie nahe, und ich erinnere mich eigentlich auch nur an einen einzigen Satz aus unserer letzten Unterhaltung im NBI, wo er sagte: Ich habe mich damit abgefunden. Das fand ich mehr als erstaunlich damals. Er hatte noch drei Jahre oder so. Aber habe ich ihn noch ernst genommen? Ich weiß es nicht mehr.

Dosiseskalation auf 390 mg, fünf Tage. Mein Magen macht sich den ganzen Tag bemerkbar, aber vor Tabletteneinwurf. Danach bleibt alles ruhig.

28. 5. 2010 21:00

Patrick fragt unbefangen und ausführlich nach, der Erste.

29. 5. 2010 22:32

Einzige Nebenwirkung nach dem fünften und letzten Tag der Chemotherapie scheint Müdigkeit zu sein. Jetzt kann ich nicht mehr. Mein Roman langweilt mich. Kann aber auch daher kommen, dass ich zwei Monate ohne Unterbrechung von morgens bis abends gearbeitet habe. Ich versuche, mir einen freien Tag zu nehmen, woraufhin auf Jörgs Gartenparty ein erster Verzweiflungsanfall erfolgt. Vielleicht die vielen unbekannten Leute, vielleicht die Kinder, vielleicht der bürgerliche Lebensentwurf mit Hausbauen und allem. Muss kurz mit Marek vor die Tür, dann geht es wieder. Aber meine Abendunterhaltung mit Passig auch sehr monothematisch. Besser morgen wieder arbeiten.

30. 5. 2010 9:12

Traum: A. ruft an und fragt, wie es mir geht. Ich sage es ihr, und der Traum ist vorbei. Seit ein paar Wochen liegt der Zettel mit ihrer Telefonnummer hier, ich schaffe es nicht, dort anzurufen.

31. 5. 2010 9:57

Traum: Wir geraten in einen Banküberfall. Ich stelle mich schützend vor C., wie ich das in Filmen gesehen habe, ein wenig ironisch auch. Dann merke ich, dass wirklich mehrere Gewehrmündungen auf uns gerichtet sind. C. zittert und hat

Angst, ich bleibe ruhig. Als der Überfall vorbei ist, wird das Gelände in eine Rollschuhbahn umgewandelt, und ich laufe mit Per Leo Rollschuh.

31. 5. 2010 20:17

Bleierne Müdigkeit. Es ist viel schwerer, unter Müdigkeit zu arbeiten als unter Konzentrationsstörungen. Den Termin Mitte Juni kann ich knicken.

FÜNF

1.6.2010 11:53

Müdigkeit weg. Und hey, ich kann auch drei Kapitel am Tag. Das wollen wir doch erst mal sehen, ob sie beim Deutschen Jugendbuchpreis ein rasend schnell zusammengeschissenes Manuskript von einem durchredigierten unterscheiden können.

7.6.2010 12:24

«Die Landesbischöfin von Hannover, Margot Käßmann, sieht eine große Gefahr darin, Patienten einen schnellen, effektiven Tod zur Verfügung zu stellen. ‹Es verführt dazu, zu meinen, man könne mal eben über den Tod entscheiden.›»

Mitleiderregende Dummheit, für das Amt des Bundespräsidenten überqualifiziert.

X., die Erschießen für zu unsicher hält, kündigt an, dass sie in diesem Fall vor der Tür warten wird. Warten, bis sie den Schuss gehört hat, und dann reinkommen und den Rest mit der Plastiktüte erledigen, falls nötig. Es ist rührend, und ein bisschen graust es mich auch. Aber da bin ich anscheinend der Einzige im Raum.

8.6.2010 18:16

Nachmittags lege ich mich müde hin. Als ich wieder aufstehen will, ist die Welt weg oder verschwommen. Linkes

Auge, rechtes Auge: verschwommen. Ich gerate nicht in Panik, ich habe keine Angst, es ist nur riesengroße Gleichgültigkeit: So geht das also los. Ich kann die Schrift am Computer nicht mehr lesen. Ich stelle sie doppelt so groß und arbeite noch dreißig Sekunden, dann kann ich auch das nicht mehr lesen. Soll ich die Notfallnummer des Onkologen anrufen? Irgendjemanden anrufen? Ich nehme mein Handy und ein Handtuch, gehe raus und lege mich in die Sonne neben das große Kinderplanschbecken in der Eichendorffstraße. Sie haben die Wassersprenger wieder angeschaltet, wie jeden Sommer. Mitte-Väter schwenken ihre Kinder an Armen und Beinen durch die Luft, Mütter liegen neben Kinderwagen und lesen Zeitung. Neben mir ins Gras setzen sich vier junge Männer. Sie unterhalten sich über die Begriffe Zweck und Absicht bei Kant und Hegel, und es ist eine grauenvolle Unterhaltung, ein grauenvoll verfehltes, sinnloses Leben, während um sie herum alles in schönster Blüte steht. Nach einer Weile ist mein Auge wieder da. Ich ziehe die Mensacard aus dem Portemonnaie, um zu gucken, ob ich die Schrift darauf lesen kann, und gehe zurück an die Arbeit. Auf dem Weg schleppe ich einen Getränkekasten in den vierten Stock.

12. 6. 2010 14:00

Passig kommt zum Korrekturlesen für den fertigen Roman vorbei. Deadline hätten wir geschafft, aber gestern Anruf in Oldenburg: Die Ausschreibung für den Jugendbuchpreis ist ausgesetzt, keine Haushaltsmittel, endgültige Entscheidung erst in einem Monat. Völliger Tonusverlust, Müdigkeit, kann den ganzen Tag kaum stehen. Passig korrigiert, ich liege schlapp in der Gegend rum. Als ich über eine strittige Stelle diskutieren will, sagt sie: Mit mir diskutieren kannst du, wenn du tot bist. Mein Bedarf an Witzen ist gedeckt.

Nebenbei habe ich auch Geburtstag, Passig formt auf der Torte eine traurige 45 aus Erdbeeren und Heidelbeeren.

13. 6. 2010 20:00

Deutschland – Australien 4:0.

14. 6. 2010 11:26

Traum: Prof. Moskopp kommt in Tellkamps Roman vor. Er operiert mich zum zweiten Mal, und ich sterbe.

14. 6. 2010 14:30

Während ich mit Tim Attanucci in der Mensa sitze, ruft Uwe mit einem Angebot von Alexander Fest an. Ich höre nur den Veröffentlichungstermin und sage: zuschlagen. Machbar wäre erster September, marketingtechnisch wollte man lieber bis nach der Buchmesse warten. Manuskript muss dann Montag vorliegen. Also noch letztes Kapitel schreiben und Problemkapitel überarbeiten.

21. 6. 2010 00:43

Fußball geguckt im Haus der Kulturen, dann mit letzter Kraft das Manuskript von den Varianten gesäubert und an den Verlag geschickt. Hinten alles Kraut und Rüben. Morgen früh MRT.

21. 6. 2010 15:00

Völlige Gleichgültigkeit vor dem MRT, völlige Gleichgültigkeit nach dem MRT. Mittags dann Versuch, den Befund telefonisch zu erfragen, gescheitert. Termin bei Dr. Zwei machen müssen. Viertelstunde Fußweg. Dr. Zwei erklärt den Befund und die enthaltenen Worte Schrankenstörung, konstant, niedergradig, suspekt. In der Summe bedeuten sie, dass sich im Moment nichts verändert in meinem Hirn, nichts wächst. Gleichgültig raus aus der Charité. Zehn Minuten später dann Zusammenbruch, am Ufer der Spree gekrochen, geheult.

SECHS

29. 6. 2010 20:00

Lars kommt den dritten Tag vorbei, um das neue Macbook einzurichten, das mich in den Wahnsinn treibt. Ich fürchte, ich stelle mich sehr mädchenhaft an, aber nachdem ich stundenlang versucht habe, aus Scrivener schlau zu werden, wird mir langsam klar, dass ich keine Zeit habe, mich zwei Wochen auf eine neue Software einzustellen. Ich brauche genau die alten Benutzeroberflächen, und ich brauche sie sofort.

Abends Spaziergang mit C. Wir setzen uns an die Beachvolleyballfelder am Nordbahnhof und schauen dem warmen Sommerabend von einem Strandkorb aus zu. Ich fühle mich wie schon in den letzten Tagen oft, als hätte ich überhaupt nichts, so unbeschwert wie viele Sommer zuvor. Aber mit der Unruhe ist auch der Antrieb zum Arbeiten verschwunden.

Immerhin habe ich Korrekturen des Lektors jetzt im Haus. Die muss ich bis zum Wochenende durchgesehen haben. Marcus streicht einen korrekten Konjunktiv raus und ersetzt ihn durch den falschen: dass ich das noch erleben darf. Hat auch sonst ein gutes Gehör für den Ton und ergänzt Sätze. Merkwürdig das gleiche Problem, das ich auch mit Passig immer habe, der Unterschied zwischen norddeutschem und süddeutschem Sprachklang: Füllwörter und Satzstellung.

Elinor hat das Manuskript gelesen und ist enttäuscht. Ihr gefällt die Handlung nicht, die unglaubwürdige Action, sie hätte lieber wieder den vor sich hin reflektierenden Erzähler der «Plüschgewitter». Abends kommen mir so starke Zweifel an dem Buch, dass ich mich frage, ob der Vertrag mit Rowohlt auf regulärem Wege zustande gekommen ist oder Helfer ihre Finger im Spiel gehabt haben. Ich frage mich das ernsthaft.

1. 7. 2010 20:30

Treffen mit Per und Jochen, Marokko-Fotos anschauen. Jochen hat einen wunderschönen Ausblick über Berlin und jammert die ganze Zeit, wie viel schöner es in einer früheren Wohnung gewesen sei und wie viel schöner dort, bevor jemand renovierte usw. usf. Meine Schmerzgrenze für so was ist noch mal deutlich gesunken.

Per schickt auf meinen Wunsch eine Mail, in der er seinerzeit meinen Wahnanfall beschrieb. Es deckt sich in etwa mit meiner Erinnerung.

3. 7. 2010 23:00

Meine vermutlich letzte Steuererklärung gemacht. Die Festplatte aus dem alten Computer ausgebaut und zerstört. Nachmittags das unfassbare 4:0 gegen Argentinien in der Volksbar gesehen, danach in Lobos Wohnung gegangen, um an meinen Korrekturen zu arbeiten.

Überwältigender Sommerabend.

4. 7. 2010 19:00

Morgens Fahrrad repariert, nachmittags ist es schon wieder platt. Ausgerechnet jetzt gibt auch noch das Handy seinen Geist auf. Schaffe es mit der U-Bahn gerade noch pünktlich zu Marcus. Wir gehen das Manuskript durch. Er ist unglaublich schnell, und ich bin unglaublich begriffsstutzig.

5.7.2010 2:38

Gewitter und Wolkenbruch. Alle Fenster auf. Könnte nicht bitte für den Rest meines Lebens Gewitter und Wolkenbruch sein?

Früher hatte ich mir immer vorgestellt, dass die Nächte das Schlimmste am Sterben sind. Die Nächte, das einsame Liegen im Bett und das Dunkel. Aber die Nächte sind schön und leicht zu ertragen. Jeder Morgen ist die Hölle.

10.7.2010 1:55

Lukas hat mir ein Prassnik im Maßstab 1:87 gebaut. Jetzt steht es neben meinem Bett und leuchtet in der Nacht. Es ist ein wenig gespenstisch. Sechs Personen sitzen entspannt um den Tisch auf der Empore, keiner hat ein Bier.

11.7.2010 23:00

WM-Finale Spanien – Holland bei Holm. Alle sind für Holland. Auf dem Balkon doziert der bizarre Joachim Bessing. Hinten in einem der Zimmer liegt allein irgendwo Julias Kind. So winzig, so unwissend, so hilflos, dass ich sofort rausmuss vor die Tür, ich ertrage das nicht.

14.7.2010 15:14

Hitzewelle, Schlaffheit. Manuskript ist abgegeben, Cover und Klappe sind fast fertig. Heute Morgen bei amazon auf

35 000. Seit Tagen versuche ich, in den Krimi reinzukommen, gelingt nur teilweise. Ungleich schwerer als beim Jugendroman, wo ich den Erzähler einfach reden lassen konnte. Hier verliere ich immer wieder völlig den Überblick, starke Konzentrationsstörungen, ändere die Datei nach stundenlanger Arbeit zurück auf Anfang.

19. 7. 2010 11:33

Miopental heißt das Medikament in meinem Traum. Eine große Spritze, gefüllt mit orangegelbem Brei. Jetzt, wo ich weiß, wie ich sterben werde, habe ich über viele Stunden und Tage an der neuen Vorstellung gearbeitet, um die alte Vorstellung mit der Waffe zu verdrängen. Ich habe mir nachts imaginäre Spritzen in den Arm gedrückt und imaginäre letzte Gespräche geführt mit zwiespältigem Erfolg: Heute und gestern Morgen bin ich nicht in der Hölle aufgewacht, sondern in meinem Bett. Zum ersten Mal seit Februar. Ich bin aufgewacht, war müde, wusste, was Sache war, und wollte weiterschlafen. Und konnte es auch. Aber jetzt Antriebslosigkeit. Ich muss den Krimi nicht mehr schreiben. Ich muss gar nichts mehr schreiben. Alles sinnlos.

Die Fahnen sind im Haus. Lese sie maximal unbegeistert. Wobei das weder mit dem Roman noch mit meinem Zustand zu tun haben muss, das war beim Fahnenkorrigieren immer so.

Und auch das ist wie immer: Mitten in der Nacht springe ich aus dem Bett und reiße Torberg, Hesse, Strunk, Bräuer, Kracht, Knowles aus dem Regal, um zu vergleichen: Warum funktioniert das bei denen, warum nicht bei mir?

Erinnere mich, wie ich im März in den ersten warmen Nächten am offenen Fenster saß, arbeitete und dachte, es ist eine Sache auf Leben und Tod. Und das war es vielleicht auch. Aber es hat sich im Roman nicht abgebildet. Stilistisch fragwürdige Pennälerprosa mit Allerweltseinfällen, als Ganzes strukturlos. Auch die letzte Szene – wen interessiert's?

Was mich dagegen sofort wieder reißt: «Unterm Rad».

26. 7. 2010 23:00

Zum ersten Mal wieder Sneak-Preview. Ohne das Biertrinken hinterher nicht so toll. Film auch Mist: «Renn, wenn du kannst», nach dreißig Minuten rausgegangen.

Wenn ich ausgehe, fühlt sich das Leben an wie früher. Ich werde gedankenlos, ich verplempere Zeit.

27. 7. 2010 20:38

Heute Morgen mit Saemann letzte Korrekturen am Telefon. Zuvor schon bei der Presseabteilung Lesungen, Reisen, Interviews und Porträts abgelehnt. Vielleicht sollte ich das noch mal überdenken. Das Ding wird untergehen wie ein Stein, und dann bin ich auch unglücklich die nächsten Wochen. Andererseits habe ich beim «Van-Allen-Gürtel» die Pressesache komplett mitgemacht, und das Ergebnis waren keine zweitausend, trotz guter Kritiken.

Fast den ganzen Tag nichts gemacht, ohne in Panik zu geraten. Im Nachmittagsschlaf verfolgt mich der Krimi. Immer an derselben Stelle will ich einen Satz einbauen. Ich wache auf, habe keine Kraft, aufzustehen und zum Rechner zu gehen, schlafe weiter und will im Traum wieder den Satz einbauen: No hay banda.

29. 7. 2010 5:33

Herrliches Erwachen in C.s Wohnung. Den ganzen Morgen kommt die Meise durchs offene Fenster herein, fliegt über mir rum und kreischt. Ich kann mir nicht erklären, was sie will, ihr Futternapf auf der Fensterbank ist voll.

Der Himmel blau, die Bäume grün, der Wind rauscht in den Blättern: ein bisschen wie damals das Erwachen in der Hütte in Burgthann. Ines wohnte mitten im Wald, unten am Garten vorbei floss ein Bächlein, in dessen seichtem, sandigen Bett wir morgens kilometerweit stromauf wateten. Ines voran, mit dieser Naturkindhaftigkeit, kletterte barfuß genauso schnell über die Katarakte wie ich. Einmal schoss jemand mit dem Luftgewehr über unsere Köpfe hinweg.

Zum Einschlafen las sie mir Musils «Fliegenpapier», «Hellhörigkeit», die «Hasenkatastrophe» usw. vor. Wie Bruder und Schwester haben wir dagelegen, geschlafen haben wir nie miteinander. Sie hatte einen Freund und ich eine Freundin. Der Hauptfigur in den «Plüschgewittern» hat sie den Namen gegeben, im Jugendroman taucht sie als Isa auf. Eines Tages verschwand sie aus Nürnberg, ohne eine Adresse zu hinterlassen. Es waren nur ein paar Tage, die ich sie kannte. Ich glaube, die glücklichsten in meinem Leben. In ihrer Hütte stand ein überdimensioniertes Funkgerät, seinerzeit Autotelefon genannt.

29.7.2010 12:20

Halte vor einer Buchhandlung und überlege, mir ein neues Buch zu kaufen. Tue es dann doch nicht.

«Nur Gawrila Ardalionowitsch hat freien Zutritt.» Mit siebzehn zuerst gelesen, lässt der Name die Physiognomie einer unbedeutenden Nebenfigur sofort wiederauferstehen. Ich meine, einen grauen Anzug zu sehen und ein Beamtengesicht. Rätselhaftes Gehirn. Heute Vormittag stand ich an der Siegessäule und wusste, obgleich ich die Sonne im Süden sah, nicht, in welche Richtung ich nach Hause fahren musste. Irgendwas haben sie mir rausoperiert. Aber Gawrila Ardalionowitsch ist immer noch da. War immer da. Hat sich ein Vierteljahrhundert irgendwo verborgen und taucht nun wieder auf mit seinem Beamtengesicht.

Im selben Kapitel auch Myschkins Gedanken zur Todesstrafe, die ich als Jugendlicher mit starker Bewegung las. Wie viel angenehmer es ist, ermordet zu werden als hingerichtet, wo es keine Hoffnung gibt. Und wie sehnsüchtig ich mir damals wünschte, mein Leben möge auch einmal aus den eingefahrenen, bürgerlichen Gleisen laufen.

30. 7. 2010 23:11

Werde wieder etwas besser beim Fußball. Ich bin fitter, das Hirn baut Subroutinen um den Sichtfeldausfall rum. Leider haben die Leibchen genau die Farbe, die ich mit dem einen Auge nicht mehr sehen kann.

Die Bewegung tut dem Körper gut, trotzdem heute wieder den ganzen Tag in Gedanken. Dann ist es nur eine Armlänge bis zum Wahnsinn und noch zwei Fingerbreit zum Nichts. Ich muss nur die Hand ausstrecken. Es wundert mich, dass es den anderen nicht so geht.

31. 7. 2010 23:44

Fahrradtour nach Rahnsdorf zu Lentz' Sommerfest, wie jedes Jahr. Zwischendurch Baden im Müggelsee. Das Wasser so schwarz und unheimlich, fast traue ich mich nicht hinein. Erst als ich mich davon überzeugt habe, dass es nur Wasser ist, nur ein See. Nach den glücklichen Tagen zuletzt ein ziemlicher Rückschlag.

Auf dem Fest der Herbert-Grönemeyer-Doppelgänger entpuppt sich als Herbert Grönemeyer. Herta Müller und Kehlmann sitzen an einem Tisch. Wenn es ein Gegenteil von Aura gibt, schwebt es strahlend um Kehlmann herum. Ich bleibe den ganzen Tag abseits, schaffe keinen Smalltalk mit niemandem. Erst als X. sich zu mir hockt, bei der sie jüngst Morbus Bechterew diagnostiziert haben, kommt eine Unterhaltung zustande.

SIEBEN

2.8.2010 11:15

Dr. Vier ist keine große Hilfe bei der Beschaffung von Substanzen. Das könne er gar nicht verschreiben und ambulant gebe es das sowieso nicht, das bekäme ich auch nirgendwo anders. Was ich da von Waffen redete – wer immer mich finde, sei traumatisiert. Freunde wahrscheinlich. Und schwierig sei das überhaupt nicht, wie käme ich darauf? Er habe im Notdienst gearbeitet, reihenweise Erschossene gesehen, das habe keiner überlebt. Vor die U-Bahn, vom Hochhaus, oder am einfachsten mit Paracetamol, wirklich kein Problem. Er empfehle ein Hospiz. Freilich müsse man sich umsehen vorher, einen Platz reservieren. Aber schön sei es da, er habe nur positive Rückmeldungen.

Meine Einwände, dass es um Psychohygiene gehe, werden ignoriert. Trotzdem bin ich froh, mit ihm gesprochen zu haben. Er ist ein guter Arzt, denke ich. Aber Paracetamol googelt man besser nicht.

Auf dem Rückweg stellt sich sofort das Bild der Waffe wieder ein, und gleich geht es mir besser. Das ganze Gespritze war eh ein Irrweg. Dass alles andere nicht hundertprozentig sicher ist, wie Kathrin schwört, muss egal sein. Ich will mir ja gar nichts antun. Das ist doch nicht der Punkt.

Aber tagelang durch verrauchte Neuköllner Hinterhofwohnungen laufen zu müssen und mit Leuten zu sprechen, die nicht sagen wollen, wie sie heißen, nur um Gewissheit zu haben – das ist eines zivilisierten mitteleuropäischen Staates nicht würdig.

2. 8. 2010 23:01

Mittags alle Sachen in eine Tasche geworfen und nach Binz gefahren, Eltern besuchen. Eine Mutter mit drei Kindern im Abteil, trotzdem die ganze Zeit arbeiten können. Von Kathrin neulich gehört: Die Zugabteile in Europa sind dem Innern von Kutschen nachempfunden. Großraumabteil kommt aus Amerika, und die Fähigkeit, einander stundenlang in die Augen zu sehen, ohne miteinander zu reden, musste anfangs mühsam gelernt werden.

Am Bahnhof holen mich wie jedes Jahr meine Eltern ab, ein bisschen surreal.

Und dann laufe ich als Erstes ans Meer. Der Anblick der abendlichen Ostsee lässt mich kalt. Große Wassermassen, ich bin zu sehr mit mir selbst beschäftigt. Es ist nicht mehr sehr warm, und in der Dämmerung spielen Leute Volleyball.

5. 8. 2010 17:30

Der zweite Umbruch («Tschick») ist da. Ich brauche genau zehn Sekunden, um einen katastrophalen Fehler zu finden vom Typus A spricht – B spricht – B spricht. Katja verspricht am Telefon, die anderen korrigierten Stellen noch mal durchzusehen.

7. 8. 2010 20:22

Frühmorgens in hohen Wellen gebadet. Kaum Sonne den ganzen Tag. Nachmittags noch mal an den Strand und bei starkem Wind Volleyball gespielt, drei gegen drei. Ich spiele nicht viel schlechter als die anderen jungen Männer. Dann wieder in die Wellen.

Was Dostojewskij sich da zusammenschreibt, ist streckenweise von beachtlicher Schlichtheit. Grausam die Marie-und-die-Kinder-Stelle. Die Motivation seiner hysterischen Szenen lässt zu wünschen übrig. Dann wieder wird seitenlang hierhin und dorthin gegangen und Überflüssiges geredet. Auch der epileptische Anfall ist nicht so makellos beschrieben, der innere Monolog, das Bild des Messers im Schaufenster, die Groschenromanmethoden, mit denen Stimmung erzeugt wird – und doch, wie sehr hat sich das alles in meiner Erinnerung festgehakt. Die Nische, in der Rogoshin steht – ich kann es nicht analysieren und werde es wohl auch nicht mehr herausfinden, warum das Bild einen so starken Eindruck hinterlässt. Vielleicht liegt's auch gar nicht am Buch, und es ist die Aufladung durch die frühe Lektüre?

«Der Idiot» war das Erste, was ich von Dostojewskij las, und ich las es nur des Titels wegen. Hatte mich schon als Kind fasziniert. Verirrt stand das Buch im Regal meiner Großmutter.

In meiner Familie wurde kaum gelesen, und auf alles, was ich las, kam ich mehr oder weniger zufällig. Über ein Nachwort in irgendeinem Dostojewskij gelangte ich zu Schopenhauer, von Schopenhauer zu Nietzsche, und über Nietzsche, der ihn als gleichwertigen Psychologen zu Dostojewskij führt, zu Stendhal. Ein jahrelanger mühsamer Irrlauf nach Bildung, ein wildes Rumlesen in Zeiten stärksten Liebeskummers. Die Sackgassen waren zahlreich, und dass Sozialleben auch weitergeholfen hätte, war mir damals nicht bewusst. Besonders schlimm nach dem Abitur. Im Zivildienst hatte ich den Eindruck, endgültig zu verblöden, und ich zwang mich in jeder freien Minute zum Lesen.

Das war etwa zu der Zeit, als ich auch aufhörte fernzusehen, und Gespräche über Alltägliches ablehnte. Ich empfand das alles als Zumutung und beschäftigte mich (neben meinem Liebeskummer) nur noch mit Malerei und großer Lektüre. Wobei das mit der Lektüre eine Mühsal war.

Große Lektüre von großem Mist zu scheiden, ist ein zeitraubendes Unterfangen, wenn man aus kulturfernen Schichten kommt und niemanden kennt, der sich sonst noch dafür interessiert. Bis weit ins Malerei-Studium hinein hangelte ich mich an Pongs' «Lexikon der Weltliteratur» durch den Dschungel. Proust gilt dort als ein «Beispiel für die blendende Unmenschlichkeit des ‹L'art pour l'art›», und seiner «Recherche» wird so viel Platz eingeräumt wie Gustav Freytags «Die Ahnen». Solschenizyn hat bei Pongs fünf Seiten, Böll eine, Salinger eine neuntel Seite, und Nabokov war im Gegensatz zu den Weltliteraten Günter Kunert oder Reiner Kunze 1984 gänzlich unbekannt. Also las ich erst mal Kunert und Kunze. Das meiste, was ich entdeckte, entdeckte ich aus Versehen. Natürlich gab es auch in meiner entfernteren Umgebung immer mal Leute, die von Proust oder dem «Fänger im Roggen» schwärmten, aber das war von der Schwärmerei für Hesse oder Castaneda für mich nicht zu unterscheiden und aus Zeitgründen kaum zu überprüfen. (Castaneda weiß ich bis heute nicht, was das ist.) Sogar meine Freundin las Svende Merian. Ich hielt es für gut, vorne anzufangen bei deutscher Klassik und Romantik, von Goethe bis Heine, und den ganzen Quatsch dazwischen leider auch. Zwanzigstes Jahrhundert ignorierte ich ganz, hielt ich für Unfug, zum einen in Erinnerung an meine Schullektüre, zum anderen, weil ich die Malerei des zwanzigsten Jahrhunderts ebenfalls für Unfug hielt.

10. 8. 2010 7:56

Frühmorgens wieder ins Meer, es ist so herrlich. Kann man so was Ähnliches nicht auch in Berlin-Mitte, um aufzuwachen?

Dann an dem problematischen Kapitel 17 gearbeitet, wie hundert Mal zuvor mich an dem Sturm-Kapitel von Ernst-Wilhelm Händler orientiert, und es – hoffe ich – endlich hingekriegt. Nach drei oder vier Tagen. Ein zehn Seiten langes Kapitel, das nichts weiter beschreibt, als wie einer an einer Leiter vom Dachboden steigt. Ich bin zu langsam für diesen auktorialen Scheiß.

Kathrin ist jetzt im Boot, hoffe ich.

Mein Vater beginnt einen Satz mit: «Ich erinnere mich, vor genau siebzig Jahren ...» Er ist 73. Folgt die Geschichte, wie seine Schwester in der Ostsee schwimmen lernte, mit einer Schlinge um den Bauch.

10. 8. 2010 16:05

Es ist wie immer, die Müdigkeit haut wie mit einem Hammer auf mich ein. Irgendwann habe ich ein paar wache Minuten, und dann muss ich losschreiben. Danach bin ich für ein paar Stunden immun, sogar gegen Lärm.

Die mittlerweile gelöste Frage der Exitstrategie hat eine so durchschlagend beruhigende Wirkung auf mich, dass unklar ist, warum das nicht die Krankenkasse zahlt. Globuli ja, Bazooka nein. Schwachköpfe.

Wir erreichen jetzt den Bahnhof Neubrandenburg.

Die Waffe kann ich problemlos in die Hand nehmen. Trommel rausschwenken, Finger in den Rahmen halten, der Lauf, die Züge, Trommel rein, Hahn spannen, Hahn vorsichtig zurückrasten.

.357er Smith & Wesson, unregistriert, kein Beschusszeichen. Aber als ich eine Patrone in die Hand nehmen soll, zittert meine Hand, ich fühle ein spitzes, silbernes Ziehen im Hinterkopf.

Eine der merkwürdigsten und schönsten Stunden meines Lebens. Anderthalb Stunden, Gespräch über Waffen und Philosophie. Wie bei Kirillow auch wird Tee serviert, Henne mit Reis gibt es nicht.

Ich frage mich, ob ich auf dem Fahrrad aufgeregter zwischen den Polizeistreifen hindurchfahren würde, wenn ich nun unlautere Absichten hätte. Kann mich in die Skrupel dieses früheren Lebens nicht mehr hineinversetzen. Ich glaube, ich könnte jetzt Banken überfallen, ohne dass mein Puls über 60 ginge.

Die Munition zur Aufbewahrung X. gegeben.

11. 8. 2010 23:00

C. liest das Kapitel und gibt den Ratschlag, den sie immer gibt: Kürzen, das muss alles schneller in die Handlung münden, und hat wie immer recht. Was ich bräuchte, wären im Grunde Korrekturleser, die direkt hinter mir den Besen durchschwingen. Ich verplempere unglaublich Zeit, nicht nur damit, dass ich an aussichtslosen Stellen herumfeile, ich kann auch die Qualität der guten nicht erkennen.

12. 8. 2010 4:00

In der Nacht katastrophale Albträume; versuche im Dämmern immer wieder den Text umzuschreiben und will morgens nur noch das ganze Ding von der Festplatte löschen.

13. 8. 2010 1:12

Mir scheint, es ist unerträglich, was ich hier schreibe.

15. 8. 2010 22:12

Vorgestern großes Treffen im Erholungsheim Clara Zetkin in Teupitz. Früh am Morgen schon geschrieben, dann mit Natascha nach Teupitz und dort gleich wieder an den See gesetzt und weitergeschrieben.

C. ist nicht dabei, ihr Vater wurde ins Krankenhaus eingeliefert. Cornelius schläft in meinem Zimmer.

Am Morgen finde ich keinen richtigen Platz zum Arbeiten. Mir fehlt mein Tee, mir fehlt die Ruhe, ich mache Smalltalk, führe kein einziges ernstes Gespräch und bin nach ein paar Stunden ein Wrack. Auf der Bootsfahrt liege ich heulend in Saschas Schoß, auch danach überkommt es mich alle fünf Minuten. Dann große Müdigkeit. Ich weiß, dass ich arbeiten müsste, um da rauszukommen, aber ich kann nicht in diesem Chaos. Im Traum laufe ich die ganze Nacht Tobi hinterher, von dem ich weiß, dass er Rettungssanitäter ist und mir zeigen kann, in welchem Winkel man sich in den Mund schießt.

Herrlich das Baden im See. Holm, Marek und Cornelius schwimmen mit Leichtigkeit zur gegenüberliegenden Insel. Könnte ich nicht. Hätte ich nie gekonnt.

Lars' Fähigkeit, über größere Zeiträume ganze Gesellschaften zu unterhalten, habe ich so von früher nicht in Erinnerung. War früher, glaube ich, auch nicht so. Er könnte sich ein bisschen beeilen mit seinem Blockbuster.

Am letzten Tag springen alle auf dem großen Trampolin am See. Die Gelassenheit der Eltern, die dabeistehen, während ihre Kinder zwischen Schleudertrauma und Gehirn-

erschütterung herumhopsen, ist mir unbegreiflich. Ich selbst war seit circa 30 Jahren nicht auf so einem Teil, aber sich mit Selbstvertrauen auf den Rücken fallen lassen, wieder hochschnellen, drehen, irgendwo tief im Körper sind alle diese Bewegungen noch gespeichert. Am ausdauerndsten ist ein Dreijähriger mit Windeln, der sich die ganze Zeit mühelos aufrecht hält.

Abschied nehmen geht nicht, ich muss mich an Jana hängen und mit ihr um die große Masse herum zum Auto laufen. Die Rückfahrt geht sehr schnell, und zu Hause komme ich sofort wieder ins Gleichgewicht.

17. 8. 2010 23:55

Kathrin richtet mir die Dropbox ein, damit ich mit ihr und C. zusammen an dem Wüstenroman schreiben kann. Allein würde ich es nicht schaffen, die Materialfülle ist zu groß, ich bräuchte mindestens ein, zwei Jahre. So kann ich wenigstens einmal grob durchgehen in dem Bewusstsein, dass hinter mir jemand aufräumt und es doch noch ein Buch wird.

Ziemliches Motivationsproblem, von morgens bis abends an etwas zu arbeiten, das man mit achtzigprozentiger Wahrscheinlichkeit als Ergebnis nicht sehen wird. Ich versuche es mit dem Gedanken, dass ich mir in zwei Jahren mit zwanzigprozentiger Wahrscheinlichkeit in den Arsch beißen werde, wenn ich es dann nicht geschrieben habe.

Der Splatter-Film, in den Kathrin abends wollte, ist ausverkauft, statt dessen «Toy Story 3», auch phantastisch. Wie unverblüffend die 3-D-Sache: Nach einer Minute hat man sich gewöhnt und vergisst es für den Rest des Films.

20. 8. 2010 16:20

Wiederholt habe ich jetzt schon meine in der Psychiatrie gewonnene und seitdem relativ unverändert mit mir herumgeschleppte Ansicht geäußert, wir existierten nicht, nichts existiere; ohne Begründung.

Kathrin schickt mir deswegen Aleks' Artikel über die Zeit für das «Lexikon des Unwissens II», und Aleks, der Astronom, fragt an, wie ich die Konsistenzfrage löste, wer oder was denn meine Ansicht vertrete, nicht zu existieren.

Ich bin nicht sehr beschlagen in der abendländischen Philosophie, fürchte aber, dass diese Konsistenzfrage Descartes' bekanntestes, falsches Theorem zur Voraussetzung hat.

Es kommt mir außerdem vor, als sei das Paradoxon nicht schwerer auszuhalten als die von der Physik ohnehin andauernd beobachteten Ungeheuerlichkeiten in der Aufführung kleinster Teilchen. Da kommt ja auch kein Philosoph und verlangt Anschaulichkeit und Konsistenz im Einstein-Podolski-Rosen-Wunderland.

Meine derzeitige Ansicht ist (und ich kann sie logisch nicht begründen, ich befinde mich für mich selbst überraschend jetzt auch außerhalb der Klapse auf einer religiösen «Ich fühle aber so»-Argumentationslinie), dass der winzige Bruchteil der Sekunde, in dem ich zwischen Vergangenheit und Zukunft zu Bewusstsein komme, im Vergleich zur Unendlichkeit dieses Universums auf ein Nichts zusammenschrumpft, auf mathematisch null. Ein Wimpernschlag, und der Wimpernschlag ist vergangen. Ein Wimpernschlag, und 12,5 Milliarden Jahre sind vergangen. Was sich ändert, existiert nicht.

In meinen Momenten der Hypomanie sehe ich noch immer im Zeitraffer die Sonne sich aufblähen und unser Weltall plastisch auseinanderfliegen. Ich bitte trotzdem, mich nicht wieder einzuweisen.

Am Ende, wenn die Welt vergeht
Und kein Gedicht weiß, wer wir waren,
Wenn kein Atom mehr von uns steht
Seit zwölf Milliarden Jahren,

Wenn schweigend still das All zerstiebt
Und mit ihm auch die letzten Fragen,
Wird es die Welt, die's nicht mehr gibt,
Niemals gegeben haben.

21. 8. 2010 23:56

Zum Ende des vierten Zyklus der Chemo nehme ich mir anderthalb freie Tage. Schwierig.

Wieder einen Ordner Prosatexte weggeschmissen, schlechtes Zeug, gestern schon einen Packen aufwendiger Zeichnungen, an denen ich in meinem Studium viele Monate gearbeitet hatte, meine ersten Comics. Alles schlecht.

Abends mit Klaus lange über den Tod Gernhardts gesprochen, seine Arbeitseinstellung zuletzt. Mir nicht klar, wie man aus dieser Nachruhm-Sache irgendeinen Trost ziehen kann. Ich arbeite nur, um zu arbeiten.

22. 8. 2010 11:51

Wenn ich heute Morgen Kugeln gehabt hätte, hätte ich's getan. Keine schreiende Verzweiflung, keine Tränen, nur so: kann nicht mehr, will nicht mehr, sinnlos. Müsste arbeiten, geht nicht. Jetzt ein Tavor, das zweite seit der Psychiatrie.

22. 8. 2010 23:41

Liege neben C. unterm offenen Fenster, stundenlang schüttet der Regen, herrliche Nacht.

Im Traum ein Fuchs mit zwei Köpfen, einer vorne, einer hinten, einer lebendig, einer tot. Versuche, den lebenden zu füttern. Es schneit.

23. 8. 2010 14:14

Im strömenden Regen stürzt eine Frau aus einem Restaurant unter meinen Regenschirm und fragt, ob ich sie mitnähme. Ich bringe sie bis zur Mensa. Sie ist Ärztin an der Charité, Innere.

24. 8. 2010 22:00

Der Videothekar im 451 bietet zwei jungen Spaniern, Mann und Frau, an, draußen vor die Tür zu gehen. «We don't have no complaint paper. We can go the shit out on the street, if you want complaint paper. Go back to Spain and there ...» usw.

Gucke «Nordsee ist Mordsee», nachdem mich nun auch Jens auf die Ähnlichkeiten zu «Tschick» aufmerksam gemacht hat. Der Film ist schlecht. Die Stimmung der Bilder trifft es aber genau.

25. 8. 2010 16:31

Ich habe mich damit abgefunden, dass ich mich erschieße. Ich könnte mich nicht damit abfinden, vom Tumor zerlegt zu werden, aber ich kann mich damit abfinden, mich zu erschießen. Das ist der ganze Trick. Schon seit Tagen keine Beunruhigung mehr. Sobald ein Gedanke kommt, höre ich das geschmeidig klickende und einrastende Geräusch der Abzugsgruppe, und Ruhe ist. Die Ähnlichkeit zu meinem Verrücktsein ist unverkennbar. Nur dass ich jetzt nicht verrückt bin, meiner Meinung nach.

ACHT

30. 8. 2010 9:41

Der Wüstenroman hat mittlerweile über 300 000 Zeichen, einigermaßen durchgearbeitet. Noch mindestens genauso viel kommt noch, aber das ist zu schaffen. Ich drehe schon wieder am Rad, 16 Stunden Arbeit am Tag.

31. 8. 2010 17:00

Eine Sturmböe fegt mir die Mütze vom Kopf. Dreißig Meter hinter mir bremst eine Fahrradfahrerin mit dem Vorderrad auf der Mütze und hebt sie für mich auf: Bettina Semmer. Sie fragt, wie's mir geht, findet, dass ich gut aussehe, und legt mir eine Hand auf die Stirn, um Energie zu spenden. Das Angebot weiterer Energiespenden am Wochenende kann ich allerdings nicht annehmen.

31. 8. 2010 21:00

C. geht es beschissen, mir geht es beschissen. Zusammen ist es okay.

1. 9. 2010 16:57

Exitstrategie, die dritte: Man macht mich darauf aufmerksam, dass der Wüstenroman mir eine Fatwa einbringen wird. Dabei wird die Religion bisher ausschließlich gelobt: die sittigende Kraft, die Klarheit des Gottesgedankens, Bildung und Scharia. Fraglich natürlich, was der Freundeskreis Dyslexie e. V. da am Ende herausliest. Und die richtige Islamstelle kommt ja erst noch.

5. 9. 2010 10:23

Im Traum wohne ich in Rom. Mitglieder der Agnostischen Front verhören mich inquisitorisch, ob ich noch Atheist bin. Später gegoogelt: Die gibt's wirklich.

Auf den Seiten der BVG hat jemand unter meinem Namen eine Kontaktanzeige aufgegeben. Text ist harmlos, erinnert mich aber an die deutlich weniger harmlose und sehr beunruhigende Geschichte vor sechs oder sieben Jahren, kurz nach Lottmanns «Langer Nacht der Popliteratur». Da hatten wir im Kurvenstar gelesen, Gerrit Bartels hatte vernichtend darüber geschrieben, und wenige Tage später, als ich mit Holm und noch wem in einer Kneipe in der Metzer Straße saß, kam ein mir unbekannter Mann an unseren Tisch und fragte: Prügeln wir uns gleich oder später? Gerrit Bartels, wie sich dann rausstellte, der am selben Morgen einen mit meinem Namen unterzeichneten Brief bekommen hatte, in dem so Sachen standen in der Art, man wisse, wo sein Auto parke, er habe mich (den Briefschreiber) «schon länger auf dem Kieker, lange kieke ich mir das nicht mehr an», und dann noch irgendwas mit Fressehauen. Sprachlich klang das ein bisschen nach Titanic-Umfeld; und es war offensichtlich jemand aus meiner näheren Umgebung. Bartels und ich konnten das Missverständnis an jenem Abend nicht wirklich ausräumen, erst als wir uns in Klagenfurt noch mal wiedertrafen. Er fand Gefallen am «Van-Allen-Gürtel», schrieb eine gute Kritik und dann auch noch ein Porträt (bei welcher Gelegenheit er mir auch den ominösen Brief zeigte).

Seitdem hatte ich mich immer gefragt, ob es den Briefschreiber wohl gewurmt hat, so erfolglos gewesen zu sein. Erst heute macht C. mich darauf aufmerksam, dass der Mann angenommen haben muss, seine Drohungen hätten die positive Berichterstattung bewirkt.

Im Nachhinein ganz lustig, aber wenn ich an jenem Abend nicht zufällig in der Metzer Straße gesessen hätte, hätte das alles sehr unschön werden können.

5.9.2010 15:13

In der S-Bahn am Zoo steigt ein mit Handschellen gefesselter Mann die Treppen hinauf. Der Mann ist groß und dürr, ganz in Leder gekleidet und mit etwas zu viel silbernen Beschlägen behängt, um einen ernsthaft nach dem fehlenden Polizisten Ausschau halten zu lassen. Einige Meter vor ihm nur ein Dicker in schäbigen Alltagsklamotten. Wie schön, in einer Stadt zu leben, in der auch nicht ein einziger Passant sich nach den beiden umdreht.

6.9.2010 9:29

Bei C. im Bücherregal: Dostojewskijs Briefe. Schlage zufällig als Erstes die Stelle auf, wo er an seinen Bruder von der Hinrichtung schreibt: «Heute, am 22. Dezember [1849], wurden wir alle nach dem Somjonower Platz gebracht. Dort verlas man uns das Todesurteil, ließ uns das Kreuz küssen, zerbrach über unseren Köpfen den Degen und machte uns die Todestoilette (weiße Hemden). Dann stellte man drei von uns vor dem Pfahl auf, um das Todesurteil zu vollstrecken. Ich war der Sechste in der Reihe; wir wurden in Gruppen von je drei Mann aufgerufen, und so war ich in der zweiten Gruppe und hatte nicht mehr als eine Minute noch zu leben. Ich dachte an Dich, mein Bruder, und an die Deinen; in dieser letzten Minute standest Du allein vor meinem Geiste; da fühlte ich erst, wie sehr ich Dich liebe, mein geliebter Bruder! Ich hatte noch Zeit, Pleschtschejew und Durow, die neben mir standen, zu umarmen und von ihnen Abschied zu nehmen. Schließlich wurde Retraite getrommelt, die an den Pfahl Gebundenen wurden zurückgeführt, und man las uns vor, dass Seine Kaiserliche Majestät uns das Leben schenke.»

Einen Brief vorher bedankt er sich bei seinem Bruder für Shakespeare und «Jane Eyre» («sehr gut»).

7.9.2010 12:32

Kriege jetzt erst mit, dass es in Christchurch ein Erdbeben der Stärke 7,4 gegeben hat, heute Nachbeben. Keine Toten. Weiß immer noch nicht, wie ich Calvin kontaktieren soll. Schaffe es nicht, E. zurückzurufen. Schaffe es nicht, A. anzurufen.

11.9.2010 11:32

Das erste Exemplar von «Tschick» mit der Post. Ganzen Vormittag Korrekturen gemacht. Rechtschreibfehler bedrücken mich kaum noch, aber die vielen überflüssigen und falschen Sätze.

Eine Einladung des Goethe-Instituts in New York abgelehnt. Februar, was ist im Februar? Zu verdanken hab ich das offensichtlich Susan Bernofsky, die mal «Path of the Soldier»[4] übersetzt und jetzt auch in einer Literaturzeitschrift untergebracht hat.

13.9.2010 11:40

Geträumt von einer amerikanischen Studie, die nachweist, dass Alleinsein Krebs macht. Wusste ich aber schon.

16.9.2010 16:18

Versuchsweise einem Interview am Telefon zugestimmt, WDR, ging gar nicht. Zweiter Tag der Chemo, Konzentrationsschwierigkeiten, keinen Satz zu Ende geredet. Aber das eigentliche Problem ist: Ich erinnere mich kaum noch an das Buch. Das alles liegt schon so weit zurück, und heute Morgen hab ich grad mit Uwe Heldt telefoniert, damit er das nächste verkauft.

17.9.2010 23:55

Lobos Buchvorstellung in der Backfabrik, deutlicher Unterschied zur Leseprobe des ersten Kapitels. Warum Frauen auftauchen in dem Roman, ist mir zwar noch immer nicht klar, und auch Lobos mantraartig vorgetragene Behauptung, der Erzähler sei unzuverlässig, lässt mich befürchten, der Autor habe dies im Buch darzustellen vergessen. Aber die ausgewählten Kapitel sind sehr unterhaltsam, und auch im Publikum fehlen die gewohnten Lobohasser, oder sie melden sich nicht zu Wort.

Zum ersten Mal begegne ich meinem Verlagschef Gunnar Schmidt und scheitere noch mehr als sonst am Smalltalk, überfalle ihn mit meinem nächsten unausgegorenen Projekt und bringe keinen Satz des Lobes über Franzen sinnvoll zu Ende, obwohl es mir so am Herzen liegt.

19. 9. 2010 21:59

Letzte Harald-Schmidt-Sendung online, wahnsinnig groß. Ich fand ihn ja immer toll. Toll, als er Gala machte, toll mit Feuerstein, als er zu Sat.1 ging, als er Andrack auf die Bühne setzte, toll nach seiner langen Pause und mit Bart, als er Pocher holte, ich fand ihn jedes Mal wieder toll, und das ist mir hauptsächlich in Erinnerung geblieben, weil man mit dieser Position zunehmend allein dastand. Das Feuilleton fand ihn auf jeder Station schlechter als vorher, und bei den meisten Freunden hatte ich den Eindruck, sie guckten Schmidt schon lange nicht mehr. Aber man muss sich nur mal diese letzte Sendung ansehen. Ranga Yogeshwar erzählt Sarrazin einen Judenwitz: unfassbar.

Merkwürdigen Interviewausschnitt wiedergefunden: «Ob Sie Atheist sind, wird sich noch zeigen. Mir hat mal ein Urologe erzählt, auf dem Sterbebett werden alle katholisch. Diese Erfahrung habe ich auch selbst gemacht, denn ich war während des Zivildienstes in einer Pfarrei beschäftigt. Da wurde der Pfarrer von sogenannten Atheisten schreiend ins Krankenhaus geholt, wenn der Tumor im Endstadium war. Ich glaube, ob man Atheist ist, kann man erst auf den letzten Metern sagen.» Aus Neu-Ulm kommt man wahrscheinlich nicht unbeschadet raus. Trotzdem irritiert das an einem wie Schmidt irgendwie.

20. 9. 2010 13:28

Angesichts der Tatsache, dass morgen mit geringer (Ansicht des Arztes) bis mittlerer (Statistik, meine Ansicht) Wahrscheinlichkeit mein Todesurteil aus dem Faxgerät kommt, bin ich ganz gelassen. Schlafe ohne Probleme und ohne Hilfsmittel. Vielleicht mache ich mir unzulässige Hoffnungen. Oder ich bin wirklich über diesen Quatsch mit dem Sterben hinweg.

21. 9. 2010 12:35

Geträumt: Ich stehe am Westtor, in meiner Nürnberger Wohnung, und schaue hinaus. Es ist die dunkelblaue Stunde, bevor die Sonne aufgeht, und über Nacht ist Schnee gefallen. Ich weiß, dass C. oder D. draußen ist, und gehe sie suchen. Unter der Schneedecke zeichnen sich die Hügel eines Friedhofs ab. Wie schön es wäre, denke ich, auch so ein Grab zu haben. Ein kniehohes Wesen mit schneeweißem, bohnenförmigen Körper, einem hohen Zylinder auf dem Kopf und Armen aus kleinen Ästen greift nach meiner Hand und führt mich zwischen die Bäume. Ich bin wieder sechs Jahre alt oder, wie die Traumstimme das nennt, im Wunderland der Kindheit.

Für anschließend zwei Pläne: Wenn kein Tumorwachstum, setz ich mich an den Wüstenroman und hau ihn bis zum nächsten MRT zusammen. Im andern Fall: Werf ich ihn weg und verleg mich aufs Blog. Was schade wäre. Korrekturleser meinten, es wäre das Beste, was ich bisher geschrieben habe.

Uwe hat die ersten zwanzig Kapitel durchgeschaut und Rowohlt informiert. Man könnte einen Slot zwischen Sommer und Herbst freihalten.

21. 9. 2010 13:11

Warten auf den Befund bei Dr. Vier. Ich kann ihm zur Begrüßung nicht ins Gesicht sehen. Setze mich in den Stuhl und warte, bis er den ersten Satz sagt.

Es folgt: Der Wüstenroman.

22. 9. 2010 23:55

Nach einem Tag Gleichgültigkeit kommt der Gefühlsausbruch doch noch. Wir sitzen gerade im Prater, und ich muss mit Kathrin vor die Tür. Anlass diesmal: das Blog, das Sascha und Meike für mich gebastelt haben.

Immer die gleichen drei Dinge, die mir den Stecker ziehen: die Freundlichkeit der Welt, die Schönheit der Natur, kleine Kinder.

24. 9. 2010 9:43

Geträumt, dass ich tot bin und träume.

24. 9. 2010 12:22

Sitze mit dem Rechner auf einer Bank an der Spree. Karamellfarbene Mäuse mit einem schwarzen Längsstreifen über den Rücken rutschen seitwärts aus dem Gebüsch, schauen mir eine halbe Sekunde lang in die Augen und sprinten davon. Google: Brandmaus.

24.9.2010 14:34

Laut SZ haben Hawking und Mlodinow die Existenz Gottes widerlegt. Wie ihnen das, ohne die Weltformel zu finden, gelungen ist, verschweigt der Artikel dezent. Weiter wurde bewiesen, «dass quantisierte Uni- und Multiversen aus dem Nichts fluktuieren, ganz wie man es von virtuellen Teilchen kennt», und die Welt sei ein Traum, «der aus dem Nichts» käme. Nun ja. Da hätten sie den armen Hawking nicht bemühen müssen.

Autor des SZ-Artikels ist Teilzeitphysiker Ralf Bönt, mein all-time favourite bei selbstgeschriebenen Wikipediaeinträgen: «Für Aufsehen sorgte Bönts Auftritt beim Bachmannpreis 2009, wo er einen artistischen Text über Heinrich Hertz vorlas, dessen Erzähler ein Phonon ist. Da die Jury es nicht von einem Photon unterscheiden konnte, griff Bönt in die Diskussion ein, obwohl Autoren in Klagenfurt nach einem ungeschriebenen, noch aus der Gruppe 47 stammenden Gesetz eigentlich schweigen sollen. Sichtlich amüsiert erklärte Bönt der überforderten Jury den Unterschied von Licht und Schall.»

25.9.2010 13:39

Mein Vater ruft an, weil er den ersten Roman seit Jahren oder Jahrzehnten gelesen hat. Und er war begeistert. Es habe ihn in seine Schulzeit zurückversetzt.

4. 10. 2010 10:19

Bekomme mit, dass der Verlag Bloglink mit Psychiatrisierungseintrag als Werbemittel rumschickt. Wahnsinn. Und nein, das ist nicht mit mir abgesprochen.

RÜCKBLENDE, TEIL 1: DAS KRANKENHAUS

Der gesamten Rückblende soll ein Zitat von Freud voranstehen: «Durch Worte kann der Mensch den anderen selig machen oder zur Verzweiflung treiben.» Was auf Anhieb nicht nach der tiefsten seiner Weisheiten klingt, eher nach etwas, worauf auch Pfarrer Sommerauer mit ein wenig Glück hätte kommen können. Aber wenn man eine Ahnung hat, was Freud meinte, kann man das ruhig so stehenlassen. Und wenn man keine Ahnung hat, bekommt man sie vielleicht hier. Ich habe sie jedenfalls bekommen.

Es beginnt im Februar mit fünf Bier und einem Kater am nächsten Tag, Kopfschmerzen. Die Kopfschmerzen halten die Woche über an. Ich schleppe mich nachts zu den Resten abgelaufener Schmerzmittel, die noch im Haus sind, und werfe sie der Reihe nach in zunehmender Stärke ein, beginnend beim Aspirin. Nichts wirkt. Ich bin zu keinem Zeitpunkt davon überzeugt, dass es am Haltbarkeitsdatum liegen könnte. Was ein deutsches Medikament ist, das wirkt auch noch zehn Jahre später.

Tagsüber habe ich mit der linken Hand – wie zuletzt oft – meine Teetasse umgekippt und in die Tastatur geschüttet, sodass mein Computer nicht funktioniert. Ich kann mich nicht erinnern, schon mal krank gewesen zu sein bei gleichzeitigem Ausfall des Computers: Selbstdiagnose ohne Wikipedia unmöglich. Was der Brockhaus an schütterem Wissen von Migräne über Gehirnerschütterung bis Hirntumor bereithält, reicht nicht mal, um hypochondrisch zu werden. Ich gehe zurück ins Bett. Die Kopfschmerzen verschwinden und kehren heftiger wieder.

Weil ich gleichzeitig neurologische Ausfälle erinnere (zweimal mit der linken Schulter an einer Säule hängengeblieben, einen halben Meter vor den Stuhl gesetzt), gehe ich schließlich zum Hausarzt. Der schickt mich ins Bundeswehrkrankenhaus, weil es dort am schnellsten gehe, anderswo warte man oft drei Monate auf ein MRT. Ich laufe zu Fuß. Im Bundeswehrkrankenhaus holt man zuerst einmal die Kopfschmerzen mit Maxalt runter, einem Migränehammer, und diagnostiziert anschließend eine Sinusitis, die Ausfälle passten zum Krankheitsbild.

Drei Nächte später sind die Kopfschmerzen erneut so schlimm, dass ich auf die Öffnung der Arztpraxen warte. Ich kotze meinem Hausarzt das Waschbecken voll und kriege einen Krankentransport, wieder ins Bundeswehrkrankenhaus. Den Dr. S. kenne ich jetzt ja schon, drei oder vier andere Ärzte testen meine Ausfälle. Am Ende bleibt es bei Sinusitis. Verbissen gehe ich den Weg vom Krankenhaus zu Fuß zurück, so schlimm kann es gar nicht sein, dass ich nicht mehr laufen könnte, und mache den Umweg über den Hauptbahnhof, wo es eine rund um die Uhr geöffnete Apotheke gibt.

Als ich zu Hause ankomme, glaube ich zuerst, sie haben mir das falsche Medikament verkauft, das erste Wort, das ich auf dem Beipackzettel für Amitriptylin lese, ist «Suizidgedanken». Aber hilft wohl auch gegen Kopfschmerzen.

Jedenfalls bei manchen. Bei mir nicht. Als ich zwei Nächte später auf Toilette gehe, ergreift mich Schwindel, und ich falle um. Beim Versuch, wieder aufzustehen, kann ich das Gleichgewicht nicht halten. Beim Versuch, auf allen vieren in mein Bett zurückzukriechen, kippe ich zur Seite. Schließlich robbe ich flach auf dem Bauch wie ein Soldat unter Stacheldraht hindurch zum Telefon. Zum ersten Mal in meinem Leben wähle ich 110, und sofort setzt starke seelische Beruhigung ein durch den streng formalisierten Ablauf des Gesprächs. Kopfschmerzen, Sinusitis, Amitriptylin – ich spüre, dass mein Gegenüber zweifelt. Umfallen, auf den Bauch und nicht wieder aufstehen können – die Zweifel hören auf, die Fragen beginnen. Seitenflügel, vierter Stock? Sind Sie allein zu Haus? Können Sie die Tür öffnen? Ja klar, Mann, so weit kommt das noch, dass ich meine Tür nicht öffnen kann. «In fünf Minuten sind wir da.» Das gibt mir Zeit, mich halb liegend, halb sitzend anzuziehen, anhaltend froh über das Wirken einer höheren Ordnung, einer im Hintergrund arbeitenden und sinnreich von Menschen für Menschen erdachten Maschine, mit der einer lebensbedrohlichen Situation routiniert und regelkonform begegnet werden kann. Man möchte so was nicht in Marokko erleben. Eigentlich nicht mal in Italien.

Was nicht mehr geht, ist Schleife binden. Der Sanitäter bindet mir die Schuhe, während seine Kollegin mich in der Senkrechten hält und ich an die Papptafel in der Vorschule denken muss. Auf der Papptafel hundert bunte Schleifchen, unter jedem Schleifchen ein Name, obendrüber groß: «Meine erste Schleife». Wie lange ist das her?

Ich bestehe darauf, mein Kopfkissen mitzunehmen, da ich zuletzt im Bundeswehrkrankenhaus den ganzen Tag ohne daliegen musste. Dann an der Schulter des Sanitäters vier Treppen runter.

Im Krankenhaus wird ein CT gemacht, und ich liege im Bett, als Dr. S. kommt und mir das CT zeigt und von einer Raumforderung spricht. Ich frage, ob wir das Wort nicht besser durch Tumor ersetzen wollen, aber er bleibt, wie auch die anderen Ärzte in den folgenden Tagen und Krankenhäusern, lieber bei Raumforderung. Ich strecke meine Hand wortlos nach hinten, er ergreift sie und drückt sie einige Sekunden. Es folgt das MRT.

Ich bitte, einen Telefonanruf machen zu können. In meinem Portemonnaie ist ein kleiner Zettel mit Nummern, den ich mir vor vielen Jahren gemacht habe, bevor ich ein Handy hatte. Das letzte habe ich in Marokko verloren. Fast alle Nummern auf dem Zettel sind veraltet. Irgendwo Holms Handynummer, den ich anrufe und bitte, C. zu informieren. Als ich später noch einmal bei Holm anrufen will, kann ich trotz stundenlanger Suche die Nummer nicht mehr finden. Mein Portemonnaie, ein paar kleine Zettel und Karten und mein Schlüsselbund auf dem Krankenhaustischchen machen mich in ihrer Unübersichtlichkeit fast verrückt.

Das Bundeswehrkrankenhaus hat eine Kooperation mit dem Klinikum Friedrichshain, dorthin werde ich verbracht, mein Neurochirurg wird Prof. Moskopp.

Ich kriege sofort Besuche, und Holm erweist sich als das, was er schon immer war und was ich in den letzten Jahren, wo wir uns weniger gesehen haben, fast aus den Augen verloren hatte: als mit allen Eigenschaften des besten Freundes vorbildlich ausgestattet. Er leitet alles in die Wege und kümmert sich um alles.

Die Operation wird auf den nächsten Vormittag angesetzt, und nachdem Holm und Cornelius abends gegangen sind, ergreift mich Unruhe: Was, wenn ich nach der OP Gemüse bin, zu keiner Äußerung mehr fähig? Es ist immerhin das Hirn. Das ist, soweit ich mich erinnere, der erste Moment der Erschütterung und des Pathos. Ich erreiche Cornelius in der Kneipe auf dem Handy und erkläre: Solange ich noch mit der Wimper zucken kann – fragt mich – wenn ich noch ja und nein signalisieren kann – fragt mich und dann fragt mich wieder – und dann wie der Indianer in «Einer flog übers Kuckucksnest». Das kriegt ihr hin, oder? Holm, der neben Cornelius sitzt, wirft das Wort Patientenverfügung ein, und am nächsten Tag habe ich das Blatt in der Hand, sehr viel sachlicher, runtergekühlter jetzt am Morgen, genau richtig formuliert.

So, wie ich mir das wünsche, wünschen es sich offenbar viele oder alle, da ist wieder Verlass auf die Menschheit. Ich schreib noch drunter, dass ich Organspender bin, aber das hätte ich mir auch sparen können, wie sich bald rausstellt.

Morgens am 19. Februar ist die OP. Beruhigungsmittel brauche ich nicht. Ich bin vollkommen ruhig. Der Anblick der Apparate beruhigt mich. Mein Vertrauen in die Wissenschaft war immer grenzenlos. Sie können nicht alles. Aber sie versuchen es. Auf dem Weg zur OP taucht Julia auf, das blühende Leben, schwanger und schön, und nimmt meine Hand.

Abends das Erwachen auf der Intensivstation: Freunde, hieß es, warteten draußen, aber da erinnere ich mich an wenig. Ich erinnere mich, dass ich allein auf dem Rücken im Zimmer liege, und ein junger Arzt kommt durch, der bei der OP assistiert hat. Er berichtet, alles sei wie geplant verlaufen, verschwindet sofort wieder, und ich denke, wenn die vorläufige Histologie was Gutes ergeben hätte, hätte er's gesagt. Also nichts Gutes. Ich mache mit Händen und Füßen unaufhörlich die neurologischen Übungen, die ich zur Genüge kenne, um zu testen, was von meinem Hirn noch übrig ist. Nur die linke Hand ist etwas unbeholfen. Ich entdecke eine taube Stelle auf der Stirn, aber sonst keine weiteren körperlichen Ausfälle. Allein das Denken scheint mir stark verlangsamt, und ich bin nicht sicher und kann es mit meinem verlangsamten Denken auch nicht untersuchen, ob es an der Narkose liegt oder an mir.

Cornelius berichtet später: «Der einzige schöne Moment war bislang, als der Arzt uns reinführte nach der OP, ‹Das sind Ihre Freunde. Erkennen Sie die?›, und Wolfgang starrt uns an und sagt langsam: ‹Nein.› Nach 5 gar nicht *so* kurzen Sekunden: ‹Klar erkenn ich die, stellt mir eine Logikfrage›, und uns dann mit ‹zu leicht, außerdem Erinnerungswissen, nicht Logik› und Schacheröffnungen demütigte.»

Woran man sieht, dass Cornelius kein Schach spielt. Ich eröffne gegen Marek mit *a2-a4*, Marek antwortet irgendwas, und danach weiß ich nicht mehr, wo die Figuren sind, und halte es für Caro-Kann. Wobei, auch kein riesiger Unterschied zu sonst: Wenn Marek und ich Blitzschach spielen, kommt es schon vor, dass der König zehn Züge lang im Schach steht.

An der Wand ist ein verdrecktes Lüftungsgitter. Die ganze Nacht habe ich den Eindruck, es seien Buchstaben in elf Feldern des Gitters zu lesen. Nach Stunden habe ich sie endlich entziffert: COMPETITION. Okay, Competition. Könnt ihr haben, denke ich. Am Morgen sind die Buchstaben verschwunden.

Um sechs wechselt die Pflegeschwester, und ich versuche auf der Uhr, die rechts über der Tür hängt, herumzurechnen, wie lange ich bis zum nächsten Schichtwechsel warten muss. Von sechs Uhr dreimal acht Stunden dazuzählen und wieder bei sechs Uhr landen, ist mir unmöglich. Ich komme immer bei dreißig raus und kann nicht rausfinden, was dreißig für eine Uhrzeit sein soll. Sprachlich scheint dagegen alles okay zu sein, ich finde Worte für dieses Uhrversagen, aber die Rechenleistung: null. Es scheint mir ein zu verschmerzender

Verlust. Dann werde ich in Zukunft weniger abstrakte Romane schreiben. Als es mir im Morgengrauen gelingt, zwei zweistellige Zahlen (17 und 23) miteinander zu multiplizieren, beruhigt mich das aber doch.

Passig steht irgendwann mit der Hüfte an einen Tisch gelehnt und hinterlässt einen Brief, in dem steht, bei der Hässlichkeit meiner Bettwäsche sei Krebs die notwendige Folge. Ich brauche lange, um herauszufinden, welche Bettwäsche sie meint und dass sie bei mir zu Hause war.

Ich schwitze so stark, dass ich die Schwester fragen muss, ob ich auf Kühlkissen liege. Morgens werde ich gewaschen. Die Schwester ist Vietnamesin, ich verstehe kein Wort ihrer konsonantenfreien Rede und freue mich an der Vorstellung, wie es wäre, als Mitglied des Weißen Arischen Widerstands in dieser Lage zu erwachen. Die Frau wäscht mich und hilft mir, mich selbst zu waschen, und sagt, dass es mir jetzt besser ginge, und recht hat sie.

In den folgenden Tagen bekomme ich viel Besuch, viele Anrufe und viele Briefe und freue mich über jeden einzelnen. Ich kann nicht sagen, wie jedes Wort und jede Geste mich rührt. Man spürt, wie man mit einem Bein schon drüben steht, und man spürt, wie sie auf der anderen Seite noch an einem zerren. Holm bringt Unterwäsche ins Krankenhaus, ich hatte ja nichts dabei. Ich hatte meine zerrissenste Hose an, als der Arzt kam. Holm bringt auch Luke mit, und es zeigt sich, was sich auch in den nächsten Tagen zeigen wird, dass Kinder mir jetzt irgendwie den Stecker ziehen. Einmal verfüttere ich meinen ganzen Kartoffelbrei an Luke.

Eine meiner ersten Vorstellungen am ersten Tag nach der Intensivstation ist, wie ich in einem Haus am See wohne, Frau und Kind habe, und neben uns wohnt eine mit uns befreundete Familie mit Frau und Kind, und einmal rette ich den Mann, weil er im Eis eingebrochen ist, und rufe den Krankenwagen.

Ich habe einen Fernseher, aber auf 15 Kanälen läuft nichts Gescheites. 22 Leute und ein Ball auf grünem Rasen, ich kann lange hingucken, ohne zu begreifen, ob die Weißen jetzt Hertha oder Bayern sind, und wenn ich es herausgefunden habe, vergesse ich es sofort wieder.

Was mich deutlich mehr beschäftigt, und das ist ein erster Schritt in Richtung Regression, die sich in den nächsten Tagen und Wochen auf so vielen Gebieten bemerkbar machen wird, ist die Begeisterung für Literatur.

Ich bin Schriftsteller, und man wird nicht glauben, dass Literatur mich sonst kaltgelassen hätte. Aber was jetzt zurückkehrt beim Lesen, ist das Gefühl, das ich zuletzt in der Kindheit und Pubertät regelmäßig und danach nur noch sehr sporadisch und nur bei wenigen Büchern hatte: dass man teilhat an einem Dasein und an Menschen und am Bewusstsein von Menschen, an etwas, worüber man sonst im Leben etwas zu erfahren nicht viel Gelegenheit hat, selbst, um ehrlich zu sein, in Gesprächen mit Freunden nur selten und noch seltener in Filmen, und dass es einen Unterschied gibt zwischen Kunst und Scheiße. Einen Unterschied zwischen dem existenziellen Trost einer großen Erzählung und dem Müll, von dem ich zuletzt eindeutig zu viel gelesen habe, eine Unterscheidung, die mir nie fremd war, aber unter Gewohnheit und Understatement lange verschüttet.

Man kann das natürlich auch kritisch sehen: das Absacken in die Phantasiewelt als Ausdruck vollkommener Hilflosigkeit.

Ich lese DeLillo, den ich schon vor der OP angefangen hab, kann mich aber an vieles aus den letzten Kapiteln nicht erinnern und muss sie noch mal durchackern. Ich brauche drei Stunden für zehn Seiten, es ist der Tag nach der OP, aber es begeistert mich, fast jeder Satz wirft mich um, und ich denke mit Verzweiflung an meine eigenen Projekte. Ich hab dreieinhalb Romane angefangen in den letzten Jahren, einen Jugendroman, einen in der Wüste spielenden Krimi mit B-Picture-Plot und einen Stimmenroman, zuletzt noch das Konzept zu einem SF-Roman, eine Hommage an Philipp K. Dick. Die ersten drei haben alle schon Anfang und Ende und jeweils zwischen 300 und 600 Seiten, aber nichts davon ist geordnet, richtig zusammengefügt oder überarbeitet. Diese Überarbeitung habe ich die letzten Jahre immer wieder in Angriff genommen und mich in immer neuem Material verloren, im jugendlichen Bewusstsein, noch ewig zu leben. Könnte jemand das für mich fertig schreiben? Passig? Lars? Irgendwer? Wollten sie?

Alles vergeblich, mit meinen Fragmenten wird niemand etwas anfangen können. Ich hoffe, dass Passig oder Lars wenigstens in der SF-Idee etwas Brauchbares entdecken können, und überlege angestrengt, wie die anderen Dateien zu vernichten seien. Das Eingeständnis der kompletten Sinnlosigkeit des eigenen Lebens. Nichts Neues, aber so grauenvoll war es selten.

Als ich am nächsten Tag DeLillo weiterlesen will, erinnere ich mich an nichts. Was macht Lee Harvey Oswald in Russland? Wie ist er da hingekommen? Wer ist der Mann? Alles, was ich tags zuvor unter größter Anstrengung begeistert gelesen habe, ist von meiner Festplatte gelöscht. Auf hundert Seiten erkenne ich keinen Satz. In Panik hole ich Primo Levi raus, den ich ebenfalls tags zuvor, aber etwas später gelesen habe, und da weiß ich beim ersten Satz sofort: Wenn er jetzt nach links guckt, steht da der SS-Mann. Glück gehabt. Es ist noch immer die Narkose, nicht das Hirn.

Auschwitz-Lektüre überhaupt das Aufbauendste von allem. Sogar das Essen schmeckt danach doppelt so gut.

Die Histologie verschiebt sich immer weiter, am 25.2. ist es so weit: Prof. Moskopp erklärt, es sei ein Glioblastom. Das ist etwas Gehirneigenes, das bildet keine großen Metastasen, wächst nur sehr schnell, lässt sich nicht endgültig bekämpfen und ist zu hundert Prozent tödlich.

Ich höre kaum zu. Während Prof. Moskopp redet, fällt mir ein, dass ich mich nie wieder verlieben werde, nie wieder wird sich jemand in mich verlieben. Stinkend und krebszerfressen.

Könnten Sie den letzten Satz noch mal wiederholen?

Abends gehe ich mit C. aus, ich habe Lust auf Kino, und im Friedrichshain läuft «A Serious Man». Weil noch viel Zeit ist, laufen wir durchs Viertel, und wir machen etwas, was ich sonst zuletzt vor zwanzig Jahren gemacht habe: unangemeldet Leute besuchen. Bei Holm sind überraschend alle versammelt, und fast alle gehen auch nachher mit ins Kino, und es ist einer der schönsten Tage überhaupt. Auch einer der schönsten Filme. Ich lehne mich zu C. rüber und erzähle ihr, wie glücklich ich bin, und es ist keine Lüge. Ich bin unfassbar glücklich, solche Freunde zu haben.

Da ich außer Paracetamol und Cortison keine Tabletten genommen habe, ist es ein offenbar körpereigener Drogennebel, den mein Hirn da gnädig ausschüttet, und ich bin jetzt wach genug, es als Kontrollverlust zu erleben. Ich spüre, dass ich nicht mehr Herr im eigenen Haus bin, aber wenn es so schön ist, habe ich auch nichts dagegen. Ich frage auch die Ärzte nicht, ob mein Körper die Standardreaktion zeigt, da ich fürchte, ihre Antwort könnte sein, dass es danach ebenso standardisiert in einen noch viel tieferen Abgrund gehe.

Doch der Abgrund kommt nicht.

RÜCKBLENDE, TEIL 2: EINE NACHT

Ich habe Passig gebeten, mir die Statistiken auszudrucken, die es gibt. Wenn noch irgendwas zu bewerkstelligen sein soll, muss ich wissen, wie lange mir bleibt. Wikipedia gibt 17,1 Monate ab Diagnose.

Die von Kai gefundene Gauß'sche Glockenkurve der UCLA rettet in den ersten Nächten mein Leben. Sie brennt sich in mein Hirn. Es ist absolut unwahrscheinlich, weit über den Median auszureißen, aber das Diagramm mit seinen grauen Flächen und Prozentzahlen gibt mir etwas von der Ungewissheit zurück, die man braucht, um zu leben. Es kann in drei Wochen vorbei sein oder in 6065 Tagen. Ich muss Passig anrufen, damit sie mir die im Ausdruck nicht erkennbaren Zahlen auf den Medianen vorliest: 953 Tage für die Altersklasse 20–35, 698 Tage für meine Altersklasse. Ich bin 45.

Ich fange an, mich vorsichtshalber auf drei Monate runterzurechnen. Könnte man leben, wenn man nur noch drei Monate hat? Nur noch einen Monat?

Ich werde noch ein Buch schreiben, sage ich mir, egal wie lange ich noch habe. Wenn ich noch einen Monat habe, schreibe ich eben jeden Tag ein Kapitel. Wenn ich drei Monate habe, wird es ordentlich durchgearbeitet. Ein Jahr ist purer Luxus.

Was könnte man noch machen? Der Gedanke, den Diktator einer Bananenrepublik zu erschießen, drängt sich als sinnvollste Möglichkeit in den Vordergrund, viel besser lässt sich das Leben nicht nutzen. Mit der Winchester meines Vaters. Aber die Diktatorendichte vor meiner Haustür ist gering, und für einen ausgeklügelten Miles-and-more-Terrorismus reicht es vermutlich nicht mehr.

Liste von Dingen, die besser geworden sind: Nie wieder Steuererklärung, nie wieder Rentenversicherung, nie wieder Zahnarzt. Ich werde meine Eltern nicht zu Grabe tragen. Größte Horrorvorstellung meiner letzten Jahre: Ich stehe in ihrem Reihenhaus, umgeben von Erinnerungen und einem riesigen Hausstand, den ich weder entsorgen noch bewahren kann.

Schlimme Konzentrationsstörungen. Wenn ich lese, ergänzt mein Gehirn jeden Satz: Lee Harvey Oswald ging die Straße entlang, und du wirst sterben. Er sah die Autos, und du wirst sterben. An allen Gegenständen und Menschen haften jetzt kleine Zettel mit der Aufschrift «Tod», wie mit Reißzwecken dahingepinnt. C. legt ihren Arm um meine Schulter: Tod. Sie lächelt: Tod.

Ich sehe auf den Hügel am Friedrichshain mit den kahlen Bäumen und sehe sie wie im Zeitraffer grün werden. Und wieder kahl. Und wieder grün.

Eines Abends kommen fast alle in meinem Zimmer zusammen und spielen einen Abend im Prassnik für mich nach. Sascha hat Knacker mit Kartoffelsalat mitgebracht und Prassnik-Bier in einer Thermoskanne. Mit dem Handy hat er den Wirt beim Einschenken gefilmt, und er klebt eine improvisierte Prassnik-Fototapete an die Wand.

Nur je einmal, als Natascha mich besucht und dann Marek, bin ich gerade am Weinen. Es ist mir wahnsinnig peinlich, und ich höre sofort auf.

Regression: Ich liege abends in der Dämmerung, C. und die schwangere Julia sitzen auf dem Fußende des Krankenhaus-

bettes. Sie unterhalten sich, während ich sanft einzuschlafen beginne. Mit der Decke bis unters Kinn hochgezogen bin ich sechs Jahre alt, die Mütter besprechen Erwachsenenthemen und wachen über mich.

Elinor hat ein Bild vom jungen Hamsun mitgebracht. Es hängt jetzt meinem Bett gegenüber unter dem Fernseher, und der Gesichtsausdruck des Fünfzehnjährigen erinnert mich auf sehr sonderbare Weise an das, was ich ursprünglich einmal gewollt habe im Leben. Der trotzige, hellwache, angewiderte Blick, die Erkenntnis, dass diese Welt eine Zumutung ist, und der ablesbare Wille, ihr beizeiten noch mit der Axt den Schädel zu spalten. So gut wie Hamsun habe ich nie ausgesehen, aber ich weiß noch sehr genau, wie sich dieses Gesicht von innen anfühlte. Ich weiß auch noch, wie ich beim Erwachsenwerden den Verlust dieses Ausdrucks empfand, den Verlust von Tiefe und Sensibilität, und mit welchen theatralischen Gesten ich diesen Verlust mit Anfang zwanzig zu kompensieren versuchte.

In der Nacht auf den ersten März sind Holm, Philipp und Cornelius für die ZIA nach Köln unterwegs, über Berlin zieht ein Sturmtief auf und wütet die ganze Nacht. Stundenlang in dieser Nacht ordne ich mein Weltbild.

Dass alles vergeht und die Menschheit stirbt und die Sonne erlischt und alles sinnlos ist, habe ich immer gewusst. Nie, auch mit sechs Jahren nicht, hatte ich den geringsten Zweifel daran. Aber das ist eine eher abstrakte Erkenntnis, konkret zu Bewusstsein ist sie mir nur zwei oder drei Mal gekommen im Leben. Einmal als Kind, als mir aufging, dass ich sterben müsste. Einmal, erinnere ich mich, beim Lesen eines Artikels über das Graviton, wo ich plötzlich wusste: Es gibt diese Welt nicht, da ist ein bodenloses Nichts, und es knickte mir die Beine weg.

Ich habe das Fenster weit geöffnet, und der Sturm rüttelt an meiner Tür. Mehrmals während der Nacht kommt ein Pfleger, der den Wind durch die Station pfeifen hört, und ich bitte ihn, mein Fenster offen zu lassen. Ich stelle mir vor, mit meinem Bett in einem sehr hohen, schlanken Ziegelturm des Klinikums zu liegen, umgeben von schwarzer Finsternis und unendlicher Leere des Weltalls, und die Naturgewalten rütteln an meinem Turm und können nicht herein. Nicht in der winzigen Sekunde der Gegenwart, in der ich unantastbar bin.

In dieser Nacht wiederhole ich in Endlosschleife mir tröstreich scheinende Sätze und Gedanken und baue aus ihnen ein kleines Abendgebet zusammen, das ich mir immer wieder und auch in den nächsten Tagen und bis heute aufsage, wenn ich nicht schlafen kann oder der Boden schwindet. Während ich es aufschreibe, halte ich es für das Größte, was ich je gemacht habe.

Niemand kommt an mich heran
bis an die Stunde meines Todes.
Und auch dann wird niemand kommen.
Nichts wird kommen, und es ist in meiner Hand.

Dazu sehe ich den hohen Turm in die Finsternis ragen, sehe ein Stückchen Blei durch mein Hirn fahren und den Schädel zum Nichts hin öffnen. Dann einen Sekundenbruchteil das Panorama eines grünen Hügels, auf dem meine Freunde sitzen und picknicken. Dann nichts. Und dann das Ganze von vorn.

Nach dieser Nacht verschwinden die Markierungen an den Gegenständen, und die Konzentration kehrt zurück.

Ich würde nicht von einem spirituellen Erlebnis reden, auch wenn ich währenddessen darüber nachdenken musste, ob es eines sei, und auch einige Tage lang den Eindruck hatte, es sei eines gewesen. Wobei ich annehme, dass es in gewisser Weise das war, wovon manche Leute sprechen, wenn sie von einem spirituellen Erlebnis sprechen. Eine Infragestellung der Existenz, eine nicht mehr bloß abstrakte Erkenntnis der eigenen Bedeutungslosigkeit im Angesicht der Unendlichkeit und eine Selbstüberredung zum Leben. Schließlich die Gewissheit, die Sache in den Griff zu bekommen.

Eine Selbsttäuschung, von der ich von Anfang an wusste, dass sie eine Selbsttäuschung ist, und die trotzdem funktionierte. Im Grunde nichts anderes als die Einstellung, mit der ich im Alter von sechs oder sieben Jahren, nach der Erkenntnis des Todes, auch weitergelebt habe: Ich werde sterben, ja, aber es ist noch lange hin (und der Tag wird nie kommen).

Es beginnt: Das Leben in der Gegenwart.

RÜCKBLENDE, TEIL 3: EIN TELEFONAT

Am auf diese Nacht folgenden Morgen die Möglichkeit zur Entlassung aus dem Klinikum Friedrichshain. Natascha und Stese sind zufällig da und können mich nach Hause begleiten. Ein merkwürdiger Anblick, die Mädchen meine Tasche tragen zu sehen. Schließlich nehme ich sie doch selbst.

Meine Eltern haben ein DVB-T-Gerät gekauft, damit ich fernsehen kann. Auf dem aufgeräumten Küchentisch ein Päckchen Zwieback: Du gehst doch jetzt in Chemotherapie.

Das Erste, was ich zu Hause mache: Ich öffne die Dateien zum Jugendroman, um zu schauen, ob von da aus gestartet werden kann. Ob der Anfang geht, ob die Sprache geht, ob ich in meinem jetzigen Zustand dem Text überhaupt noch etwas abgewinnen kann. Die letzten zwei Jahre hab ich praktisch nur über dem Krimi gesessen. Das Erste, was ich sehe, ist die Eintragung, wann ich die Idee zu dem Jugendroman hatte: am 1. März 2004. Auf den Tag genau vor sechs Jahren. Ich glaube nicht an Zeichen, aber damit ist klar: Das ist das Projekt.

Ich weiß auch noch, *wie* ich auf die Idee gekommen war. Um 2004 herum hatte ich eine Zeitlang alte Jugendbücher wiedergelesen, alles, was ich als Kind gemocht hatte, einerseits um zu schauen, wie sich das gehalten hatte, andererseits um herauszufinden, was für ein Mensch ich mit zwölf oder fünfzehn gewesen war. Bei manchen Sachen sehr bizarr («Kampf der Tertia» von Wilhelm Speyer, ich wusste immerhin noch, was mich daran fasziniert hatte: Danielas nacktes

Knie), die meisten aber erstaunlich gut, bessere Bücher vielleicht nie gelesen: «Pik reist nach Amerika», «Arthur Gordon Pym», «Herr der Fliegen», «Der Seeteufel» (Luckner), «Huckleberry Finn». Zu meiner Überraschung hatten alle Lieblingsbücher drei Gemeinsamkeiten: rasche Eliminierung der elterlichen Bezugspersonen, große Reise, großes Wasser. Ich überlegte, wie man diese drei Dinge heute in einem halbwegs realistischen Jugendroman unterbringen könnte; eine rein technische Frage, schreiben wollte ich das auf keinen Fall. Ich hatte genügend angefangene Projekte rumliegen.

Aber mit dem Floß die Elbe runter schien mir lächerlich; in der Bundesrepublik des 21. Jahrhunderts als Ausreißer auf einem Schiff anheuern: Quark. Nur mit dem Auto fiel mir was ein. Zwei Jungs klauen ein Auto. Da fehlte zwar das Wasser, aber in wenigen Minuten hatte ich den Plot in meinem Kopf zusammen, und allein, um nicht alles wieder zu vergessen, hackte ich in den folgenden zwei, drei Tagen 150 Seiten als Gedankenstütze runter.

Beim Blick in diese Dateien jetzt zum ersten Mal der Eindruck: Ich kann das, ich habe keine Mühe mehr, mich für einen Ton zu entscheiden, schlimmer als Thor Kunkel wird es auf keinen Fall, ich hau das in einem Monat zusammen, wenn's sein muss.

Dann Telefonat mit einem mir unbekannten, älteren Mann in Westdeutschland. Noch am Tag der Histologie war Holm abends auf einer Party mit dem Journalisten T. ins Gespräch gekommen, dessen Vater ebenfalls ein Glioblastom hat und noch immer lebt, zehn Jahre nach der OP. Wenn ich wolle, könne er mir die Nummer besorgen.

Es ist vor allem dieses Gespräch mit einem Unbekannten, das mich aufrichtet. Das Hamsun-Foto, die Gauß'sche Glockenkurve und dieses Gespräch. Ich erfahre: T. hat als einer der Ersten in Deutschland Temodal bekommen. Und es ist schon *dreizehn* Jahre her. Seitdem kein Rezidiv. Seine Ärzte rieten nach der OP, sich noch ein schönes Jahr zu machen, vielleicht eine Reise zu unternehmen, irgendwas, was er schon immer habe machen wollen, und mit niemandem zu sprechen.

Er fing sofort wieder an zu arbeiten. Informierte alle Leute, dass ihm jetzt die Haare ausgingen, sich sonst aber nichts ändere und alles weiterlaufe wie bisher, keine Rücksicht, bitte. Er ist Richter.

Und wenn mein Entschluss, was ich machen wollte, nicht schon vorher festgestanden hätte, dann hätte er nach diesem Telefonat festgestanden: Arbeit. Arbeit und Struktur. Sonderbares Gefühl, mit einem gänzlich Fremden zu telefonieren und sich darüber zu unterhalten, wie man heimlich unter der Bettdecke weint. Rufen Sie mich nächstes Jahr wieder an. Ja, mach ich.

RÜCKBLENDE, TEIL 4: DAS MOLESKINE

Das sonderbare Hochgefühl, das ich schon kurz nach der Histologie hatte, hält an und nimmt zu, von Schüben der Todesangst unregelmäßig unterbrochen. Am 2. März informiert mich die Strahlentherapeutin Dr. Zwei, dass auf den Bildern ein «zweiter Herd» zu sehen sei, und ich irre stundenlang durch die Straßen, bis ich mich wieder beruhigt habe. Sterben kannst du nur einmal, sage ich mir, und das wird der erste Herd schon erledigen. Also wurscht. Es beeinflusst nur den Strahlengang.

Am 3. März kaufe ich mir am Alexanderplatz ein Notizbuch. Ich habe nie eins besessen, Dinge immer auf kleine Zettel, Bierdeckel, Fahrkarten notiert, wenn mir unterwegs etwas einfiel. Autor mit Notizbuch: Schien mir immer eine Spur zu eitel für einen Behelfsschriftsteller wie mich. Jetzt ist der Wunsch danach übermächtig.

Ich trage als Erstes meinen Namen und «50 Euro Finderlohn» vorne ein, wenig später mache ich eine 1 davor: 150 Euro. Irgendwas in meinem Innern sagt mir: Ich darf das auf keinen Fall mehr verlieren.

Ich notiere Telefonnummern und Termine und Einkaufslisten. Dinge, die mir Spaß machen könnten. Dass ich die Kapitelanfänge im «Zauberberg», die von der Zeit handeln, noch einmal lesen will. Den Polanski noch mal gucken, um mein Urteil zu überprüfen. Paracetamol und eine Tastatur. Ein Waffenschein. Meinem Nachbarn Geld für Luxuskopfhörer anbieten.

In einem Diagramm skizziere ich die Verhältnisse in meinem Kopf. Unter der Rubrik «Vorstellungen» liste ich Bilder und Gedanken auf, die ich hilfreich gefunden habe im Kampf mit der Todesangst, und immer, wenn ich vor Panik nicht mehr denken kann, schaue ich jetzt in mein Büchlein und gehe ein paar Bilder durch. Meistens reichen zwei oder drei, um mich zu beruhigen. Die, die sich als besonders effektiv erweisen, versuche ich selten zu benutzen und mir für die größeren Krisen aufzusparen.

«Arbeit mit Passig» steht dort zum Beispiel oder «Galiani-Balkon». Ich stelle mir vor, neben Passig in der Küche zu sitzen und zu schreiben, ich stelle mir vor, im Sommer 2011 auf dem Balkon meines Verlags mit dem fertig geschriebenen und gedruckten Jugendroman zu stehen, oben der Abendhimmel, neben mir alle vom Verlag. Und Karen Duve.

Zwischen dem 3. und 6. März höre ich auf zu schlafen. Mein Hirn läuft auf Hochtouren. Ich schreibe den ganzen Tag, brauche keine Pause mehr und stelle fest, dass meine geringe Lebenserwartung sich durch das Nichtschlafen fast verdoppelt.

Normal habe ich so um die 300 Anschläge pro Minute. In diesen Stunden schaffe ich mindestens das Doppelte. Ich hacke alles in der Geschwindigkeit runter, in der ich es denke, und schicke es ohne Korrektur ab.

Gleichzeitig kommt es zu einer subjektiven Zeitausdehnung um den Faktor 5 bis 6. Ich teste das, indem ich immer, bevor ich auf die Uhr blicke, die Zeit schätze. Auch als ich die merkwürdige Diskrepanz lange genug beobachtet habe und bei meinen Schätzungen zu berücksichtigen versuche, bleibt es dabei: Ich tippe weiter um den Faktor 5 daneben. Subjektiv sind fünf Stunden vergangen, tatsächlich ist es nur eine. Auch alle Fußwege verlängern sich um denselben Faktor, und ich brauche eine Weile, um zu begreifen, dass ich weder langsam bin noch in meiner Schusseligkeit Umwege gehe, sondern dass Weg und Zeit proportional sind: Meine ganze Welt dehnt sich aus.

Weil ich in meinem Leben immer noch einmal aus meiner Einzimmerhinterhofwohnung ohne Ausblick rauswollte, setze ich eine Mail an Rowohlt auf, in der ich vorschlage, sie könnten die Rechte an meinem Lebenswerk für eine sechsstellige Summe erwerben, in dem vollen Bewusstsein, noch nie mehr als zwischen 1000 und 2000 Exemplare eines Hardcovers verkauft zu haben. Ich gebe aber an, damit zu rechnen, von nun ab bis zu meinem Lebensende mindestens alle drei Monate ein neues Buch rauszuhauen, also im Schnitt vier Romane pro Jahr, eine einfache buchhalterische Rechnung auf Grundlage statistischer Überlegungen zur Lebenserwartung: siebzehn geteilt durch drei, und mit etwas Glück auch mehr. Das schreibe ich genau so in die Mail, ein, wie ich finde, ganz lustiges Angebot an den Verlag.

Im Adressfeld trage ich Marcus' Namen und den Namen Alexander Fests ein und streiche beides wieder, um die Mail nicht aus Versehen abzuschicken. Nach einigen Minuten lösche ich sie wieder. Der Größenwahn, der aus Worten wie *Lebenswerk* leuchtet, ist mit Händen zu greifen.

Über E.M. Cioran meine ich einmal gehört zu haben, dass er nicht schlafe. Ich habe den Eindruck, nun das gleiche Schicksal zu erleiden. Ich fühle mich großartig. Freunden und Bekannten gegenüber beschreibe ich meinen Zustand abwechselnd mit «Ich bin zwölf Jahre alt, und es ist der erste Tag der Sommerferien» oder «Auf einer Skala von eins bis eine Million: eine Million».

RÜCKBLENDE, TEIL 5: HASHEM

Den sich minütlich oder sekündlich zu Wort dazwischenmeldenden Gedanken an den Tod versuche ich wegzudrängen, wie ich es mit fünfzehn oder sechzehn schon einmal mit anderen störenden Gedanken getan habe. Damals hatte ich den sehr starken und bedrückenden Eindruck gehabt, mein Leben zu verplempern, und mir Tagträume verboten, weil ich spürte, wie sehr sie mich von ihrer eigenen Erfüllung abhielten. Ich weiß nicht mehr, welchen Mechanismus ich damals benutzte, aber mindestens ein Jahr lang unterbrach ich jeden Anflug abschweifender Gedanken im Bruchteil einer Sekunde und widmete mich sinnvolleren Dingen oder dem, was ich dafür hielt.

Diesmal reicht eine einfache Willensentscheidung nicht aus, und ich muss eine sehr plastisch vorgestellte Walther PPK in meinem Kopf installieren, um jeden unangenehmen aufkommenden Gedanken zu erschießen: Peng, peng. Zwei Kugeln, und ich denke an etwas anderes. Das funktioniert anfangs mal über kürzere, mal über längere Zeiträume gut, aber: es funktioniert. Dass meine Lippen gelegentlich lautlos und dann immer öfter auch nicht lautlos «Peng, peng» dazu machen, ist mir herzlich egal, und auch, ob ich dabei allein oder in der Öffentlichkeit bin. Gelegentlich muss ich auch mit den Armen zucken, wie um Fliegen abzuwehren und gleichzeitig den Abzug der Walther in der Hand zu behalten.

Die Stimmen im Kopf: Walther, Wilhelm und Wolfgang. Rechts oben der auf 800 Tage eingestellte Hebel zur Manieregulation, der bei völliger Überdrehtheit auf 513 Tage gedrückt werden kann. Links oben die Neue Regentin (NR).

Dass ich zur Abwehr das äußere Gebaren und – wie ich daraus schließe – auch die inneren Strategien eines Verrückten reproduziere, beunruhigt mich nicht. Es sind von mir selbst initiierte Strategien, und ich beurteile sie nach ihrer Effektivität: Mit immer größerer Zuverlässigkeit ballert es den Todesgedanken spurlos weg.

Nach einigen Stunden, vielleicht ist es auch ein Tag, bemerke ich, dass es in meinem Kopf knallt, ohne dass ich den Abzug gedrückt habe. Die Walther verselbständigt sich. Das ist mir willkommen, sie tut nur ihre Pflicht. Es klickt und knallt in meinem Kopf ohne mein Zutun, und der Todesgedanke taucht kaum noch an die Oberfläche, während ich von allem unbeeindruckt am Computer sitze und arbeite. Auch wird das Klicken und Knallen langsam leiser und niederfrequenter. Oft denke ich eine halbe Stunde oder länger nicht an den Tod.

Ungefähr zeitgleich mit der Walther materialisiert sich ihr Gegenspieler. Zuerst nur in Form einer Störinstanz, und ich meine ziemlich genau zu spüren, wo in meinem Kopf sie sich befindet: zentral hinten. Da sitzt etwas und ruft: Du stirbst.

Beim Versuch, die ohnehin schon erfolgreiche Walther in ihrem Kampf zu unterstützen, personifiziere ich die störende Instanz zuerst als Störer, dann als Wilhelm Störer. Ich versuche ihn anzusprechen und notiere seine Reaktionen. Im Gegensatz zur Walther reagiert er so gut wie gar nicht und macht gern das Gegenteil von dem, was ich will. Also fordere ich ihn in ruhigeren Phasen auf, sich doch wieder einmal zu zeigen, und verhöhne ihn: Ob er nicht mehr stören wolle oder könne? Ob er sich vor der Walther fürchte? Und dann zeigt er sich nicht. Keine Eier, der Mann. Er zeigt sich am liebsten im Schutz anderer, positiver Gedanken.

Am Nachmittag ruft Jana mit belegter Stimme an. Sie hatte mich im Krankenhaus schon einmal mit belegter Stimme angerufen, und ich hatte sie gebeten, es nicht wieder zu tun. In ihrer Empathie schwingt etwas mit, das ich nicht verarbeiten kann, eine Mitteilung über meinen wahren, traurigen Zustand, eine Information, die ich mittlerweile erfolgreich verdrängt habe.

Ich bitte Jana, aus der Leitung zu gehen. Sie argumentiert, ihre Stimme sei gar nicht belegt, und versucht, die Sache zu klären. Daraufhin drehe ich durch. Ich schreie und schreie sie an und knalle den Hörer auf und schlage in Todesangst gegen die Wand. Ich wundere mich selbst, will es abstellen und kann es nicht. C. schaut sich vom Bett aus alles ruhig an. Nach zwei oder drei Minuten habe ich mich wieder gefangen.

Sofort schreibe ich eine Mail an Jana: «Es ist egal, wie belegt Du glaubst, dass Deine Stimme ist. Ich spüre Dein Mitgefühl, ich höre, was ich höre, und ich fühle, was Du fühlst. Das schlägt per Spiegelneuronen auf mich zurück und bringt mein System zum Absturz, ein sehr fragiles, philosophisch fragwürdiges System, das ich mir zusammengenagelt habe vor ein paar Nächten und innerhalb dessen ich keine Angst habe vor dem Tod. Ich werde nicht erklären, wie dieses System funktioniert, ich kann es nicht. Ruf mich bitte ab jetzt nicht nur nicht an, schreib mir auch nicht mehr. Ich höre beim Lesen Deine Stimme. Ich melde mich, sobald es wieder anders ist.»

Jeder weitere Gedanke an Jana generiert sofort Todesangst. Ich habe Angst vor ihrer Stimme, Angst vor ihrem Mitleid, Angst, ihr im Prassnik zu begegnen. Ich schalte Cornelius als Mittler dazwischen, der Jana erklären soll, dass es nichts gegen sie persönlich Gerichtetes ist, worauf die Störinstanz in meinem Hirn versucht, auch Cornelius und das Prassnik mit dem Todesgedanken zu kontaminieren. Das kann ich noch eben so verhindern. Aber was ich nicht mehr kann, ist Janas Namen schreiben.

Es ist bizarr. Ich registriere, was passiert, ich weiß auch ungefähr, was es bedeutet, aber: Ich kann die vier Buchstaben ihres Namens nicht mehr schreiben. Sobald ich es versuche, fliegen meine Arme von der Tastatur, in meinem Kopf knallt und zuckt es, und ich fange an zu lachen, denn komisch ist das ja auch: Ich kann ihren von Todesangst kontaminierten Namen nicht mehr schreiben. Mit Schnellschreiben und dem Automatismus der Handbewegung versuche ich mehrfach, über die Klippe hinwegzukommen, aber es ist aussichtslos, und das Geschieße in meinem Kopf wird immer wilder. Die Walther reicht als Abwehrmaßnahme nicht mehr aus, und ich nehme Maschinengewehre und Atombomben hinzu.

Schließlich helfe ich mir mit einem Trick und ersetze den Namen durch einen anderen. Ich schreibe an Cornelius: «Ich verehre und schätze HaShem. HaShem wohnt in Rostock. Geht doch.»

Aber mehr geht auch nicht. Rasch nimmt der neue Signifikant die Eigenschaften des Signifikats an, und ich muss HaShem umbenennen in Manitou und immer so weiter. Unmöglich, die klärende Mail zu Ende zu schreiben. Ich drücke auf Senden, weil ich den Anblick auf meinem Bildschirm nicht mehr ertrage, lösche die Mail aus dem Gesendet-Ordner und dann aus dem Trash und schreibe an Cornelius, er solle auf keinen Fall mit Fullquote antworten.

Bei aller Panik bin ich gleichzeitig so amüsiert über diese HaShem-Sache, dass ich den Kopf in den Nacken werfe und laut am Rechner auflache, und dieses Lachen hört sich an wie sehr schlechte Schauspieler in sehr schlechten Filmen, wenn sie den «total verrückten Irren» geben, und das erschreckt mich.

RÜCKBLENDE, TEIL 6: EXORZISMUS

Vor dem Schlafengehen lege ich verschiedene Gegenstände in einer Reihe auf den Fußboden, um sie beim Erwachen zu finden; so wie früher an meinen Geburtstagen, wenn meine Eltern über Nacht die Geschenke ins Zimmer getan hatten.

Jetzt liegen da: ein Blatt Papier, ein Brötchenteller, ein kaputter Kugelschreiber, der «Fänger im Roggen». Den Kugelschreiber kann ich mit Hammer und Zange reparieren, worauf ich mich schon seit gestern Abend freue. Das Papier ist eine Erinnerung an meine Arbeit, auf die ich mich freue, der Teller eine Erinnerung daran, zum Frühstück Brötchen zu kaufen, was ich, seit ich in Berlin wohne, noch nie getan habe, usw.

Während ich mit der Brötchentüte an der Ampel stehe, sehe ich neben mir einen unter seinem Schulranzen begrabenen Erstklässler und schaue in den Himmel, damit er mich nicht weinen sieht. Er weiß nicht, dass er sterben wird, er weiß es nicht, er weiß es nicht, er weiß es nicht.

Bereits während der Jana-Krise habe ich begonnen, eine Reihe von Gedanken aufzuschreiben, die ich meinen Freunden in Form einer großen Rede mitteilen will, welche mein zunehmend absonderliches Verhalten erklären und deren zentrale Botschaft sein soll: dass es mir gut geht. Dass bei mir alles im grünen Bereich ist. Und dass man mir gegenüber im Gespräch zwei Dinge aussparen muss: übertriebene Empathie und medizinische Informationen, die von den Informationen, die ich bisher habe und mit denen ich umgehen kann, abweichen, egal in welche Richtung.

Kurz darauf reiße ich alle der Rubrik «Die große Rede» zugehörigen Seiten aus dem Notizbuch heraus, weil etwas in meinem Innern mir sagt, dass es sich um schreckliche Banalitäten handelt.

Nach vierzig Stunden ohne Schlaf beginnt mein Körper, wacklig zu werden. Die Gedankenmaschine im Innern läuft unvermindert hochtourig; das Serotonin sitzt wie festgetackert in den Rezeptoren. Cornelius, mit dem ich immer wieder telefoniere und der mich ins Bett schicken will, während ich ihm erkläre, dass mir nichts fehlt, verlangt von mir für den nächsten Morgen eine Rückmeldung, ob mein Zustand stabil sei.

Mit der schwersten, bleiernsten Müdigkeit meines Lebens sacke ich ins Bett und erwache am Morgen des 5. März um 5:40. Ich habe exakt eine Stunde und vierzig Minuten geschlafen, und ich checke als Erstes meine Körperfunktionen: Hier drinnen alles stabil? Oder eher nicht? Antwort Hirn: «Da tankt aber jemand Super.»

Mail an Cornelius: «Stabil Hilfsausdruck.»

Und es geht weiter als Rakete. Überraschung auf der Badezimmerwaage: Ich wiege fünfundsiebzig, fünf Kilo unter normal und genauso viel, wie ich wog, als ich abgemagert aus der Klinik kam. Seitdem habe ich Unmengen gegessen, Süßigkeiten ohne Ende, in der Mensa mittags zwei Gerichte, abends noch mal warm. Warum nehme ich nicht zu? Der Körper braucht Nahrung, überlege ich, um zu funktionieren, das Hirn braucht Schlaf. Wenn meine Beine zittern, liegt es nicht an drei Tagen ohne Schlaf, sondern daran, dass ich zu viel Energie verbrenne; ich muss also nur mehr zuführen. Im

Supermarkt kaufe ich zwanzig Tafeln Schokolade und Unmengen anderes Zeug, und das Zittern hört auf.

Jetzt, wo ich den Gedanken an Krebs und Tod unter Kontrolle habe, bekomme ich auf einmal Angst, etwas anderes könne mir zustoßen. Vor meinem Haus steht ein Baugerüst, und bevor ich darunter hindurchgehen kann, muss ich immer lang und umständlich nach oben schauen, ob nicht gerade ein Ziegelstein auf mich herunterfällt. Straßenverkehr noch komplizierter: Ich warte an der Kreuzung, meine rechte Hand macht neurologische Experimente zur Funktionsprüfung, vorsichtig hebt sich ein Fuß und wird noch vorsichtiger auf den Asphalt gesetzt, als wäre die Straße zerbrechlich, und nach vielfacher, abermaliger Vergewisserung, dass weit und breit kein Auto kommt, kann ich endlich langsam gehen. Wie ich dabei für Passanten aussehe, ist mir egal.

Ich bin so begeistert von den Vorgängen in meinem Innern und dem vollkommenen Glück, in dem ich dahinschwimme, dass mich weiter nichts kümmert. Ich könnte jetzt auf dem Alexanderplatz die Hosen runterlassen. Weder als Provokation noch um etwas zu beweisen, einfach so. Freuds Satz, die Abwesenheit von Scham sei das sicherste Zeichen von Schwachsinn, fällt mir ein; gleichzeitig ist es ungeheuer befreiend. Ich habe einen ganz neuen Zugang zum Sozialen, ich kann auf einmal Leute ansprechen. Zum ersten Mal in meinem Leben bin ich genau so nett und freundlich, wie ich mich im Innern schon immer gefühlt habe, und alles andere fliegt jetzt erst mal als Konvention über Bord.

Allein die Vorstellung, Freunde oder Bekannte von mir könnten in der Straßenbahn sitzen, die da gerade an mir vorbeifährt, und mich in meinem nach außen hin vermutlich jämmerlich verwirrt wirkenden Zustand erkennen und zu Unrecht Mitleid empfinden, beunruhigt mich. Ich überlege, eine Rundmail an alle zu verschicken, falls mich jemand gesehen haben sollte.

Der Plan, vor meinen Freunden eine große, literarisch bedeutsame und tief bewegende Rede zu halten, nimmt abermals Gestalt an. In der Nacht verschicke ich Einladungen zu einem Treffen für den nächsten Abend in Holms Wohnung (weil Holm die schönste Wohnung hat und ich das nicht in einer hässlichen Umgebung machen möchte). Ich bin sicher, dass er einverstanden ist. Bei den Vorbereitungen und dem Durchblättern des Moleskine finde ich unter der Rubrik «Vorstellungen», unter der ich meine gegen den Tod hilfreichen Gedanken ablege, den Eintrag «Psychostunde mit Cornelius» und weiß nicht, was das ist. Wann habe ich das eingetragen? Und warum?

Ich erinnere mich vage, am Vortag bei Cornelius angerufen und launig gesagt zu haben: «Ich brauche eine Stunde Psychotherapie.» Ich erinnere mich ebenso vage, Cornelius mit seiner Mutter in einem Restaurant beim Essen erreicht zu haben. Er musste mit dem Handy in den Windfang gehen, damit wir telefonieren konnten. Und ich erinnere mich, sehr lange mit ihm über wichtige und wichtigste Dinge gesprochen und dabei einen überaus lebensrettenden Gedanken entwickelt zu haben. Um dessentwillen allein ich zum Telefonhörer gegriffen hatte. Aber den Gedanken erinnere ich nicht. Und kein einziges Wort des Gesprächs.

Die Beunruhigung ist ungeheuer. Es ist 5:30 in der Nacht und nicht die ideale Zeit, jemanden aus dem Bett zu klingeln. Aber Cornelius braucht nur kurz, um aufzuwachen.

Im Gegensatz zu mir kann er sich an unser Telefonat gut erinnern. An einen speziell von mir vorgebrachten Gedanken erinnert er sich nicht. Während er unser Gespräch nacherzählt und von den von mir geäußerten Gefühlen meinen

Freunden gegenüber spricht, bekomme ich einen winzigen Zipfel des schon im selben Moment erneut dahinschwindenden, rettenden Gedankens zu fassen. Ich will ihn aufschreiben – und kann es nicht. Ich sage die Worte vor mich hin, um sie nicht zu vergessen, ich brülle den Satz in den Telefonhörer und bitte Cornelius, ihn mir zu diktieren.

Er diktiert: «*Du* bist besorgt …», und meine Gliedmaßen fliegen schreiend durch die Luft. Das ist nicht der Satz. Genau den Satz, diktier mir genau den Satz!

«Du bist besorgt …», beginnt Cornelius wieder fehlerhafterweise, und unter Lautäußerungen, die mich selbst sofort an Dokumentarfilme über katholische Teufelsaustreibungen denken lassen, ramme ich schreiend, weinend und zuckend den Kugelschreiber auf das Notizbuch. Immer wieder fliegt die rechte Hand weg.

Schließlich steht da: «Ich bin besorgt, dass die anderen besorgt sind.»

Ich male noch einen schönen Rahmen um die wichtige

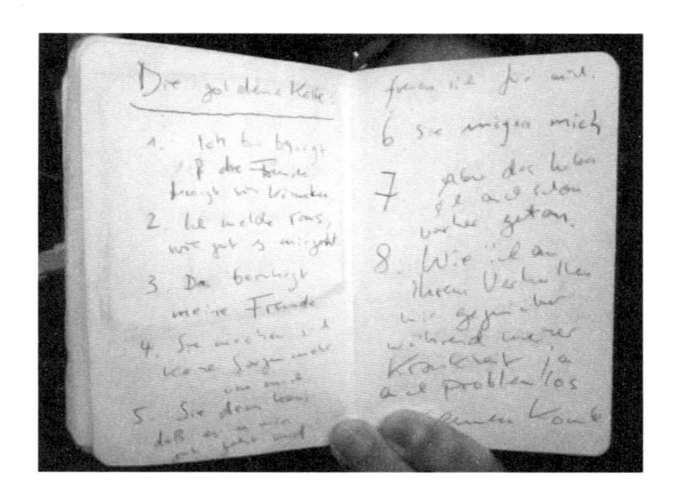

Erkenntnis herum, schreibe Datum und Uhrzeit darunter – und mache die beunruhigende Entdeckung, dass ich mir die Worte nicht merken kann. Ich klappe das Notizbuch auf und lese, was da steht. Ich klappe es zu, starre auf den schwarzen Umschlag und weiß nicht, was dort stehen wird, wenn ich die Seite erneut aufklappe.

Es kommt mir vor wie ein phantastischer Zaubertrick. Ich werde das bei Holm vorführen: Seite auf. Da. Seite zu. Weg. Ein Fingerschnipsen von mir, und meine Festplatte ist beschrieben oder nicht. Finde ich jetzt wieder wahnsinnig komisch.

Weniger komisch und etwas verstörend scheint mir, dass der lebensrettende Satz, bei Licht betrachtet, keine besondere gedankliche Tiefe erkennen lässt. Blitzartig wird mir klar, dass er der Schlüssel zu einer tiefer verborgenen Wahrheit ist, die mit diesem Satz als zugrundegelegtem Axiom logisch in mehreren Schritten erschlossen werden kann. In rasender Eile bekomme ich das letzte Glied der logischen Kette zu fassen und spüre, während es meinen Händen entgleitet und ich erneut danach greife, dass ich diese Gedankenkette schon öfter zu fassen versucht und zu fassen bekommen und unter unerklärlichen Umständen immer wieder verloren und vergessen hatte.

Jetzt gelingt es mir, sie festzuhalten:

1. Ich bin besorgt, dass die Freunde besorgt sein könnten.
2. Ich melde raus, wie gut es mir geht.
3. Das beruhigt meine Freunde.
4. Sie machen sich keine Sorgen mehr.
5. Sie denken, dass es mir gut geht, und freuen sich für mich.
6. Sie mögen mich.
7. Aber das haben sie auch schon vorher getan.
8. Wie ich an ihrem Verhalten mir gegenüber während meiner Krankheit ja auch problemlos erkennen konnte.

Wieder habe ich ungeheure Schwierigkeiten, die Worte zu notieren; besonders aufreibend ist Punkt 6 und da besonders das Pronomen «mich», das erneut nur unter Schreien und Zucken auf dem Papier erscheint.

Die Qualität und Stimmigkeit der endlich gefundenen Erkenntnis übt eine starke seelische Beruhigung auf mich aus; die allerdings rasch übergeht in die panische Angst, das rettende Notizbuch, dessen Inhalt ich mir nicht merken kann, könnte aus Versehen verlorengehen.

Ich male deshalb eine weitere 1 vor den Finderlohn. Weil mir 1150 Euro selbst ein wenig sonderbar vorkommen, schreibe ich in Klammern noch «kein Witz» dahinter; und noch während ich versuche, mich auf diese Weise gegen einen Verlust abzusichern, wird mir plötzlich klar und immer klarer, dass auch nicht die geringste Gefahr besteht, das

Moleskine aus Versehen zu verlieren. Sondern dass ich selbst es bin, der die Aufzeichnungen vernichten wird, so wie ich tags zuvor schon die ersten Seiten der großen Rede aus dem Buch herausgerissen habe, die, und das fällt mir jetzt wieder ein, dieselben wichtigen Gedanken und Logikketten auch schon enthielten.

In diesem Moment glaube ich, endgültig verrückt zu werden. Ich weiß nicht, wie ich mich vor der Störinstanz in meinem Innern schützen soll. Erst der in den frühen Morgenstunden auftauchende Gedanke, das Buch zum Copyshop zu tragen, drei vollständige Kopien zu erstellen und Kathrin und Philipp und einem noch zu grabenden Loch in der Erde je ein Exemplar zur Aufbewahrung zu übergeben, beruhigt mich zuletzt. Dieser Idee gegenüber ist die Störinstanz machtlos und gibt sich geschlagen, und ich lege mich ins Bett. Es ist der 6. März, 7:42.

RÜCKBLENDE, TEIL 7: DIE WELTFORMEL

Was weiter geschieht an diesem 6. März, lässt sich aus Aufzeichnungen, Erinnerungsfragmenten und Berichten von Freunden mit einiger Mühe rekonstruieren.

Zwischen den Notizen «Copyshop und Ende, 7:42» und «Alles ausanalysiert und ready to go: 14:20» liegen knapp sechs Stunden, in denen ich vermutlich in meiner Wohnung herumgehe, lese, schreibe und nachdenke.

Was mich verwirrt und worauf meine Gedanken immer wieder zurückkommen, ist der Umstand, dass die gefundenen Trostformeln sich überhaupt nicht mit meiner Angst vor dem Tod beschäftigen, sondern mit der Angst, nicht geliebt zu werden; weshalb ich mir in einfältigen, starren Gedankenketten immer wieder die Zuneigung meiner Freunde logisch herleiten muss.

Ich lese den Wikipedia-Artikel zum Thema Narzissmus und komme zu dem Ergebnis, dass es sich in Wahrheit überhaupt nicht um unterschiedliche Ängste handelt, sondern um eine einzige: Der Tod ist schließlich nichts anderes als die Mitteilung des Universums an das Individuum, nicht geliebt zu werden, die Mitteilung, nicht gebraucht zu werden, dieser Welt egal zu sein.

Diese Erkenntnis ist ungeheuer befriedigend. Um 15:14 Uhr verfasse ich eine Mail an Jochen, um ihn gesondert für den Abend einzuladen, weil ich spüre, dass er mit seinem Narzissmus am dichtesten an meinem Zustand dran ist. Ich fürchte, meine Verrücktheit könne ihn anstecken, und ahne die Gefahr, ihn als auf die Ironie angewiesenen Lesebühnenautor dieser Ironie für immer zu entfremden. So wie ich mich ihr für immer entfremdet habe.

Gleichzeitig plane ich, meine Rede, die mittlerweile den Titel «Narzisstische Persönlichkeitsstruktur und Todesangst – Vortrag von Wolfgang Herrndorf» trägt, mit einem Nachruf auf Salinger zu verquicken und alles an Ijoma Mangold zu schicken. Salinger, weil ich mich über die kenntnislosen Nachrufe der letzten Wochen entsetzlich geärgert habe; und Mangold, weil ich sonst niemanden kenne aus dem Feuilleton.

Um 17:01 sitze ich in dem Restaurant Kamala in der Oranienburger Straße und habe von der großen Rede noch immer kein Wort geschrieben, was mir angesichts der Geschwindigkeit, mit der ich nun unterwegs bin, wenig Kopfzerbrechen bereitet. Während ich aufs Essen warte, schreibe ich probeweise eine Seite in mein Moleskine, und die Sätze schießen nur so heraus. Kontrollblick: makellose Prosa. Blick auf die Uhr: noch immer 17:01. Ich rechne das Tempo, in dem ich jetzt arbeite, hoch auf alles andere und stelle fest, dass ich meine angefangenen Romanprojekte alle zu Ende schreiben kann. Wenige Monate reichen. Bilder meiner kurzen, aber glanzvollen Karriere ziehen vor meinem inneren Auge vorüber. Ich teile mir die Minuten ein, die ich noch habe, bis ich mich um halb acht auf den Weg zu Holm machen will. Vorher muss ich auch noch Haare schneiden und Blumen kaufen. Und die Rede schreiben. Aber es ist so unendlich viel Zeit jetzt; und ich bemerke, dass ich in die Zukunft sehen kann.

Nicht in dem Sinne, in dem Verrückte in die Zukunft sehen, weil sie sich Fähigkeiten einbilden, die sie nicht haben, aber im Sinne E. A. Poes: Durch meine rasend beschleunigte, geschärfte Verstandeskraft und mein Vermögen, die vorhandenen Fakten durch rationale Schlüsse blitzschnell, logisch und folgerichtig in die Zukunft zu verlängern, erkenne ich einfach, was als Nächstes geschieht.

Unter der Überschrift «Voraussagen für die Zukunft 6.3.2010» notiere ich:

1. Ich werde einen Beweis schreiben, dass es Gott nicht gibt, auf der Grundlage der Annahme, dass Jesus Gottes Sohn ist.
2. Während dieser Rede (oder davor) wird jemand den Raum verlassen. Einschränkung: Diese Voraussage wird evtl. verhindern, dass es geschieht.
3. Ich gewinne den Nobelpreis, beschimpfe die Mitglieder der Akademie und die von ihnen ausgepreisten Schriftsteller als academy of incapable and forgotten (in leider nur sehr schlechtem Englisch) und grüße Don DeLillo.
4. Ich werde eine Analyse der Richtigkeit der Kindererziehung in Asien schreiben.

Von allen Punkten am sonderbarsten wirkt vermutlich der letzte; aber ich sitze zu diesem Zeitpunkt noch immer im Kamala, beobachte die Gesichter der asiatischen Bedienungen, den von mir schon immer bewunderten, großartigen, eleganten, zurückhaltenden und freundlichen Schnitt ihrer Physiognomien, und ich weiß, dass da bei der Kindererziehung in Fernost einfach irgendetwas fundamental richtig gemacht wird. Was man mal untersuchen müsste. Diese Untersuchung scheint mir sogleich sehr viel wichtiger und bedeutsamer als die Arbeit an meinen Romanen, und es kommt mir vor, als würde ich den Literaturnobelpreis doch nicht gewinnen. Aber dann vielleicht den Friedensnobelpreis. Egal.

Zu Hause stürze ich mich kopfüber in die große Mülltonne im Hof auf der Suche nach den aus dem Moleskine herausgerissenen Seiten, die ich bei Holm als Anschauungsmaterial für die kuriosen Vorgänge in meinem Hirn durch die Luft schwenken will. Leider kann ich sie nicht mehr finden. Aber duschen muss ich nun. Und Haare schneiden will ich auch noch. Ich merke, dass ich mich etwas verspäten werde, und rufe bei Holm an, dass ich mich verspäte. Dann rufe ich bei Holm an und frage, welche Blumen die Dame des Hauses bevorzugt, denn ich will ihr unbedingt Blumen mitbringen (Tulpen, Farbe egal). Und dann rufe ich noch mal an und sage: «Ich habe die Weltformel gefunden.»

RÜCKBLENDE, TEIL 8: FERNANDO PESSOA

Noch während ich das sage, weiß ich, dass man das nicht sagen darf. Nur Verrückte sagen so was. Außer man hat die Weltformel wirklich gefunden. Dann darf man das sagen. Und ich habe sie gefunden … ich weiß es nicht. Es sind ungeheuer fein verzahnte, komplexe und ins Unendliche ausufernde Problemfelder, die mein Geist in rasender Geschwindigkeit durchpflügt, und in einer sich endlos vor meinem inneren Auge abspulenden, papierenen Textschleife nähere ich mich dem Zentrum der Gedanken.

Was den Zustand am Ende eskalieren lässt, ist die an mich selbst gestellte Frage, ob ich verrückt sei oder nicht. Es kämpft mein Bewusstsein, das mir meldet, ich sei verrückt geworden, mit den Gegenkräften, die melden: Du bist die V2, du schreibst gerade den Text deines Lebens, deine Gedanken sind der Text, der Text ist ein Text über den Text, der Text kehrt zu seinem Ausgangspunkt zurück, ab hier wiederholt sich alles, da kommt nichts mehr, was du nicht schon kennst, der Kreis ist geschlossen, auf zum nächsten Kreis, jetzt kommt wieder der Satz vom Anfang, ah, den Satz kenne ich schon, ich kannte ihn schon, ich kann also in die Zukunft sehen, ich habe die Weltformel gefunden, die Weltformel ist dieser Satz, und damit ist es vollendet, das ist der letzte Satz, nein, einer kommt noch, interessant, ein Narzisst findet die Weltformel, du wirst berühmt, das kann nicht sein, du hast

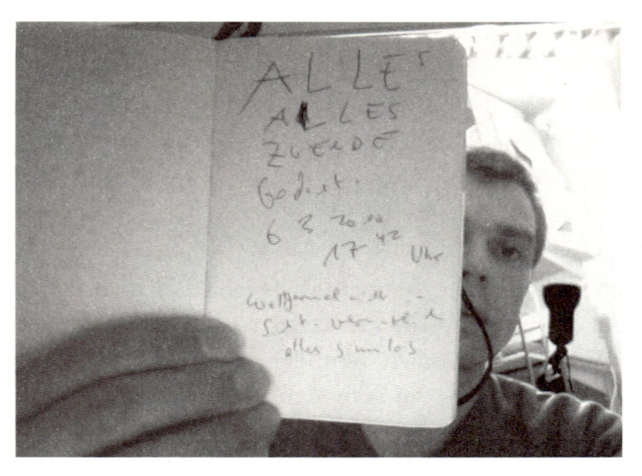

Weltformel nicht in Sicht: vermutlich alles sinnlos.

die Weltformel vermutlich nicht gefunden, vermutlich alles sinnlos etc.

Während ich «vermutlich alles sinnlos» denke, fühle ich, dass ich sterbe. Ich stehe in meiner Küche, achte auf meinen Körper, sacke zu Boden und stelle fest: Es tut nicht weh, es geht mir sogar gut. Ich sacke ins Nichts, und das Nichts hat einen PVC-Boden, interessant – und was passiert jetzt? Oha! Es geht weiter. Und wie geht es weiter? Ist das das Jenseits? Nein, ich stehe schon wieder in meiner Küche. Und es geht wieder von vorne los, da ist er wieder, der erste Satz, es wiederholt sich alles, das ist also der Tod! Ich habe die Weltformel gefunden, furchtbar, die Weltformel ist ein Zirkelschluss, wir kreisen ewig in einer Schleife, Hölle, und jetzt kommt der Text schon wieder, mein Text, der große Text. Aber vielleicht ist es ein literarischer Text? Ja, natürlich, das ist die Rettung: Ich bin in meinem eigenen Text, deshalb tauchen auch dauernd Versatzstücke meiner anderen Texte auf, ich kann ihn aufschreiben, ich habe ihn schon aufgeschrieben, er steht in meinem Kopf, ich schreibe ihn jetzt in mein Moleskine, dann fahre ich zu Holm und lese ihn vor, ich muss zu Holm, ich muss dringend zu Holm, ich darf jetzt nicht sterben, ich muss aufpassen, dass ich es dorthin schaffe, ohne zu sterben, große Gegenkräfte versuchen, mich davon abzuhalten, versuchen, mich von der Verkündung meiner Erkenntnisse abzuhalten, ich muss gleich los, sonst werden die Gegenkräfte zu stark, ich muss sofort los, Taxi reicht nicht, dann müsste ich erst die Haarschneidemaschine weglegen und säubern und dann duschen, in dieser Zeit siegt die Gegenkraft, die behauptet, ich könne in diesem Zustand nicht unter Menschen, ich laufe lieber sofort los, wo der Entschluss noch frisch ist, ich laufe nackt und mit halbgeschorenem Schädel zu Holm.

Ich komme bis zur Türschwelle. Dann wird das Bewusstsein des eigenen Verrücktseins wieder gestärkt durch den Gedanken: Nur Verrückte laufen nackt durch die Straßen, und ich gehe zurück unter die Dusche, ziehe mich an und stolpere hinaus. Auf der Torstraße halte ich ein Taxi an. Der Fahrer ist ein junger, belesener Ausländer, und ich unterhalte mich mit ihm sehr gebildet über Proust und Dostojewskij. An seinen empathischen Reaktionen erkenne ich: Es ist alles in Ordnung, ich benehme mich wie ein normaler Mensch, ich entwickle sogar gerade einen sehr interessanten Gedanken über die Psychologie Prousts und womit Proust mich am meisten beeindruckt hat.

Und dann triggert der Fahrer unbeabsichtigt den nächsten Anfall: Ich habe die «Dämonen» von Dostojewskij empfohlen, er empfiehlt im Gegenzug Fernando Pessoa, und meine Gedanken laufen wie folgt: Ich werde Pessoa nicht lesen, mein Leben ist zu kurz, ich lese nur noch Bücher, die wirklich gut sind, diesen Pessoa kenne ich nicht, kann sein, dass das gut ist, kann aber auch sein, dass ich damit meine Zeit verschwende, ich kann mich auf das Urteil eines mir unbekannten Taxifahrers nicht verlassen, also lese ich das nicht, ich werde Pessoa niemals lesen, mein Leben ist zu kurz, zu kurz – Panikanfall.

Wobei der Anfall weniger in der Bewusstwerdung meines kurzen Lebens besteht als in der ungeheuren, wachsenden Angst, Holms Wohnung niemals zu erreichen unter den unendlichen Störmanövern der Gegenseite.

Ich bitte den Fahrer, mich an der angegebenen Adresse noch bis zur Haustür zu bringen, weil ich weiß, dass ich es allein nicht schaffe, und er lehnt ab. Wenigstens bis zur Türklingel unten: Er lehnt ab. Ich hole mein Portemonnaie raus und biete ihm alles Geld, das ich dabeihabe, wenn er mich bis zur Tür begleitet, etwa 300 Euro: Er lehnt ab. Ich sage, er soll nicht erschrecken, aber ich würde mich nun gleich an seinem Arm festhalten.

Er bremst auf der Greifswalder Straße, will acht Euro fünfzig und fordert mich auf, aus seinem Taxi auszusteigen. Ich bitte ihn, die Polizei zu rufen oder Sanitäter. Er sagt, er habe kein Telefon, und verlangt acht Euro fünfzig. Ich wiederhole meine Bitte, er zeigt auf einen Kiosk am Straßenrand und behauptet, dort gebe es ein Telefon. Ich frage, ob er dort für mich die Polizei rufen könne, weil ich weiß, dass ich es nicht kann, und der Taxifahrer verspricht es, will aber zuvor sein Geld. Ich gebe ihm acht Euro fünfzig und steige aus. Er schließt die Tür hinter mir und fährt davon.

Gelähmt von Angst stehe ich auf dem Bürgersteig und versuche gar nicht erst, den Kiosk zu betreten. Mir ist wieder eingefallen, dass man in Kiosken nicht telefonieren kann. Schließlich mache ich mich zu Fuß auf den Weg. Es kann nur noch zwei, drei Straßen bis zur Pasteurstraße sein.

Beim Gehen überwältigt mich das Bedürfnis, den Passanten mit der Hand ins Gesicht zu schlagen, ihnen die Mützen vom Kopf zu zerren, und ich weiß nicht, wer den Befehl dazu gibt. Ist es der Störer oder die Vernunft? Einer ist dafür, einer dagegen, aber wer? Auf den ersten Blick scheint der Impuls von der Störinstanz zu kommen. Leute ins Gesicht schlagen ist eindeutig irre. Aber wenn ich alle Leute ins Gesicht schlage, kommt mit Sicherheit die Polizei, und das wäre die Rettung, das ist ja genau das, was ich will, dass die Polizei kommt, und insofern ist es vielleicht eine List der Vernunft, die unter dem Deckmantel der Störinstanz meine Rettung plant.

Allerdings würde ich dadurch auch erneut – und vielleicht endgültig – aufgehalten, und ich käme nie ans Ziel, an den Ort meines größten Triumphes, und bin möglicherweise auch wieder vollkommen und endgültig verrückt.

Immer wieder muss ich von tief unten den Gedanken heraufholen, dass ich bereits in der Nähe von Holms Wohnung bin und dass ich nur irgendwie dorthin gelangen muss und dann andere da sind, die es vielleicht besser wissen, und dass ein Publikum dort wartet auf die Zauberkunststückchen, die ich von meinem Gehirn aus vorführen will und für die ich ja auch Beweise habe und die der eigentliche Grund sind, warum ich überhaupt zu Holm wollte, deshalb hatte ich ja alle eingeladen, wie konnte ich das vergessen. Ich habe die Weltformel vielleicht nicht gefunden, aber diese Endlosschleife, diesen Roman in Form einer Endlosschleife, diesen Text, der mich so glücklich und verzweifelt macht und der sich selbst und alles andere und die ganze Welt erklärt, also vielleicht doch die Weltformel – und dass ich bei Holm gerettet bin. Ich darf nur keinen falschen Schritt machen.

«Auf rohen Eiern zu Holm» ist der Satz, der mir schließlich einfällt, und ich versuche ihn durch eine abermals laut gesprochene Endlosschleife in meinem Kopf als den einmal richtig gefassten Entschluss festzutackern, den ich jetzt nicht wieder aus den Augen verlieren und bis zu dessen Verwirklichung ich auch erst mal keine anderen Entschlüsse mehr fassen darf, und ich presse meine Arme fest an den Körper und gehe auf rohen Eiern zu Holm, auf rohen Eiern zu Holm, auf rohen Eiern zu Holm, die ganze schrecklich lange Pasteurstraße hoch, auf rohen Eiern zu Holm, und tatsächlich stehe ich irgendwann vor seiner Tür.

RÜCKBLENDE, TEIL 9: TANZ DER SELIGEN GEISTER

Bei Holm versuche ich als Erstes herauszufinden, ob ich einen verrückten Eindruck mache, ich befrage die Leute dazu, ergänze selbst, ich sei bis vor acht Sekunden noch verrückt gewesen, jetzt aber nicht mehr.

Irritierend ist, dass niemand etwas von mir zu erwarten scheint. Es herrscht eine der Auffindung der Weltformel ganz unangemessene Atmosphäre. Alle stehen nur herum, haben Gläser in der Hand und machen Smalltalk. Ich höre sie Sätze sagen, die ich Sekundenbruchteile vor ihnen gedacht habe, ich spüre, welche Gesten sie im nächsten Moment machen werden. Meine Gabe, in die Zukunft sehen zu können, bestätigt sich glanzvoll, und mir fällt wieder ein, dass ich meinen Text vorlesen muss. Ich rufe alle im Wohnzimmer zusammen und nehme selbst am großen Tisch Platz. Meine Vernunftinstanz landet einen letzten Treffer, indem ich bitte, die Kinder aus dem Raum zu schicken. Ich kann noch erkennen, dass das, was ich jetzt tun werde, nicht mehr jugendfrei ist. Aber es nicht zu tun, ist mir unmöglich.

In meinem Moleskine suche ich nach dem Text. Mir ist bewusst, dass ich ihn selbst noch nicht gesehen habe, ich spüre aber auch, dass ich ihn quasi hinter meinem eigenen Rücken aufgeschrieben habe, sodass er gleich auf wunderbare Weise vor meinen Augen erscheinen wird.

Als es weder am Ende noch am Anfang, noch in der Mitte des Notizbuchs einen geeigneten Text gibt, weiß ich, dass die

Störinstanz ihn abermals vor mir verborgen hat. Habe ich die Seiten wieder herausgerissen? Am wahrscheinlichsten scheint es mir, dass der Text zu Hause auf meinem Rechner liegt, in einer versteckten Datei. Ich äußere diese Vermutung und verlange, sofort zu meinem Rechner gebracht zu werden.

Niemand reagiert. Ich fange an zu schreien, werfe das Moleskine durch den Raum, und was weiter geschieht, weiß ich nicht. Einmal zwischendurch, ich glaube, ganz am Anfang, bitte ich auch Holm, mich vor seinen Rechner zu setzen, damit ich in Windeseile den Text wie an der Schnur aus mir herausschreiben kann. Nach einigen weiteren vergeblichen Anläufen, den Text zu finden, sehe ich irgendwann nach rechts zur Tür; dort stehen zwei Sanitäter.

Das ist der schlimmste Moment, schlimmer als alles andere zuvor. Beim Anblick der beiden Männer weiß ich, dass nun eingetreten ist, was ich seit der Operation am meisten gefürchtet habe, nämlich dass mein Hirn sich auflöst und meine Persönlichkeit sich unkontrollierbar verändert; und ich weiß auch, dass ich mir für diesen Fall von Anfang an ein bestimmtes Vorgehen überlegt habe: Selbstmord, solange ich noch einen Rest von Kontrolle habe über das Gemüse, das einmal meinen Namen trug. Ich sehe die Walther PPK in meiner Hand, ich sehe sie in meinem Mund.

In meiner Angst rede ich noch einmal auf die Sanitäter ein, bitte sie, der Lesung beizuwohnen, unternehme einen letzten Versuch, den Text zu finden, und lese schließlich etwas vor, was ich mir nicht aufgeschrieben habe. Irgendwann sitze ich neben C. und Passig hinten im Krankenwagen auf dem Weg zur Notaufnahme.

Per Leo beschreibt den Abend später in einer Mail an Jochen: «Wolfgang wurde nach etwa einer Stunde von zwei Sanitätern in die Charité gebracht, vermutliches Ziel dort:

Psychiatrie. Sein Auftritt trug alle Züge eines Wahns, wobei niemand sagen kann, ob das der Krankheit direkt (Tumorwachstum, Serotoninspiegel usw.) oder indirekt (drei Nächte ohne Schlaf plus Panik) geschuldet ist. Das Szenario: Wolfgang wollte uns einen Text vorlesen, der u. a. die ‹Weltformel› enthalten sollte, doch dazu kam es nicht, weil er ihn nicht fand. In immer neuen Schleifen behauptete er, er müsse den Text auf seinem Rechner gelöscht haben, also sei er im Papierkorb noch zu finden, dann wieder, dass er im mitgebrachten Notizbuch sei, in dem er wie wild blätterte. Über die tatsächlichen Schleifentexte legte er immer wieder einen Metatext, in dem er uns genau, aber völlig unverständlich instruierte, was wir zu tun hätten, falls er in Schleifen feststecke. Die Verzweiflung darüber, dass der ‹Text› für ihn unmissverständlich ‹da›, aber nicht ‹auffindbar› war, führte zu Wutausbrüchen mit lauten Beschimpfungen (‹Ihr Arschlöcher! Er steht hier drin!›), Bodenwälzen usw. Seinem Abtransport stimmte er selber zu, erbat sich von den Sanis aber noch eine Minute, um den Text, den er endlich gefunden zu haben behauptete, vorzulesen. Soweit ich mich erinnere, lautete er: ‹Alles ist richtig. Alles ist richtig. Alles ist richtig. Die Welt ist eine Schleife. Das Leben ist das Leben, und das Nichts ist das Nichts.› Dann der Abgang. Nach letzten Meldungen war er im Wartebereich der Notaufnahme ruhig. Wir warten jetzt ab, wie sich die Dinge entwickeln, und beraten dann über ein etwaiges Betreuungsszenario. Schließlich ist alles denkbar: vom offenen Wahnsinn über psychotische Aussetzer als Teil des Krankheitsbildes bis hin zu einer heilsamen Mütze Schlaf, die ihn wieder zu sich bringt.»

Im Wartesaal der Notaufnahme an der Charité zeige ich C. und Passig die Bilder und Notizen in meinem Moleskine, von denen ich mich in diesem Moment schon wieder distanziere. Dann werde ich von einer Neurologin wegen Verdachts auf Manie in Richtung Psychiatrie geschoben.

An die Nacht habe ich keine Erinnerung. Am nächsten Morgen holen Philipp und Julia mich ab und begleiten mich nach Hause. Es geht mir jetzt sehr viel besser, ich habe eine Zyprexa bekommen, und beim Frühstück versuche ich, meinen Freunden noch einmal zu erklären, was es mit den Ereignissen am Vorabend auf sich hatte. Mir kommt die Idee, auf meinem Rechner nachzusehen, ob dort nicht *tatsächlich* der von mir geschriebene und vor mir selbst verborgene Text irgendwo herumliegt. Auf den ersten Blick ist nichts zu entdecken, weder im Papierkorb noch unter den üblichen Speicherplätzen. Erst Philipps Vorschlag, in Word nach den zuletzt bearbeiteten Dateien zu gucken, führt zu der Anzeige einer Datei mit dem sonderbaren Titel «Tanz der seligen Geister», und ich falle vor Schreck rückwärts auf den Boden. Ich erwarte jetzt nicht wirklich die Weltformel, aber zumindest den Text meines Lebens. Es öffnet sich eine Datei, die mir vor kurzem jemand geschickt hatte, mit einer Geschichte von Alice Munro.

RÜCKBLENDE, TEIL 10: DER PINGUIN

Im Laufe des Tages sitze ich am Rechner und schreibe. Ich bin immer noch rasend schnell unterwegs, suche nach Erklärungen für meinen gestrigen Ausfall und schicke eine Mail an Kathrin und C., in der ich eine genaue Analyse der selbsthypnotischen Vorgänge meines Innern liefere, verbunden mit der Aufforderung an beide, mir zu bestätigen, dass sie starkes Mitgefühl mit mir empfänden, welches sie jedoch nicht zu kommunizieren wagten. Das habe ich kraft meiner Logik nämlich herausgefunden: dass sie ihr Mitleid vor mir verbergen, aus Angst, etwas Ähnliches auszulösen wie Jana mit ihrer belegten Stimme.

Dies klar erkannt zu haben, ist für mich der Beweis, dass mein Gehirn noch nicht in völliger Auflösung begriffen ist, sondern im Gegenteil auf der empathischen Ebene ganz prächtig funktioniert, und ich verlange vehement die Bestätigung meiner Beobachtung.

C. verweigert sie mir zuerst per Mail und dann telefonisch und schickt mir stattdessen eine über Skype alarmierte Delegation aus Philipp, Kathrin und Marek ins Haus, die sich nach meinem Befinden erkundigen soll. Hocheuphorisch verlange ich von Kathrin abermals die Bestätigung meiner ohne Zweifel richtigen Beobachtung. Ich brülle sie an, endlich ja zu sagen, und als sie sich weigert, mich, wie sie sagt, in meinem Wahn zu unterstützen, erkläre ich, dass ich sie in diesem Fall erwürgen werde. Mit nach vorn gestreckten Armen fährt mein Körper wild in der Küche herum. Aus den Augenwinkeln sehe ich Marek auf dem Stuhl sitzen: Angespannt; aber er ist nicht aufgesprungen, um mich zurückzuhalten, woraus ich schließe, dass ich nicht wirklich die Absicht habe, Kathrin zu erwürgen. Ich gebe mir das bestätigende Ja schließlich selbst, weil ich weiß, dass ich mich ohnehin nicht irre, und dem Drängen, mich erneut in die Psychiatrie einzuliefern, gebe ich rasch nach.

Beim Ankleiden sehe ich im Badezimmer das Pinguinkostüm herumliegen, das Kathrin beim Tough Guy Race getragen hat, und schlage vor, es auf dem Gang in die Psychiatrie zu tragen. Wenn man sich einmal im Leben schon selbst dort einliefert, scheint mir, dann richtig. Außerdem, vermute ich, wird es uns ein paar Formalitäten ersparen. Auf dem Weg spielen wir die Erwürgen-Szene noch einmal nach, um das Theaterhafte daran zu betonen und die mittlerweile dazu eingetretene Distanz.

«Mein Name ist Wolfgang Herrndorf», sage ich am Empfang, «und ich möchte mich in die Psychiatrie einweisen.»

Das finde ich wieder ungeheuer komisch. Während die Krankenschwester meine Daten aufnimmt, kann ich mir nicht verkneifen zu sagen: «Ich bin übrigens nicht verrückt!» Und ohne mit der Wimper zu zucken, antwortet sie: «Das hatte hier auch niemand gedacht.»

Das Gespräch mit der diensthabenden Ärztin ist kurz. Sie fragt meine Freunde, ob Gewalttätigkeit und Aggression zu meinen normalen Charaktereigenschaften gehören, und Kathrin verneint. Dass solche Gespräche über mich in meiner Anwesenheit und in der dritten Person Singular geführt werden, verwandelt mich erneut in ein diskretes Gemüse, aber es beschämt mich nicht. Zu diesem Zeitpunkt mache ich mir

schon keine Illusionen mehr. Ich kriege die nächste Zyprexa, Tavor dazu, und ein Bett auf der Psychiatrie.

In diesen Stunden sind wir noch drei in meinem Kopf: Walther, Wolfgang und Wilhelm. Nach der Verlegung auf die Neuropsychiatrie und den ersten Diagnosen kommt noch ein unpersönlicher Hebel zur Manieregulation hinzu (der über vorgestellte Lebenserwartung funktionieren soll und nicht wirklich funktioniert) und schließlich eine Königin, Neue Regentin genannt, die als endgültig externalisiertes Über-Ich über allem Stimmengewirr thront und sich als noch durchschlagender als die Walther entpuppt, sowohl im Kampf gegen den Todesgedanken als auch gegen den überbordenden Mitteilungsdrang, der mir langsam das Leben schwer macht. Insbesondere den Drang, den Ärzten von den tollen Zuständen in meinem Kopf zu erzählen. Jede Mitteilung, die ich in dieser Richtung anfangs mache beim Versuch, mein Glück zu beschreiben, bringt mir weitere Tage auf der Station ein. Und ich will raus, dorthin, wo ich die beruhigende Wirkung des Alltags wiedererkenne:

in meine Wohnung, in mein Sozialleben und an den Computer.

Eines Nachts liege ich wach und stelle fest, dass ich die Walther auf beliebige Gegenstände richten kann, um sie aus meinem Bewusstsein zu schießen. So kann ich zum Beispiel minutenlang nicht an einen roten Elefanten denken, wenn ich will.

Ich befürchte zu keinem Zeitpunkt ernsthaft, überhaupt nicht mehr rausgelassen zu werden aus der Psychiatrie. Aber man muss mit seiner Weltwahrnehmung schon sehr tief gesunken sein, um als Insasse nicht zu spüren, wie schmal der Grat zwischen Freiheit und längerem Zwangsaufenthalt ist (so schmal wie der Grat zwischen Psychose und keiner Psychose, schätzungsweise). Und weil ich meinen Mitteilungsdrang selbst nur schwer in den Griff kriege, verbietet mir die Königin schließlich jede Kommunikation über mein Inneres mit Ärzten, Freunden und Bekannten. Ob man mir von diesen Kämpfen äußerlich noch etwas anmerkt, weiß ich nicht. Glaube aber nicht. Genauso wenig, wie ich beurteilen kann, ob diese letzte Aktion der Königin noch Ausgeburt des Wahnsinns ist oder nicht vielmehr die bildliche Rückkehr der Vernunft, welche sinnlos überbordenden Mitteilungsdrang ja auch sonst mit Verbot belegt.

Die Königin lacht noch einmal triumphierend, als ich die Neuropsychiatrie verlassen darf, und verschwindet bald darauf mit den anderen Schatten zusammen.

Allein die Walther ist als Gegenstand irgendwie verblieben, aber ohne Gegner lässt sie sich nicht beleben. Die Mitteilung, dass ich sterben muss, dringt in diesen Tagen noch zu mir durch, versickert aber in den höheren Schichten des Bewusstseins im relativistischen Sand.

Und den Rest habe ich ja schon erzählt.

PS: Sowohl im Nachhinein als auch insbesondere währenddessen sehr bedrückender Gedanke: dass man als Individuum auf diese Belastung nicht individuell reagiert, sondern superkonventionell, mit geradezu normiertem verrücktem Verhalten, das hunderttausend andere Verrückte an dieser Stelle auch schon vorgeführt haben, und also gar kein Individuum, keine psychisch autonome Einheit mehr ist. Das ist das tatsächlich Furchteinflößendste, während man drinsteckt: Man steckt auf einmal nicht mehr drin in etwas, was man bis dahin als Selbst wahrzunehmen gewohnt war, als Ich, so fragwürdig man die synthetische Konstruktion des Ichs auf einer intellektuellen Ebene schon immer gefunden hat (aber rein alltagstechnisch war dieses Ich doch sicher vorhanden), und dann löst es sich auf in das unpersönliche Agieren eines vom Evolutionsprozess sehr sinnvoll und zugleich schwachsinnig an die Härten der Welt angepassten durchschnittlich durchgedrehten Vertreters der Art. Was einem immerhin die Selbstbeobachtung erleichtert: Man weiß im Grunde sofort, dass man verrückt ist. Das heißt, ich wusste es. Und dann verdrängte ich es um der Hoffnung willen, so bleiben zu dürfen. Denn es ging mir phantastisch.

PPS: Überflüssig zu erwähnen, dass der bei Holm von mir verzweifelt gesuchte Text später doch noch aufgetaucht ist: Es ist dieser Text.

NEUN

6. 10. 2010 23:55

«Onkel Boonmee» gesehen, Gewinner von Cannes. Man sieht, wie einer vier Minuten duscht, und er gehört weiß Gott nicht zu den interessanten Duschern. Artsy-fartsy Thailand. 1 Punkt, weil ich weinen musste, als der Tote reinkam. Das Beste: Man fühlt sich wie mit sechzehn, als man so was bis zum Ende guckte und dann noch darüber nachdachte, was es zu bedeuten hätte.

Anschließend Lektüreempfehlung von Christoph, «Der Tod und der Kompass» von Borges, angeblich die beste Kriminalgeschichte der Welt. Lese sie und fühle mich erneut, als hätte ich den Schuss nicht gehört. Ein Kommissar, der mit Hinweisen zu seiner eigenen Ermordung gelockt wird? Ja?

8. 10. 2010 16:07

Drei Wochen ist «Tschick» raus, und in keiner Buchmessenbeilage und keiner Zeitung. Es ist mir nicht so gleichgültig wie früher.

8. 10. 2010 20:00

Fußball in der Halle. Nachdem wochenlang jeder Direktpass von mir beim Gegner landete, geht's heute wieder. Weiß nicht, ob es an der Hallensituation liegt oder ob sich in meinem Hirn irgendwas regeneriert. Denn eigentlich muss man dazu aus den Augenwinkeln sehen können. Körperlich insgesamt wahnsinnig fit.

10. 10. 2010 14:56

Ich gebe keine mündlichen Interviews mehr, aber für die bulgarische Germanistin Jelenia Gora[5] würde ich noch mal eine Ausnahme machen.

10. 10. 2010 16:56

Passig nennt das, was ich da schreibe, Wikipedia-Literatur. Neues, sinnlos mit Realien überfrachtetes Genre, das sich der Einfachheit der Recherche verdankt. Rechtfertige mich damit, dass das meiste ja doch erfunden ist.

Vor zwei, drei Jahren auch schon mal angefangen, Sachen in die Wikipedia reinzuschreiben, die in meinem Roman vorkamen. Entweder die Fiktion passt sich der Wirklichkeit an oder umgekehrt. Den Vorwurf der Schlampigkeit will man sich schließlich nicht gefallen lassen.

11. 10. 2010 19:38

Rayk Wieland schreibt mir, er habe in einer alten Kosmogonie einmal die Abbildung des Nichts gesehen: ein schwarzes, mit Kritzelstrichen ausgemaltes Rechteck, an dessen Seiten jeweils «ad infinitum» geschrieben war.

12. 10. 2010 11:00

Der Wunsch, tot zu sein, zum ersten Mal von keiner Unruhe begleitet.

13. 10. 2010 15:40

Korrekturen für die zweite Auflage von «Tschick» telefonisch an Marcus. Können aber wahrscheinlich nicht eingearbeitet werden, da sie sofort losdrucken müssen. Dann vielleicht in der dritten.

Die SZ (Seibt) kostet mich eine Runde Bier: erste Rezension ohne Salinger.

14. 10. 2010 5:32

Dritter Tag der Chemo (letzter Zyklus), und zum ersten Mal muss ich kotzen. Und dann auch gleich richtig und die ganze Nacht, am Ende kommt Blut. Halte verzweifelt Ausschau nach den teuren Medikamenten, aber nach sechs Stunden im Magen ist das von einer Konsistenz, dass es auch härtere Leute als ich nicht mehr auf den Speiseplan setzen würden.

14. 10. 2010 19:46

Verlorener Tag. Zum Arzt gefahren für neues Rezept, außerhalb der Sprechzeiten angekommen. Dosis für heute hab ich glücklicherweise noch. Liege den ganzen Tag schlapp in der Gegend rum mit dem Finger auf Reload bei amazon. Mein kleiner Lada ist in Schlangenlinien am Buchpreis-Chevrolet rechts vorbei, Vargas Llosa liegt längst hinter ihm, vor ihm jetzt die Untiefen aus Vampiren, Gesetzbüchern und Wanderhuren. Ich glaube nicht, dass er noch weit kommt, aber wenn er vor Natascha Kampusch eine respektvolle Vollbremsung einlegt, ist das okay.

19. 10. 2010 11:56

Der Arzt im Traum sagt: drei oder vier Jahre.

Nach einer Woche chemischer Keule zum ersten Mal einigermaßen aufgewacht heute.

20. 10. 2010 7:16

Fahre vor Sonnenaufgang nach Hause, es regnet. Arbeit bei offenem Fenster mit voll aufgedrehter Heizung, meine Reste von Naturerlebnis.

Heute vor 24 Jahren Fahrt an den Westensee, um A. zu zeichnen, nachdem ich ein Jahr lang oder länger Tag für Tag und Stunde für Stunde auf ihren Anruf gewartet hatte. «Ich meld mich mal.» Ja, am Arsch.

20. 10. 2010 22:00

Erster Besuch in einem regulären Schwimmbad seit dem Zivildienst. Alles sehr schön und sonderbar.

21. 10. 2010 20:15

Zum Yoga hat C. was rausgesucht, was ihrer Meinung nach nicht esoterisch ist. Wenn das nicht esoterisch ist, möchte ich mal sehen, wie's bei den Abgedrehten zugeht. Die Anweisungen, sich wegzuatmen und leer zu machen von allem, kollidieren fundamental mit meiner Selbsthypnosemaschine im Innern. Noch leerer werden als ein Toter, schwer möglich. Allerdings ist es eine gute Gymnastik.

24. 10. 2010 9:56

Die letzten Tage krampfhaft versucht, die Lücke in meinem Blog zu schließen. Die Beschreibung des Irrseins macht mich wieder irre. Erwachend nicht mehr an den Tod denken können; lautlos schießt es den Gedanken weg. Mitteilung an C. gemacht, damit sie aufpasst.

Dabei erst jetzt den schon früh in meinen Notizen auftauchenden und beim Schreiben der HaShem-Rückblende verwendeten Satz bemerkt, die Störinstanz zeige sich «am liebsten im Schutz anderer, positiver Gedanken». Man wird mir vorwerfen, ein zu mechanistisches Bild des menschlichen Geistes zu haben, aber die partielle Amnesie, das beständige und unkontrollierte Herausgelöschtwerden jedes positiven Gedankens aus mir: offenbar ein Kollateralschaden der Walther.

Notiz an mich selbst: Nächstes Mal besser zielen.

24. 10. 2010 17:21

Lektüre: «Lenz». Mein Einwand gegen die Erzählung der gleiche wie vor zwanzig Jahren: die poetische Einfühlung in das Kranke. Die berühmte Stelle, Lenz wolle auf dem Kopf laufen, kauf ich nicht, zu offensichtlich-gewollter Ausdruck der Verkehrtheit. Später Lenz' Angst im Dunkeln, er hätte der Sonne nachlaufen mögen: Nein, hätte er nicht.

Und natürlich kriegt mich der Text dann doch; über die Sprache, die Natur, die Unruhe und den sich aufsummierenden Irrsinn. Am Ende beim Lesen eine Gänsehaut. Hab ich, glaub ich, auch noch nie gehabt.

25. 10. 2010 19:52

Lektüre: «Aquis submersus». Puh.

In einem Anfall tiefer Verzweiflung C. gegenüber mein Innenleben ausgebreitet. Standardisierter Absturz, wenn ich eine Weile nicht gearbeitet habe.

26. 10. 2010 9:33

Traum: Mit Bettina Andrae in einem chaotischen Zigeunerlager auf der Suche nach Dan Richter. Bemerke im Halbschlaf, dass ich keinen Grund habe, Dan zu suchen, den ich kaum kenne, und dass ich in Wahrheit *den Richter* suche; mit dem ich telefonierte und dessen Konzept von Arbeit und Struktur mir in den letzten Tagen entglitten ist.

28. 10. 2010 10:12

Traum: Ich bade mit meiner Mutter in einem Tümpel, in dem eine riesige, meterlange Blindschleiche herumschwimmt. Meine Mutter fordert mich auf, Panzerangriffsgeneral Guderian um Hilfe zu bitten; was ich tue.

Gestern das Ladegerät bei C. vergessen: Der Tag beginnt mit einer einstündigen Fahrradtour. An der Spree die Bäume schon fast kahl. Meine Sentimentalität angesichts der Frage, ob sie noch einmal grün werden, hält sich in Grenzen angesichts des Entschlusses, demnächst noch mal nach Griechenland oder Portugal zu fahren, oder wo immer Sommer ist. Oder wenigstens ans Meer.

1. 11. 2010 20:28

Noch mal Unmengen Zeichnungen weggeworfen. Ich kann im Studium tatsächlich nicht so faul gewesen sein, wie ich immer dachte. Die Wochen, Monate, Jahre Arbeit, die da drinstecken, soll man sich da im Nachhinein Gedanken machen? Das eigentliche Problem jener Zeit, von dem es keine Aufzeichnungen gibt: mein inexistentes Sozialleben. Wenn ich in den Semesterferien manchmal drei Monate mit keinem Menschen sprach außer mit der Supermarktkassiererin.

2. 11. 2010 13:20

In den Neunzigern mal sehr begeistert Kempowskis «Sirius» gelesen, jetzt in «Somnia» reingeguckt, entsetzt. Der Lustigkeitshumor, der Stolz auf die eigene Kleinkariertheit und zwischendurch immer wieder ein schlimm gealterter Anti-PC-Reflex. Neger, Frauen, man will es nicht wissen.

2. 11. 2010 13:30

Dr. Vier erklärt Verreisen und Schwimmen für unbedenklich. Epileptische Anfälle seien bei mir eher nicht zu erwarten, da bisher und auch initial nicht aufgetreten. Aller Wahrscheinlichkeit nach beginnt der Tod mit Kopfschmerzen.

3. 11. 2010 17:03

C. am Telefon: «Lebensunfähig, träge, dachte vorhin, ich geb alle Ziele auf, die ich habe, bis mir einfiel, ich hab ja gar keine.»

Bekomme jeden Tag Briefe und Karten, die ich nicht mehr beantworten kann. Grüße an dieser Stelle.

ZEHN

5. 11. 2010 9:35

Vor dem Schloss Bellevue steht ein Mann mit Deutschlandfahne. Lange, blonde Haare, Gesicht rotlila vom Wetter, Badelatschen. Wofür oder wogegen er demonstriert, haben ihn auch schon die Polizei und ein Mitarbeiter des Bundespräsidialamtes gefragt. Bürokaufmann aus Göhren, hat jetzt ein paar Tage frei und reist mit seiner Fahne herum, weil er der Ansicht ist, es laufe einiges schief in dieser Republik. Kinder, die mittags zur Tafel müssten, weil sie zu Hause nichts bekommen, zum Beispiel. Freundliches Winken.

6. 11. 2010 22:52

«Breaking Bad» und die Idee, alles noch einmal auf den Kopf zu stellen.

7. 11. 2010 15:05

Wohnungsbesichtigung in Charlottenburg. Der Versuch, mein Leben nicht in einer dunklen 1-Zimmer-Hinterhofwohnung ausklingen zu lassen, erweist sich als schwierig. Nie im Leben einen Pfennig Schulden gehabt, durch «Tschick» Geld wie Heu auf dem Konto, aber kein Einkommensnachweis. Ohne Bürgschaft meiner Eltern käme ich an keine Wohnung ran. Auch insofern vorteilhaft, sie nicht zu überleben. Die Wohnung allerdings nicht besonders schön, beim

Blick ins Badezimmer sehe ich die zukünftige Blutlache auf den Fliesen, und weitere Besichtigungen schaff ich nicht. Macht alles zu viel Umstände. Allein die Angst vor dem Papierkram.

8. 11. 2010 9:38

Traum: Passig teilt mir mit, dass sie ein Buch über mich schreiben wird, einen Unterhaltungsroman, in dessen Mitte ich so unbeweglich stünde «wie sonst auf dem Fußballplatz».

Erwache mit starken Kopfschmerzen und vermute einige Stunden das Naheliegende. Die letzten Tage schon Gleichgewichtsschwankungen. Weder Angst noch Beunruhigung. Der Wille zu leben längst nicht mehr so stark wie der Wunsch, sich zu verabschieden. Die Kopfschmerzen verschwinden am Nachmittag.

9. 11. 2010 22:55

C.s Vater hat jetzt Knochenkrebs.

16. 11. 2010 12:23

Tom Lubbock[6] stirbt und schreibt. Sein Glioblastom sitzt im Sprachzentrum:

«My language works in ever decreasing circles. The whole of English richness is lost to me and I move fewer and fewer words around.

I cannot count. At all.

Marion and her embrace.

Ground, river and sea.

Eugene – his toys, his farm, his cars, his fishing game.

Getting quiet.
Names are going.»

23. 11. 2010 21:24

Schalte zufällig in etwas rein, was sich Corine-Buchpreis nennt, 3sat, große Abendgala. Hans Joachim Schädlich gewinnt im Bereich Belletristik, und «Kokoschkins Reise» steigt bei amazon auf Platz 50 000.

24. 11. 2010 8:07

Ganz feiner Schnee.

Es ist ein Kampf. Die ganzen letzten Tage schon. Ich will tot sein, jede Stunde, nur noch tot sein. Ich habe mich damit abgefunden, vor einigen Wochen bereits, da war ich mir noch nicht sicher, ob es eine Phase ist, aber es scheint keine Phase zu sein, ich habe mich tatsächlich damit abgefunden.

Ich bin bereit, jetzt warte ich, dass mich einer abholt, und es kommt keiner. In einem Monat ist MRT, ich hoffe auf ein Rezidiv, das mir einen Vorwand liefert. Etwa die Hälfte des Tages. Die andere Hälfte funktioniere ich normal und arbeite.

Was mich aufrecht hält, ist das Soziale. Die vom Wesen der Gesellschaft an einen herangetragene Anforderung, sich zu benehmen, vernünftig zu sein, am Tisch zu sitzen und den Gesprächen zu lauschen, auch wenn sie nicht die interessantesten sind, während man schreiend in die Grube will. Ich schaue, was die anderen machen, und versuche, es genauso zu machen, ich denke an Dürer, der tot ist, warum ausgerechnet Dürer, ich weiß es nicht, an einen seit 500 Jahren toten Maler, der seine Badefrau gezeichnet hat, der ihr gegenübersaß und sie zeichnete, der mit ihr redete, kein Mensch weiß, worüber, und sie waren glücklich oder unglücklich, verschämt oder aufgekratzt, verliebt oder gleichgültig, für ein paar Minuten oder Stunden, waren einmal reale Wesen in einer realen Welt, was man sich nicht vorstellen kann. Ich kann es mir nicht vorstellen. Und die Absurdität macht mich verrückt.

Die Unmöglichkeit, sich ein nicht selbst erlebtes Vergangenes vorzustellen, die Unmöglichkeit, sich in ein anderes Lebewesen hineinzudenken, die Unmöglichkeit, sich das Nichtsein vorzustellen.

Zwei der Unmöglichkeiten habe ich mittlerweile geknackt; das mit dem Nichtsein recht mühelos, das mit dem anderen Lebewesen funktionierte, als ich verrückt war, für einige Minuten. Allein das nicht selbst erlebte Vergangene ist vollkommen außer Reichweite.

Immer wiederkehrender, bildlicher Trostgedanke: die «Sopranos», das Ende der «Sopranos», das beste Ende.

Dass der Verlag praktisch jeden Tag anruft und neue Auflagen meldet, beruhigt mich und gibt mir das Gefühl, abgeschlossen zu haben.

25. 11. 2010 12:00

Als ich meine Wohnung aufschließe, sitzt der Tod auf meinem Bett, ich taumle. Ein Mann, der aussieht wie ich, dreißig Jahre älter: Unangemeldet ist mein Vater aus Hamburg angereist. Ich wusste nicht, dass er einen Schlüssel hat. Ich wusste nicht, dass er mir so ähnlich sieht.

25. 11. 2010 20:00

Lesung im Roten Salon. Karen Duve ist da, freut mich wahnsinnig. Outtake aus «Tschick» gelesen, Wüstenroman.

28. 11. 2010 14:57

Mit das Unangenehmste an der Krankheit: dass man sich nicht krank fühlt. Wenn ich schlapp bin oder leichte Kopfschmerzen habe, ist es besser, fühlt sich richtiger an. Aber körperlich fit und hellwach und mit dem idiotischen Gefühl, noch dreißig Jahre leben zu können, damit kommt mein Denken nicht klar.

28. 11. 2010 19:34

Spazieren gegangen Richtung Alexanderplatz. Über den Jahrmarkt gelaufen, mit der Wilden Maus gefahren. Die Einsamkeit der letzten Jahre.

29.11.2010 18:58

Seltsame Körperteile: Alle paar Jahre fällt mir auf, dass ich Kniekehlen habe. Als Kind, als ich noch kurze Hosen trug und im Sommer braun gebrannt war, sah ich sie öfter, schlanke, konkave Gebilde zwischen gespannten Sehnen. Als Erwachsener dann nur noch selten und meistens zufällig einmal im Spiegel, jedes Mal erstaunt, dass sie mich nach all den Jahren noch immer begleiten. Die Erkenntnis, dass mein eigener Körper zu meiner Vorstellung von Ich nicht dazugehört.

2.12.2010 11:47

Dicke Schneeflocken Anfang Dezember. Erinnern mich immer an meine erste Freundin. Selbstgestrickte Wollpullover, dunkle Tage, großes Schweigen. Heute hat sie Kinder und keine Googletreffer.

3.12.2010 18:23

Schwere Kopfschmerzen. Nichts gemacht.

4.12.2010 12:13

Traum: Ich bin in einem Heim oder Gefängnis interniert. Passig ist auch da, aber freiwillig. Wir sind wieder ein Paar. Ich will in der Ostsee baden, ein Pfleger warnt vor der Kälte, Passig singt aktuelle Charts-Melodien für mich. Beim Herumstöbern entdecke ich eine dünne, nur aus Ytong-Steinen gemauerte Wand und beschließe durchzubrechen. Zu Fuß werde ich es zu meinen Verwandten am Passader See schaffen.

Lektüre: «Lolita», zum dritten Mal. Hatte mit «Pnin» angefangen, dann aber gleich umgeschwenkt.

5. 12. 2010 12:29

Fast eine Stunde lang an meinen Augäpfeln herumgetastet. Der linke fühlt sich taub an und scheint vorzustehen. Mit Kühlkissen das Auge abgeschwellt. Wikipedia-Artikel zu Hirndruck gelesen: Anfänglich kann erhöhter Hirndruck zu Bewegungsunruhe führen. Die Wochen vor meiner OP bin ich praktisch jeden Weg gerannt. Und meine Augen standen vor, sagt meine Mutter.

In der Glockenkurve beginnt jetzt die zuckerhutförmige, schwarze Fläche, wo sie sterben wie die Fliegen. Ein, zwei Jahre, hinten tröpfeln die restlichen zehn Prozent raus.

5. 12. 2010 22:04

Zwei Stunden von Mitte durch den Tiergarten bis Charlottenburg gelaufen. Kaninchen im Überfluss. Abends Schwimmen in der Alten Halle: Plötzlich kann ich kraulen.

6. 12. 2010 20:22

Jemand bemerkt einen Fehler, der mich schmerzt: Maiks Alibi «weil ich den ganzen Tag Schule gehabt hatte» (S. 247) funktioniert nicht am ersten Schultag. Man ersetze im Geiste «Schule» durch «die Mongos am Hals».

8. 12. 2010 22:00

«Ich packe meinen Koffer, und ich nehme mit: nichts.» Vor und nach dem Jens-Friebe-Konzert lange im Schneetreiben Fahrrad gefahren. Die vierspurige Torstraße eine einzige plattgewalzte, weiße Fläche. Vor Freude noch ein paar Umwege gefahren, um dem Körper Gelegenheit zu geben, sich der winterlichen Schulwege zu erinnern: piksender Schnee in den Augen, das Verreißen des Lenkers, das Gegensteuern. Hellbraune Schlangen, die sich unterm Schutzblech stauen und wachsen und seitlich herauskringeln wie an einer Softeismaschine.

9. 12. 2010 17:17

Brief von A. Immer noch die gleiche Handschrift, immer noch der gleiche Geist. «Die fünfundzwanzig Jahre, die ich seitdem durchlebt hatte, liefen in einer zitternden Spitze zusammen und entschwanden.» (V. Darkbloom)

OUTTAKE: TSCHICK

Einmal sollten wir ein Gedicht schreiben. Da hatten wir monatelang Gedichte gelesen und analysiert, Goethe, Schiller, Hebbel, so die Richtung, und das sollte jetzt weitergehen mit modern. Nur dass modern keiner mehr verstand. Einer hieß Celan und ein anderer Bachmann, da hätte man Simultandolmetscher gebraucht.

«Lyrik ist die Sprache der Gefühle», hat Kaltwasser uns immer wieder klargemacht, und wer das in seinen Aufsatz schrieb, hatte schon mal eine Drei sicher: Lyrik ist die Sprache der Gefühle. Nur dass einem das bei diesem Celan auch nicht weiterhalf, und das Ganze endete damit, dass Kaltwasser fragte, wer denn schon mal selbst so was probiert hätte. Ein Gedicht schreiben. Keiner natürlich.

«Das ist nichts, wofür man sich schämen muss», sagte Kaltwasser und wartete.

Zwei Mädchen meldeten sich, Natalie relativ schnell, und Marie erst, nachdem sie rot geworden war.

«Mehr nicht?», fragte Kaltwasser, und dann meldete sich André. André Langin. Der schöne André. Hätt ich fast gekotzt. Und das Schlimmste war: Das brachte die Festung zum Einsturz. Nachdem André sich gemeldet hatte, meldete sich nach und nach fast die Hälfte der verblödeten Mädchen, die alle schon mal «na ja, so was, was sich reimt» gemacht hatten, und noch zwei Jungs. Einer davon der Nazi. Der meldete sich, wie er sich immer meldete: Ellenbogen auf den Tisch und dann schlapp irgendeinen Finger krumm in die

Luft gehalten, gern auch den Mittelfinger. Und der wollte jetzt also auch schon mal ein Gedicht geschrieben haben. Ich war anscheinend so ziemlich der Einzige, der noch nicht auf die Idee gekommen war. Wobei leider nicht geklärt wurde, *wer* denn da *was* genau produziert hatte.

Bei dem Nazi konnte man schon davon ausgehen, dass das eher nicht so «Frühling lässt sein blaues Band» und so war. Wobei ich den Nazi nicht kannte. Keiner kannte den genauer. Vielleicht hatte er ja ein total gefühlsmäßiges Innenleben? Nur einmal hatte ich ihn außerhalb der Schule getroffen. In der S-Bahn, auf dem Weg ins Olympiastadion, zusammen mit hundert anderen grölenden Hertha-Spacken. Womit ich nicht sagen will, dass alle Herthaner Spacken sind. Ich bin früher auch mit meinem Vater ins Stadion gegangen. Aber die Ostkurve ist halt schon völlig verspackt, und das Komische ist, dass alle diese Hertha-Vollirren eine wahnsinnige Freude an Gedichten haben. In der S-Bahn den ganzen Weg zum Stadion immer: Sprechgesang, Jambus, Reimschema, alles. Nur dass der Inhalt eher nicht so goetheartig ist. Das geht schon immer mehr Richtung Türken, Auschwitz, Baseballschläger. Wir sind die Blauen, wir sind die Weißen, wir sind die, die auf die Schalker scheißen – und ich vermute, solche Gedichte wird der Nazi in seiner Freizeit dann wohl auch gedichtet haben. Womit er Kaltwassers Anforderung ja erfüllt gehabt hätte: die Sprache der Gefühle. Aber, wie gesagt, nach Inhalt wurde nicht gefragt. Weil, Kaltwasser ging es jetzt um die Hausaufgabe, und die war, dass wir eben alle auch mal so was machen sollten. Wir wüssten ja jetzt, wie das geht, Kreuzreim, Dings, A-B-A-B. Und dann noch *Stilmittel*.

Aus irgendwelchen Gründen hatte ich die Hausaufgabe am nächsten Tag aber vergessen, und als Kaltwasser dann tatsächlich jeden Einzelnen der Reihe nach aufgerufen hat, hab ich mich erst mal auf Toilette verabschiedet. Mit Zettel und Füller. Und da saß ich dann auf dem Klodeckel und dachte, hau ich halt schnell einen Vierzeiler zusammen. Was strategisch unklug war, weil ich auf die Weise ja das Gedicht von Tatjana verpasste, und wenn mich eins auf der Welt interessierte, dann, wie Tatjanas Sprache der Gefühle aussah. Wäre ich also besser in der Klasse sitzen geblieben und hätte einen Eintrag kassiert. Aber, wie gesagt, das fiel mir zu spät ein auf dem Klo. Und dann wusste ich auch nicht, was ich überhaupt schreiben sollte. Sprache der Gefühle. Ich hatte schon seit Monaten nur noch ein einziges Gefühl gehabt. Und so hab ich dann auch angefangen. *Ich kann an gar nichts anderes denken*, erste Zeile. Und schon bei Zeile zwei war ich mächtig am Schwimmen. Tatjana, param param, mein Herz, hier fehlt ein Wort, param, irgendwas mit schenken. Herz schenken. Geschenk schenken. Oh Mann.

Wenn man über Liebe und so was schreiben will, sollte man wahrscheinlich schon länger darüber nachdenken als fünf Minuten auf dem Schulklo. Hat Goethe bestimmt auch gemacht. Außerdem hatte ich nicht wirklich vor, ein Gedicht über Tatjana zu schreiben. Aber wenn nicht über Tatjana, worüber dann? Eins über mich? Über die Natur? Über das Klo? Türken? Auschwitz? Mir fiel nur Quark ein. *Ich liebe dich, du blöde Sau, während ich ins Jungsklo schau.* Nee, nee. Vielleicht doch besser harmlos machen die Sache – wie hieß das noch? Metaphorisch, genau. Einfach die Liebe weglassen und über die Landschaft reden. Und am Ende stellt sich raus, es ist gar keine Landschaft gemeint, sondern Frau von Stein. *Der Winter kommt. Die Luft ist kalt. Ich hab kein Schal, Herr Rechtsanwalt.* Nein.

Als ich in die Klasse zurückkam, hatten schon fast alle gelesen. Die Reihe war an meinem Platz längst vorbei, und nur die zwei hinteren Bänke kamen noch. Den größten Erfolg hatten Jungen, die die Wörter «Scheiße» und «Arsch» in ihren Gedichten untergebracht hatten. Wobei «Arsch» das Schwierigste zu sein schien, quasi Königsdisziplin. Da spielte gleich in zwei Gedichten von der letzten Bank irgendein Fluss die Hauptrolle, damit nämlich ein Barsch in dem Fluss schwimmen konnte. Und was war das für eine Begeisterung am Ende, wenn das Reimwort kam! Nur Kaltwasser mochte es nicht so.

Die Stunde war fast um, und ich hoffte schon, nicht mehr dranzukommen. War aber leider nicht so. Kaltwasser setzte ein feines Lächeln auf, überblickte die ganze Klasse und sagte: «Unser Freund Maik Klingenberg. Dann lies doch mal vor, was du da in fünf Minuten über dem Urinal zusammengekritzelt hast. Wenn 's Versmaß stimmt, mach ich nicht mal einen Eintrag.»

Immer dieses Problem mit den Erwachsenen. Einerseits blicken sie's oft nicht. Aber dann blicken sie's wieder. Kaltwasser blickte es meistens. Ich packte meinen Zettel aus und las. «Ich liebe dich –»

«Ich liebe dich? Was? Lauter!», rief Kaltwasser.

«Ich liebe dich.
Und ganz egal.
Der Winter kommt.
Ein warmer Schal
Ist besser als ein kalter.
Ich bin zu hässlich für mein Alter.

Du bist zu schön.
Und das vergeht.
Das ist nicht neu.

Nichts bleibt, nichts steht.
Ein Lada steht im Parkverbot.
In hundert Jahren sind wir tot.»

«Soso. Wir können schon Ironie», sagte Kaltwasser. «Na – das hätte Goethe in fünf Minuten auch nicht besser hingekriegt.»

ELF

10. 12. 2010 23:00

Neue Kneipe nach dem Hallenfußball in Marzahn: Bier ein Euro zur Happy Hour, sonst 1,20. Junge, wahnsinnig freundliche, aufgekratzte Bedienung. Ab und zu erheben sich die Gäste und taumeln umher zum Euro-Trash. Jeder hat eine Strichliste seiner Getränke umgedreht neben sich liegen, damit die anderen nicht sehen, wie viel Geld er in der Tasche hat. Zehn Striche: mindestens zwölf, dreizehn Euro. Zu gefährlich, sagt die Bedienung.

15. 12. 2010 16:37

Prof. Moskopp zitiert Schiller, Benn, Wittgenstein. Die Grenzen meiner Sprache sind die Grenzen meiner Welt, dies sei, so Prof. Moskopp, vermutlich zu plakativ (mot juste vergessen). Einigkeit mit Tom Lubbock, der Worte und Sprache verliert, und dennoch: «My thoughts when I look at the world are vast, limitless and normal, same as they ever were.»

17. 12. 2010 15:43

Unangemeldeter Besuch eines jenseitsgewissen Christen, der mein Blog gelesen hat.

18. 12. 2010 14:07

Auch mit großer Anstrengung kann ich Angst vor dem Tod nicht mehr empfinden. Im Badezimmer stehend die Erinnerung an meine pulitzerpreisverdächtige Grimasse im Frühjahr, als ich während eines Verzweiflungsanfalls in den Spiegel sah. Erinnerung, aber kein Gefühl.

Ich wäre ein guter Soldat jetzt und ein idealer Selbstmordattentäter. Ich ertappe mich bei dem Gedanken, in den Krieg zu wollen. Das Bedürfnis, noch einmal unter gleichen Bedingungen anzutreten wie alle.

20. 12. 2010 9:20

Im Schneetreiben zum MRT. Bei Hypermethylierung und der Kombination Strahlen und Temodal erscheint das Rezidiv im Mittel nach 10,1 Monaten. Seit meiner OP sind jetzt genau 10,1 Monate vergangen. Wenn ich richtig rechne, bedeutet das einen Münzwurf.

In Princeton haben sie dreißig Jahre lang ein Institut gehabt, in dem nachzuweisen versucht wurde, dass – in sehr großen Testreihen – Münzwürfe mit Gedanken beeinflussbar seien. Geringfügig, aber signifikant. Nach Millionen von Würfen wurde das Institut 2007 aufgelöst.

21. 12. 2010 22:47

Erinnerung: der weiße Lack auf meinem Gitterbett. Ein Lichtschalter, dessen Kabel in einem Plastikrohr in der Wand verschwindet, in das man Zweige stecken kann. Ein Heftchen mit ausgestanzten Tierumrissen zum Nachzeichnen, das so schnell aus meinem Besitz verschwindet, wie es aus dem Dunkel aufgetaucht ist. Die durchsichtigen Plastikschälchen unter den Füßen der Möbel. Die Nische hinter dem Kühlschrank, in die mein Vater mich hinablässt, um einen Groschen zu suchen. Der Türstopper, der so wenig zur Wohnung gehört wie der Bauchnabel zum Menschen. Der Reisekoffer auf dem Schrank, in dem mein Vater mich versteckt und wo meine Mutter mich nicht findet. Mein Name auf meinem Schlitten, mit Lötkolben eingebrannt. Unser Name im Telefonbuch, Beweis unserer Existenz. Der alte Mann, bei dem Frank und ich für fünf Pfennig was bestellen dürfen, wenn er zum Bäcker fährt. Der von meinem Vater aus einer Garnrolle, Gummibändern, einem Schaschlikspieß und einer Scheibe Kerzenwachs gebastelte selbstfahrende Panzer. Der von meinem Vater aus einer Astgabel, grünem Isolierband und Weckgummis gebastelte Katschi. Der Totenkopf auf der achten Stufe von unten. Das sich alle paar Meter wiederholende Muster auf dem Teppich meiner Oma, für die Befahrung mit Matchbox-Autos empörend ungeeignet. Die roten Zeichen auf schwarzem Buchrücken: IDIOT. Der zugeschraubte Briefschlitz als Versteck für den Schlüssel. Die Erlaubnis, die Wände zu bemalen, weil anschließend tapeziert wird. Der Geschmack der Berberitzenblätter. Der Rasenmähermann. Der Berliner Bär an einem Betonmauerfragment mit Stacheldraht, dem man bei jedem Spaziergang die Hand geben muss. Die orangen Straßenlampen, unter denen die Welt ein Schwarzweißfilm ist. Der Dartpfeil in meinem Oberschenkel. Die 8 aus Sahne auf Stefan Büchlers Geburtstagstorte. Der uns von Andrea zugespielte Zettel, der vor Bruno und seiner Bande warnt. Die Broscheits, die unsere Höhle zerstören und uns Zigarettenrauch ins Gesicht blasen. Die alkoholisiert wirkenden Junikäfer, gefangen in der Bespannung der Federballschläger. Der zugeschraubte

Briefschlitz als Versteck für die Munition der Erbsenpistole. Der Mörder in der Kirchenstraße, von dem Andrea berichtet. Die vergebliche Suche nach ihm. Das nutzlose Metallding an der Ziegelwand der Christuskirche. Der Glockenturm, wo der Pfarrer sich erhängt hat. Die Frage, ob man sich allein über den Friedhof traut. Die rote Taschenlampe, mit der wir nachts vergeblich versuchen, die Autofahrer zu täuschen. Die Türken in den Baracken auf den Feldern. Die kleinen Türken, die Herrenräder fahren, indem sie ein Bein durch das Rahmendreieck auf die Pedale auf der anderen Seite stecken. Die Murmelbahnen im Sand. Die Raumschiffe. Die Schlösser. Die Flugzeuge, die in der Nacht vor meinem Fenster starten und landen. Die rauchende Linienmaschine, die hinter den Feldern landet und an der Autobahnbrücke von Hasloh zerschellt. Meine Eltern, die sich weigern, mit mir hinzufahren. Die Geranien, deren Rot tagsüber heller ist als ihr Grün. Die Geranien, deren Rot abends dunkler ist als ihr Grün. Der zugefrorene Feuerwehrteich. Das Mädchen mit der Tigerkopfjacke. Der Versuch, sich in der Feldmark zu verlaufen. Die in die Luft geworfenen Frösche. Die picknickenden Erwachsenen, die endlich eingreifen. Das aus Hagebutten gewonnene Juckpulver, zu kostbar, um eingesetzt zu werden. Die Jäger, die neben sich Bündel Hasen liegen haben wie Bündel Mohrrüben. Die aus enorm vielen Teilen bestehende Türklinke am Kornhoop 42. Der furchtbare Schäferhund auf dem Weg dorthin. Die in die Eisblumen gedrückten Münzen, die bis zum Morgen auf den Fensterrahmen wandern. Das verlassene Bauernhaus am Tennisplatz. Die Brotschneidemaschine, mit der dort jemand getötet wurde. Andrea, die das farblose Blut auf dem Boden erklärt. Der Hase im Schnee, der sich fangen lässt, der von meinem Arm stürzt, der frontal gegen die Hauswand rennt

und in die Kasematte fällt. Monika aus meiner Klasse, die das Tier in einen Karton setzt und zum Tierarzt fährt, der es einschläfert. Meine Scham, mein Entsetzen. Die Albträume von Hasen mit trüben, schneeblinden Augen, die Stücke aus meinem Oberschenkel reißen. Usw.

22. 12. 2010 10:22

Befund: Gliöse Veränderungen, vermutlich therapieinduziert (Strahlen), kein Tumorwachstum, Verdacht auf Niedergradiges, sagt der Radiologe, sehr unwahrscheinlich bei hochgradigem Glioblastom, sagt der Onkologe, Schrankenstörung regredient. Also alles ok? Ja, alles ok. Im ersten Jahr sterben ist für Muschis.

24. 12. 2010 8:20

Traum: Treffe C. im Jenseits (Nebel, hellgelb) und weiß, irgendwas stimmt nicht. Einer von uns beiden ist hier falsch. Vielleicht beide.

Das Bild offenbar Folge des tags zuvor im Spiegel gelesenen Moltke-Briefwechsels, wo Helmuth James kurz vor seiner Hinrichtung spekuliert, vielleicht «gleichzeitig» mit seiner Frau im Jenseits anzukommen und nicht erst, wenn sie auch stirbt, da die Kategorien von Raum und Zeit dort keine Geltung haben. Wie er aus «Herrn Kant» gefolgert hat.

Die Frage, die ich mir auch als Kind schon immer gestellt habe, seit ich bei unseren Nachbarn zum ersten Mal religiösen Vorstellungen begegnete: Ob es diese armen Irren leichter haben am Ende. Offensichtlich nicht. Moltke geht es nicht gut, und man weiß nicht, warum, wo ihm doch nichts Entsetzlicheres bevorsteht als das ewige Leben. Stattdessen Erwägung entwürdigender Gnadengesuche an Hitler und Himmler.

ZWÖLF

25. 12. 2010 10:03

Lektüre: Nabokovs Autobiographie. Bis auf drei, vier starke Stellen enttäuschend. Immer großer Anhänger seiner Arroganz gewesen, aber die Eitelkeit hier unerträglich. Auch keine gute Idee, die erlebten Katastrophen des 20. Jahrhunderts unter herablassend heiteren Landschaftsbeschreibungen zu begrünen und zu begraben. Wahnsinnig unsympathisch alles. Ich wünschte, ich hätte das nicht gelesen.

Gut: der Anfang mit den beiden Dunkelheiten. Das Mädchen, das sich von ihm auf der Straße nicht erkannt glaubt. Das erste Gedicht.

25. 12. 2010 14:04

Meine Mutter erzählt, ich sei mit vier Jahren Zeuge der Mondlandung gewesen. Wusste ich nicht. Kann mich nicht erinnern. Auf meinen Wunsch hin habe man mich nachts aus dem Bett geholt, 21. Juli 1969, 3:56 Uhr.

Deutliche Erinnerung dagegen an das andere große nächtliche Aufstehen meiner Kindheit: Muhammad Ali vs. Antonio Inoki. Im Haus meiner Urgroßmutter auf Helgoland. Sie war über neunzig und schaute sich den ganzen ermüdenden Kampf ebenfalls an. Irgendwann musste der Kampfrichter kommen und Isolierband über Inokis Stiefelspitzen kleben, das beim Herumtreten immer wieder abging.

27. 12. 2010 20:00

Fußball mit meinem Vater und seiner Gruppe, die seit knapp 50 Jahren zusammen spielt. Der Hausmeister hat in den Ferien die Schlösser an der Halle ausgetauscht, und ein Dutzend 70-Jähriger steigt hinten über den Zaun und marschiert durch den halbmetertiefen Schnee auf dem Sportplatz zum Hintereingang, um mit der Begeisterung (und teilweise auch den Fähigkeiten) von Fünfjährigen eine Stunde zu kicken. So hatte ich mir mein Alter auch immer vorgestellt.

2. 1. 2011 8:50

Traum: Ein Alleinunterhalter auf der Hammond-Orgel spielt Schuberts «Am Brunnen vor dem Tore» und gleitet in ein Medley entsetzlicher Schlager über. Im Halbschlaf keine Schwierigkeiten, in dem Traum das Verlöschen meiner geistigen Energie zu erkennen. Schon einige Wochen praktisch nicht mehr richtig gearbeitet, Übergang in den alten Stumpfsinn.

6. 1. 2011 11:50

Fünfzig Meter durchgekrault und dabei fast abgesoffen. Irgendwas mache ich falsch. Ich bin zwar nicht ganz von der steinernen Konsistenz meines Vaters, der, wenn er die Luft ausatmet, innerhalb von Sekunden zum Grund sinkt, aber die ideale Wasserlage hab ich, glaube ich, auch nicht.

6. 1. 2011 20:26

Mit der Diagnose leben geht, Leben ohne Hoffnung nicht. Am Anfang konnte ich mir immer sagen: Ein Jahr hast du mindestens noch. Ein Jahr ist eine lange Zeit. Auch wenn ich den körperlichen und geistigen Verfall, der von den avisierten 17 Monaten noch abgehen sollte, dabei ausblenden musste. Aber nachdem der größere Teil der statistisch erwartbaren Zeit vorüber ist, ist der Blick auf den schwindenden Rest immer beunruhigender. Obwohl ich mich (private Milchmädchenrechnung) nach zehn Monaten ohne Rezidiv bereits auf die rechte Seite der Glockenkurve durchgeschlagen zu haben glaube. Aber die Tage schwinden dahin, und mit ihnen die Hoffnung. Das Arbeiten wird immer schwerer. Die letzten Wochen krampfhaft Kapitel zusammengeschraubt, das Gefühl der Sinnlosigkeit überrennt mich.

Deshalb jetzt noch mal das in Deutschland nicht zugelassene Avastin gegoogelt, das mit Sonderantrag bei der Krankenkasse bei rezidivierendem Glioblastom zum Einsatz kommt. Eine komplette Remission des Tumors gelingt Avastin bei 1,2 Prozent, zusammen mit Irinotecan bei 2,4 Prozent. 2,4 Prozent! Wusste ich gar nicht. Das ist jedenfalls nicht null.

Weitergegoogelt: Bei über neunzig Prozent der Glioblastome, lese ich, kommt es zum Rezidiv, bei weit über neunzig Prozent. Was soll das denn jetzt heißen? Ich war immer von hundert ausgegangen. Keine Statistik zeigt Überlebende; aber es endet jede Statistik zum Glioblastom sowieso bei 5 Jahren, dann haben sich ausreichend viele verabschiedet, und für die sich im horizontnahen Nebel der x-Achse verlierende Kurve interessiert sich die Medizin nicht mehr so. Aber es sind nicht null. Es sind anscheinend nicht null. Wobei den meisten Fällen von Langzeitüberlebenden offensichtlich eine falsche Histologie zugrunde liegt.

9. 1. 2011 10:44

Traum: Gartenparty bei Holm. Liege neben dem Rasensprenger und höre den Gesprächen zu. B. kritisiert «Tschick», insbesondere die Episode mit der Großfamilie, die erkennbar in «Kringeldorf» spiele, wo die Straßen bekanntlich überfüllt seien von Ärzten. Warum hätte ich das verschwiegen? Stattdessen beschriebe ich Warnemünde. Er findet das Buch scheiße, er findet auch den Autor scheiße, und im Halbschlaf höre ich ihn reden und freue mich wie ein kleines Kind. Dann krieche ich auf allen vieren unter dem Rasensprenger herum.

Tom Lubbock gestorben, 28 Monate nach seinem ersten Anfall. Einer seiner letzten Texte beschäftigt sich mit der kleinen gelben Mauerecke auf Vermeers «Ansicht von Delft». Darüber hab ich vor rund zehn Jahren auch mal geschrieben.

11. 1. 2011 12:43

Lektüre: Duves Vegetarier-Buch. Hatte mich vor einem Jahr beim Lesen von «Consider the Lobster»[7] schon mal zu keiner rechten Meinung durchringen können.

Was ich an Foster Wallace' Argumentation nicht nachvollziehen kann, ist, wie man der Frage, ob und wie viel Schmerzen im Hummer beim Tötungsvorgang auftreten und auf welche Arten diese Schmerzen minimierbar sind, so viel Aufmerksamkeit widmen kann, dass die Frage nach der Tötung darin untergeht. Artgerechte Haltung und humanes Sterben – ich meine, natürlich sind Schmerzen nicht toll, und die seitenlange Untersuchung, woran man Schmerzempfinden in einem nicht sprechen könnenden Lebewesen erkennt, epistemologisch sehr interessant. Aber angesichts der endgültigen Auslöschung der Existenz scheint die Frage des außerdem damit verbundenen Schmerzes etwa so zweitrangig wie, sagen wir, die Frage, ob man bei der Folter dem Menschen einen Fuß abschneiden darf, was die Rückkehr in ein späteres Leben für immer auf unerträgliche Weise behindern und unnötig erschweren würde, während Waterboarding, da es keine solchen Folgen hat … etc.

Inkonsequenterweise bin ich kein Vegetarier. Unter anderen Umständen würde ich mich jetzt vielleicht umstellen. Aber meine Ernährungssituation ist desolat. Immer gewesen. Haribo, Konservendosen, ein bisschen Obst. Als ich nach Berlin kam, war meine größte Befürchtung, ich müsste verhungern, und mein erster Impuls, eine Wohnung in Mensanähe zu suchen.

Ich wünschte, der Staat würde diesen ganzen Mist einfach verbieten und mir so die Entscheidung abnehmen. Was mir selbst sehr befremdlich vorkommt. Ich habe für mein Leben nie Gesetze gebraucht.

11. 1. 2011 12:58

Seit geraumer Zeit schon läuft meine Empathie auf seltsamer Spur. Früher irgendwann hatte ich mir mal vorgestellt, der nahe Tod würde möglicherweise Hass auslösen, Hass auf die Welt, Neid auf die Überlebenden, vielleicht sogar den Wunsch, noch einmal Amok zu laufen und möglichst viele mitzunehmen. Tatsächlich hatte ich mal einen Text in diesem Sinne angefangen. Aber das Gegenteil ist der Fall.

Ich kann kein Käferlein mehr im Hausflur entdecken,

ohne es auf den Finger zu nehmen und draußen auf einen Grashalm zu setzen.

Zur gleichen Zeit durchströmt mich diffuses Glücksgefühl, wenn eine Boulevardschlagzeile den Tod eines im Eis ertrunkenen Zweijährigen vermeldet. Es dauert ein paar Sekunden, bis mir einfällt, wie schlimm es für die Eltern ist. Aber für das Kind ist es das Beste.

Den oft und vermutlich zu Recht kritisierten Satz, das Leben sei der Güter höchstes nicht, ich würde ihn jetzt unterschreiben. Was ist das größte Glück? Bewusstlos sterben, und ein unauffällig in den Nacken gehaltenes Bolzenschussgerät entspricht diesem Glück sonderbarerweise genau.

Klingt alles irgendwie inkonsistent, auch für mich selbst, was offensichtlich daher rührt, dass ich von zwei Positionen aus argumentiere; aus alter Gewohnheit noch aus der Position des Lebenden, der mit wachsender Rührung jede Äußerung belebter Materie betrachtet; zugleich aus der Perspektive, die das Ganze im Blick hat und sich nichts sehnlicher wünscht, als zum Ende zu kommen. Tatsächlich spüre ich mehrmals am Tag meine Perspektive umschlagen, manchmal im Minutentakt, was sehr anstrengend ist. Synthese findet nicht statt.

Eine ganz andere Frage, die sich Krebskranke angeblich häufiger stellen, die Frage «Warum ich?», ist mir dagegen noch nicht gekommen. Ohne gehässig sein zu wollen, vermute ich, dass diese Frage sich hauptsächlich Leuten aufdrängt, die, wenn sie Langzeitüberlebende werden, Yoga, grünen Tee, Gott und ihr Reiki dafür verantwortlich machen. Warum ich? Warum denn nicht ich? Willkommen in der biochemischen Lotterie.

14. 1. 2011 9:46

Traum: Ich will mit Marek eine Fahrradtour zu meinen Eltern machen. Zu spät fällt mir ein, dass Marek viel schneller fährt als ich. Wir müssen uns trennen. Im Haus meiner Eltern angekommen, packt meine Mutter mir zusätzliche Sachen in den Rucksack, denn jetzt soll es weitergehen zu meiner Großmutter (die tot ist). Riesige Badelaken, zwei Paar Schlittschuhe usw. Viel zu viel Gewicht. Als ich alles Überflüssige wieder ausgepackt habe, ist der Rucksack leer.

Ich wünschte, meine Träume würden wieder etwas kryptischer.

15. 1. 2011 17:36

Gerade werden die Filmrechte verhandelt. Und das ist vielleicht der Punkt, wo ich dann doch so eine Art von Ressentiment empfinde: 25 Jahre am Existenzminimum rumgekrebst und gehofft, einmal eine 2-Zimmer-Wohnung mit Ausblick zu haben. Jetzt könnte ich sechsstellige Summen verdienen, und es gibt nichts, was mir egaler wäre.

DREIZEHN

17. 1. 2011 12:09

Traum: Ich habe eine vier- oder fünfjährige Tochter, der ich sagen muss, dass ihre Mutter im Gefängnis ist. Ich versuche es ihr mit einem Gedicht zu erklären, aber der Reim in der letzten Zeile verlangt hartnäckig das Wort «tot». Tags zuvor Sylke Enders' «Mondkalb» gesehen.

Randy Pausch gegoogelt.

Fast täglich «Dschungelcamp». Die Überraschung, dass man ein Dutzend Menschen casten kann, inmitten dessen Rainer Langhans der mit Abstand Vernünftigste ist.

Auch das ein Schritt in Richtung Normalität. Im Frühjahr noch verursachte Heidi Klum im Fernsehen mir Todesangst. Nicht polemisch jetzt oder als lustige, feuilletonistische Übertreibung, sondern tatsächlich: Todesangst, nackte Angst, das nutzlose Verrinnen der Zeit. Musste ich sofort wegschalten. Und weiß auch nicht so genau, wie ich das finden soll, dass es jetzt wieder anders ist.

21. 1. 2011 20:29

A. angerufen. Stimme nicht wiedererkannt, Person nicht wiedererkannt. Komplett in die Esoterik abgedriftet, zutiefst deprimierend. Immer noch der Text von der Suche und der mit Spannung erwarteten anderen Welt. Sie spricht mit Tieren, und die Tiere sprechen mit ihr. Teilen ihr mit, dass sie vom Treiben der Menschen auf diesem Planeten genug haben. Liebe meines Lebens, schönste Frau der Welt.

Ich könnte mir jetzt in den Kopf schießen, wenn ich das nicht eh schon könnte.

23. 1. 2011 13:09

Lektüre: «Madame Bovary». Mit Anfang zwanzig mal gelesen und nicht kapiert. Im Vergleich zu Stendhal langweilig gefunden. Jetzt völlig begeistert die ersten hundert Seiten gelesen. Die nach Dogma-Prinzipien abgefilmten Details am Wegesrand: ungeheure Zeitmaschine. Und dann, wenig später, langweilt es mich schon wieder, und ich muss aufgeben. Seit der OP durch fast kein Buch mehr durchgekommen. Immer mit Begeisterung rein und dann den Faden verloren. Was gut ist, ist so was wie «Lolita», das funktioniert noch. Eine Literatur, die nicht nur nicht langweilig ist, sondern in jedem einzelnen Satz nicht langweilig. Bei allem anderen drifte ich weg.

In der Times mal über Cormac McCarthy gelesen: «He doesn't rate anyone who doesn't ‹deal with the issues of life and death›. Writers like Proust and Henry James? ‹I don't understand them. To me, that's not literature.›»

26. 1. 2011 17:30

Kopfschmerzen, Übelkeit, schließlich Zittern und Angst. Wovor? Unklar. Nicht vor dem Tod. Vor den Schmerzen? Davor, nicht mit der Arbeit fertig zu werden? Kann's nicht zuordnen. Schachverabredung abgesagt. C. kommt vorbei und hält meine Hand.

27. 1. 2011 6:19

Aufgestanden, schwimmen gegangen. Es ist noch dunkel, als ich wieder aus dem Schwimmbad komme. Es schneit.

Seit zwei, drei Wochen arbeite ich wieder jeden Tag. Nicht so effektiv wie an «Tschick», aber ich fange morgens an und höre abends auf. Mehr geht jetzt nicht. Das zentrale Kapitel, in dem der Psychologe den Amnestiker verhört, an dem ich wochenlang rumgeschraubt habe, liegt endlich hinter mir. Es ist nicht wirklich gut, aber besser krieg ich's jetzt nicht hin. Kann Passig noch den Quatsch rausstreichen, wenn sie will.

Im Moment heißt der Roman «Sand». Liste verworfener Titel (in der Reihenfolge: Nüchterne, Supermarktkassenbestseller, Hochkultur, Parodien, Seventies, mit Gewalt und Too much):

WÜSTENROMAN
AMNESIE
SAND
GEHEIMSACHE SAND
ZWISCHENFALL AN DER OASE TINDIRMA
IM SALZVIERTEL
DER FALL SAND
DIE URANOASE
HERZ AUS SAND
SAND DER SEHNSUCHT
AM ENDE DER FATA MORGANA
SÖHNE DES SANDES
TOD IN DER SANDUHR
DIE HÖLLE IST GELB
SCHLOSS AUS SAND

DER GESANG DES SANDES
WO DER SAND WOHNT
DAS SANDKORN ALLAHS
SPUREN IM SAND
SUREN IM SAND
SAND IN DER SAHARA
NUR DIE SONNE HÖRT MEIN SEUFZEN
DIE SANDMASKE
DIE ERINNERTE WÜSTE
WÜSTEN DES ZORNS
STRAND OHNE MEER
UNTER DÜNEN
VERGESSENER SAND
DIE WÜSTEN DES BÖSEN
DAS WÜSTE DENKEN
DER LETZTE SAND
IN PLÜSCHWÜSTEN
FÜR EINE HANDVOLL SAND
DIE WÜSTE DES REALEN
SCHULD UND DÜNE
IN WÜSTEN NICHTS NEUES
EIN SANDKORN ZU VIEL
SANDIGE GITARREN
DER GLÄSERNE SAND
DER SANDWOLF
WELT ALS WÜSTE UND VORSTELLUNG
DER WILLE ZUR WÜSTE
SIE NANNTEN IHN SAND
SAND OHNE EIGENSCHAFTEN
WANDERDÜNE, SPÄTER
DER MANN, DER AUS DER HITZE KAM
MÄNNER, MIEZEN UND MUSLIME

DICKE LUFT IN DER SAHARA
EIN KAMEL ZUM KNUTSCHEN
KOYOTEN LÜGEN NICHT
TODESTANGO IM TREIBSAND
DAS ULTRAZENTRIFUGENMASSAKER
DAS AFRIKANISCHE ULTRAZENTRIFUGEN-
MASSAKER
DIE WÜSTE KENNT KEIN ERBARMEN
DIE FARBE DER HÖLLE
WÜSTE OHNE WIEDERKEHR
SÄRGE AUS SAND
DAS SANDIGE GRAB
WÜSTEN DES WAHNSINNS
DÜNE DES GRAUENS
DIE UNSICHTBARE FATA MORGANA
1 SANDKASTEN SO GROSS WIE DIE HÖLLE
OASE DES WAHNSINNS
MASSAKER DES GRAUENS
1000 GRAD IM SCHATTEN
FÜR EINE HANDVOLL URAN 235

Gibt wahrscheinlich nichts, was billiger wäre zur Spannungserzeugung in der Fiktion als Totalamnesie. Aber ich dachte, man muss mit einfachen Mitteln arbeiten, wenn man schwierige nicht beherrscht.

29. 1. 2011 19:05

Briefe zerrissen, in der Badewanne eingeweicht, mit Tinte übergossen und entsorgt. Die schlimmsten Briefe meines Lebens. Hatte damals Kopien gemacht, weil ich wusste, dass sie mir eines Tages schwer im Magen liegen würden. Einen aufgemacht, der mit dem Satz begann: «Ich bin nicht verrückt.» 1987. Die Hölle.

30. 1. 2011 21:20

Tischtennis im Soho House. Sascha ist Mitglied und nimmt uns mit rein. Empfangstresen ein Baustellengerüst mit rohen Brettern wie in den illegalen Kneipen, die es hier an gleicher Stelle vor 15 Jahren überall gab und von denen meines Wissens keine übrig ist. Am Fahrstuhl kommt einem als Erstes Moritz von Uslar entgegen. In der Lounge oben schöne, entspannte Atmosphäre, und mein Kleinbürgerhass auf diese Leute, die 100 Euro im Monat zahlen, um an zwei Kaminfeuern sitzen zu können, ist ungebrochen groß.

1. 2. 2011 23:34

Morgens Kopfschmerzen, zu schlapp zum Arbeiten, zu schlapp zum Aufstehen. Ausgebrannt. Stundenlanger Spaziergang ums Schloss Charlottenburg.

Lektüre: Kästners «Fliegendes Klassenzimmer» (1933). Merkwürdige Rahmenerzählung mit einem Ochsen. Aus der Verfilmung erinnere ich jedes Bild, Spannung kommt nicht auf, kein Plot. Wikipedia erklärt Kästners Erfolg im Kontrast zu den «aseptischen Märchenwelten» der damaligen Jugendliteratur; daraufhin noch mal «Pik reist nach Amerika» (1927) gelesen. Das Buch, das ich neben «Rot und Schwarz» wahrscheinlich am häufigsten in meinem Leben gelesen habe. Besser. Bessere Sprache, bessere Dialoge, viel rasantere Handlung. Jedenfalls die ersten zwei Drittel. Das Happy End etwas gewollt. Antiquarisch ist das Buch noch zu haben, über den Autor Franz Werner Schmidt weiß Google nichts.

Hat der später noch Konzentrationslager geleitet, oder liegt's am Allerweltsnamen? Und möchte das Buch nicht mal wieder jemand auflegen?

7.2.2011 12:45

Im Flugzeug nach Fuerteventura. Unter uns der Atlantik. Neben mir Philipp, Kathrin und Sascha. Dann die Inseln, kreisrunde Vulkankrater. Aufbruchsstimmung und Beunruhigung halten sich die Waage. Wichtigste Frage nach der Ankunft: Wo ist das WLAN?

8.2.2011 8:20

Traum: Auf der Oberfläche der Sonne verursacht eine von der Erde ausgesandte Sonde eine Störung. Zuerst sieht man nur einen kleinen schwarzen Fleck, der sich aber rasch ausbreitet. Schließlich erlischt die Kernfusion auf der Sonne ganz. Mit C. suche ich im Dunkeln nach Kerzen, aber sinnvoll scheint das nicht. Es kann nur noch Tage oder Stunden dauern, bis die Temperatur auf diesem Planeten für immer bei minus 273 Grad angekommen ist, da helfen Kerzen jetzt auch nicht weiter. Wir resignieren.

Vor Sonnenaufgang gebadet, nur 15 Meter zum Meer. Man muss ein bisschen aufpassen, dass die Brandung einen nicht auf Felsen wirft. Beim Tauchen zwei unterschiedliche Sorten Fische gesehen.

10.2.2011 19:00

Ausflug zum Surferstrand, vier Meter hohe Wellen rollen auf den Strand. Man versucht, ins Meer reinzulaufen, und wird wieder rausgeschleudert, ein großer Spaß. Die Unterströmung so stark, dass es einem die Beine wegzieht. Passig: «Da, wenn sie die rote Fahne aufziehen, müssen wir alle sterben ... ja, du lachst.»

12. 2. 2011 12:13

Den dritten Tag hintereinander starke Schwummrigkeit. Kann nicht arbeiten. Gestern noch krampfhaft Satz für Satz unter die Datei gestrickt, aber während ich schreibe, weiß ich nicht, was weiter oben im Absatz steht, teilweise nicht, was im vorigen Satz steht.

Heute sechs oder sieben Meter hohe Wellen. Auf einmal saugt es mich raus, weit entfernt vom Strand schlucke ich Wasser und gerate in Panik. Aber dann spült es mich auch wieder zurück. Sehr unheimlich, dieses Meer. Der jährliche Bodycount auf den Inseln ist dreistellig.

14. 2. 2011 15:11

Schon beim Frühstück der mit Spannung erwartete Goetz-Text, Sascha gibt das iPad rum, Enttäuschung. Man will ja das hören, was man kennt, und dann hört man: «In dieser Hinsicht sind die Tagebücher von Pepys keine einfache Lektüre.» Als hätte er seine Apparate für das Projekt Journalismus komplett runtergefahren. Gleiches Gefühl wie bei seinem Auftritt bei Harald Schmidt, wo er seine aus der Unmittelbarkeit der Rede kommende Schriftsprache selbst nicht spricht. Oder der Spiegel hat ihm alles wegredigiert, keine Ahnung.

Aber was sind denn das für Sätze? «Das Begleitbuch zur jetzt vorliegenden Gesamtausgabe von Pepys' Tagebüchern, der sogenannte Companion, informiert über historische Hintergründe …»

15. 2. 2011 11:37

Endlich das Kapitel abgeschlossen, in dem Michelle dem Amnestiker die Tarotkarten legt und sein Ende vorhersagt. Ich weiß nicht, ob das außer mir noch jemand komisch findet. Aber wenn mich irgendwas im Leben wirklich aufgebracht hat, dann das gegen jedes Denken, jeden Gedanken und jede Aufklärung immune Gefasel von Sternzeichen, Rudolf Steiner und extravaganten Ahnungen fremder, unbegreiflich tröstlicher Welten. Freundschaften sind mir deswegen zerbrochen. Ich kann dem schon lange nur noch begegnen durch Affirmation, Affirmation als Rache. Alles, was Michelle vorhersieht, trifft genau ein. Die Zukunft ist düster. Der Held stirbt. Die Dummheit siegt.

20. 2. 2011 15:41

Wenn ich bei der Arbeit in Gedanken von meinem Rechner aufschaue, bin ich immer geneigt, die Wolkenbank am Horizont für einen Tsunami zu halten. Über Nacht hat eine Flutwelle den Holzsteg, der dreißig, vierzig Meter über den Strand führt, abgerissen und weggeschwemmt. Es ist Vollmond. Einmal täglich wirft eine große Welle die Sonnenbadenden kreischend zur Seite.

21. 2. 2011 9:18

Arbeite wieder wie eine Maschine. Täglich vor Sonnenaufgang ins Meer, dann Arbeit, ab vier oder fünf Uhr Feierabend. Lektüre: «Schuld und Sühne».

25. 2. 2011 17:22

Liege mit Passig in den Dünen zwischen schwarzem Lavagestein und schaue auf die Wellen. Gespräch über den Tod und das Nichts. Habe den Eindruck, mich ganz unverständlich auszudrücken, und überlege, Passig zu bitten, in dreißig, vierzig Jahren auf dem Sterbebett noch einmal an mich und diesen Tag in den Dünen zurückzudenken. Vielleicht, dass es dann verständlicher ist. (Sie bestreitet es.)

27. 2. 2011 4:13

Traum: In unserm Ferienbungalow stehend schwerer Anfall von Inexistenz. Ich bin nicht mehr da, und auch die Gegenstände um mich herum nicht. Ich sehe Passig durch die Tür kommen, hinter ihr der Schatten einer zweiten Frau. Ich versuche, mich ihnen durch angestrengtes Atmen bemerkbar zu machen, vergeblich. Schließlich schwebe ich, die Knie in der Luft und beide Arme über der Brust gekreuzt wie ein ägyptischer Pharao, auf sie zu und sage: Ich wollte nur, dass du mal siehst, wie sich das anfühlt, das Nichts. Das ist es. Und dass sie keine Angst vor mir haben muss. Wenn ich ihr etwas antun wollte, risse es meinen Körper fort von ihr, wenn er auf sie zuschwebe, sei ich harmlos.

VIERZEHN

28. 2. 2011 11:30

Gewohnt schwerer Abschied vom Meer. Jede Nacht bei offenem Fenster gelegen, das Rauschen gehört, die Wellen gesehen. Jeden Morgen an der Wäscheleine gezogen, die aus Passigs Fenster hängt.

13. 3. 2011 16:34

Mit C. draußen im Park in den ersten warmen Sonnenstrahlen. Weidenkätzchen, grüne Knospen, zwischendurch immer wieder am Rechner nachgeschaut, ob schon Kernschmelze in Fukushima. Die ungeheure und sympathische Gelassenheit der Japaner bremst irgendwie meine Empathie. Gewohnt an die Sakralarchitektur deutscher Atomkraftwerke mit ihren Kuppeln und Minaretten, kann ich auch die kleinen japanischen Klötzchen, aus denen Rauchwölkchen puffen, in den ersten Tagen nicht ernst nehmen. Aber dann wird es doch langsam unheimlich.

Das ganze gegen die Natur und den Todesgedanken aufwendig aufgebaute Bollwerk der Zivilisation, der Technik, der Architektur und der angenehmen Dinge von einer riesigen Welle fortgeschwemmt zu sehen, ist nicht beunruhigend. So ist das eben. Aber eine der höchstentwickelten Städte des Planeten bei ungünstigen Winden für immer unbewohnbar gemacht, das übersteigt mein Vorstellungsvermögen. Ich werde ganz trübsinnig. Ich versuche, keine

Nachrichten zu gucken, aber dann gucke ich doch die ganze Zeit.

16. 3. 2011 9:08

Psychiater Bandelow im Spiegel: «Es ist ein großer Irrtum zu glauben, jetzt müssten alle ganz schnell therapiert werden. Die Wissenschaft hält das inzwischen für kontraproduktiv. Es gibt Untersuchungen zum Zugunglück in Eschede im Jahr 1998, wo 101 Menschen ums Leben kamen. Damals wurden mehr als 600 Helfer psychologisch betreut. Später stellte sich heraus, dass die Therapierten häufiger ein Belastungssyndrom entwickelten als jene, die nicht in ärztlicher Behandlung waren. Es gibt mehrere Untersuchungen, die das belegen.»

Meine Rede seit 1971.

18. 3. 2011 19:06

Mit einer Frau telefoniert, die seit drei Jahren ein Astrozytom hat und in der Charité operiert wurde. Daraufhin noch mal rumgegoogelt und eine Studie gefunden, die einen Zusammenhang zwischen Tumorvolumen und Überlebenszeit postuliert, der mich sofort in Panik geraten ließ. Den ganzen Nachmittag gegoogelt, bis ich die gegenteilige Studie gefunden hatte.

Anschließend mit Herrn T. telefoniert, der mir vor ziemlich genau einem Jahr zu Arbeit und Struktur riet. Ihm geht es gut, mittlerweile 14 Jahre ohne Rezidiv. Er ist jetzt 66 und vermutlich so was wie der Weltrekordhalter im Glioblastom. Fast jeden Tag des letzten Jahres an ihn gedacht. Dankbar.

In einer skandinavischen Studie mit 1147 Patienten waren

alle Patienten, die länger als 10 Jahre überlebten (0,5 %), zum Zeitpunkt der Erstdiagnose und Therapieeinleitung jünger als 38 Jahre (Salford 1988).

Und ich muss jetzt dringend aufhören zu googeln.

20. 3. 2011 23:07

Interessante Zeiten, wo eine drohende Kernschmelze in gleich mehreren Atomreaktoren nur noch auf Platz 3 der Nachrichten steht.

23. 3. 2011 18:23

Fahrradtour am Wannsee lang. Den ganzen Tag gefahren, ohne große Gedanken. Richtig schön ist es nicht ohne Grün. In den Badebuchten die Hand ins Wasser gehalten und den Eindruck gehabt, man könnte schon.

28. 3. 2011 9:40

Die betonartige Gleichgültigkeit, die sich um die letzten MRTs legte, ist mehr oder weniger ausgeblieben. Heiter, gelassen, gestern noch den ganzen Tag gearbeitet. Aber das Warten auf den Befund jetzt anstrengend. Der Wüstenroman biegt langsam auf die Zielgerade, aber die Zielgerade sind noch fast 300 000 Zeichen. Kann man vermutlich beliebig kürzen, da es nur noch darum geht, den Helden aus dem Buch zu schreiben.

Bilanz eines Jahres: Hirn-OP, zweimal Klapse, Strahlen, Temodal. 1¾ Romane, erster großer Urlaub, viele Freunde, viel geschwommen, kaum gelesen. Ein Jahr in der Hölle, aber auch ein tolles Jahr. Im Schnitt kaum glücklicher oder unglücklicher als vor der Diagnose, nur die Ausschläge nach beiden Seiten größer.

Insgesamt vielleicht sogar ein bisschen glücklicher als früher, weil ich so lebe, wie ich immer hätte leben sollen. Und es nie getan habe, außer vielleicht als Kind.

29. 3. 2011 15:52

Befund nicht ganz klar. Gliöse Veränderungen, wie beim letzten Mal auch. Dr. Vier vermutet Narben, absterbendes Gewebe, auch weil der Patient so überaus stabil und beschwerdefrei wirkt, aber es könnte auch irgendwas aus einer Mischform Übriggebliebenes sein, Astrozytom zum Beispiel. Nächste Woche PET-CT.

29. 3. 2011 23:00

Die Unsicherheit und die Beschäftigung mit dem, was kommen wird, führt, wie auch schon zuvor, zu leichter Hypomanie. Gedanken schnell und leicht, auch das Arbeiten geht wieder leichter. Irgendwas scheint da bei mir falsch verschaltet zu sein.

Mit dem Rad an der Spree entlang nach Hause. Sitze lächelnd auf den Bänken an der Kaiserin-Augusta-Allee, wo man über den Fluss auf Industriegebäude in der fast schon sommerlichen Nachtluft schauen kann. Das Dauerlächeln habe ich mir damals während der Strahlentherapie angewöhnt, um den Körper zu veranlassen, das zu Mimik und Muskeln entsprechende Gefühl zur Verfügung zu stellen. Was er auch tut.

29. 3. 2011 23:12

Ich weiß, wie, ich weiß, wo, nur das Wann ist unklar. Aber dass ich zwei der Kategorien kontrolliere und die Natur nur eine – ein letzter Triumph des Geistes über das Gemüse.

4. 4. 2011 23:40

Auf 3sat eine Serie zu den Letzten Dingen, Nahtod-Erfahrungen, Kübler-Ross usw. Ganz interessant, betrifft mich aber nicht. Gerade diesen Nahtod-Erfahrungen haftet etwas Ekliges an. Ich weiß selbst, dass ich mich mit positivem Denken, mit Sport und Lächeln und Arbeiten über etwas Bodenloses hinwegtäusche, aber wenn ich auf den letzten Metern noch derart infantil werden sollte, zu vergessen, dass es sich um Selbsttäuschung handelt, erschieße man mich bitte.

5. 4. 2011 13:30

Fluorethyltyrosin, mit dem das PET-CT gemacht wird, ist ein radioaktiv markiertes Aminosäureanalogon. Deshalb zwei Tage kein Eiweiß und heute gar nichts mehr gegessen. Hauptsächliches Gefühl jetzt: Hunger.

Im Wartezimmer ein Mann mit Boxernase, der seiner Betreuerin erklärt, dass auf seinen Bildern nichts ist. Sie gibt ihm einen Umschlag mit Geld, und er verspricht, alles mit bestem Boxen zurückzuzahlen, er sei gut, er schaffe es. Sie bestätigt es. Im Regal zwei Spiegel-Titel zu Fukushima, ein Buch von Wieland Herzfelde und Gedichte von Georg Herwegh.

Nach einer Stunde Warten ein zweites PET-CT, ein spezieller Bereich soll noch mal genauer untersucht werden. Dann

Befund: Nichts. Die roten Punkte, die vor einem Jahr kranzförmig um die Operationsstelle wucherten, sind verschwunden. In der Bäckerei nebenan auf die Donuts geheult.

5. 4. 2011 18:36

So schön wie hier kanns im Himmel gar nicht sein
Ich will mein Leben tanzen
Ihr Lächeln, das ich nie vergessen werde
Ein Lachen, das nie verging
Die goldene Schaukel im Regenbogen
Wenn sie lachte, hatte ich Hoffnung
Einladung in den Himmel
Flieg mit den Vögeln
Mutti, ich hab' noch nicht Tschüs gesagt
Arbeit und Struktur

6. 4. 2011 9:48

Seit gestern ein six figure author, schreibt Marcus.

FÜNFZEHN

7.4.2011 2:11

Spät in der Nacht noch mal in «Abfall für alle» rumgelesen, konnte mich trotz Müdigkeit nicht losreißen. Dagegen komme ich mir vor wie eine schwäbische Hausfrau, die Kochrezepte archiviert. Was auch daran liegt, dass ich schon lange keinen Input mehr habe. Bei Filmen hab ich die Orientierung völlig verloren, ich les nichts mehr, und alles, was kleiner ist als explodierende Atomkraftwerke, unterläuft meinen Radar. Was die Araber da machen zum Beispiel. Von so was wie deutscher Gegenwartsliteratur ganz abgesehen. Ab und zu treff ich noch ein paar Leute, die Gedanken in mich einfüllen, aber viel zu selten.

7.4.2011 17:02

Und jetzt melden sie noch die Entdeckung einer fünften Grundkraft der Physik. Wahnsinn. Nicht sicher. Jedenfalls scheinen sie ein paar W-Bosonen zu viel zu haben, und da muss dann wohl noch irgendwo ein Teilchen kommen.

Zwanzig Jahre lang war ich immer froh, dass ich nicht Mathe und Physik studiert hab, wie das eigentlich nahegelegen hätte. Und ich glaube auch, dass es zuletzt richtig war. Schreiben war richtig, Berlin war richtig. Aber dass ich von dieser ganzen Teilchenphysik jetzt nichts mehr verstehe und nicht mal drüber nachdenken kann, deprimiert mich. Letztes Jahr den Quantenradierer auf Wikipedia entdeckt und schier verrückt geworden.

Im Physik-Unterricht der zwölften Klasse, wo wir das hergeleitet hatten, war das noch unproblematisch. Beugung und Interferenz am Doppelspalt komplizierte, aber ausrechenbare Phänomene, am Ende stand da eine Formel für das nicht Messbare, und was das wirklich bedeutet, ist mir erst Jahre später aufgegangen. Oder die Erschütterung stellte sich erst Jahre später ein. Aber der Quantenradierer vervielfacht den Irrsinn noch einmal, und dass so wenige Leute darüber ihren Glauben verlieren, hängt vielleicht auch damit zusammen, dass man mit dieser skandalösen Welt schon immer sehr früh, praktisch schon als Kind konfrontiert wird. Einstein ist der witzige Mann mit der Zunge, Schwarze Löcher: billardkugelförmige Staubsauger, die Zeit: ein Gemälde von Dalí. Wir begegnen dem halb roten, halb blauen Astronautenbrüderpaar und haben lange Jahre, uns an all das zu gewöhnen, bis wir in ein Alter kommen, in dem der Verlust der Kausalität uns wirklich entsetzen könnte.

Das erste Mal in meinem Leben, glaube ich, dass ich «wir» gesagt habe. Ich lass es trotzdem mal stehen in der Hoffnung, dass man mich, nachdem mich irgendein Pfeifensack im MDR schon als Rosamunde Pilcher bezeichnet hat, nicht auch noch mit Juli Zeh vergleicht.

19. 4. 2011 17:48

Cefalù. Kleines Haus in einem Zitronenhain. Palmen, Kiefern, Oleander, eine Hecke aus Kakteen, zerzauste Hunde. Am Ende des Gartens die Dünen, das Meer. Und kein Mensch.

4. 2011 15:30

Kajak fahren. Das Kajak hat ein kleines Loch und eine Wasserlage, dass man sich fühlt wie ein Eingeborener in seinem Einbaum. Einmal bei mittlerem Wellengang bis zur nächsten Landspitze und zurück. Am Ufer sammelt Passig Holz.

Lektüre: «Taipi» von Melville. Abgebrochen. Zuerst zieht es mich mächtig an, wie alles mit Südsee, dann wird es langweilig. Oder mir wird langweilig. Ich kann das nicht mehr unterscheiden. Mein Urteil immer stärker getrübt von Stimmung und Kontrast zum vorigen Buch. Keine Ahnung, wie professionelle Kritiker mit dem Problem umgehen. Oder doch, natürlich: mit der ihnen eigenen Wurstigkeit. Aber die besseren?

Als Jugendlicher mal nacheinander Dostojewskij und Perutz gelesen und gedacht: Wie kacke ist das denn? Seitdem oft und von zurechnungsfähigen Leuten gehört, dass Perutz angeblich schreiben konnte. Hat aber nie eine zweite Chance bei mir bekommen.

25. 4. 2011 7:13

Sturm, Regen, Gewitter. Gebadet. Lektüre: «In Cold Blood». Passig liest mit und findet es wie alles, was kein Sachbuch ist, langweilig. Betulich, behäbig, wie Spiegel-Journalisten schreiben. «Das Städtchen Holcomb liegt auf der Weizenhochebene von West-Kansas, eine weite einsame Gegend …» Ja, finde ich aber nicht. Das einzige Buch, an das ich mich erinnern kann, über das zwischen uns jemals Einigkeit herrschte: «Verzweiflung» von Nabokov.

Das Schönste wie immer der Morgen. Wenn ich um halb sieben aus dem Haus trete, kommt als Erstes ein dreibeiniger

Hund angesprungen, freut sich, wie ich mich freue, und begleitet mich ans Meer.

29. 4. 2011 11:01

Sascha hat auf unserer Terrasse einen kleinen Gecko gefangen. Nur eine Zehntelsekunde bevor die Katze ihn gefangen hätte. Sie fing dann Saschas Hand. Wenige Minuten später hat sie eine grüne Eidechse quer im Maul. Ich springe auf, und sie schlingt das Tier am Stück hinunter. Gegen Mittag kommen fünf oder sechs Hunde, die auf dem Grundstück streunen, und jagen die Katze durch die Löcher im Zaun und auf die Bäume.

1. 5. 2011 22:39

Allein den Strand runter. Gewitter färbt den Himmel rotbraun über dem flaschengrünen Meer. Auf zehn oder fünfzehn Kilometern begegne ich keinem einzigen Menschen. Nur ein Hund guckt aus den Dünen. Eine Weile ist das schön, dann verwirrend, am Ende erwartet man, Zombies auftauchen zu sehen. Oder die Freiheitsstatue, vor der man sich als Charlton Heston verzweifelt in den Sand wirft.

Abends Sturm, der im Minutentakt seine Temperatur wechselt.

Passig erzählt, dass sie zu jedem Wort, das sie kennt (von banalen Wörtern wie Präpositionen abgesehen), weiß, wo sie es zum ersten Mal gehört hat. Und sie dachte bis jetzt, es ginge jedem so. Ich hatte mal eine Freundin, D., die, sobald sie sich hinlegte und die Augen schloss, Traumbilder vor sich ablaufen sah wie in richtigen Träumen. Dachte auch, das ginge jedem so.

4. 5. 2011 20:32

Den ganzen Nachmittag mit Jan am Meer. Den Felsen Richtung Cefalù erstiegen und auf dem Rückweg den alten Menschheitstraum verwirklicht, ein Flüsschen am Strand umzuleiten. Komplizierte Dämme gebaut, Fundamente aus Fels, Wasserleitungen aus Schilfrohr, und die bald im Minutentakt durchbrechende Flut in immer neue Bahnen gelenkt. Kurz nach dem Einstellen der Wartungsarbeiten sieht es aus wie das Römische Imperium nach den Vandalen.

Kennengelernt hab ich Jan vor über zehn Jahren, aber eigentlich kennen wir uns kaum. Und dann einen ganzen Tag knietief in einem Abwasserfluss stehen und mit Schlamm schmeißen, das ist schon sehr angenehm. Oder ist das selbstverständlich? Kann ich nie einschätzen, ob mein Bekanntenkreis da repräsentativ ist. Aber sind ja alle so.

5. 5. 2011 8:21

Traum: Ich gehe auf eine Lesung von Günter Grass. Grass hat abgesagt, aber mein Nachbar von zwei Stockwerke unter mir, ein Skinhead, ein Nazi, ein Intellektueller (er geht auf Lesungen), ist da. Er beleidigt mich und behauptet, meine Schuhe wären scheiße. Die Freundin an seiner Seite ist die schönste Frau, die ich seit langem gesehen habe. Und der Mann sieht eigentlich auch ganz sympathisch aus. Wieder zu Hause, fühle ich mich diffus von ihm bedroht und erschieße ihn und ein halbes Dutzend seiner glatzköpfigen Freunde.

6. 5. 2011 18:24

Rumgelesen in der «Italienischen Reise», Sehnsucht bekommen nach diesem Land. Oder vielleicht auch nur nach der Zeit. Mit Ctrl+F nach Moritz gesucht, der von allen Menschen aus der Vergangenheit wahrscheinlich derjenige ist, dem ich am liebsten einmal begegnet wäre. Leider schreibt Goethe nicht viel über ihn, außer dass er ihn auch schätzt.

10. 5. 2011 20:45

Den ganzen Tag lang nicht gebadet, die Wellen lassen es nicht zu. Nicht so hoch wie auf Fuerteventura, aber dafür so gedrängt hintereinander, dass man nicht reinkommt ins Meer. Marek versucht es trotzdem, treibt wie ein Korken über die ersten drei Wellenkämme und wird vom vierten weggedrückt. Fünfzig Meter seitwärts krabbelt er auf den Strand, und dann kommt schon irgendein Italiener und droht, auf seinem Handy die Polizei zu rufen. Ob wegen Leichtsinn oder mangelnder Badehose, bleibt ein wenig unklar.

Im Restaurant an einem Vierertisch muss ich nachzählen, wie viele wir sind. Kathrin, Jan, Marek – und war da nicht noch einer? Ach ja, ich. Eine Gruppe von drei überblicke ich auf Anhieb, bei vier muss ich zählen. Zahlen, Sichtfeld, Orientierung und jeden Morgen das Spielchen: Was ist mein linker Schuh und was mein rechter? Aber das war's im Wesentlichen.

Gunter Sachs hat sich erschossen. Alzheimer, Selbstdiagnose.

11. 5. 2011 11:19

Arbeit auf der Terrasse. Am Nebentisch die von einem anthroposophischen Bildhauer der 1920er Jahre geformte Skulptur des Lesenden (Ton, unglasiert), der ein Witzbold Monobloc und Kindle untergeschoben hat – Marek.

17. 5. 2011 9:02

Zweihundert Seiten, auf denen sie den Helden zu Tode foltern. Vor knapp fünf Jahren angefangen, als ich gerade in der Fahnenkorrektur zum «Van-Allen-Gürtel» war und im Fernsehen dieser Film mit Ray Liotta lief. Und schon damals als bewusster Gegenpol zu «Tschick» und seiner Freundlichkeit konzipiert, die nihilistische Wüste. Fand ich früher ja lustig, Gewalt. Aber jetzt zieht es mich runter. Lieber würde ich was anderes schreiben. Den Teil, wo sie ihm die Finger abschneiden, kochen und zu essen geben, rausgeschmissen. Am Ende soll er auch noch einmal laufen können.

«Nachdem Carthage den Kot auf der ganzen Zeitung wie auf einem großen Nutella-Brot ausgestrichen hatte, verkündete er mit dem Gesichtsausdruck und im Tonfall eines

Achtjährigen: ‹Hier ist nüscht.›» Das Feuilleton wird es lieben.

21. 5. 2011 20:00

In der Karaoke-Bar am Strand. Mafiagesichter treten nacheinander ans Mikrophon und singen Sentimentales. Bei besonders schwierigen Passagen gibt es Zwischenapplaus von einem immer wieder enthusiastisch von seiner Pizza auffahrenden Pussy Bonpensiero. Ein dickes Mädchen darf nicht singen. In einem mit Brettern abgetrennten zweiten Raum sitzt ein Dutzend Bauarbeiter und schaut Zeichentrickfilme, jeden Abend.

22. 5. 2011 12:22

Mit Philipp in einem Straßencafé in Palermo. Es regnet.

SECHZEHN

26.5.2011 8:33

Über jedem Kapitel ein Zitat. Manche Kapitel nur zwei Seiten lang, und dann oben diese Brechstange, sehr manieriert. Aber seit ich zum ersten Mal «Rot und Schwarz» gelesen hab, war das immer mein Traum, auch mal so was zu machen.

«Lächerliche und rührende Erinnerung: Der erste Salon, den man mit achtzehn Jahren allein und ohne Schutz betritt! Der Blick einer Frau genügte, um mich einzuschüchtern. Je mehr ich mir Mühe gab, zu gefallen, umso linkischer wurde ich. Ich machte mir über alles die irrigsten Vorstellungen: Entweder war ich ohne jeden Grund überschwänglich offen, oder aber ich sah in einem Menschen einen Feind, bloß weil er mich ein wenig streng angeblickt hatte. Doch damals in der grässlichen Qual meiner Schüchternheit, wie schön war da ein schöner Tag!» Kant, sagt Stendhal. Aber wohl eher Julien Sorel.

26.5.2011 12:26

Lektüre: «Lushins Verteidigung». Nachdem ich es erst nicht lesen mochte, da der Anfang wie die Fortsetzung der unsympathischen Autobiographie wirkt: wahnsinnig toll. Die unglaubliche, leichte Eleganz, mit der er seine Übergänge macht, der Mut zur Auslassung. In der Hochzeitsnacht öffnet Lushin die Tür zum Badezimmer, um sich von etwas

«Bestimmtem» zu überzeugen, dann schließt er die Tür eilig von innen.

Ein andermal fehlt der Satz, den der Doktor zum Vater sagt, und man hört ihn doch sofort, alle vier Worte. Oder jedenfalls das entscheidende Wort. Was bei den meisten Autoren nur die Rätselbeilage zum Feuilleton wäre – hier einfach groß. Bestes Buch über Schach, das ich kenne, und auch eine der besten Darstellungen des Wahnsinns.

29. 5. 2011 20:00

Mit Ines in «Four Lions». Wenn ich ihr Profil im Halbdunkel sehe, sind siebzehn, achtzehn Jahre ausgelöscht. Zuletzt in Nürnberg zusammen in «Monty Pythons wunderbarer Welt der Schwerkraft» gewesen. Dasselbe laute Lachen, das rollende R. Ganz vergessen.

31. 5. 2011 19:33

Bei Gewitter und Regen in der Jungfernheide geschwommen.

1. 6. 2011 18:30

Die Tür am Freibad Plötzensee steht offen, aber es ist kein Pförtner im Kassenhäuschen. Unten am Strand ist niemand. 20 Strandkörbe stehen leer. Am gegenüberliegenden Ufer zwischen den Bäumen hier und da ein Mensch, sonst habe ich den See für mich allein.

2. 6. 2011 12:45

Ich weiß nicht, wie ich das Ding die letzten 15 Jahre nicht bemerken konnte. Und was mit den Berlinern los ist, weiß ich auch nicht. Googeln nach Plötzensee und Krokodilen gibt jedenfalls keine Treffer. Heute Morgen kurz nach sieben immerhin drei Jungs auf Fahrradtour, die mit mir gebadet haben.

4. 6. 2011 11:25

Kapitel bis zum Ende durchgesehen, und zum ersten Mal die Gewissheit, dass es fertig wird. Irgendwie. Fürs Durcharbeiten bräuchte ich noch ein paar Monate. 880 000 Zeichen, ein Fünftel fliegt noch raus.

4. 6. 2011 14:10

Eine Biene verletzt und dann getötet bei dem Versuch, sie mit einem Becher aus dem Fenster zu schieben. Nur weil ich aus Faulheit keine Postkarte zum Abdecken griffbereit hatte.

Lektüre: «Die Vermessung der Welt». Das Tempo, hatte ich ganz vergessen, ideal für meine verkürzte Aufmerksamkeitsspanne. Irritierend weiter die dürre Sprache, die programmatische Abwesenheit von Bildern, bei einem, der auf Nabokov schwört.

6. 6. 2011 10:55

Budd Dwyer, den ich im Winter schon zwanzig Mal geguckt habe, jetzt runtergeladen, um ihn noch mal Bild für Bild zu gucken. Aber auch so ist nicht zu erkennen, ob in seinem

Gesicht irgendwas vorgeht. Weniger als eine vierundzwanzigstel Sekunde. Ein Dokumentarfilm über sein Leben nennt sich «Honest Man».

10. 6. 2011 7:14

Früh am Morgen auf dem Rückweg von C. gebadet. Das Wasser wärmer als die Luft. Außer mir noch zwei in ihrer Badekleidung keiner sozialen Schicht zuordenbare Männer, die sich über EHEC unterhalten. Kein Salat, keine Gurken. Die Atmosphäre der Gelassenheit, Gutinformiertheit und Liberalität, die zu mir herüberweht und sich vermischt mit dem kühlen Sonnenaufgang über dem Plötzensee, rührt mich, ein Hauch alter Bundesrepublik.

12. 6. 2011 16:30

Dreißig oder vierzig Schwarze am Strand. Erst Trommeln, dann Gesang, dann eine Predigt, die Ungläubigen die Hölle verspricht. Massiger Mann in weißer Hose und weißem Hemd, Simultandolmetscherin, Lautsprecheranlage. Er führt drei Erwachsene vollbekleidet in den See, legt sie rücklings ins Wasser, Jesus liebe sie, Jesus liebe uns alle, er habe sich kreuzigen lassen, seine Arme seien weit geöffnet, es sei nie zu spät. Dabei sieht er die ganze Zeit mich an. Lars bietet mir zwei Euro, wenn ich mich taufen lasse. Am Ende klatscht die Menge, und der Massige ruft: Das war … spitze!

17. 6. 2011 12:34

Meine Eltern haben ihren ersten Computer. Über Skype Blick in mein altes Kinderzimmer.

Lektüre: «Arthur Gordon Pym» in der Arno-Schmidt-Übersetzung. Unglaubliche Freude wieder über die Liste: Partei des Maats, Partei des Kochs. Man sollte keine Bücher schreiben ohne Listen drin.

18. 6. 2011 20:11

Den ganzen Abend mit C. zusammen Briefe von Schülern einer Frankfurter Schule gelesen, die als Hausaufgabe ein eigenes «Tschick»-Kapitel schreiben mussten und einen Brief an den Autor. Wie ich das gehasst hätte in der Neunten. Und in jeder anderen Klasse auch. Briefe an irgendwelche Idioten schreiben. Glücklicherweise thematisieren das einige auch. Aber alle ziehen sich wie ohne Mühe aus der Affäre, auch die beiden Rüpel aus der letzten Reihe, einwandfrei, hätte ich nicht gekonnt in dem Alter. Montessori-Schule, wahrscheinlich mit eingebauter Sozialkompetenz.

Und stellen natürlich auch tausend Fragen. Aber bitte um Verzeihung, zum Antworten fehlt die Zeit.

19. 6. 2011 13:56

«Tschick»-Fortsetzung aus Isas Perspektive angefangen. Mach ich aber nicht. Mach ich nicht. Nachwehen der Briefe.

24. 6. 2011 8:45

Dieser rätselhafte See. Mitten in Berlin, herrlich baumumstanden, Graureiher, Haubentaucher, Blessen und ihre Jungen, klares, erfrischendes Wasser. Und nie ein Mensch.

29. 6. 2011 22:08

Gestern kurz entschlossen die Sachen gepackt, zwanzig Minuten später sitze ich im Zug nach Hamburg. Auf der Terrasse im Dämmerlicht, im Haus meiner Jugend, umgeben von Sauberkeit, blühendem Phlox und alten Gerüchen, kann ich mir nicht vorstellen, sterblich zu sein.

2. 7. 2011 15:29

«Ein Bulldozer rollte rückwärts darüber hin. Er hob seine Schaufel hoch wie ein Priester die Bundeslade, zeigte sie den Ungläubigen und schob den ganzen Schamott den Hügel hinab.» Der letzte Satz. Im Grunde müsste ich jetzt alles noch mal von Anfang durcharbeiten. Keine Lust mehr. Erschöpft.

5.7.2011 18:58

Mittags MRT, nachmittags Plötzensee. An Heydrich vorbei, an Todt, an Udet und Mölders, an Richthofen, Scharnhorst, Seeckt und Schlieffen. Warum wäre ich lieber ein toter Militär als ein toter Schriftsteller?

Marga Wolff von Etzdorf (1907–1933): «Der Flug ist das Leben wert.» Selbstmord mit 25 in der Nähe von Aleppo.

5.7.2011 20:26

Warten. Wenn man stirbt, stirbt das Bewusstsein. Was ist das Bewusstsein? Man spürt es nicht. Um es zu spüren, fehlt das Organ. Ein paar Gedanken, die sich vergeblich selbst untersuchen, ein paar Ideen vielleicht, zu weiten Teilen ein Ramschladen, das meiste secondhand. Irgendwo ein Buchhalter, der die Inventarliste schreibt, die immer wieder angefangene und nie vollendete Sicherungskopie des ganzen Unternehmens, flüchtigen Medien, Tagebüchern, Freunden, Floppy Discs und Papierstößen anvertraut in der Hoffnung, sie könne eines Tages auf einem ähnlich fragwürdigen Betriebssystem wie dem eigenen unter Rauschen und Knistern noch einmal abgespielt werden. Der Versuch, sich selbst zu verwalten, sich fortzuschreiben, der Kampf gegen die Zeit, der Kampf gegen den Tod, der sinnlose Kampf gegen die Sinnlosigkeit eines idiotischen, bewusstlosen Kosmos, und mit einem Faustkeil in der erhobenen Hand steht man da auf der Spitze des Berges, um dem herabstürzenden Asteroiden noch mal richtig die Meinung zu sagen.

5. 7. 2011 21:10

Garefrekes, yeah.

6. 7. 2011 13:30

Befund wie immer undurchsichtig, gliöses Wachstum, Verdacht auf Niedergradiges, sagt der Radiologe, kein Behandlungsbedarf, der Onkologe.

SIEBZEHN

10. 7. 2011 5:56

Beim Erwachen spüren, wie man vor einer Zehntelsekunde noch nicht wach gewesen war, und sich wünschen, nicht wach geworden zu sein, danach schlaflos. Stundenlang über die Steuererklärung nachgedacht. Ich habe keine Angst vor dem Tod, aber eine panische Angst vor der Steuererklärung. Auch vor anderen Kleinigkeiten, die gemacht werden müssen. Die eigentlich nicht gemacht werden müssen, aber die nicht zu machen einen solchen Schritt aus der Richtung des Lebens heraus bedeutet, dass man gleich aufhören könnte.

11. 7. 2011 15:06

Feststellung: Der Grad der Behinderung (GdB) beträgt 100. Begründung: Bei Ihnen liegen folgende Funktionsbeeinträchtigungen gemäß § 69 Abs. 1–3 SGB IX vor: a) Erkrankung des Gehirns

13. 7. 2011 15:53

Ein vier mal vier Zentimeter großes Areal links ist verdächtig auf Tumor, beharrt der Mann vom MRT. Der Mann vom PET sieht nichts. Dr. Vier sieht Strahlenschäden. Jetzt will die Strahlentherapeutin der Charité noch mal gucken, ob in den Bereich auch ausreichend hineingestrahlt wurde.

15. 7. 2011 13:03

Schwere Erkältung. Erster ruhiger Tag seit langem. Ich arbeite nicht mehr, ich trinke Tee mit Honig, liege die ganze Nacht wach, schaue Stunde um Stunde Dokumentationen über Dinosauriereier, Expeditionen in die Wüste Gobi, die Donau, den Piltdown-Menschen und das Taung-Kind. Das vor zweieinhalb Millionen Jahren gelebt hat, für drei oder vier Jahre. Dann kam ein Greifvogel.

Schwer vorstellbar, dass es in weiteren zweieinhalb Millionen Jahren die Menschheit noch gibt. Oder? Aufgewachsen als Kind der Achtziger, mit dem Club of Rome auf der einen, dem Atomkrieg auf der anderen Seite, war ich immer sicher, dass es in spätestens zwei, drei Jahrhunderten vorbei ist. Ein bisschen länger wird es wohl gehen – aber noch mal zweieinhalb Millionen Jahre? Und werden die Werke von Karl Philipp Moritz dann noch irgendwo sein? Die Arnolfini-Hochzeit? Wird noch jemand da sein, der eine Erinnerung hat an die kurze Blüte der europäischen Kultur? Gibt es den Sandsteinhaufen der Cheops noch? Und meine Initialen, die ich als Zwölfjähriger auf dem Plateau der Pyramide eingekratzt habe? Wird auch der Schädel von Taung noch irgendwo sein? Plattgedrückt unter neuen Erdschichten, darauf wartend, ein zweites Mal ausgegraben zu werden, mit einem kleinen Metallschild daneben, das von der Erstentdeckung 1924 kündet? Werden die Kakerlaken bis dahin lesen und schreiben gelernt haben? Wird dieses Stück Hirnschale sie genauso rühren wie mich? Wird jemand unsere Abwesenheit bemerken?

Das verstopft seit Stunden mein Hirn.

16. 7. 2011 13:46

Die Zukunft ist abgeschafft, ich plane nichts, ich hoffe nichts, ich freue mich auf nichts außer den heutigen Tag. Den größeren Teil der Zeit habe ich das Gefühl, tot zu sein. Nur wenn ich Fieber habe und Kopfschmerzen, wenn ich wie jetzt krank im Bett liege, wenn ich die Nacht nicht schlafen kann, merke ich, dass ich alles noch vor mir habe.

Lektüre: DeLillo, «Weißes Rauschen», mein Lieblingsbuch von ihm. Seine Haltung der Kulturwissenschaft gegenüber, dem Supermarkt, der Zeit, dem Neuen – wenn man das liest, kommt einem deutsche Literatur vollkommen absurd vor. Ein Kosmos ausschließlich verständiger und intelligenter Menschen, ein Riesenspaß. Und das sonderbar humorlose Dahingleiten seiner Assoziationen, das ich nicht begreife.

Ein bisschen wie in der Malerei. Bei aller Bewunderung und Ehrfurcht, die ich Holbein oder van Eyck entgegengebracht habe – vor ihren Bildern konnte ich noch immer sehen, was das war. Der zarte Schmelz um die feuchte Reflexion auf dem unteren Augenlid des Herzogs von Sowieso, wahnsinnig, wahnsinnig toll, aber ich wusste, wie das gemacht war.

Bei Vermeer wusste ich das nie. Da stand ich vor den Bildern wie ein Idiot. Und ein bisschen so ist das auch bei DeLillo. Ich kann das hundert Mal lesen und begreife die Mechanik dahinter nicht. An meinen eigenen Texten ist jederzeit genau ablesbar, wo ich parallel DeLillo gelesen habe, da schleichen sich dann versuchsweise diese Assoziationssplitter ein, die ich im zweiten Korrekturgang immer wieder rausstreichen muss. Weil, in meiner Prosa haften die nicht, und es ist erbärmlich, ich kann seit Jahren nicht herausfinden, warum.

20. 7. 2011 11:19

Die Strahlentherapeutin ruft an, hat sich aber nur verwählt. Auf meine Bilder habe sie auch schon geguckt, ja, aber es sei nicht trivial, sie wolle noch einen Kollegen hinzuziehen, sie melde sich morgen. Zwei Wochen Warten mittlerweile, und immer noch keine Klarheit. Wie soll einer da arbeiten?

21. 7. 2011 16:35

Ergebnis: Sie wissen nicht, was es ist. Eine Gliose, vier Zentimeter, kann Strahlenschaden sein oder sehr niedriggradiger, langsamwachsender Tumor, scheint aber in beiden Fällen wurscht, da es keine Probleme macht, gebe so Regionen im Hirn, die man nicht brauche, könne man jahrelang unbehandelt lassen.

23. 7. 2011 18:43

Vorläufige Version des Wüstenromans zusammengeschraubt und an die ersten Korrekturleser geschickt. Danach sofort Gefühl der Leere. Was als Nächstes? Ich weiß es nicht.

23. 7. 2011 18:51

Amy Winehouse.

ACHTZEHN

27.7.2011 18:00

Mit G., die ein Astrozytom Grad II oder III hat, im Volkspark Federball gespielt und spazieren gegangen. Unausgesprochen hängt ein «Kennst du ja» an jedem Satz. Gleiche Post-OP-Sache bei ihr, drei Tage ohne Schlaf, Stimmen im Kopf, Klapse usw.

28.7.2011 19:00

Allein am Plötzensee, dann mit C. «The Social Network» gesehen. Wie man aus zwei Nicht-Themen (Geld und Internet) mit brillanten Dialogen einen brillanten Film machen kann. Allein warum Zuckerberg zwischendurch als Arschloch tituliert wird, hab ich nicht verstanden, ist ja von Anfang an viel zu sympathisch.

29.7.2011 8:41

Traum: In den Baracken auf den Feldern, wo früher die Türken wohnten, ist jetzt eine Berlin-Mitte-Bar aus grobem Holz gezimmert. Mit Passig vor dem Rechner sitzend, lese ich mein Blog und entdecke einen Fehler an der Stelle mit «Lushins Verteidigung». Weil mir undeutlich bewusst ist, nicht in der realen Welt zu sein, versuche ich ihn mir mit Mnemotechnik einzuprägen und kratze die Worte «weiter nichts» mit einem Radiergummi vom Bildschirm. Erwachend bin ich sicher, dass die Worte im Text nicht vorkommen. Aber sie sind da und gehören tatsächlich gestrichen.

29.7.2011 22:27

An der Tür wird geklopft, ein warmes Brot liegt vor der Tür. Hallo?, ruft der vierte Stock. Hallo, ruft das Treppenhaus zurück.

30.7.2011 16:45

Fahrt zu Lentz. Müggelsee. Nina Hoss. Im strömenden Regen kein Ufer.

31.7.2011 18:23

Passig korrigiert, will Unmengen rausschmeißen. Erfahrungsgemäß hat sie immer recht, und Gestrichenes vermisst man hinterher nie. Aber die Wochen Arbeit, die da drinstecken, und noch mal Wochen und Monate Recherche. Marek zumindest hat gegen das Cockcroft-Kapitel nichts einzuwenden, endlich Informationen, endlich Boden unter den Füßen. «Kampf der Häuptlinge» aber auch für ihn ein Fremdkörper. «Lepidoptera» schon draußen.

2.8.2011 15:37

Fahrt an die Ostsee. Zuerst ein Schwerbehindertenabteil für mich allein, dann kommt eine bettelnde Frau, die drei Euro verlangt, dann ein Mann mit pumpenden Kopfhörern. Flucht in den Großraum.

4. 8. 2011 17:23

Jeden Morgen bei Sonnenaufgang baden. Tagsüber Volleyball, genauso gut wie letzten Sommer.

Die Vögel, die ich immer Raben genannt habe, sind Dohlen.

5. 8. 2011 18:45

Vier, fünf Sätze Volleyball, körperliche Erschöpfung. Am Tisch flackert das Teelicht, ich frage: Was ist das für eine Helligkeit? Meine Mutter bittet meinen Vater, das Licht zu löschen. Speichel sprudelt aus meinem Mund, die Sitzordnung am Tisch hat sich spiegelverkehrt. Ich stelle mich an die Böschung. Ich möchte etwas sagen und kann es nicht. Ich denke darüber nach, was ich sagen will, und weiß es nicht. Ich will eine Mitteilung über meinen Zustand machen. Ich will meine Dateien überarbeiten. Ich versuche, mich zu erinnern, was ich zuletzt gestrichen habe, und kann mich nicht erinnern. Zuerst glaube ich es noch zu wissen, dann bricht der ganze Roman in mir auseinander. Ich will an den Rechner, weil ich den Eindruck habe, er sei auch dort zerbrochen. In immer neuen Anläufen, etwas zu sagen, kommt nichts raus. Stärker als der Wille zu reden ein anderer Wille mit unklarem Ziel.

Meine Mutter sagt Epilepsie, ich streite es innerlich ab. Die Panik jetzt das größere Problem. Ich will ans Meer, und ich will allein. Mein Vater kommt hinterher. Die Häuser stehen auf der falschen Seite. Wir schauen über die See. Landzunge Göhren, Landzunge Sellin, einander zu ähnlich, um sagen zu können, ob sie die Plätze getauscht haben. Zurück im Haus, esse ich mit großem Hunger. Immer noch kann ich nicht sprechen. Ich denke, vielleicht fällt es nicht auf. Ein Mensch, der wortlos isst. Scham das vorherrschende Gefühl, Verwirrung. Im Zimmer oben Blick in die Dateien. Sie sind genauso zerschossen, wie sie mir in meinem Kopf erscheinen. Wikipedia: Epilepsie. Keine verwertbaren Informationen. Stiller Spaziergang mit Mutter die Uferpromenade lang. Nun erste Worte. Vom Teelicht bis hierhin etwa eine halbe Stunde. An Helligkeit und Speichel keine Erinnerung. Überlegung, den Arzt anzurufen. Aber wozu?

6. 8. 2011 7:15

Im nur hüfthohen Wasser gebadet, Vater am Strand. Er beharrt darauf, ich hätte mich überanstrengt. Versuch eines arbeitsfreien Tages.

Einstellungstest der Römischen Truppen: Durch ein drehendes Wagenrad auf eine helle Lichtquelle, für gewöhnlich die Sonne, schauen.

Meiner Mutter ein Gedicht von Georg von der Vring aufgesagt: An der Weser, Unterweser wirst du wieder sein wie einst. Durch Geschilf und Ufergräser dringt die Flut herein, wie einst.

7. 8. 2011 10:39

Heute früh Regen, leerer Strand, Schwimmen. Arbeitsunfähig. Angst vor erneutem Anfall, fühle mich dünn in eine etwas papierene Welt hinausgebaut.

Hätte man mir vorgestern Zettel und Stift in die Hand drücken können? Motorisch war ja alles in Ordnung. Ist aber niemand drauf gekommen, auch ich nicht.

Dieser Scherbenhaufen im Innern bei gleichzeitiger Unfähigkeit zu sprechen, das ist nicht meine Welt. Auch wenn man da möglicherweise noch zwei Gemüsestufen über dem Apalliker rangiert, das geht nicht. Menschliches Leben endet, wo die Kommunikation endet, und das darf nie passieren. Das darf nie ein Zustand sein. Das ist meine größte Angst.

Meine Mutter hat einen riesigen Grashüpfer in einer Schale gefangen. Das graue Haus da rechts neigt noch immer zur Unsichtbarkeit. Grün und Rot sind stabiler.

9. 8. 2011 11:00

Häuser, Bäume, Landschaften. Lange nachgedacht, wie man das formulieren soll. Die Durchscheinigkeit der Dinge und das durch die Dinge durchscheinende Nichts. So ungefähr.

Kein ganz neues Gefühl, aber eingekleidet in neue optische Varianten.

Keine Arbeit.

Kurzer Besuch beim Neurologen der Insel. Spricht von Narben und elektrischen Blitzen, stellt sonst nichts fest.

Levetiracetam, vier Tage morgens eine, dann morgens und abends eine, dann in Berlin zum Arzt. Und schwimmen Sie vielleicht nicht allzu weit hinaus.

9. 8. 2011 16:32

Schwerer Regen in den Kiefern. Keine Wellen.

10. 8. 2011 11:56

Arbeite Passigs Kürzungen ein, fällt unendlich schwer.

Weiter starke Unsicherheit, als sei der Schädel ein Sieb und scheine Licht herein und hinaus.

11. 8. 2011 7:38

Kalt. Regen. Gebadet.

11. 8. 2011 10:29

Oft weiß ich nicht, wie es mir geht, und ich frage mich es auch nicht. Aber an der Geschwindigkeit, mit der die Zeit vergeht, merke ich es. Es ist seit drei Minuten 10:29, das bedeutet konzentrierte Arbeit.

12. 8. 2011 19:30

Der zwölfte August in meinem Kalender ist eingekastet, grabsteinförmig, mein Todestag, errechnet in der Woche nach der OP aufgrund der ersten von Passig runtergeladenen Statistiken, siebzehn Komma irgendwas Monate. Der Nachmittag vergeht mit einem langen Strandspaziergang im Re-

gen nach Sellin runter und zweimaligem Baden im 15 Grad kalten Wasser. Herrliche Wellen, herrlich alles.

16. 8. 2011 10:02

Seit vier Tagen in Berlin, immer noch nicht beim Arzt gewesen. Aber langsam Beruhigung. Fahre schon wieder auf der Torstraße Rad, schwimme im Plötzensee an der Nichtschwimmerleine lang, vielleicht kauf ich noch einen Helm.

17. 8. 2011 10:21

Unter der Dusche gepinkelt hat sicher jeder schon mal, unter der Dusche Zähne geputzt die meisten. Aber beim Duschen Tee getrunken? Auch schön.

17. 8. 2011 14:00

Besuch bei Dr. Vier. Ein Anfall kann Zeichen einer Verschlechterung sein, kann aber auch einfach ein Anfall sein. Wir belügen uns gegenseitig. Ein guter Arzt. Tagesdosis hochgesetzt auf 1 Gramm.

17. 8. 2011 19:30

Langes Telefonat mit G. Vorboten und Auslöser, mit und ohne Aura. Bei ihr ist es ja nur die Hand. Bestattung, Gefühle der Angehörigen, die Frage, was übrig bleibt in Gedanken und wie lange. Die Seele (sie hat eine, ich nicht), das Zeitfenster, in dem man lebt und plant (bei mir zuletzt von einem Tag zusammengeschnurrt auf irgendwas zwischen zwei Stunden und fünf Minuten, bei ihr etwas länger). Die Unfassbarkeit, in genau dieser Sekunde zu leben, während andere nicht leben. Gedanken beim Schuhekauf und die Wette, wer auf des anderen Grab pinkelt.

Seltsam, mit jemandem zu sprechen, der dasselbe weiß wie man selbst.

Man wird nicht weise, man kommt der Wahrheit nicht näher als jeder. Aber in jeder Minute beim Tod zu sein, generiert eine eigene Form von Erfahrungswissen.

18. 8. 2011 18:57

Am Plötzensee im Bootshaus. Schön könnte es sein, und schön könnte man arbeiten, aber nicht heute. Erst ein Rentnerehepaar, das sich über das Topthema der Menschheit verständigt, das Sichtbare: «Da hat er was in seinem Rucksack, glaub ich, der hat was in seinem Rucksack, ja, da ist was drin, sieht ganz schön schwer aus, ist schwer, ist bestimmt was drin, jetzt geht er die Treppe rauf, siehst du, er geht die Treppe rauf.»

Die Frau schwingt Restflüssigkeit aus ihrem Bierglas, rollt es eine Minute lang in ein Handtuch, und sie räumen das Feld für zwei Freundinnen, die von dem in Notwehr agierenden Stenographen ebenfalls nichts mitkriegen. «Das kannst du deuten, wie du möchtest, warum glaubst du, dass ich dir hier so eine Szene mache, du und ich, wir sind völlig verschieden, ich möchte irgendwie eine Entschuldigung, ich hab ihr doch mehrfach eine Chance gegeben, ein drittes Mal tue ich das nicht, die lacht sich doch einen, die ist mir wirklich egal, die Vorstellung, aber Scheiße bleibt Scheiße, das ist eine ganz andere Liga, eine ganz andere Liga, du wirst es niemals wirklich wissen, wird einfach nicht gelingen, wird nicht gelingen.»

Die Sonne über dem See.

Jetzt dachte ich schon, sie umarmen sich, aber es ist nur die eine, vergraben in ihre Frisur. Die andere ist fort.

Klobenutzung kostet schreiend eingeforderte 50 Cent.

19. 8. 2011 12:34

Passig ein problematisches Kapitel geschickt, und sie hat keine Korrekturen. Wahnsinn. Ich schreibe seit zehn Jahren mit der Passig-Schere im Kopf, seit einiger Zeit dreht außerdem die Marcus-Gärtner-Schaufel meine Sätze um, wenn ich noch ein paar Jahre übe, mache ich beide arbeitslos.

Und Passig hält insgesamt den Daumen hoch. Hat sie vorher noch bei keinem Buch gemacht.

19. 8. 2011 19:30

Fußball, nachdem ich fast verschlafen habe. Läuferisch gut.

21. 8. 2011 23:48

Mit Joachim und Marek am See, dann im Bootshaus. Langes Gespräch über Tagebücher und Liebeskummer. Draußen läuft Musik, Seventies, ein Hall auf der Chorstimme. Der Hall liegt plötzlich auch auf meiner Stimme. Ich will die anderen fragen, ob sie das auch hören, kann aber vor Angst nicht sprechen. Maximal eine Silbe, dann Hall, dann Abbruch. Ich halte meine Hände nach vorn. Ich nehme ein Tavor. Marek führt mich fort von den fatalen Melodien. Im Park höre ich die Stimmen der Leute, die nah und fern rund um den See sitzen, aber ich kann niemanden sehen. Sind überhaupt Leute da?

Pantomimisch deute ich an, dass ich ein Notizheft und einen Stift brauche. Auf den eilig herbeigeholten Block schreibe ich: «Ich habe einen epileptischen Anfall habe ich ~~den einen~~ bekommen. Du mußt dich nichts damit angekommen. letzten Mal war es 20–30 minuten. Ich kann nicht sprechen an.» Grammatik zerschossen, Schriftbild normal.

Marek hält meine Hand. Ich deute an, dass das Schlottern meiner Beine kein Teil der Epilepsie, lediglich Folge der Angst ist. Nach einer knappen Viertelstunde ist es vorbei. Für mein Zeitgefühl drei Minuten. Teilamnesie. Ich schlage vor, das nächste Mal kleine Oliver-Sacks-Experimente durchzuführen.

Marek begleitet mich nach Hause. Ist der Roman jetzt eigentlich fertig? Wird er noch fertig? Geht es schrittweis in die Grube? Bin ich eigentlich noch mit C. zusammen? Ich

weiß es alles nicht, und nichts davon interessiert mich. Alle seelische Energie ist verbraucht.

Die auf dem Block notierten Sätze entsprechen ziemlich genau der Struktur meiner Gedanken währenddessen.

Später in der Nacht erwache ich, weil der Fernseher läuft, Filme über die Maueröffnung. Das interessiert mich wieder. Großartige Zeit. In den Achtzigern hatte ich keinen Fernseher. Ich musste mich bei Eva einladen, um zum ersten Mal die Bilder zu sehen. Aber wie alle Linken, die ich damals kannte, also alle, stand sie der Sache ganz gleichgültig gegenüber.

22. 8. 2011 17:48

Spanische Jugendliche am Plötzensee werfen sich einen Ball zu, immer die gleichen Rufe und Antworten. Plötzlich höre ich sie, bevor sie rufen, plötzlich sind sie in meinem Kopf, plötzlich kann ich Spanisch. Ich wage nicht zu testen, ob ich noch reden kann. An der Weser, Unterweser. Ich komme nicht mal bis Weser. Ich sehe auf die Uhr. Ich drehe mich vom Rücken auf den Bauch. Nach ein paar Minuten ist der Spuk vorbei.

Dann baden, scheiß auf den Anfall. Mein Leben.

23. 8. 2011 9:38

Von Elina geträumt, die in einem Garten voller absurder Insekten wohnt. Dazwischen kleine Plastilinfiguren, die Insekten täuschend ähnlich sehen. Mein eingebildeter Begleiter zieht eine Waffe und zielt auf die falschen Insekten. Ich halte ihn ab mit dem Verweis auf den wahren Mörder, der hinter der Tür warte, eine Mörderin, eine mir unbekannte Frau. Die Frau greift mit der Faust unter ihr Kinn und zieht sich eine Maske vom Gesicht wie Fantômas, darunter noch mal dasselbe Gesicht.

In meinen Träumen fehlt die Passig-Schere noch.

23. 8. 2011 11:08

Anruf bei Dr. Vier. Dosis auf 1,5 Gramm erhöht. MRT auf Mitte September vorgezogen. Kann sein, dass es jetzt losgeht, kann auch sein, dass es ein Ödem ist. Aber irgendwas ist wohl.

NEUNZEHN

23.8.2011 12:23

Bücher, in die ich mir Notizen gemacht hab, in der Badewanne eingeweicht und zerrissen. Nietzsche, Schopenhauer, Adorno. 31 Jahre Briefe, 28 Jahre Tagebücher. An zwei Stellen reingeguckt: ein Unbekannter.

Erster Eintrag: «20. Mai 1983, Freitag. Letzter Schultag vor Pfingsten. Wunderschönes Wetter. Meine einzige Produktivität in der Schule war in Englisch (s. o.).» [Verweis auf Landschaftsgekritzel.]

Testament gemacht.

23.8.2011 13:38

Anruf C.: Ich lass dich nicht allein.

23.8.2011 14:51

In der Mensa kann ich der Kassiererin nicht in die Augen blicken. Später das Licht durch eine Tür gesehen, von vorbeifahrenden Autos zerhackt. Wieder höre ich Stimmen in meiner Straße, wieder brauche ich lange, um festzustellen, dass ich allein auf der Straße bin. Der nächste Passant hundert Meter weit weg. Diesmal alles auf Englisch. Keine richtigen Sätze, kann mir nichts merken, verstehe die Struktur nicht. Hall ferner Lieder. Setze mich mit dem Rücken gegen ein Haus und warte, bis es vorbei ist.

Die Welt löst sich auf.

23. 8. 2011 18:37

Dr. Vier schickt mich telefonisch in die Charité. Kleider, Rechner, Zahnbürste gepackt, fröhlich auf den Weg gemacht. Die Straße, die Ampel, ein asiatisches Mädchen, schöner als alles, was ich in den letzten zehn Jahren gesehen habe. In der Notaufnahme geweint. C. erscheint. Eine Breitseite Benzos und weiter mit Keppra. Interessanter Neurologe: «Wenn ich ein Glioblastom hätte, würd ich nach Hause gehen.» Wird gemacht, auf Wiedersehen.

Die hölzerne Sitzbank, wo ich ein Pinguin war.

24. 8. 2011 12:40

Inhalt der Badewanne nach unten geschafft. 5 mg Frisium abends und morgens, bisher keine weitere Wirkung als angstfreies Herumrasen mit dem Fahrrad auf der Torstraße. Noch mal zur Notaufnahme, Unterlagen vergessen. Versuch, einen früheren Termin beim MRT zu kriegen, gescheitert.

Versuch, irgendwo einen Termin beim Neurologen zu kriegen, gescheitert. Frisium reicht noch bis heute Abend.

Also zum Hausarzt, dort seelisch auseinandergebrochen. Weder ihm noch sonst wem in die Augen sehen können. Besonders die Sprechstundenhilfe mit ihrer Freundlichkeit, die kenn ich schon, Musterbeispiel praktischer Herzlichkeit, diskrete Empathie, kein überflüssiger Ton, da brechen bei mir jetzt alle Dämme. Danke, danke schön, tut mir leid, danke, danke.

An der Tür ruft sie mich noch einmal zurück, weil ich den Zettel mit den Terminen vergessen hab. Rückwärts muss ich auf sie zugehen, beide Hände nach hinten gestreckt wie ein Exorzist, greife blind nach dem Papier.

24. 8. 2011 14:59

Unter Frisiumschutz Gefühl neuer Sicherheit. Furchtlos passiert der Held die blinkenden Autos, und auch die Sonne jetzt: kein Problem.

25. 8. 2011 8:30

Dr. Fünf schaut das letzte MRT an und winkt ab. Strahlenschaden links, ganz homogen, passt doch genau, MRT Mitte September reicht völlig, Frisium 5-0-5, Keppra 1000-0-1000. Zweimal hakt er nach, woran ich erkannt hätte, dass die Stimmen in mir waren und nicht außerhalb. Die Entfernung der Leute zu mir und dass sie nicht die Münder bewegten.

«Und haben sie Mitteilungen gemacht?»

Wikipedia: Bei 95 % der Rechtshänder befindet sich die dominante Hirnhälfte links, bei 2 % rechts, bei 3 % ist das Sprachzentrum auf beide Hirnhälften aufgeteilt.

26. 8. 2011 15:39

Dorotheenstädtischer Friedhof. Mein letzter Besuch schätzungsweise bei meinem Einzug vor fünfzehn Jahren. Christlicher Unsinn, vaterländischer Unsinn. Dreißig Grad im Schatten. Schweiß läuft in die Schuhe, wenn man Heiner Müller auch im dritten Anlauf nicht findet. Brecht immer nett anzusehen, aber die Moderne nicht meins, alles, was typographisch über Paul Dessau hinausgeht: lächerlich.

«Weitermachen!», rät Marcuse; was im ersten Moment ja okay klingt. Aber dann doch auch eher wieder nicht. Als ob da einer das Konzept nicht verstanden hat.

Und was wünscht man sich selbst so? Hier ruht für immer? Für immer tot? Haut ab und besauft euch im Prassnik, ich zahl? Was ich vermutlich gut fände: Starb in Erfüllung seiner Pflicht.

26. 8. 2011 15:43

«Das ist das Grab von Tevfik Esenç. Er war der letzte Mensch, der die Sprache sprechen konnte, die sie Ubychisch nannten.» (Wikipedia)

26. 8. 2011 18:30

Beim Fußball drei Tore gemacht und endlich das Frisium identifiziert: Mit äußerster Gelassenheit trabe ich über den Platz, effektiver, weil wieder mutiger in der Abwehr, und mache unaufhörlich mir selbst komisch erscheinende Bewegungen mit den Armen, die wohl irgendwas zwischen Befriedigung über den Spielstand, Freude an Jörns Grätschen, latenter Homosexualität und Vorfreude auf die Z-Bar ausdrücken sollen.

Liebste Erinnerung an einen Sommer vor vielen Jahren: Gekickt wie immer, dann in der Bergstraße getrunken wie immer. Lebhafte Diskussion über das Spiel wie immer und schließlich nachts um eins wieder raus auf den Platz, um mit dem in der Nacht schwach weiß phosphoreszierenden Ball noch eine Stunde lang die Frage zu beantworten, wer nun die bessere Mannschaft gewesen war. Dann im Humboldt-Hain ins Schwimmbad eingestiegen, außer uns nur noch eine türkische Kleinfamilie mit zehnjährigem Kind, fröhliches Geschrei schon von weitem. Die nicht bewässerte Wasserrutsche, ein vergessenes T-Shirt, Patrick, der übers Kassenhäuschen geschoben werden muss. Schwieriger Rückweg über den spitzen Zaun, dann in die nächste Kneipe und weitergetrunken bis zum Morgengrauen. Patrick, Stephan, Philipp, Per und ich.

Als Ludger und der mit den roten Haaren noch dabei waren, hatten wir einmal eine Mannschaft, in der die Hälfte Proust komplett gelesen hatte. Und wir hatten uns alle übers Kicken kennengelernt, nicht über irgendwas mit Geist.

27. 8. 2011 17:36

Wo kommt das blaue Auge denn her?

29. 8. 2011 2:01

Nächtlicher Klingelton: «Bitte beachten Sie, dass die Gültigkeit von Folgendem abgelaufen ist: Bonus-SMS on-net», danach schlaflos bis zum Morgen. Ortel Mobile Drecksprovider.

29. 8. 2011 12:13

Traum: Die Leute, die jetzt im Haus meiner Großmutter wohnen, sind überrascht, mich zu sehen. Ich bin nur kurz da, sage ich. Aus allen Spiegeln blickt meine Mutter mir entgegen, aber im Raum kann ich sie nirgends entdecken. Ich trete mit einem Bein nach hinten. Warum trittst du mich? Weil ich nicht wusste, ob du da bist.

2. 9. 2011 12:04

Um den Traum jedes Autors (keine Klappe, kein Foto, typographisches Cover) zu erfüllen, reicht meine Auflagenzahl offenbar noch nicht. Divenhaftes Füßchenaufstampfen beschert mir immerhin ein TUI-Urlaubs-Prospekt-Motiv, Bild einer Sanddüne. Womit ich ganz zufrieden bin.

Und es geht doch nichts über einen Lektor, der die Nöte seines Autors versteht: «wenn du willst, schreib ich dir noch einen fastpaced unputdownable high octane international male action spy thriller with flat characters and exploding helicopters and a chick with a gun klappentext.»

> ein grausames massaker.
> ein mann ohne gedächtnis.
> eine erfindung, die die welt bedroht.

Der Verlag geht davon aus, einen Teil der «Tschick»-Leser mitnehmen zu können, kann man vergessen.

Über weite Strecken parallel geschrieben, ist der im Wüstenroman Kapitel für Kapitel wiederholte und gegen Ende völlig aus dem Ruder laufende deprimierende Nihilismus ja eine direkte Reaktion auf die Freundlichkeit der Welt in

«Tschick». Bzw. umgekehrt. Denn eigentlich war «Sand» zuerst.

3. 9. 2011 18:30

Auf dem Markt vorm Bode-Museum verkauft Per Schatullen aus Thujaholz. An allen gerochen, Madeleine nix dagegen.

Erinnerung: Wie wir durch Slum und Handwerkerviertel von Essaouira laufen auf der Suche nach der großen Säge. Keiner weiß, was Säge auf Französisch heißt, und Pers unterarmabsägende Bewegung beschert uns immer hilfsbereitere, immer kenntnislosere Führer, die uns zu immer dunkleren Schuppen geleiten. Holzstaubvernebelte Baracken, Stalaktiten (sic) aus Thujaspänen, und inmitten all dessen Per, der ohne Mühe den ganzen Tag und bis tief in die Nacht hinein seine Geschäfte abwickelt.

Hello, can I help you? My name is Abdul Fattah.

Wie Jochen am Ankunftstag das Zimmer nicht verlässt, weil er seine Tagebücher abtippen muss, wie er stöhnt, als ich ihm meine Eindrücke schildere, die er nun auch alle notieren muss. Wie ich erst nach einer Woche mitkriege, dass wir in dem Hotel sind, in dem Hendrix wohnte, bevor er «Castles Made of Sand» schrieb. Die Castles am Horizont noch sichtbar. Wie Jochen uns joggend am Strand entgegenkommt, wie er nach drei Tagen jedes Schild entziffern kann und anfängt, mit den Leuten Arabisch zu reden, während ich gerade die ersten fünf Buchstaben gelernt habe. Wie wir auf der Fahrt in die Wüste in irgendwelchen Zehn-Hütten-Dörfern Champions League gucken. Wie wir gegen Pers Handwerker Fußball spielen am Strand, wie ich dabei erstmalig an einem unsichtbaren Gegenspieler hängenbleibe und fluchend von einem Foul ausgehe. Drei Monate vor der Diagnose.

Wie ich auf einer zwanzig Meter hohen Düne herausfinde, wie man, ohne Fußspuren zu hinterlassen, davonrennen kann: auf der Leeseite bis zu den Knien versinkend, nachrutschender Sand löscht die Spur sofort.

Wie wir in Mhamid, hundert Kilometer hinter Zagora, am Ende der Piste, den Kindern einen Dirham versprechen für jeden deutschen Fußballer oder Verein, den sie aufzählen können. Der Beste bringt es neben Bremen, Ballack und Kahn auf immerhin so exotische Dinge wie Hoffenheim, Duisburg und Nürnberg. Redlich verdiente 15 Dirham.

Die Fahrt durchs Draa-Tal bei Sonnenuntergang, der Junge, der uns auf der Brücke aus Blättern geflochtene Kamele verkauft.

Wie Per Jochen fünf Euro bietet, wenn er einen Tag nicht «Ich» sagt.

Sagte Susanne. Sagte Viola. Sagte Pussy.

Der Tag im Riad. Der Ginster auf der Rollbahn.

4. 9. 2011 16:00

Am Plötzensee liest ein Mann ein Buch mit einem mir wohlbekannt vorkommenden, hässlichen Umschlag. Gerade hat er «Herrlich, diese Übersicht» aufgeschlagen. Mein erster Leser. Los, sag was, sag was zu deinem ersten Leser!

«Die schwächste Geschichte von allen. Würd ich überblättern.»

5. 9. 2011 11:00

Lektorat mit Marcus im Verlag. Anstrengend, befriedigend, deprimierend. Die Selbstzweifel. Was für eine stilistische Scheiße ich zu schreiben imstande bin.

6. 9. 2011 13:16

Und immer wieder vergesse ich die Sache mit dem Tod. Man sollte meinen, man vergesse das nicht, aber ich vergesse es, und wenn es mir wieder einfällt, muss ich jedes Mal lachen, ein Witz, den ich mir alle zehn Minuten neu erzählen kann und dessen Pointe immer wieder überraschend ist. Denn es geht mir ja gut.

6. 9. 2011 17:13

Leichtes Flackern hinterm Rechner. Bei geschlossenen Augen ein Pulsieren auf den Innenseiten der Lider. Denke, weiterarbeiten zu können, baue ein, zwei weitere Änderungen ein, und als ich sie mir vorzulesen versuche, kommt nicht mal Gestammel. Setze mich mit Stift und Papier auf den Boden, schaue auf die Uhr und versuche, den Anfall, der um 17:13 beginnt, zu protokollieren. Ein Satz, der aus meinem Roman zu stammen scheint, geht mir als Hall und Widerhall durch den Kopf. Kann den Satz nicht verstehen, kann ihn mir nicht merken, versuche ihn Wort für Wort und Buchstabe für Buchstabe zu notieren.

davor
ein wenig
z
zu wenig wenig
zuwenig zu

Um 17:22 Anruf bei C., nebenher Gesagtes fällt leichter. Bitte um Korrektur meiner Fehler, meiner Syntax, da mir nicht klar ist, ob meine Äußerungen überhaupt Nachvollziehbares enthalten.

Weser, Unterweser. Wieder hängt es an der zweiten Zeile, besonders problematisch das Subjekt, was macht es da? Es wird sein. An der Unterweser wird es sein. Was ist so verdammt schwierig daran?

Zahlen gehen, rechnen geht (9 Minuten seit Anfang), Telefonnummer im Kopf aufsagen, Tasten tippen geht, am schwierigsten das Gedicht.

Hast du schon was zu Mittag gegessen? Dann iss was, du Idiot.

Dr. Fünf angerufen, Frisium zurück auf 5 mg.

6. 9. 2011 18:25

Ravioli gekocht, «Unterweser» aufgesagt, konzentriert auf die Mechanik des Sprechens.[8]

6. 9. 2011 21:00

Eine Stadt voller Geräusche und blinkender Lichter. Hingucken, Kopf wegdrehen, wieder hingucken. Mit dem Rad zu C. Was Großstadt eigentlich bedeutet, ist einem als Nicht-Epileptiker vermutlich nicht klar.

7. 9. 2011 15:57

Nächster Anfall. Immer zur gleichen Zeit. Deutliche Vorboten, ich schaffe es, das Telefonat mit meiner Mutter rasch und höflich zu beenden, bevor das 16-Tonnen-Gewicht auf mein Sprachzentrum fällt.

7.9.2011 17:10

Versuch, weiterzuarbeiten. Wortfindungsstörungen. C. rät zur Ruhe.

8.9.2011 21:00

Vierundzwanzig Stunden Rechner nicht aufgeklappt. Zwischendurch Mensa, dann wieder Bett. Kein Anfall. Hätte man sich auch denken können. Hätte man mir aber auch sagen können. Größer als die Angst vor dem Anfall aber immer noch die Angst, nicht fertig zu werden.

9.9.2011 10:26

Firma Zischke repariert den Wasserhahn. Gewohnt, mir Satz für Satz laut vorzulesen, arbeite ich jetzt stumm, aus Furcht vor dem möglichen Hall auf der Stimme. Was schwierig ist. Klang beim Schreiben immer wichtiger als Inhalt. Erst Klang und Form, dann Inhalt.

«Allet klärchen?» Der Mann mit dem Seeadler auf dem Bizeps hat den Wasserdruck auf der Dusche etwa verdoppelt. Viel kommt immer noch nicht.

10.9.2011 20:06

Zum ersten Mal, glaube ich, fühle ich mich nicht nur wie ein Zombie, sondern sehe auch so aus.

Auflösung der Außenwelt als Nachwirkung der dauernden Anfälle und der Angst vor ihnen. Weiß natürlich, dass die Außenwelt sich nicht auflöst, dass es die Auflösungserscheinungen im Innern sind, die die Außenwelt auflösen, aber das Gefühl sagt, es ist das Außen, das dahinschwindet, und gegen das Gefühl kommt die Ratio nicht an. Ich laufe durch durchsichtige Straßen, zwischen kulissenhaften Häusern und Menschenmaschinen hindurch, die von einer Sekunde auf die andere verschwunden sein können; längst verschwunden sind.

Höre ich irgendwo Stimmen, drehe ich mich um und bin erst beruhigt, wenn sich jemand ein Handy ans Ohr hält und die Lippen bewegt.

11. 9. 2011 7:39

Traum: Neues MRT, neuer Arzt. Er drückt mir Formulare und zwei mit «pBarbital» überschriebene Broschüren in die Hand. Schöne Bilder mit viel Text, kann ich jetzt nicht alles lesen. Frage, ob es um die Schweizer Lösung geht, Pentobarbital. Ja. Bin verwundert, denn ich hatte dem Arzt gegenüber keine Absichten geäußert. Erinnere mich außerdem an X.' Recherche: Schmecke bitter, nicht jeder vertrage es, manche spuckten es aus und seien hinterher noch schlimmere Wracks als zuvor.

Der Arzt stellt einen blauen Plastikbecher mit der tödlichen Lösung zwischen uns auf den Tisch. Nach einer Weile trinkt er ihn selbst. Ich tue, was ich umgekehrt an seiner Stelle von mir auch erwarten würde: nichts.

Der Mann fällt um, umklammert röchelnd seinen Hals. «Hilf mir», fiept er, und ich setze mich zu ihm und halte seine Hand. «Hilf mir!», wiederholt er fiepend, und ich sehe mich nach einer zweiten Dosis für ihn um. Blaugesichtig schleppt er sich zum Papierkorb und kotzt ihn voll.

Währenddessen finde ich auf dem Grund des leergetrunkenen Plastikbechers zwei Tabletten in blutwässriger Lösung.

Hat er den Wirkstoff gar nicht genommen? Unsicher geworden, versuche ich, auf dem Handy die Polizei zu rufen, aber die Sprechstundenhilfe und ein überraschend aufgetauchter Bodyguard des Arztes halten mich davon ab. Ich versuche mich unauffällig in Richtung Ausgang davonzustehlen, von Sprechstundenhilfe und Bodyguard verfolgt, da kommt aus irgendwelchen Bäumen auf der gegenüberliegenden Straßenseite plötzlich ein Mann heruntergeturnt, sonnengebräunt und gesund, im ersten Moment erkenne ich ihn gar nicht wieder: der Arzt.

War also alles nur Theater? Ein Test? Was ich von Anfang an schon vermutet hatte, bewahrheitet sich jetzt: Das Pentobarbital war für mich bestimmt.

Was tun? Auf Hilfe hoffen? Nichts? Fliehen? Mit der schweren Tasche auf der Schulter stehen meine Chancen für eine Flucht nicht gut. Ich könnte die Tasche natürlich wegwerfen, aber da ist mein MacBook drin, mein Roman, meine Arbeit, mein ganzes Leben. Ich warte auf den richtigen Moment; dann renne ich mit dem Rechner in beiden Händen in den frühen Morgen hinaus, in den realen Morgen.

12. 9. 2011 11:45

Besuch bei Dr. Fünf und neuer Versuch: Frisium 5-0-5 und Keppra 1250-0-1250.

Dr. Fünf kommt aus einem Land, das auf der Rangliste der Pressefreiheit den letzten Platz einnimmt, hinter Turkmenistan und Nordkorea. Was es alles gibt.

14. 9. 2011 19:05

Leichter Anfall, Stimmen im Fernsehen, englische Stimmen im Kopf, C. angerufen, stockend sprechen geht, «Unterweser» geht nicht, andere Gedichte auch nicht, Brecht nicht, kein englisches Gedicht.

Experiment: Will ein neues Gedicht lernen, um zu schauen, ob das Hirn schlau genug ist, es anderswo abzuspeichern; und einen Prosatext. Weil, sitzt ja vielleicht nicht im selben Areal.

15. 9. 2011 15:00

Morgens Arbeit, mittags MRT, dann geschlafen. Traum: Wir machen Urlaub am Nordpol. Sascha hat einen kleinen Baldachin aus Schnee gebaut, unter dem eine Wasserpfütze lauwarme Temperatur erreicht («unser Bad»). Ich tauche unter der Polkappe hindurch und mache die anderen darauf aufmerksam, dass wir uns an der höchsten, obersten Spitze eines im All taumelnden riesigen Tropfens befinden, der wasserummantelten Erde, kleine Mikroben.

15. 9. 2011 19:53

Vor vielen Jahren hatte ich einmal eine Fledermaus in meiner Küche, die dort panische Achten unter meiner Lampe flog. Sie streifte meinen Kopf, stürzte ab und rutschte mit Mausgesicht und nackten Flügeln übers Linoleum. Beiderseits Panik, dann duckt der Wohnungsbesitzer sich, und das Tier rappelt sich auf und findet das Fenster.

In der Abenddämmerung des Hinterhofs dreht nun wieder eine ihre Runden.

16. 9. 2011 10:30

Freundliche Begrüßung durch Dr. Vier wie immer, aber während ich ihm in sein Zimmer folge, kann ich an seiner Körpersprache schon alles erkennen.

Das Glioblastom wächst, am Rand der alten OP-Narbe. Wahrscheinlich ist das auch die Ursache für die Anfälle. Aber der Tumor ist rechts, ist Sprache nicht links?

Drei Möglichkeiten: Temodal, neue OP, Strahlen. Mit der Strahlentherapeutin wurde schon gesprochen, es fällt der Satz: «Hier haben wir noch ein bisschen Platz zum Reinstrahlen gefunden.»

Aber man kann auch nicht unbegrenzt strahlen, dann Hirn tot. Oder Cyberknife, quasi verbrannte Erde. Gefällt mir technisch alles gut. Mittwoch Termin am Virchow-Klinikum, dann Konferenz, dann Entscheidung.

Im schlimmsten Fall, was passiert? Das nächste Jahr erleben Sie noch.

Und im besten Fall? Vielleicht noch mal wie nach der ersten OP.

Vorherrschendes Gefühl: Erleichterung. Endlich Klarheit. Der Feind tritt aus der Deckung, letzte Materialschlacht. Die Statistik gibt sechs Monate ab Rezidiv.

Telefonat mit C., die meine Mutter anrufen soll. Kann ich nicht.

Zu Hause an den Rechner: Arbeit. Maximal noch drei Tage, dann bin ich mit allen Korrekturen durch. Dann kommt nichts mehr von Bedeutung.

16. 9. 2011 18:00

Fußball. Blätter wehen über den Platz. Okayes Dribbling, ein Pfostenschuss, kein Tor. Der Eindruck, mein Sichtfeld sei weiter geschrumpft. Hebe zur Sicherheit den linken Arm, wenn ich in das Nichts dort renne.

17. 9. 2011 8:30

Traum: Passig steht neben meinem Nürnberger Schreibtisch. Ich führe mein Schwanken vor. In zwei Wochen ist es vorbei, sagt sie.

17. 9. 2011 10:53

Kleiner Anfall. Versuche mich an «This Be The Verse» von Larkin. Hier und da ein Wort, mehr nicht. Fuck, mum, dad. 17 Minuten, bis ich wieder halbwegs sprechen kann.

17. 9. 2011 18:29

Ich schlafe mit der Waffe in der Faust, ein sicherer Halt, als habe jemand einen Griff an die Realität geschraubt. Das Gewicht, das feine Holz, das brünierte Metall. Mit dem MacBook zusammen der schönste Gegenstand, den ich in meinem Leben besessen habe.

21. 9. 2011 13:30

Dr. J. im Virchow-Klinikum zeigt mir die Bilder. Ein 1,3 cm großes Glioblastom wächst von der Narbe Richtung Balken in den Bogen hinein. Wozu brauchte man den Balken noch mal? Weil er die Hälften verbindet? Weil man ohne ihn der Mann, der seine Frau mit einem Hut verwechselt, ist? Aha.

Per Blickdiagnose gibt man mir einen Karnofsky von 100. Dr. J. stellt die Bilder der Konferenz vor. Professor Vajkoczy ordnet das nächste FET-PET an, dann mögliche Re-Resektion. Knapp am Balken, müsste noch gehen. Termin in drei Wochen. Am Plötzensee auf den Steinstufen in der Sonne gesessen und nachgedacht.

ZWANZIG

22. 9. 2011 23:59

«Heiliger Vater verursacht Ungläubigem epileptischen Anfall.» Schlagzeile, die man in der morgigen BZ vermutlich nicht lesen wird.

Seit Tagen schon ist jeder Gullydeckel auf dem Weg zur Mensa mit Metallstreifen versiegelt. In der Hannoverschen Straße das Haus der Deutschen Bischofskonferenz, ein Gebäude, das mir in all den Jahren nur aufgefallen ist, weil dort für gewöhnlich sehr breithüftige Männer in hochunmodischen Stoffhosen ein und aus gehen und weiter nichts.

Jetzt die ganze Straße gesperrt, Polizei winkt mich zur Seite, bei Subway kann man mit Mensacard nicht zahlen, zurückrasen, Geld holen, essen, Mittagsschlaf fällt aus. Dann Versuch, zwischen kreischenden und blinkenden Polizeikonvois zur AOK durchzukommen, denn wenn man am Hirn operiert werden soll und möglicherweise nur noch eine zweistellige Zahl von Tagen zu leben hat, muss unbedingt ein Tag damit verbracht werden, sich ein rosarotes Papier vom Arzt ausstellen zu lassen, das dann auf die AOK-Geschäftsstelle gebracht und abgestempelt werden muss, wo dreißig Leute in einem stickigen Wartesaal warten und durcheinanderreden – Stimmen, Lichter, Piepsen, Baustellengeräusche – nächster Anfall. Draußen auf einer Bank versuche ich zu verstehen, was mir die Stimmen diesmal auf Englisch sagen. Papst töten? Den Nachbarn? Mich? Grammatik zerschossen. Schließlich kommt eine freundliche AOK-Mitarbeiterin mit dem gestempelten Papier zu mir heraus.

Dass eine Gesellschaft es sich leisten kann, eine Millionenstadt einen Tag lang lahmlegen zu lassen durch den Besuch eines Mannes, der eine dem Glauben an den Osterhasen vergleichbare Ideenkonstruktion als für erwachsene Menschen angemessene Weltanschauung betrachtet, erstaunlich. Und herzlichen Dank. In hundert Jahren kennt dich kein Mensch mehr, römischer Irrer. Mich schon.

Wie Manie und Größenwahn sich zuverlässig zurückmelden, wenn mir der Arsch auf Grundeis geht. Zwei Seiten Beschimpfungen gelöscht wg. unoriginell.

23. 9. 2011 16:35

Versuch eines ruhigen Tages. Keine Arbeit, mittags Mensa, dann Schlaf. Dann Bumsmusik meines Nachbarn, dann Anfall.

23. 9. 2011 18:00

Kein Arzt erreichbar, Wochenende. Fußball. Mitspieler Daniel (HNO) ruft einen befreundeten Intensivmediziner an, der telefonisch zur Benzodiazepin-Erhöhung rät, da ich mit dem Keppra praktisch an der Grenze bin.

Drei Tore geschossen, aber in der Überzahlmannschaft. Keine Befriedigung. Immerhin: keine motorischen Defizite.

24. 9. 2011 13:32

Zum Nachbarn runter. Wie so oft öffnet er nicht. Aber die Musik wird leiser. Als ich wieder oben bin, wieder lauter.

Ein, zwei Stunden kann ich mit Ohrstöpseln dasitzen, dann tut der Kopf weh, und ich muss flüchten vor den Stimmen, die sich an den Rändern einnisten.

24.9.2011 15:55

Thermoskanne eingepackt, Badehose, Goetz' «Klage», «Rot und Schwarz».

Lieblingsgestalten der Weltliteratur: Julien Sorel.

In der Nähe der Fennbrücke gibt es eine Wiese, wo es ganz still ist, und eine Bank, wo man sitzen kann wie alte Leute. In Ufernähe gebadet.

24.9.2011 21:45

Nächster Anfall trotz 20 mg Frisium. In der Nacht erwacht mit der gestammelten Zeile «Weser, Unterweser» auf den Lippen, keine Ahnung, ob Anfall oder nur Albtraum.

25.9.2011 14:00

Je höher die Dosis, desto wackliger. Traue mich nicht nach Hause wegen Nachbar und übernachte bei C. Nachmittags kein Anfall, aber ständig die Ahnung einer Ahnung. Zerrüttet mich.

25.9.2011 15:30

Liege am Plötzensee am Strand in der Sonne. C. und Lars stehen etwas abseits, und ich kann sehen, worüber sie sprechen.

Joachim hat «Sand» zur Hälfte gelesen und stellt die Frage, die ich mir auch schon lange gestellt habe: Was ist denn das nun eigentlich? Der Verlag hat es mal Richtung Thriller gelabelt, aber es ist ein weites Feld zwischen Unterhaltungs-, Schund- und Gesellschaftsroman, von Thor Kunkel bereits mäßig erfolgreich beackert.

26. 9. 2011 07:57

Drei Minuten vor der Öffnung der Praxis am Montagmorgen sitze ich bei Dr. Fünf vor der Tür. Sofort werden die Schutzschilde hochgefahren: Keppra 3000, Frisium 30.

28. 9. 2011 17:09

Leichtes Schwanken.

«Das sind die Löcher in der Kausalität. Es ist der fehlende Übergang von Ursache zu Wirkung. An diesen Stellen klafft das ganze Universum auf.» (Vogl-Interview zu «Moby Dick»)[9]

29. 9. 2011 12:57

Musik. Gehe zum Nachbarn und schlage ihm vor, sich von mir umbringen zu lassen. Oder die Musik leiser zu drehen. Eine friedliche Möglichkeit, eine unfriedliche. Biete an, ihm, wenn es am Geld liegen sollte, die teuersten, drahtlosesten, luxuriösesten Kopfhörer zu schenken, die es gibt. Aber er will gar keine Kopfhörer. Die störten auf dem Kopf, und er wolle einfach nur seine Bumsmusik hören.

C. sagt, sie habe keine Lust, mich im Gefängnis zu besuchen. Aber juristisch keine Gefahr, glaube ich, maximal Klapse, und da ist es wenigstens ruhig. In den letzten Tagen oft mit Sehnsucht an den kleinen ziegelummauerten Hof gedacht, wo man mit freundlichen Irren Frühlingsblumen gucken, Dostojewskij lesen und Tischtennis spielen konnte.

1. 10. 2011 21:00

Die Sensation überwiegt die Konzeption, sagt Julia über Leben und Blog und händigt mir den Schlüssel zu den Räumen der Foucault-Gesellschaft aus, damit ich ungestört arbeiten kann. Irgendeine obskure Soziologenvereinigung.

3. 10. 2011 10:19

Letzte Nacht angekommen, Julia und ihre Schwester kurz zu Besuch, Kathrin, fast wie Urlaub. Sitze jetzt im Schaufenster in der Manteuffelstraße und arbeite. Lese Xenophon und überlege, das bescheuerte Berkéwicz-Zitat in «Sand» durch ein ebenso bescheuertes von Sokrates zu ersetzen.

Foucault und der andere philosophische Jahrhundertmüll an den Wänden sagt mir wenig, aber die Dimension der Teekanne spricht eine klare Sprache: Hier wird gedacht, ordentlich gedacht, ein Denken in die richtige Richtung. Zwei-Liter-Teekanne, Stövchen, Darjeeling der Teekampagne. So und nicht anders geht Geist.

3. 10. 2011 12:09

Allerdings auch ein ein wenig staubiger, wenn nicht gar schmutziger Geist, wider den jetzt mit der Vampyrette mal entschieden angegangen werden muss.

5. 10. 2011 13:33

Lese meine eigenen Dialoge und stelle fest, dass ich das Missverständnis für das Wesen der Kommunikation halte. Es werden Fehler gemacht, und die Fehler führen zu allem. Man könnte auch Zufälle sagen, aber das Wort Fehler ist mir lieber. Ich halte den Roman für den Aufbewahrungsort des Falschen. Richtige Theorien gehören in die Wissenschaft, im Roman ist Wahrheit lächerlich. Das Unglück, die neurotische Persönlichkeit, das falsche Weltbild, das falsche Leben. Das richtige Leben, das in den Abgrund führt. Das Böse. Die Zeit.

5. 10. 2011 21:59

Doku auf 3sat über André Rieder, psychisch Kranker, der sich mit Hilfe von Exit in der Schweiz das Leben nimmt. Wie zu erwarten, geht es ihm am besten von allen, Freunde und Bekannte leiden. Kein schlechter, aber auch kein guter Film. Das Entscheidende zeigen sie nicht.

In der anschließenden hochvernünftigen Diskussion – hochvernünftig in dem Sinne, dass in der ganzen Runde kein Trottel sitzt, was ich so im Fernsehen, glaube ich, überhaupt noch nicht gesehen habe – fällt das Wort Voyeurismus. Den man hätte vermeiden wollen. Vielleicht der einzige fragwürdige Satz. Denn warum nicht hingucken?

Eine halbe Stunde soll er gekämpft haben mit seinem Pentobarbital (falls es Pentobarbital war, nicht mal das sagen sie). Wobei es kein Kampf gewesen sei, wie die Gegenseite entgegnet, da von Beginn an bewusstlos. Die Frage, ob und inwieweit im Rahmen wissenschaftlicher Studien da schon Hirnstrommessungen etc. gemacht wurden, bleibt ausgespart.

5.10.2011 22:19

Das Wort Pietät für mich immer eine ähnliche Leerstelle gewesen wie Ehre oder Seele. Im Zusammenhang mit dem Tod sowieso absurd. Auf die Gefühle der Angehörigen muss Rücksicht genommen werden, klar, und sonst? Ist der Vorgang nicht mindestens genauso interessant wie das umgekehrt oft so genannte Wunder des Lebens?

Erinnerung an den Mittelstufen-Geschichtsunterricht, Französische Revolution, die Terrorherrschaft: das ganz und gar Unfassbare, Unmenschliche der johlend, essend und strickend dem Schauspiel folgenden Masse.

Heute säße ich in der ersten Reihe, vermute ich, und ich glaube nicht, dass es Unmenschlichkeit wäre, die mich dazu triebe, sondern dasselbe, was mich in der neunten Klasse uneingestandenermaßen auch schon beschäftigte: die an Deutlichkeit nichts zu wünschen übrig lassende Darstellung der unbegreiflichen Nichtigkeit menschlicher Existenz. Im einen Moment belebte Materie, im nächsten dasselbe, nur ohne Adjektiv.

Und Pietät mein Arsch. Wenn mit Lebenden einmal so pietätvoll umgegangen würde wie mit Toten oder Sterbenden oder wenigstens ein vergleichbares Gewese drum gemacht würde. Das Schlimmste in den letzten Jahren für mich immer: die zusammengeschrumpelte, achtzig- oder neunzigjährige Frau zwischen Chaussee- und Invalidenstraße, ein kleines Becherchen vor sich auf dem Trottoir, durchaus nicht verwahrlost, keine mitgeführten Plastiktüten, vermutlich nicht mal obdachlos. Entschließt sich zu ihrer Tat, wenn ich das richtig sehe, nur sehr unregelmäßig und im Abstand einiger Wochen, wenn das Hartz IV oder was auch immer verbraucht ist.

Für gewöhnlich gebe ich Bettlern nichts, wenn ich nicht Münzen direkt griffbereit habe, aber wegen dieser Frau musste ich schon zweihundert Meter zurücklaufen, die zieht mir völlig den Stecker. Vor allem das Gesicht, wo man sieht: unverschuldet, Altersarmut, Hölle.

Bin mit meiner Argumentation noch nicht ganz am Stammtisch angekommen, aber die Unterkante wird schon sichtbar.

6. 10. 2011 15:30

Passig und Gärtner in meiner Küche zum Lektorat. Die beiden verbünden sich sofort gegen mich, schon nach kurzer Zeit führen sie mit 8:1 bei den Änderungen, sicheres Zeichen, dass ich wie in jeder Schlusskorrektur wieder versucht habe, die alten und falschen, von mir selbst längst mehrfach als falsch erkannten Varianten in veränderter Form wieder einzubauen. Raus damit, raus, alles raus.

Drin bleiben auf Wunsch des Autors verschiedene Anachronismen, Unwahrscheinlichkeiten, eine Enallage. Früher hätte mir alles, vom fehlenden Komma bis zum Logikfehler, schlaflose Nächte beschert, ich hätte mindestens noch einen Fluglotsenstreik eingebaut, um die drei fehlenden Tage, die Michelle braucht, um dem Polen im Flugzeug begegnen zu können, zu erklären. Aber heute: scheiß drauf.

Richtige Fehler, falsche Fehler. Wenn der 23. August 1972 ein Dienstag war: Katastrophe. Wenn an diesem Tag die Sonne schien, obwohl sie nicht schien: egal.

Moleskine, Inflektiv, Schnupperpreise, ja, ja, ja. Alles egal. Mit einigem anderen haben sie mir den Perfektionismus rausoperiert.

Viel größeres Problem: dass die Handlung keiner kapiert.

Drei von fünf Lesern konnten den Amnestiker bisher nicht identifizieren, was etwa so ist, als verriete ein Krimi den Mörder nicht. Das ist keine Absicht. Riesige Verschwörungstheorien auffahren, Fäden ins Leere laufen lassen und am Ende keine Lösung haben, ist nicht originell, nicht postmodern, sondern einzig und allein ein mächtiger Schmerz im Arsch.

Wahnsinnig Mühe darauf verwendet, alles wie ein Uhrwerk abschnurren zu lassen, aber das Riesenproblem für jemanden, der noch nie richtig geplottet hat, ist die Informationsdosierung. Was sagt man dem Leser, um ihn auf die falsche Fährte zu locken, was sagt man, damit er das Gegenteil von dem annimmt, was man ihm zu insinuieren versucht, was sagt man am Ende überhaupt? Für Marcus eine zehntausend Zeichen lange Inhaltsangabe verfasst, damit er durch den Dschungel findet.

Dafür neuer Witz: die von Joachim vorgeschlagene Primzahlenzerlegung in den letzten Kapiteln.

7.10.2011 19:50

Nachmittags Rowohlt, Manuskript mit den letzten drei übersehenen Fehlern persönlich zum Verlag gefahren. Dort Gunnar Schmidt und zufällig auch Fest, den ich noch nicht kannte. Lustiges Gespräch über die Sportsfreunde der Sperrtechnik. Der Sohn ist Lockpicker.

Vom Verlag zum Fußball gerast und so gut gespielt wie lange nicht.

8.10.2011 15:07

Arbeitsfreier Tag. Schätzungsweise der erste Tag seit zwanzig Monaten, an dem ich arbeiten könnte und es nicht tue. Alles fertig. Foto und Klappenzitat abgestimmt, die Schrift auf dem Cover wird noch ausgetauscht. Foto auf Wunsch des Autors mit abgewandtem Blick.

Tee trinken, Stendhal lesen, bisschen Blog, abwaschen, Wäsche machen, staubsaugen.

Beim Aufräumen letztes Tagebuch entdeckt, das der Vernichtungsaktion entgangen war, begonnen am 28. Mai 2004, letzter Eintrag vom 17. Dezember 2009:

«Herrn Dames Aufzeichnungen von Reventlow. Schöne Beschreibung des Kosmikerkreises zu Beginn, die Aufbruchstimmung, das Mulmige der Gesellschaft. Die Libertinage, die so fortgeschritten ist, dass sie sich selbst nicht erwähnenswert findet und ohne jede Abgrenzung gegen ein Außen auskommt. Alles im Netz zu Reventlow parallel gelesen, Fotos geguckt, Stationen ihres Lebens, Husum, Kloster Preetz – Lesegefühl wie in meinen Zwanzigern, wo ich zuletzt Heine, Dostojewskij, Storm auf diese Weise las. Der Roman flaut ab gegen Ende, zerstreut sich ins Tagebuchartige, aber die Melancholie der untergegangenen Bohème rührt mich. Draußen erster Schnee liegengeblieben. Calvin auf seinen Brief nach einem Jahr noch immer nicht geantwortet. Arbeit hängt. Fühle mich wie eingesargt. Sehe niemanden. Nachts Panik.»

Und ab in den Müll.

8. 10. 2011 19:56

Auf dem Weg zu C. kleiner epileptischer Anfall, fünf Minuten, steige nicht mal mehr vom Rad. Innovation: Holms Stimme sagt «Unterweser» auf, im Chor dahinter Philipps Stimme.

9. 10. 2011 20:35

Mit Handschuhen und Mütze zum Plötzensee, zwanzig Minuten gebadet. Lars und Marek dabei. Lange fröstelnd in der Sonne, fast wie nach dem Schlittschuhlaufen früher. Steffi und eine Kanne Heidelbeertee.

Die Zeitspanne, in der ich in die Zukunft denke, oft keine zehn Sekunden mehr, teilweise regrediert auf den Gemütszustand eines Fünfjährigen. Und nicht nur den Zustand, auch das Benehmen. Da fahre ich mit dem Fahrrad das Nordufer entlang und freue mich wie wahnsinnig über Bäume und Autos und Licht. Dann taucht am Ende der Straße eine Kreuzung auf – und dann? Oh, ein neuer Weg! Neue Bäume, neue Autos, neues Licht, welche Freude! Weitere zehn Sekunden bis zur BEHALA Westhafen – und dann? Was kommt dann? Und so geht das Schritt für Schritt.

10. 10. 2011 7:30

Aufnahme im Virchow zum FET-PET. Bürokratie, noch mehr Bürokratie, endloses Herumgeirre. Haus 3, Haus 2, dann in den Fahrstuhl, in den 2. Stock, dann aus dem Fahrstuhl raus rechts, da ist eine Sitzgruppe, da anmelden. Name, Karte, Geburtsdatum, Größe, Gewicht, Vorbefunde. Wasser können Sie sich nehmen. Und da gehen Sie jetzt mal zu den Radiologen auf der anderen Straßenseite. Da lang. Nein, da lang. Den ganzen Tag.

Für jemanden mit Orientierungsschwäche ein ziemliches Problem. Fünfmal hintereinander kriege ich erklärt, auf welcher Seite des Fahrstuhls ich aussteigen muss, von wo aus gesehen da rechts ist, zuletzt drückt man für mich schon mal den Knopf mit der Doppel-o und dreht mich an den Schultern in die richtige Richtung. Guten Tag, Dr. J., guten Tag. Und da warten Sie jetzt mal.

Wartebereich PET-CT
Radiologisches Zentrum
Feuerwehr!
Gefahrengruppe 1
Abklingraum mit Kühlzelle
01.01.25
31,41 m^2
Entrauchung Anl. 9
Leichenkühlraum K-138
Scheibe einschlagen
Knopf tief drücken

Während die radioaktive Lösung in mich reinläuft, macht die Ärztin mir Hoffnungen. Ich wedle imaginäre Insekten von mir fort, nichts Hoffnungmachendes, bitte, ich verliere sonst das Gleichgewicht. Habe mich mit dem Elend abgefunden und weiß, was es ist. Sieht ja jeder Laie.

Und das ist es dann auch. Also zweite GBM-OP.

Dann zurück zur Anmeldung, dann in die Kardiologie. Noch an ungefähr fünf weiteren Stellen Name, Alter, Größe, Gewicht und Vorbefunde. Zwei Stunden Wartezeit vor der Anästhesie, wir streiken gerade. Vielleicht wollen Sie da drüben was essen? Und in die Diagnostik müssen Sie auch noch: Alkohol, Zigaretten, Ernährung, Einkommen, ledig oder nicht? Alter, Gewicht und Größe nicht vergessen. Alles streng durchanonymisiert, wir erforschen nur, wie die Lebensumstände den postoperativen Verlauf beeinflussen. Und ob die Höllenbürokratie der präoperativen Phase den auf irgendwelchen mit August-Macke-Bildern zugekleisterten

Krankenhausfluren halbtot hängenden Patienten in irgendeiner Weise schwächt, erforschen wir dann vielleicht in der nächsten Studie.

Es ist eine ganz sonderbare Verzahnung von hochmoderner Supertechnologie, Windows-98-Rechnern und einer aus dem 19. Jh. stammenden Buchenholzzettelkastenverwaltung, die einen in jeder Sekunde in den Wahnsinn treibt.

Schon mal Drogen genommen? «Nein» kann ich guten Gewissens nicht ankreuzen. Sofort spuckt der Rechner tausend Folgefragen aus, die erforschen wollen, wie sehr ich meinen Angehörigen mit meiner unkontrollierten Kokssucht auf die Nerven falle, was ich dagegen zu unternehmen gedenke und wie meine Einstellung zu frischem Obst ist. Bitte schieben Sie den Regler auf eine Zahl zwischen 1 und 5.

Name: Wolfgang Herrndorf
Größe: 183
Gewicht: 80
Status: ledig
Geschlecht: männlich
Einkommen: riesig

Alles gewissenhaft verschlüsselt unter der Kennziffer GG4674. Wenn man mir bitte mal bei nächster Gelegenheit einen Chip mit meinen persönlichen Daten unter die Haut schießen könnte.

Zurück in der Anästhesie, beantworte ich die Fragen nach Größe, Alter und Gewicht zum letzten Mal für heute. Dann versuche ich den Weg zur Station allein zurückzufinden. Man darf sich von den hässlichen roten Bildern nicht täuschen lassen, richtig sind die hässlichen orangen.

OP-Termin nächster Mittwoch. Und jetzt nach Hause.

11. 10. 2011 13:46

Noch einmal das seltsame immer wieder und m. E. immer gleich während des Anfalls im Kopf herumgehende Lied durch Aufschreiben festzumachen versucht:

under while längst
sonder surprised

Von Klang und Rhythmus her nicht weit entfernt von «An der Weser, Unterweser». Aber keine Ahnung. Ich krieg's nicht raus.

Falls doch noch mal irgendwas wie «Jesus Christus hat die Welt erlöst» erkennbar wird, melde ich mich wieder.

12. 10. 2011 14:44

«Tschick» jetzt Schullektüre in Costa Rica, Bilder einer blau uniformierten Klasse, die unter Palmen sitzt und liegt und liest.

In Baden-Württemberg dagegen läuft der Buchverkauf so schleppend, dass jugendliche Straftäter zur Lektüre verurteilt werden müssen: Buch kaufen, lesen, fünfseitige handschriftliche Inhaltsangabe, und falls das nicht klappt, «kann ich bis zu vier Wochen Ungehorsamsarrest verhängen». Richter Hamann, Amtsgericht Reutlingen.

Unglaublich gelacht beim FAZ-Interview. Monika Kunz[10]? Wer ist Monika Kunz? Musste ich mir erst mal von Cornelius erklären lassen.

13.10.2011 14:30

Acht oder neun Grad, Sonne scheint, gebadet. Lars und Julia schaffen es bis zum anderen Ufer.

15.10.2011 12:02

«‹Middlesex› hat viele postmoderne Elemente; es gibt viele Signale, dass die Geschichte vom Erzähler erfunden wird, aber kein unmissverständliches Bekenntnis zum Realismus. Die Liebeshandlung ist in viel höherem Maß ein realistischer Roman, hat aber einen dekonstruktivistischen Subtext. Aber ich bin gern ein Rekonstruktivist, wenn das bedeutet, dass ich immer noch Geschichten darüber schreibe, wie Menschen heute leben und fühlen.» Sagt Jeffrey Eugenides. Und fährt fort: «Wenn Rekonstruktivist hingegen einen Autor meint, der so tut, als hätte es das 20. Jahrhundert nicht gegeben, dann will ich keiner sein. Ich will den narrativen Pool des 19. Jahrhunderts zurück, aber nicht das 19. Jahrhundert.»

Im Gegensatz zu mir hat er vermutlich studiert. Aber Signale, dass die Geschichte vom Erzähler erfunden wird – Wahnsinn. Was werden sie als Nächstes herausfinden?

16.10.2011 14:45

Eine Sache, die ich trotz hundertmaliger Stendhal-Lektüre wieder vergessen hatte: die Travis-Bickle-Szene, der Bischof von Agde segnet den Spiegel. Zur Zeit des späten Goethe, unvorstellbar.

18. 10. 2011 12:45

Mit der schweren Tasche auf dem Fahrrad ins Virchow-Klinikum. MRT für die OP, dann Vierbettzimmer. Der links fragt, ob ich auch ein Bier will, der gegenüber gibt für den Rest des Tages das Fernsehprogramm telefonisch an seine Frau durch. Liege nur rum, kann nichts machen.

19. 10. 2011 11:00

Auf Tag und Uhrzeit genau folgt der ersten OP nach zwanzig Monaten die zweite. Wieder kein Beruhigungsmittel, bitte, ich will das sehen, die Gesichter, die Lampe, die Maske auf meinem Gesicht. Tief atmen.

Dann ist die Maske weg, und es sieht aus wie auf dem Jahrmarkt. Großes Gepiepse und Geblinke und Gerenne. Die Intensivstation, wie sich rausstellt, ist überbelegt, das hier nennt sich Aufwachzimmer. Die ganze Nacht über, die in Wahrheit ein Nachmittag ist, bin ich damit beschäftigt, vorübereilende Pfleger und Schwestern um Wasser anzubetteln. Immer wieder die Frage, ob ich wisse, wo ich sei. Einmal sage ich Buchenwald, aber der Witz zündet nicht richtig.

Ein Weißbekittelter meldet, es sei alles wunschgemäß verlaufen, dann tauchen der Reihe nach C., Kathrin und ein (wie sich später erweist) eingebildeter Cornelius auf, die sich abwechselnd als meine Lebensgefährten vorstellen, um eingelassen zu werden.

C. möchte nicht mit einem Hut verwechselt werden, Kathrin hat eine Pappschachtel im Arm, deren Inhalt sie mir nicht zeigt. Und jetzt vielleicht noch mal Wasser, bitte?

In der SZ wird später stehen, Passig habe die Bronzefigur uninspiriert entgegengenommen, und auf die Frage ir-

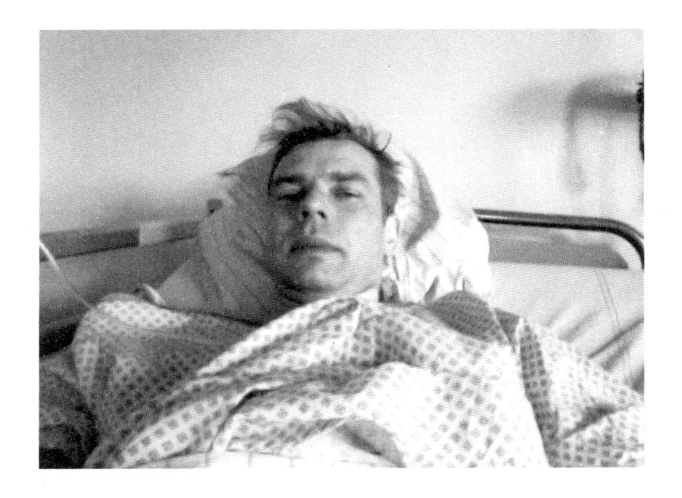

gendeines Radios, ob dies der richtige Zeitpunkt für die Verleihung gewesen sei, weiß sie nichts zu sagen.

«Letztes Jahr», erklärt sie, «als der Preis verliehen wurde, gab es ‹Tschick› noch nicht. Nächstes Jahr, wenn der Preis verliehen wird, wird es den Autor wahrscheinlich nicht mehr geben … insofern, ja, geradezu der ideale Moment. Aber das ist mir wie immer erst eine Minute später eingefallen.»

EINUNDZWANZIG

21. 10. 2011 14:00

Zwei Tage nach der OP erster Spaziergang zum nahen Plötzensee, fast einmal rum. Keine große körperliche Schwäche, seelisch auch nicht. Das MRT zeigt keinen leuchtenden Saum, alles erwischt, was sichtbar war.

22. 10. 2011 12:00

Aufenthaltsraum der Neurochirurgie, Korrektur der Korrekturen. Marcus praktisch allein, ich ohne Überblick.

23. 10. 2011 16:00

Rudern auf dem See mit Freunden. Leider kann man mit den morschen Riemen nicht durchziehen. Aber schön ist der Dunst am Ufer am Abend.

24. 10. 2011 7.12

Traum: Arbeit am Roman in einer Jahrhundertwende-Villa an der Ostsee. C., Lektor, Cornelius, alle da. Kurz vor Sonnenaufgang sehe ich eine Reihe nackter alter Männer und Frauen durch ein Tor hinter der Villa zum Strand hinuntergehen und im eiskalten Wasser baden. Sofort laufe ich zu meinen Freunden. Zwischen grauen Sandburgen stehen sie am Strand, trinken und feiern, in Gespräche versunken. Ein DJ legt auf.

Baden, rufe ich, man kann baden! Da taucht neben mir ein ganz in Schwarz, fast wie ein Schornsteinfeger gekleideter, hagerer Mann auf. Neben ihm sein kleiner, schweinsgesichtiger Sohn, genauso gekleidet. Beide strecken mir eine Hand entgegen. Wir kommen, Sie zu holen, sagen sie.

Die Plötzlichkeit ihres Auftauchens überrascht mich – nicht der Zeitpunkt, allein die Plötzlichkeit –, und während ich noch überlege, ob aus der Formulierung des Holen-Kommens nicht auch ein Irgendwo-Hinbringen folgen müsse, im schlimmsten Fall in ein von mir immer abgestrittenes Jenseits, versuche ich, meine letzte große Erkenntnis in die Welt hinauszuschreien: «Zwei Schwarze, und sie kommen, und sie …» Aber meine Stimme ist schon auf stumm geschaltet. Noch stehe ich zwischen meinen Freunden, aber sie hören mich nicht mehr, ich bin für immer verschwunden im Dunkel.

In genau diesem Moment unterbricht die Morgenvisite den Albtraum. Die Fragen nach meinem Befinden kann ich nur stammelnd beantworten, der Stationsarzt fragt die Schwester: Ging es ihm sonst denn gut?

24. 10. 2011 15:00

Gespräch mit der Study Nurse, Möglichkeiten der Weiterbehandlung. Man bevorzugt Celebrex in Verbindung mit niedrig dosiertem Temodal, metronomisches Schema. Ich sehe die Urlaubsbräune auf ihrem Knie und denke: Ich will noch mal ans Meer.

24. 10. 2011 17:10

Dann mit dem Rad zu C. Das Davonstehlen aus dem Krankenhaus hier etwas einfacher als im Friedrichshain.

Der Albtraum vom Morgen hängt mir immer noch nach. Ich erzähle ihn C., vermutlich der einzige Mensch, der weiß, was in mir vorgeht; Natascha vielleicht auch. Und, wenn ich das richtig gelesen habe in ihrem Gesicht, die Study Nurse. Berufserfahrung.

25. 10. 2011 13:30

Strahlentherapeut Dr. Badakhshi, der wirkt, als ob er Studien zum Frühstück äße, möchte mir stereotaktisch weitere 50 Gray zu den 60 Gray vom letzten Jahr hinzustrahlen, in dreizehn Portionen à 3,8 Gray. Nicht großflächig diesmal, sondern mit einem Saum weniger Millimeter um das entfernte Rezidiv herum. Empfehle wegen Nebenwirkungen kaum einer, nur zwei Stellen in Deutschland, er sei eine davon. Nekrosen: klar. Aber Nekrosen sind für Muschis, so Badakhshi sinngemäß. Auf ein paar Millimeter mehr oder weniger komme es bei einem Hirn wie meinem jetzt auch nicht mehr an.

Ein Arzt, der offenbar gern bestrahlt. Und da ich ein Patient bin, der gern bestrahlt wird, sind wir uns rasch einig. Außerdem neigt er zum Temodal-one-week-on-one-week-off-Schema, wie mein Onkologe auch.

25. 10. 2011 19:00

Besuch Joachim.

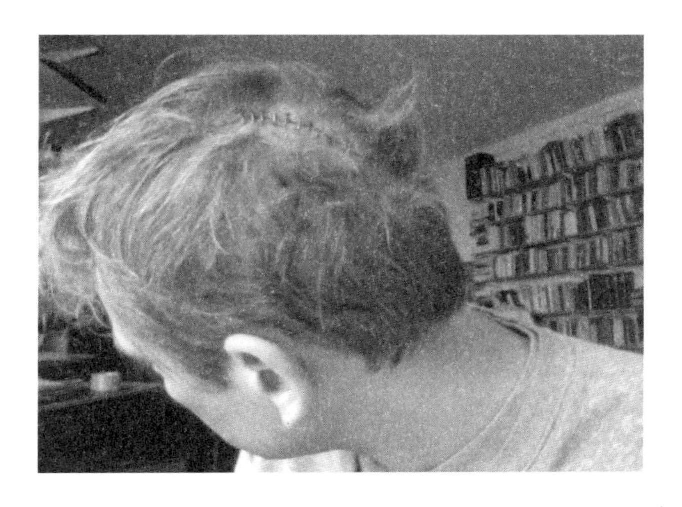

26. 10. 2011 16:24

Entlassung. Sage, dass mich jemand abholt, und fahre mit dem Fahrrad nach Hause. Brötchen kaufen, Postkasten leeren.

Als Folge der OP scheint sich mein Sichtfeld noch einmal verkleinert oder verändert zu haben. Dort, wo vorher nichts war, ist jetzt wieder etwas. Etwas Falsches allerdings. Persistierende Bilder, teilweise von der Gegenseite rübergespiegelt. Mal sieht es aus wie eine Wasserpfütze, die neben mir dahingleitet, dann wieder, als könne ich durch den Boden ins Untergeschoss sehen. Und von X-Ray-Man zu Moron Man ist es nur ein winziger Schritt. Einmal stehe ich an der Ampel, und auf der anderen Straßenseite, perspektivisch verkleinert, eine Frau. Im nächsten Moment ist sie lebensgroß an meiner Seite, und als ich loslaufe, geht sie fünf, sechs Schritte neben mir her. Mit der linken Hand wedle ich die Gespenster weg.

Vorteil Berlin: Auf der Torstraße bin ich unter den Gestörten nur Mittelfeld.

26. 10. 2011 16:59

Aus juristischen Gründen steht im Impressum meines Blogs meine Postadresse mit dem Zusatz «Keine Anfragen». Keine Anfragen, für alle, die Schwierigkeiten haben, das zu verstehen, bedeutet: Keine Anfragen.

Wenn Sie sich von mir Antworten auf Fragen erhoffen, schreiben Sie mir nicht. Ich habe keine Zeit. Wenn Sie sich für den einzig richtigen Regisseur für die Verfilmung von «Tschick» halten, wenn Sie sich beschweren wollen, dass ich auf Ihren letzten Brief nicht reagiert habe, wenn Sie mir (es geht um Leben und Tod) das abermalige gründliche Studium Ihrer Website anraten, welche empfiehlt, getrocknete Apfelsinenkerne zu essen, mein Handy gegen ein Festnetztelefon auszutauschen, Energiesparlampen in Kopfnähe auszuweichen: Schreiben Sie mir nicht. Wenn Sie durch Ryke Geerd Hamer, grünen Tee und Himbeeren geheilt geworden sind, wenn Sie einen frankierten Briefumschlag beilegen wollen, wenn Sie Jesus oder achtundzwanzig andere namenlos bleiben müssende Exzellenzheiler kennen und schätzen gelernt haben: Freuen Sie sich an Ihrem Glück. Ich freue mich mit Ihnen. Aber schreiben Sie nicht. Und wenn Sie einem einstündigen Beitrag des Qualitätssenders ARD zur besten Sendezeit entnommen haben, dass Handauflegen nun kraniosakrale Therapie heißt und von Schulmedizinern erfolgreich gegen Hirnkrebs eingesetzt wird: Verlangen Sie Ihre GEZ-Gebühren zurück. Aber schreiben Sie nicht. Und schreiben Sie mir vor allem nicht, wenn Sie irre sind.

Sie sind irre, wenn Sie vor 1993 geboren sind und der Brief, den Sie mir schicken wollen, mehr als zwei DIN-A4-Seiten umfasst. Mit einer Wahrscheinlichkeit von 99 Prozent. (Das traurige, fehlende Prozent ist ein Strafgefangener – Spanien, Drogen, 9 Jahre –, der mir aufgrund einer Verwechslung schreibt. Grüße und viel Glück an dieser Stelle, aber ich war nie in Spanien.) Aber alle anderen Mentalhypnotiseure, Naturkostler, Homöopathen und Kokovoristen: Sparen Sie sich die Mühe. Um mir mitzuteilen, dass Sie mein Blog nicht gelesen haben, gibt es subtilere Methoden: durch Schweigen zum Beispiel. Und wenn Sie mit dem Begriff «irre» nichts anfangen können, kann ich es für Sie auch noch einmal blumiger ausdrücken: ICD-10, F70-79. Persönliche Kennzahl suchen Sie sich. Danke für die Aufmerksamkeit.

26. 10. 2011 17:30

Und jetzt keine Missverständnisse, bitte: Ich bekomme gerne Post. Mehr als neun Zehntel meiner Post kommen von Nichtirren. Freundliche Grüße aus Südamerika, Hongkong und Marzahn-Hellersdorf. Ein Familienfoto mit Rollstuhl in der Mitte, eine Einladung aus der deutschen Botschaft in Kigali («wenn Sie mal Urlaub in Ruanda machen»), ein Brief aus dem Deutschen Zentrum für Luft- und Raumfahrt – freut mich alles wahnsinnig. Hat mich wahnsinnig gefreut. Nur dass mir leider auch hier die Zeit zum Antworten fehlt. Danke noch mal.

26. 10. 2011 19:45

«Melancholia», zehn von zehn Punkten. Und noch einen Zusatzpunkt fürs Happy End: groß und grün und strahlend. So ist das, genau so. Noch nie so erlebte Übereinstimmung zwischen filmischer und subjektiver Realität. Urteil deshalb möglicherweise getrübt.

Aber einmal mit Charlotte Gainsbourg auf einer Terrasse sitzen, über kegelförmig geschnittene Bäume aufs Meer schauen und frühstücken. Oder noch besser stehen. Richtig Gainsbourg ist Gainsbourg ja erst, wenn sie steht.

28. 10. 2011 14:03

Natasha Little[11] singt Purcell.

29. 10. 2011 16:00

Sonnenschein, Plötzensee, Stendhal. Drei oder vier Mal weht der Hauch mich an, die ersten Male kann ich ihn niederkämpfen, dann, während ich mit Julia im Restaurant sitze, Anfall. Auslöser die Musik im Hintergrund, Reggae, Textschleife.

Meine Haltung zerbröselt.

Aura, Aurora, wusste ich gar nicht, dass das zusammenhängt. Die Göttin der Morgenbrise, der Hauch, der Windhauch.

Schwer zu beschreiben. Hauch ist schon nicht ganz falsch, ein Windhauch im sich zusammenkrampfenden Gehirn.

Am schlimmsten der Hall auf der Stimme, die sich selbst reproduzierenden Textbausteine, die ich für meine Gedanken zu halten geneigt bin.

Weht der Wind zu lange, folgen Depersonalisation und Derealisation, dann schwindet alles dahin. Kein Ich, kein Ding, kein Gefühl. Was nicht anstrengend ist. Anstrengend ist das anschließende Sich-wieder-materialisieren-Müssen, der graue Geschmack der Baumwipfel am Abend.

Seit zwei Wochen suche ich nach besseren Worten, vergeblich. Vielleicht, weil im zu beschreibenden Moment kein Beschreiber mit dabei ist.

Man steht am Eingang zur Hölle, sieht Feuer und Flammen, spürt keine Wärme und kratzt sich am Kopf.

Sehr korrekte und umfassende Schilderung der Symptome auf Wikipedia.[12]

29. 10. 2011 16:22

Dabei erstes klares Gefühl von Ich-Verlust in diesem Blog ja schon im Mai 2010, über ein Jahr vor dem ersten Anfall. Damals, wenn ich das richtig erinnere, noch eine Frucht angestrengten Nachdenkens.

Und noch früher: beim Exorzismus mit Cornelius, als die Personalpronomen «ich» und «mich» um keinen Preis aufs Papier wollten.

30. 10. 2011 11:40

Interviewanfrage eines Journalisten, der einen Bericht vom Tod seiner Schwester anfügt. Lese ihn mit großen Unterbrechungen. Zum ersten Mal ein Eindruck davon, was das hier für eine Zumutung für meine Angehörigen und Freunde darstellen muss. Lange darüber nachgedacht, das Blog abzustellen. C. schüttelt den Kopf.

31. 10. 2011 6:50

Der Windhauch treibt mich schon vor Praxisöffnung zum Neurologen. Als ich nicht mal mehr das Wort Depersonalisation aussprechen kann, schiebt er mir eine Packung Kleenex rüber. Nächster Versuch:

Frisium 10 1-1-1
Keppra 1500 1-0-1
Lamotrigin 25 0-0-1

Neben einer langen Liste üblicher Nebenwirkungen listet Lamotrigin die originelle Aussicht auf Tod durchs Lyell-Syndrom auf.

31. 10. 2011 11:15

In der Revisionsfassung hat ein externer Korrigierer an absolut entscheidender Stelle «Sieben» statt «Siebzehn» in den Text eingetragen, Primzahlenzerlegung. Lektor angerufen: Nicht da. Verlag angerufen: Druckmaschinen laufen seit heute Morgen. Zusammenbruch.

Fünf Minuten später Rückruf, ein zweiter Externer habe es noch bemerkt und die Zahl in letzter Sekunde in die Siebzehn zurückverwandelt.

4. 11. 2011 15:45

Zwei Tage ohne Anfall, ohne Aura. Ob die neue Sicherheit in dieser Welt medikamenteninduziert oder nur eingebildet ist, egal. Neue randomisierte, placebokontrollierte Studien scheinen die Wirkung des Lamotrigin bei Depersonalisation nicht zu bestätigen.

Heute Morgen den nächsten Roman begonnen, Arbeitstitel: «Mercer 5083». Science-Fiction. Material gesichtet und zusammengekloppt, 55 000 Zeichen. Noch mal so viel, und es geht vielleicht als Novelle durch. Passig, der ich das Projekt vor zwei Jahren schon einmal gezeigt hatte, nannte es «reine Scheiße» und nennt es noch heute so.

«Roadmovies nie verstanden, spätestens nach drei Kapiteln weiß man, da kommt nichts mehr» war ihr Urteil zu den «Plüschgewittern». «Warum schreibst du so was?» zum «Van-Allen-Gürtel», «auch nicht schlimmer als ‹Plüschgewitter›» zu «Tschick». Und zu «Sand»: «Der Mittelteil ist Mist, dann wird es ganz gut.»

Und jetzt also reine Scheiße, das sind selbst für Passig harsche Worte.

Aber irgendwas muss ich ja machen. Ich kann hier nicht rumsitzen. Noch zwölf rezidivfreie Wochen, und das Ding könnte fertig sein.

4. 11. 2011 20:00

Zum ersten Mal wieder Fußball in der Halle in Marzahn.

6. 11. 2011 20:00

«Grizzly Man» von Herzog. Wie Herzog der Hinterbliebenen am Ende rät, die Kassette mit den Schreien der von Bären gefressen werdenden Treadwell und Huguenard zu verbrennen: «Das dürfen Sie sich niemals anhören.» Kein Bild, kein Ton, nur der Gerichtsmediziner, der erklärt, was seiner Meinung nach auf dem Band zu hören gewesen war. Der Mann, der die Frau bittet, wenigstens sich selbst zu retten, das Gebrüll, und wie die Frau dem Bären, der Treadwell zerfetzt, mit der Bratpfanne auf den Kopf haut. Völlig wahnsinniger Film.

Als ich noch in Nürnberg studierte, hörte ich einmal in der Nacht einen Schrei, der mir durch Mark und Bein ging. Ich öffnete das Fenster und lauschte in Dunkelheit und Stille. Jemand, der es auch gehört hatte, rief die Polizei. Uniformierte stiegen in den Park hinunter, fanden aber nichts. In der Zeitung am nächsten Tag stand auch nichts. Nie wieder etwas Vergleichbares gehört; aber dass man einen bestimmten Schrei tatsächlich nicht mit den Ohren, sondern mit den Knochen hört, wusste ich bis da auch noch nicht. Mark und Bein.

8. 11. 2011 13:30

Erste von dreizehn Bestrahlungen à 3,8 Gray. Dreiteilige Maske, die den Kopf fixiert, zuletzt ein weißes Netz, das die Nase platt drückt und das Öffnen der Augen verunmöglicht. Millimetergenau festgeschnallt auf einem per Fernbedienung herumgeschwenkt werdenden Metalltisch. Trügen die Assistentinnen noch kleine Lederpeitschen, wäre man rechtschaffen verwirrt.

Im Gegensatz zum Clinac 3 macht Novalis nur unspektakuläre Geräusche. Woher das Gerät seinen Namen hat, kann mir keiner sagen. So bahnbrechend waren Novalis' naturwissenschaftliche Entdeckungen dann ja auch wieder nicht. Etymologie, de novali, die Neuland roden? So kann man den Vorgang im Hirn da natürlich auch nennen.

Die von den Strahlen in freie Radikale gespaltenen Wassermoleküle zerschneiden die DNS in den Zellen, wodurch weitere Teilung verhindert wird. Da gesunde Hirnzellen sich beim Erwachsenen ohnehin nicht teilen, egal. Nur die Krebszellen, nicht wahr.

8. 11. 2011 15:45

Zweimal mit den Tagesthemen telefoniert. Nach meinen schlechten Erfahrungen zuletzt verlange ich eine Zusicherung, dass sich das Interview ausschließlich um Literatur drehen wird. Kein Problem. Das ist man mir auf Anfrage sogar schriftlich zu geben bereit. Und kein Schnittmaterial, ich fahre keine Rolltreppen rauf und runter: Auch kein Problem. Nur ein Studio, zwei Sessel, der Interviewer und Sie – und man darf mich für naiv oder vollkommen verblödet halten, aber erst in diesem Moment wird mir klar, worauf das hinausläuft. Denn selbstverständlich wird es ein Voice-over geben, und dass da kein klagenfurtporträtähnlicher Unfug wie «armer Hirnkranker schreibt sein letztes ergreifendes Buch» herauskommt, kann und will man mir nicht garantieren. Weder schriftlich noch sonst wie. Zweimal fällt der Satz, man sei ein hochseriöser Sender, ein Qualitätsmedium, Herr Herrndorf, Sie kennen uns, wo kommen wir denn hin, wenn der Betroffene jetzt den Beitrag über sich selbst rückkontrolliert? So was hat man ja in hundert Jahren Öffentlich-Rechtlichem noch nicht gesehen! Stellen Sie sich vor, ein Politiker würde –

Ja, der hat aber auch ein Anliegen.

Sie haben auch ein Anliegen, Sie wollen Bücher verkaufen.

Ja. Nein. Jedenfalls nicht so dringend, dass ich dafür die hier diskret und offenbar für die meisten Journalisten zu diskret gezogene Grenze zwischen Blog und Marketing plattmachen würde. Danke und auf Wiederhören.

Überflüssig zu erwähnen, dass in der Qualitätsredaktion bis jetzt noch keiner das Buch bis zum Ende gelesen hat.

Wieder zwei Stunden Lebenszeit sinnlos vertan. Jetzt ist endgültig Schluss. Dann doch lieber gleich RTL Explosiv, die müssen sich wenigstens nicht den ganzen Tag vormachen, einem vor Jahrzehnten schon in die Tonne gekloppten Rundfunkauftrag zu genügen.

Und jetzt Werbung.

9. 11. 2011 10:39

Erstmals im Auge des Drehkopfs der Maschine das in der Bleiabschirmung von beweglichen Lamellen gebildete Loch gesehen, in dem ich die mir vom MRT genau bekannte Form meines Rezidivs erkenne.

Während die Kanone um den Kopf herumwandert, höre ich, formen die Bleilamellen den zum dreidimensionalen Rezidivgebilde immer genau passenden Umriss, plus Sicherheitssaum von einigen Millimetern, Abweichung maximal 0,7 Millimeter. Alles erfunden und konstruiert von einem Tier, das vor noch nicht langer Zeit damit beschäftigt war, Neandertalern mit Keulen die Schädel zu zertrümmern.

9. 11. 2011 11:30

Hinter dem Hochnebel die Sonne, eher ein Mond. Ausreichend kalt, dass ich meine Lieblingsbank auf dem Invalidenfriedhof unbesetzt finde. Einige Laubzusammenharker, einige Tote, ein Polizeiboot, das den Kanal hinunterfährt.

10. 11. 2011 14:38

«Mir fiel dazu ein: Die Medien sind der Stammtisch der Nation. Zu dem Atheisten fiel mir ein: Er hat keine Ahnung. Wer sagt, es gebe Gott nicht, und nicht dazusagen kann, dass Gott fehlt und wie er fehlt, der hat keine Ahnung.» Walser in der FAZ. Ich weiß nicht, warum der Mann mich immer so strapaziert. Nie ein Buch von ihm gelesen, aber jedes Interview eine Riesenstrapaze: «Wenn ich von einem Atheisten, und sei es von einem ‹bekennenden›, höre, dass es Gott nicht gebe, fällt mir ein: Aber er fehlt. Mir.»

Über Gräber vorwärts!, ruft von Seeckt von hinten mit einer Handvoll Dreck im Mund, und statt der siebenjährigen Elisabeth von Kottulinsky (1767–1774), die sich selbst nicht äußern will, spricht der Stein: Ein Kind guter Hoffnung, ihre Seele gefiel Gott wohl, darum eilte er mit ihr aus diesem bösen Leben, und versetzte sie frühzeitig, in die ewige Freude, und Seeligkeit.

C. sucht immer noch und immer wieder nach einer Wohnung für mich. Fünfter Stock, hell, Laminat, 2 bis 3 Zimmer, Dachterrasse. Toll, wenn man plötzlich Geld hat. Und deprimierend, was soll ich mit einer Terrasse? Es kommt kein Sommer mehr. Dazu die Formalitäten, der Bürokratiequatsch, die verlorenen Tage. Hier in meinem Hinterhofloch weiß ich wenigstens, wo alles ist. Sogar die Dusche funktioniert jetzt.

12. 11. 2011 20:05

Dass die Kunst, Rezensionen ohne Inhaltsangabe zu schreiben, so gut wie ausgestorben ist, dass alle Plot points mehr oder weniger kleinkariert der Reihe nach aufgelistet werden müssen – geschenkt. Aber dass es jemand schafft, den MacGuffin im ersten Satz zu verraten, Wahnsinn. Im ersten Satz. Hut ab. Respekt.

Auf der letzten Buchmesse, auf der ich war, kam ein Radio in Form zweier Frauen auf mich zu. Ihr erster Satz war, sie hätten das Buch nicht gelesen, und ihr zweiter, ob ich für die Hörer eine kurze Inhaltsangabe einsprechen könne. Als ich erklärte, Inhalt habe mich nie interessiert, guckten sie, als hätte ich versucht, ihr Auto mit Wasser zu betanken.

«Fatalerweise hat sich das Feuilleton dieser Form – nennen wir es besser Literaturbesprechung, denn Literaturkritik findet ja kaum noch statt – stilistisch und personell weitgehend angepasst. Man hat sich in den Redaktionen für eine Inflation von Starporträts in farbigen Bildern, eine Deflation von Kritik und die Renaissance des Adjektivs entschieden. Man schreibt nicht ausgehend von Problemstellungen, sondern von Themen und Persönlichkeiten oder ganz schlicht den eigenen Befindlichkeiten. Wichtig sind das Leben, die Individualität oder Geschichte eines Künstlers oder Genres. Das führt zu einem motivierten und intimen Verhältnis zwischen dem Schreibenden und dem von ihm Beschriebenen. Die Titelgeschichten handeln nicht mehr von den Konstruktionen der Literatur, sondern von Fame- und Fangeschichten. Der Journalist trifft den Autor, Künstler oder Schauspieler. Das ist schon der ganze Text. Den Anekdoten fügt man eigene Anekdoten hinzu. Meet & Greet. Oft hat man den Eindruck, dass der Wille zum Interview die festangestellten oder freien Fragesteller so sehr beherrscht, dass sie ganz vergessen haben, was sie eigentlich fragen wollten.»[13] (Harun Maye)

13. 11. 2011 17:15

Cronenberg, «A Dangerous Method». Jung, Freud, Spielrein. Hingerissen von den Bildern, Jungs zunehmendem Schwachsinn, Freude an meiner eigenen gedankenlosen Konsumentenhaltung. Und schon wieder Viggo Mortensen nicht erkannt. Nach «Herr der Ringe» und «Eastern Promises» der dritte Film, wo Lars mir hinterher erklären muss, wo Mortensen war.

17. 11. 2011 17:00

«Halt auf freier Strecke» von Dresen, Geschichte eines Mannes mit Hirntumor, die mich, wie ich dachte, nachdem ich den Trailer gesehen hatte, kaltlassen würde. Zu weit ab vom eigenen Erleben.

Der Film beginnt mit einem Fehler: Mit nichts weiter als dem MRT in der Hand diagnostiziert der Arzt ein Glioblastom. Aber dramaturgisch natürlich völlig richtig: Denn sofort ist man drin, in der Hölle.

Lars, Marek und Julia neben mir, Cola und Snickers in den Händen, und dann erscheint auf der Leinwand der Wartesaal mit den roten Metallsitzen, auf denen ich wenige Stunden zuvor selbst noch gesessen und gewartet habe. Virchow-Klinikum, Südring 5, Untergeschoss. Die Ärzte sind Ärzte, die Schwestern sind Schwestern. Novalis dreht sich um Milan Peschels Kopf herum, und dann einmal ganz unter dem Metalltisch hindurch. Interessant. Kriegt man unter der Maske gar nicht mit.

Schlimmste Stelle: der Besuch der Eltern direkt nach der Diagnose. Um Normalität bemüht, nehmen sie auf dem Sofa Platz und schildern die Herfahrt im Auto, eine ihnen den Weg versperrende Baustelle, die Schwierigkeiten, um die Baustelle herumzufahren, die glücklicherweise ausgezeichneten Autofahrfähigkeiten des Vaters usw. usf.

Ich habe es bisher immer vermeiden können, meinem Gegenüber mitten im Gespräch den Rücken zuzuwenden und schreiend wegzulaufen oder ihm ins Gesicht zu schlagen, aber dass das auch in Zukunft so bleibt, kann ich nicht garantieren. Ich sterbe, und du erzählst mir ungefragt deinen ganzen nicht enden wollenden langweiligen Lebenslauf, Mädchen auf irgendeiner Party.

Ein Bekannter, der den Befund kennt, spaziert zur Tür herein und erklärt, was für riesige Fortschritte die Medizin in den letzten Jahren gemacht hat, Schwester, Brustkrebs, was die jetzt schon alles können, wirklich erstaunlich, das wird schon wieder. Und dann gute Besserung.

Ja, dir auch.

Und keiner stellt eine Frage. Keiner von diesen Herumschwallern stellt eine einzige Frage.

Janko, den ich kaum kenne, der beide Eltern durch Krebs verloren hat, kommt jedes Mal beim Fußball auf mich zu und fragt, wie's mir geht. Und dann sage ich, gut geht es mir, weiter nichts, und das ist eine solche soziale Wohltat, einfach die Meldung, dass er weiß, was da ist, dass da was ist, und dass ich weiß, dass er es weiß, mehr braucht es gar nicht.

«Das Gute an diesem Film ist, dass er so scheiße ist, dass er einen überhaupt gar nicht erst berührt», schreibt ein Rüdiger Suchsland in der FAZ. Vielleicht auch mal das Hirn untersuchen.

Man kann sich, wie gesagt, allerdings auch «Melancholia» angucken und nähert sich dem, was Dresen objektiviert, dann von der anderen Seite.

19. 11. 2011 15:13

«Ein herrlicher Ball!», sagte er zum Grafen. «Nichts fehlt hier.»

«Es fehlt der Sinn», gab Altamira zur Antwort.

19. 11. 2011 23:51

Mit Kathrin in «Cheyenne», guter Film, dann trauriges Gespräch über unsere Urlaube in Fuerteventura und Sizilien, die ich so toll fand und sie, wie sich jetzt herausstellt, scheiße. Oder mein Verhalten, meine Asozialität in der zwanghaften Arbeitsfixierung, das Gestöhne vor dem Rechner den ganzen Tag und mein von mir selbst offenbar nicht bemerktes Desinteresse an allen anderen. Aber haben alle anderen nicht auch den ganzen Tag in ihre Rechner geschaut? Versucht, Klarheit über Mail zu bekommen, wie immer gescheitert.

ZWEIUNDZWANZIG

20. 11. 2011 10:31

Der einfachste Weg zu gutem Stil: Sich vorher überlegen, was man sagen will. Dann sagt man es einfach, und wenn es einem dann zu einfach erscheint, kann das zwei Gründe haben. Erstens, die Sprache ist nicht aufgeladen genug von ihrem Gegenstand, oder der Gedanke ist so einfach, dass er einen selbst nicht interessiert. In diesem Fall löscht man ihn. Was oft schwierig ist, denn das glaubt der Laie ja meist nicht, dass ihn die eigenen Gedanken nicht interessieren. Im anderen Fall schraubt man etwas rum, ist sich aber bewusst, dass mit Syntaxverkomplizierung und Thesaurus noch kein Text gerettet wurde. Wobei einfach jetzt nicht schlicht bedeuten soll. Wir alle kennen hochkomplizierte, verschachtelte Texte, die großartig sind. Aber solange man nicht bewiesen hat, dass man einfach kann, kann man auch nicht kompliziert. So sinngemäß mein Deutschlehrer in der fünften Klasse.

Jahre nachdem ich die Schule verlassen hatte, fand ich einmal ein Aufsatzheft wieder, in dem Herr Suck mir seitenlang Stilfehler angestrichen hatte, plus Erklärung, wie es besser ginge, Kommentar insgesamt länger als der Aufsatz. Aber die Vier in Deutsch machte es mir schwer, ihn ernst zu nehmen, und ich entschied mich dafür, ihn für das zu halten, wofür ihn die meisten anderen auch hielten: einen aus dem Weltkrieg mit leichtem Tremor und permanentem Kopfschmerz zurückgekehrten, etwas irren Liebhaber von Literatur mit ausschließlich letalem Ausgang, einen Mann mit einem Faible für Schach und Marschmusik, der zitternd den Mittelgang auf und ab rannte, unaufmerksame Schüler mit ruckartigen 180-Grad-Drehungen und gebrüllten Fragen aus ihrem Mittagsschlaf weckte, der mit Tafelkreide warf, in der Sexta Kleist durchnahm und von Stil sprach. Der einzige Lehrer in meiner ganzen Schulzeit, der von Stil sprach. Und auch eine Ahnung hatte, wovon er da sprach, wie das Aufsatzheft beweist. Hätte ich auf ihn gehört, ich hätte zehn Jahre meines Lebens gespart.

Er starb, bevor mein erstes Buch erschien. Hat mich sehr geschmerzt.

Im Fünftklässler damals nur ein Gemisch aus Furcht, Verachtung und dem nicht fassbaren Gedanken: Wie einer leben kann mit einem permanenten Kopfschmerz, ohne sich umzubringen. In seinem Unterricht herrschte absolute Stille, wie sonst nur noch bei Fleischhauer. Da war es genauso still, auch ohne Kreidewerfen. Falls er zufällig noch lebt und ebenso zufällig hier mitliest: Von Hammurabi über Solon bis zur Schlacht bei Leuktra kann ich das alles noch im Schlaf.

Erste Aufgabe in der ersten Geschichtsstunde meines Lebens: Wenn ein Zentimeter auf einem Bandmaß einem Jahr entspricht, wie lang muss das Bandmaß sein, um die Dauer des Bestehens unseres Sonnensystems anzuzeigen? 45 000 Kilometer, mehr als einmal um die Erde.

Rechne aus: Die Länge der Strecke, die auf dem Bandmaß rot eingefärbt werden muss, um die Anwesenheit des Menschen auf diesem Planeten zu veranschaulichen? Zehn Kilometer. Die ersten Höhlenmalereien? Vor 300 Metern. Kreuzigung eines Mannes in Palästina? Zwanzig Meter. Dein eigenes Leben? Zehn Zentimeter.

Hätte mir damals einer gesagt, weitere 35 oder 36 kämen noch, was hätte ich getan? Hätte es mein Leben verändert? Die populäre, akademische, theologische und auch im Science-Fiction gern und oft gestellte und immer wieder mit Nein beantwortete Frage, ob die Kenntnis des eigenen Todeszeitpunkts wünschenswert sei: Doch. Würde ich sagen. Doch, ist wünschenswert. Segensreich. Eine Belastung, aber eher ein Segen. Nicht für Kinder natürlich. Aber wenn machbar und mit Erreichen der Volljährigkeit: Besuch im Genlabor, dann ungefähr ausrechnen, dann planen, dann leben. Könnte man sich viel Quatsch ersparen.

20. 11. 2011 16:00

Mit C., Lars und Passig in «Tyrannosaur», reiner Gewaltfilm, durchgeheult. Entweder stimmt mit mir was nicht mehr oder mit dem Kino, ich sehe nur noch gute Filme.

25. 11. 2011 12:21

Letzte Bestrahlung. Die dreiteilige Maske wird mir in einem Plastiktütchen mitgegeben, damit bei Bedarf weitergestrahlt werden kann.

Abschlussgespräch mit dem Arzt: Kein Schwindel? Keine Schmerzen, keine Nebenwirkungen? Nichts außer leichter Müdigkeit? Bei drei Antiepileptika, auf deren Beipackzetteln jeweils Müdigkeit an erster Stelle steht, vielleicht kein Wunder.

Und dann noch mal die Statistik, bitte?

Ja, wie gesagt, da zeigt das Bild so eine Linie, die langsam nach unten geht und dann immer weiter abwärts –

Ich meine, in meinem Fall jetzt speziell?

Nach fünf oder sechs Jahren Erfahrung mit dieser Methode, und dann machen Sie ja jetzt mit dem Temodal weiter, und bei Ihrem Alter und Allgemeinzustand, zehn bis zwölf Monate, würde ich sagen. In etwa.

Bis zum Tod oder bis zum Rezidiv?

Bis zum Rezidiv.

Das ist zu viel. Wenn man gern Gefühle hat, gegen deren Ausagiertwerden man nichts unternehmen kann, ist Hirnkrebs eine tolle Sache. Den Arzt beeindruckt mein Herumgespringe wenig, der hat vermutlich schon anderes gesehen. Ich selbst hatte mir drei bis vier Monate zusammengegoogelt. Da könnte ich ja noch zwei Bücher schreiben, wenn ich wollte. Komischerweise will ich gar nicht mehr. Ich habe fast zwanzig Monate durchgearbeitet, weil ich musste. Jetzt muss ich nicht mehr. Also schreibe ich nicht mehr. Schon praktisch seit dem vierten November nicht mehr.

26. 11. 2011 18:00

«Carnage», 8 Punkte. Ich mag das, wenn sie im Film so reden. Die Virtuosität, mit der eine friedliche soziale Situation unter vernünftigen, intelligenten Erwachsenen im Dialog über die Klippe geschoben wird, die technische Schwierigkeit, das glaubhaft zu machen. Hier und da holpert es, aber wie auch nicht, es wird ja das im Grunde Unmögliche versucht. Allein Waltz kann man alles in den Mund legen. Dieses sensationell schmierig-unschmierige Lächeln, während sich Winslet und Foster ohne Armefuchteln und Schreien längst nicht mehr zu helfen wissen. Woran erinnert das noch mal?

«Wer hat Angst vor Virginia Woolf»? Mit fünfzehn oder sechzehn zum ersten Mal gesehen, prägender Film, wie man so sagt, unglaublicher Lichtblick damals, erster Ausblick auf eine von mir immer herbeigesehnte Zukunft, die Dominanz des Gedankens, die Geschwindigkeit des Denkens in einer

Gesellschaft hemmungsloser Zyniker, vom Ironieapparat immer sofort wieder kassierte Sentiments und der gerade dadurch umso sichtbarer werdende, lächerliche und vielleicht auch wieder gar nicht so lächerliche Wille zum Drama, zum Pathos, raus aus der Konvention mit aller Gewalt, raus aus dem Leben, das ich bis dahin als einziges kennenzulernen Gelegenheit gehabt hatte, ein Astronom, der sein Teleskop zum ersten Mal in den Sternenhimmel richtet.

Film vor ein paar Jahren wiedergesehen, leider schlecht gealtert. Gegen das Gewollte und Unnatürliche der Eskalation können auch Taylor und Burton nicht anspielen – dachte ich – schrieb ich gerade. Zur Kontrolle einige Schnipsel auf YouTube nachgeguckt – die Taylor, mein Gott. Diese Stimme. Werd ich mir noch mal angucken müssen.

27. 11. 2011 13:00

Sonnigster November aller Zeiten. Baden mit Mütze. Wie schon die letzten Male der Schmerz im Nacken, der mich lähmt und nach einigen Metern umkehren lässt. Keine Ahnung, was das ist. Dem Restkörper macht die Temperatur nichts aus. Im Wasser stehen und hin und wieder untertauchen aber auch ganz schön.

29. 11. 2011 23:49

Mit Kopfschmerzen erwacht, trotz Kaltduschen nicht aufgewacht, Tag im Bett verbracht, nichts gegessen. Zeitverzögerte Folgen der Strahlen vielleicht.

2. 12. 2011 20:00

Zwei Tore geschossen, eins mit der Hacke. Trotzdem unglücklich, sehe nur noch einen Korridor, Spielbewegungen gar nicht, zweimal mit Daniel zusammengeknallt. Auf dem dreihundert Meter langen Weg von der Halle bis zur Kneipe verlaufen.

5. 12. 2011 18:00

Thermen im Europa-Center, C., Julia, Holm, Ewers.

6. 12. 2011 16:30

Und was machen Sie jetzt?, fragt Dr. Vier, dem ich «Sand» mitgebracht habe. Nichts. Was ich machen wollte, habe ich gemacht. Zwei Romane fertig, zwei weitere Romanruinen bleiben liegen. Ein Buch mehr oder weniger. Und die hoffnungsfroh mitgeteilte Zehnmonatsprognose des Strahlentherapeuten wird vom Gesichtsausdruck Dr. Viers auch nicht bestätigt. Könnte länger sein. Könnte auch deutlich kürzer sein.

Okay.

6. 12. 2011 19:45

«Jane Eyre» von Fukunaga. Gut, solide, aber meine Lieblingsszene fehlt, die niedrigste Instinkte befriedigende ausführliche Erhöhung Jane Eyres auf Kosten Miss Ingrams.

12. 12. 2011 22:11

250 mg Temodal, sieben Tage, dann sieben Tage frei und so weiter bis zum Ende. Oder bis das Knochenmark den Geist aufgibt, was vermutlich aufs selbe hinauskommt.

16. 12. 2011 13:14

Es schneit.

17. 12. 2011 14:26

In meinen Mails fehlt hier und da das Wort «ich», auch in Mails von anderen übersehe ich die drei fatalen Buchstaben immer mal. Keine Ahnung, was mein Gehirn da weiter rausmeldet. Ich hab's ja begriffen.

Test, eins, zwei, drei, ich.

17. 12. 2011 19:45

Mit E. in «Submarine». Immer noch die Gleiche wie vor zehn Jahren. Kennt Depersonalisation als Folge schwerer Depressionen.

19. 12. 2011 12:49

Der nächste Schwachkopf in Nordkorea. Filmempfehlung: «Team America».

Frisium 5 1-0-2
Keppra 1500 1-0-1
Lamotrigin 50 1-0-1

Temozolomid 250 0-0-1

Die Halluzinationen im Sichtfeldausfall haben sich zurückgebildet, was nicht nur Vorteile hat. Ich laufe wieder vermehrt in Gegenstände, wo ich zuvor den Gespenstern ausgewichen bin.

DREIUNDZWANZIG

20. 12. 2011 13:36

«Ich plane ein Unternehmen, das kein Vorbild hat und dessen Ausführung auch niemals einen Nachahmer finden wird. Ich will vor meinesgleichen einen Menschen in aller Wahrheit der Natur zeigen, und dieser Mensch werde ich sein.»

Ja, gut. Aber mit seiner Prätention, seinem Mangel an Furcht vor Tabubrecherei, der Selbstinszenierung und dem Geplapper segelt Rousseau doch einige Galaxien weiter am uneinlösbaren Anspruch vorbei als der fast zeitgleich schreibende K. P. Moritz.

Ich erfinde nichts, ist alles, was ich sagen kann. Ich sammle, ich ordne, ich lasse aus. Im Überschwang spontaner Selbstdramatisierung erkennbar falsch und ungenau Beschriebenes wird oft erst im Nachhinein neu beschrieben, Adjektive werden ausgetauscht, neu Erinnertes kommt hinzu. Aber nichts wird erfunden. Das Gefasel von der Unzuverlässigkeit des Gedächtnisses und der Unzulänglichkeit der Sprache spare ich mir, allein der berufsbedingt ununterdrückbare Impuls, dem Leben wie einem Roman zu Leibe zu rücken, die sich im Akt des Schreibens immer wieder einstellende, das Weiterleben enorm erleichternde, falsche und nur im Text richtige Vorstellung, die Fäden in der Hand zu halten und das seit langem bekannte und im Kopf ständig schon vor- und ausformulierte Ende selbst bestimmen und den tragischen Helden mit wohlgesetzten, naturnotwendigen, fröhlichen Worten in den Abgrund stürzen zu dürfen wie gewohnt –

23. 12. 2011 19:00

Bei den Eltern. Mail eines anderen Glioblastoms, die ankündigt, die letzte zu sein.

Zwei Stunden im Regen spazieren gegangen. Glasmoorstraße, Hofweg, Grüner Weg, wo ich vor 26 Jahren ging, in einer ähnlichen Nacht, Strommasten und Mond über mir, schreiend. Egal, alles entsetzlich egal.

24. 12. 2011 14:00

Die Bumerangs, die im Keller meines Vaters noch lagern, geworfen auf dem Sportplatz am Süd, wo ich auch Bretfeld zum letzten Mal begegnete. Fast alles über Tuning und Anstellwinkel vergessen, auch mit langem Rumprobieren nur die schlichtesten Geräte drei oder vier Mal gefangen. Nieselregen, böiger Wind.

Im kleinen Karree Fußball gespielt gegen meinen Vater, er gewinnt 20:19.

28. 12. 2011 19:19

Erinnerung: Mit dem Fahrrad auf dem Weg zum Süd, wo ich jeden Dienstag das Mädchen, in das ich hoffnungslos verliebt war, aus der Ferne sehen konnte. Ich Handball, sie Volleyball, sommerliche Wärme, große Aufregung, und dann plötzlich dieses Geräusch – Baustelle? Schutzblech lose? Zweig in den Speichen? Endlos lange Sekunden, um zu begreifen, dass das Klackern aus meinem Mund kam. Ich konnte die Zähne zusammenbeißen, dann war es weg, und wenn ich wieder locker ließ: Kastagnetten.

Schlotternde Knie, klappernde Zähne, markerschütternde

Schreie: Der ganze Kosmos der Angst- und Panikreaktionen war mir immer viel weniger aus der Sprache, über die ich mir selten Gedanken machte, als aus Comics bekannt (Wasserpfütze zwischen den Füßen, Wackelstriche um die Knie, «klacker klacker klacker» neben den lose im Mund herumwürfelnden Zähnen), und meinen Körper diese auf Entenhausen beschränkt scheinenden Phänomene unkontrolliert reproduzieren zu sehen, war jedes Mal fast genauso entsetzlich wie das eigentliche Geschehen.

2. 1. 2012 11:30

Nachsorgegespräch. Status epilepticus, Chemobrain, die offenbar nicht zu unterschätzenden Einflüsse der Psyche bei den durch Gabe von Zytostatika allein nicht erklärlichen und noch lange nach der Gabe wirksamen Zustandsverschlechterungen des Krebspatienten.

Sie arbeiten? Dann arbeiten Sie weiter. Den ganzen Tag am Rechner? Was für ein Rechner? MacBook?

Sowohl mit dem Bildschirm als auch mit dem Zustand seines Patienten ist Dr. Badakhshi sehr zufrieden.

4. 1. 2012 22:36

Endlich wieder geschrieben, währenddessen die ganze Zeit Wulffs Selbstdemontage verfolgt.

Abends auf dem Weg von C. zu mir, aus der Burger-King-Ausfahrt hinter der S-Bahn Tiergarten kommt ein weißer Kleinwagen. Ich sehe ihn, ich könnte bremsen, aber mir scheint, er bremse auch, außerdem habe ich Vorfahrt. Doch er bremst nicht. Mitsamt Fahrrad und einer Drehung um die horizontale Achse katapultiert es mich auf die Straße.

Nichts passiert, erster Gedanke, nichts gebrochen, elegant abgerollt.

Zwei Frauen steigen aus. Zusammen mit Passanten setzen sie mich auf den Bordstein. Ich spucke Blut, ich habe mir auf die Zunge gebissen. Sie wollen die Polizei rufen. Auf keinen Fall Polizei, keine Polizei, kein Krankenwagen, alles in Ordnung, sage ich, bestens. Ich will sofort weiter, den idiotischen Wulff in den Abendnachrichten sehen. Die Beifahrerin lacht die ganze Zeit hysterisch, hüpft über die Straße, fasst mich an und freut sich, dass mir nichts passiert ist. Ich bin so froh, ruft sie, ich bin so froh. Dann kommt die Polizei, man fährt mich ins Virchow-Klinikum. Ich kann das linke Bein nicht beugen. Reden Sie mit mir, sagt der Notfallmann. Wissen Sie, was ein Glioblastom ist? Nein, weiß er nicht. Er legt mir eine Halskrause an, ich schreie vor Schmerzen, er nimmt sie wieder ab.

Sieben Mal Röntgen: Oberschenkel nicht gebrochen, nur riesige Prellung. Halswirbelsäule nicht luxiert, wie vermutet, dafür Schultereckgelenksprengung.

Nachts holt Lars mich ab, Gelächter (du schon wieder, hier schon wieder), und bringt mich zu C.

5. 1. 2012 14:33

Virchow-Klinikum will nicht operieren. Chemo, zu risikoreich, lohnt nicht mehr, behandeln wir konservativ. Arm ein paar Wochen fixieren, bleibt so eingeschränkt bewegungsfähig. Melden Sie sich morgen in unserer Sprechstunde.

Ich kann nicht mehr. Ich will nicht mehr. Ich will das Handtuch werfen. Lange Diskussion mit C., schließlich Witze, Albernheit.

Anruf bei der Polizei. Ohne den Zettel mit der Vorgangsnummer, den ich beim Transport verloren habe, kann man nichts für mich tun. Sie können nicht rausfinden, wer mich da vom Fahrradweg gekegelt hat? Nicht ohne die Vorgangsnummer, die Ihnen gestern ausgehändigt wurde. Sie können das nicht sehen bei sich da? Nein. Himmel.

10. 1. 2012 18:21

Im Klinikum Friedrichshain operiert. Sonntag Einlieferung, fünf Stunden in der Aufnahme, Anfall, Stimmen, Licht. Montag OP, Aufwachzimmer, zwei Schmerzmittelinfusionen, eine dritte krieg ich nicht, weil ich angeblich schon zu atmen vergesse. Nachmittags über Boden und Schuhe gekotzt, Schwester läuft durch, die Nacht schweißgebadet und schlaflos. Dienstag ersten Arzt gesehen. In sechs Wochen kommt der ums Schlüsselbein gewickelte Draht in einer weiteren Operation wieder raus.

Normal lächerlich, normal alles aushaltbar, aber hier jeder kleinste Optimismus durchkreuzt vom Gedanken: Gesund entlassen sie dich in den Tod.

Drei Monate ohne Arm.

11. 1. 2012 19:00

Johann Holtrop, Johann Holtrop, Johann Holtrop. Cornelius, der die Nachricht überbringt, kann sich überhaupt nicht beruhigen. «Der charismatische, schnelle, erfolgreiche Vorstandsvorsitzende Dr. Johann Holtrop … Jahresumsatz … Boomzeit der 90er Jahre … schlechte Geschäftsergebnisse … unter Druck.»

Sätze wie «Zuerst kommt Holtrops Familie in den Blick, die der Schauplatz der reaktiven Depression nach der Entlassung ist» legen die Vermutung nahe, dass Goetz am Blurb

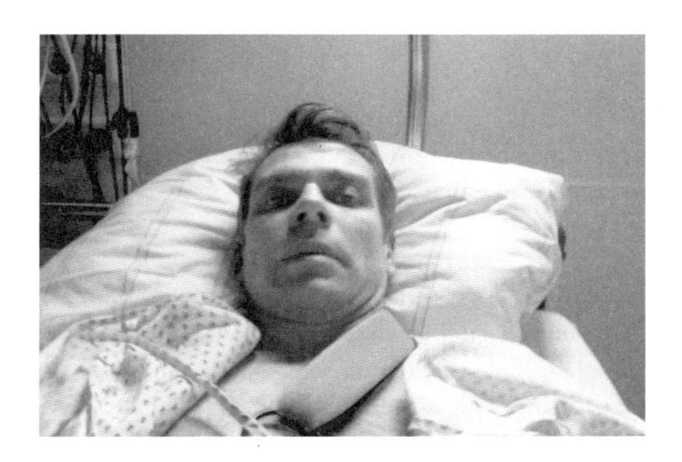

wenigstens mitgewirkt hat. Suhrkamp peilt Juli an. Selten sah man Herrn Reiber ratloser. «Ein totaler Absturz ins wirtschaftliche Aus und das gesellschaftliche Nichts, so fürchterlich, wie sein früherer Aufstieg glorios gewesen war.»

12. 1. 2012 14:02

Frisch aus dem Krankenhaus, Post von der Polizei: Frau Schmitz, die mich unter Zuhilfenahme ihres Autos über die Straße des 17. Juni geschossen hat, erstattet Anzeige gegen mich, tatsachenwidrige Schilderung des Unfallhergangs inklusive. Das mache man so, meint Steffi, auch als Zeichen an die eigene Versicherung, dass da wenigstens was versucht wurde.

Im Bett endlich eine Position gefunden, in der ich eine Weile ruhig liegen kann. Jede Nacht Albträume, in denen ich nicht enden wollende Anfälle habe, vor meinen Freunden wegrenne, stumm bin inmitten italienischer Landschaften, aphasisches Erwachen.

13.1.2012 17:20

Meine entsetzliche Dankbarkeit, die dazu führt, dass ich mit Freunden spreche wie mit wohlgesinnten Behörden: Danke, danke noch mal, danke, vielen Dank.

14.1.2012 19:56

Zu Fuß den ganzen Weg zu C. gehumpelt, Fahrrad am Burger King abgeholt, fast unbeschädigt. Kette ab, Korb eingedetscht, Licht ist an und funktioniert, das hat der das Rad abschließende Polizist hoffentlich notiert.

Einfahrt mit Schritten ausgemessen: Metallschiene der Burger-King-Ausfahrt, dann 8 m Gehweg, dann 2 m Fahrradweg (dort ich, vom Einsteinufer kommend in falscher Richtung), dann 3 m Gehweg, dann Straße des 17. Juni. Freies Sichtfeld.

19.1.2012 15:07

Das Unternehmen Carl Gross will mir einen Anzug schenken. Lustig. Vielleicht hätte ich mehr Zeit auf die Beschreibung des Alfa Spider verwenden sollen.

Der Hausarzt dokumentiert mein blauschwarzes Bein. Die zehn Kilometer zu C. und zurück jetzt trotzdem immer zu Fuß, auf der Flucht vor der Fatigue.

Seit Tagen werde ich die Melodie des deutschen Afrikakorps in meinem Kopf nicht los, des Führers verwegene Truppen, vorwärts mit unserem Rommel. Immerhin muss ich nicht noch mitsingen, medizinisch betrachtet ein Guido-Knopp-Schaden.

VIERUNDZWANZIG

21. 1. 2012 13:55

Michalzik entreißt Hünniger die Krone, Willmann nur noch unter ferner liefen. Bin kurz davor, hundert Euro auszuloben für jeden losen Faden, den ein Rezensent benennt und nicht nur behauptet.

23. 1. 2012 16:34

Telefonat mit K., die ein Oligodendrogliom hat und schon weiß, wo ihr Grab sein wird. Sehr vernünftig, sehr angenehm. Über das Treffen der Selbsthilfegruppe: «Diese Hirnis sind ja alle völlig desorientiert.»

25. 1. 2012 14:31

Ein Anruf aus Zagreb, ein Mitarbeiter des deutschen Justizministeriums, der meine Meinung zur Neuordnung der europäischen Irgendwas-Lage wissen möchte. Als ich herausgefunden habe, dass es nicht um meinen Fahrradunfall geht, gebe ich mich zu erkennen, bevor Staatsgeheimnisse verraten werden.

27.1.2012 14:14

Nacheinander drei Teile vom Backenzahn ausgespuckt. Ja, mach dich vom Acker, Körper, hau ab, nimm mit, was du tragen kannst.

28.1.2012 18:00

Als wir aus dem Kino kommen, liegen drei Zentimeter Schnee. Spannendste Verfolgungsjagd seit langem: Wie Ryan Gosling hinter dem Laster parkt und wartet.

29.1.2012 15:45

Spaziergang zum Plötzensee. Weiße Fläche, Mond darüber, rosa Nachmittag. Drei Setzrisse quer über den See, der Schnee rechts und links davon dunkel mit Wasser vollgesogen. Ganz vorn eine einzelne Schlittschuhspur, die zwischen verwirrtem Kaninchengehoppel dreißig, vierzig Meter weit auf den See führt.

1.2.2012 16:05

Der Befund zum gestrigen MRT ist noch nicht eingetroffen oder verlorengegangen und muss neu gefaxt werden. Im Durcheinander drückt die Schwester ihn zuerst mir in die Hand. Eine halbe Stunde Zeit, die zermanschten Buchstaben im Wartezimmer zu entziffern.

«Im Vergleich zur MRT-Voruntersuchung vom 20.10.11 besteht ein Z.n. Rezidivresektion eines Grad IV Glioms rechts parietooccipital mit einer unregelmäßig berandeten Resektionshöhle. Im umgebenden Randbereich sind in TIRM-Wichtung weiterhin diffuse Signalvermehrungen nachzuweisen, die im hinteren Balken über die Mittellinie nach links reichen bis links parietal. Im dorsalen Resektionsbereich rechts paramedian/parasagittal finden sich im Verlauf zum frühpostoperativen MRT nun geringflächige Schrankenstörungen bis insgesamt 15 mm axialen Durchmesser (im 43–81/169). Auch um die Resektionshöhle selbst diskrete randständige Schrankenstörungen. Diffuse Signalanhebungen im Marklager links periventrikulär, längerfristig sind diese eindeutig progredient. Bekannte unscharfe TIRM-Signalvermehrung links temporoparietal mit verplumpter Hirnoberfläche weitgehend konstant (maximal 6 cm), eine Schrankenstörung ist hier weiter nicht nachzuweisen. Mehrere kleinfleckige Marklageränderungen links parietal sind konstant. Das Ventrikelsystem ist mittelständig und gering asymmetrisch. Die internen und externen Liquorräume sind bis auf die Operationsregion sowie links temporoparietal normal weit. Z.n. erneuter osteoplastischer Trepanation rechts parietooccipital. Beurteilung: Gegenüber dem MRT-Vorbefund vom 20.10.11 finden sich nach Rezidivresektion eines Glioblastoma multiforme WHO IV° geringe Schrankenstörungen …» usw. usf.

Erster Eindruck: Katastrophe. Zweiter Eindruck: Nicht so gut, aber auch nicht allzu schlimm. Was mich bedrückt, ist das Wort Balken.

Dr. Sechs, der Dr. Vier vertritt, klickt sich durch die Bilder und wirkt unbeeindruckt. Irgendwas sei halt immer, und einem Radiologen eine klare Aussage abzuringen der Versuch, einen Wackelpudding an die Wand zu nageln. Diffus, suspekt und längerfristig progredient – egal. Blutbild okay, Therapie weiter wie gehabt.

4. 2. 2012 20:37

Meine Mutter (68) kündigt an, diesen Winter kein Eishockey spielen zu wollen wegen Arm kaputt. Nun steht der Vater allein mit dem Schläger auf der Kieskuhle, weil die dicken Kinder von Landau seit zwanzig Jahren immer weniger geworden und zuletzt ganz verschwunden sind.

Als ich Schlittschuh laufen lernte, sah es auf allen Seen noch aus wie seit Hunderten von Jahren, wie auf Bildern Hendrick Averkamps, und man musste warten, bis einer vor Erschöpfung zusammenbrach, ertrank oder sein mit Isolierband nicht ausreichend umwickelter Schläger in Fetzen davonflog, damit man seinen Platz einnehmen konnte.

5. 2. 2012 14:30

Zehn Grad minus auf dem See, Forumstreffen[14]. Schulter mittel, die nächste Goldkrone rausgebrochen, Mütze verloren. Das mit der Mütze bedrückt mich irgendwie am meisten.

11. 2. 2012 18:45

«Tinker, Taylor, Soldier, Spy». Gary Oldman nicht erkannt, Colin Firth nicht erkannt. Eine Stunde lang versucht, die alten Männer auseinanderzuhalten. Aber toll. Funktionsabläufe, Funktionssprachen, Hierarchien, Sackgassen, Bürokratie, Berechtigungsscheine auf Aktentaschen, all das Armselige, Kleinkarierte und Erbsenzählerische der Realität, von dem der deutsche Krimi nichts wissen will. Lakonischer Agent über die Russen: «They worked me.»

12. 2. 2012 23:00

Polanskis «Pianist», auch beim dritten oder vierten Wiedersehen kaum zu ertragen. Sitze mit der Magnum vor dem Fernseher und sorge für Gerechtigkeit: Klick-klick-klick-klick-klick. Hinterher den Lauf in den Mund gesteckt, nicht die gleiche Erleichterung wie sonst, eher ein wenig unangenehm.

14. 2. 2012 18:45

«The Artist», hinterher Ines zu ihrer Familie ausgefragt. Zwanzig Kinder im Block, Spree nebenan, Schlamm und Dreck. Facebook ja, interessiert sie aber nicht.

Vor einiger Zeit schon mit Cornelius diskutiert, ob ein Stöckchen ins Wasser werfen, auf die andere Seite der Brücke rennen und auf das Stöckchen warten eine unersetzbare Lebenserfahrung ist oder ob man mit dieser Ansicht bereits zum von der Welt und der Wii keine Ahnung habenden Kulturpessimisten wird. Wussten wir beide nicht. Einigkeit nur, wie wichtig dieses Stöckchen in unserer Biographie gewesen war.

15. 2. 2012 14:08

INTERESSANTES FÜR MEINE PATIENTEN ZUM MITNEHMEN

Brustkrebs
Lungenkrebs
Hautkrebs
Darmkrebs
Magenkrebs
Hodenkrebs

Blasenkrebs
Krebs der Speiseröhre
Krebs im Mund-Kiefer-Gesichtsbereich
Rachen- und Kehlkopfkrebs
Krebs der Gebärmutter und Eierstöcke
Krebs bei Kindern
Kinderwunsch und Krebs
Fatigue bei Krebs
Sport bei Krebs
Gehirntumoren
Leukämie
Multiples Myelom
Krebs der Bauchspeicheldrüse
Krebs der Leber und Gallenwege
Hodgkin-Lymphom
Strahlentherapie
Hospiz- und Palliativberatung in Ihrer Praxis
Hilfen für Angehörige
Belle Madame
Perücken
Wigs

17. 2. 2012 14:14

Traum: Urlaub in Marokko, und mir fallen der Reihe nach die Goldzähne aus.

19. 2. 2012 10:20

Zwei Jahre.

73 % derer, die Bestrahlung und Chemo hatten, sind tot, 90 % derer mit Bestrahlung allein (UCLA, 2009).

FÜNFUNDZWANZIG

22. 2. 2012 20:00

Immer die gleiche Überraschung, wie viele meiner Freunde und Bekannten Psychotherapeuten, Psychologen und Analytiker beschäftigen. Wann hat das angefangen? Und für was für Probleme? Die Ansicht, jemand, der einmal in der Woche ein anderthalbstündiges Gespräch mit mir führt, könne etwas über mich herausfinden, was ich, der ich seit vier Jahrzehnten mit mir zusammenlebe, nicht weiß, teile ich nicht. Glaube ich nicht. Lässt mein Stolz nicht zu. Außerdem hab ich keine Probleme.

23. 2. 2012 11:34

Eine Frau, mit der ich zusammen die erste Klasse der Grundschule besuchte, schreibt mir, wie wir morgens den Weg oft gemeinsam gingen. Am Holunder vorbei, in dem eine Höhle war, in die die Bauarbeiter pinkelten, dahinter die alte Frau Naujoks, bei der man Erdbeeren pflücken durfte, das Haus, wo ein Kind wohnte, das niemand kannte, Schuster Bonhof, die Eiche, Fußpflege Wagner und das Renault-Zeichen von Lüdemann & Sens. Soweit ich mich erinnere. Dann die Broscheits, wo man lieber nicht zu nahe ranging.

Auch an das Mädchen erinnere ich mich, aber nicht an den gemeinsamen Weg zur Schule. Immer nur an den Rückweg. Sie hat bei Klever Kaugummi auf die Klingel geklebt, ihr Bruder bei Bretfeld Bumerangs geschnitzt.

25. 2. 2012 9:22

Lektüre: Agota Kristof, Cormac McCarthy, Goethes Hymnen, André Müllers Interview mit seiner Mutter[15], Psalm 88.

Kerouac: But then they danced down the streets like dingledodies, and I shambled after as I've been doing all my life after people who interest me, because the only people for me are the mad ones, the ones who are mad to live, mad to talk, mad to be saved, desirous of everything at the same time, the ones who never yawn or say a commonplace thing, but burn, burn, burn like fabulous yellow roman candles exploding like spiders across the stars and in the middle you see the blue centerlight pop and everybody goes «Awwww!» What did they call such young people in Goethe's Germany?

25. 2. 2012 9:28

Da ich ein Kind war,
Nicht wusst', wo aus, wo ein,
Kehrte mein verirrtes Aug'
Zur Sonne, als wenn drüber wär'
Ein Ohr, zu hören meine Klage,
Ein Herz wie meins,
Sich des Bedrängten zu erbarmen.

Seit Nächten derselbe Traum: Ich bin doppelt, eine Art eineiiger Zwilling, Männer verfolgen mich, Türken, Männer mit Messern. Sie töten einen von uns. Der andere schaut zu.

25. 2. 2012 19:30

«Die Kriegerin», altes Thema, bisschen schematische Nazis, aber die sind ja auch in Wirklichkeit gern mal schematisch. Und Alina Levshin als Hauptdarstellerin Wahnsinn. Selbst ein Dialogsatz wie «Warum erwiderst du meine Liebe nicht?», der im Trailer noch wie Drehbuchversagen klingt, entpuppt sich in der Vergewaltigungsszene als exakt der Vorabendserienquark, der einem beschränkten Hirn hier situationsangemessenerweise entfährt.

1. 3. 2012 19:00

Heute Morgen Krankenhaus, Vollnarkose, keinen Arzt gesehen, abends nach Hause. Ein Stück Stahl in der Tasche, das in meiner Schulter war und aussieht wie eine in der Behindertenwerkstatt aus einem riesigen Nagel zusammengedrehte Büroklammer. Schon im Aufwachzimmer, dann in der Tram und schließlich zu Hause liest C. aus dem Spiegel Georg Diez' zweiten Anlauf zu einer vier Seiten langen Selbstexekution vor. C.: «Ich bin erschöpft von so viel Dummheit.»

Nachdem er vor Jahren bereits einmal völkische Tendenzen bei ausgerechnet Jens Friebe entdeckt hatte, kann ich das alles leider nur mit großer Schadenfreude betrachten.

4. 3. 2012 21:00

Sonnenschein, See. Abends zu Fuß zurück unter den überm Berlin-Spandauer Schifffahrtskanal sehr hellen Venus und Jupiter. Ganz oben Capella, in den Sträuchern Sirius.

5.3.2012 19:31

Auf YouTube einstündige Dokumentation «Choosing to Die». Der alzheimerkranke Terry Pratchett begleitet den an Amyotropher Lateralsklerose leidenden Hotelier Peter Smedley zum Sterben in die Schweiz. Fahrt durch Zürich, hässliche Häuser, Baustellen, kahle Bäume. A lovely place.

Smedley trinkt Kaffee in einem schmerzlich genau einem Wohnzimmer nachgebildeten Raum, dessen Mobiliar und an den Wänden verteilte Blumen- und Landschaftsgemälde nicht weit über die Geschmacklosigkeit eines Arztwartezimmers hinausreichen. Rundum sehr entspannte Atmosphäre, der Papierkram kommt auf den Tisch. Yes, I'm sure. Yes. No, that's fine. It all makes perfectly good sense.

Eine Mitarbeiterin mit schulterlangem weißen Haar und rotem Schlabberpulli bringt etwas Magenberuhigendes, bietet eine weitere Tasse Tee an, Smedley lehnt ab.

Schnitt. Man sieht die Frau Besteck abtrocknen in der Küche. Ein Dignitas-Mitarbeiter raucht auf dem Balkon. Schnitt.

Smedley mit Frau und Pratchett am Tisch: The next one is the, is the, uh …

Smedleys Frau: The killer?

Oh, yes.

Smedley sucht eine Praline aus. Er erkundigt sich nach der Uhrzeit. Not that I'm in a hurry. But I'm just, uh, interested to know.

Sie setzen ihn aufs Sofa. Seine Frau setzt sich neben ihn. Frage, ob sie wirklich da sitzen will. No, I need some care, sagt Smedley. That would be the case. Sie küssen sich.

Peter Lawrence Smedley – die Dignitasfrau spricht die Formel im Tonfall eines Priesters bei der Trauung – are you sure that you want to drink this medicament with which you will sleep and die?

Yes, I'm quite sure. That's what I want to do.

I give you the medicament. You're sure?

I'm sure. Thank you.

Er nimmt das Glas mit der weißlichen Flüssigkeit, schaut einige Sekunden hinein und trinkt. Gibt das Glas zurück, die Frau stellt es ab. Hinter ihr auf der Fensterbank eine kupferne Blumengießkanne, an einem Kleiderständer ein verlassenes schwarzes Jackett. Jemand hält eine kleine Kamera ins Bild, um zu dokumentieren, was auf dem Sofa geschieht.

Smedley steckt das ausgewählte Stück Schokolade in den Mund, stöhnt, führt eine Hand unter sein Herz. Ghastly taste. Er trinkt etwas Wasser.

Die Kamera schwenkt über den Raum zu Pratchett, der den Kopf in die Hand gestützt hatte und sie jetzt herunternimmt.

Schwer zuzuordnende Stimme: Bye-bye.

Thank you for looking after me. I would like to thank everybody else. Thank you. First class, too.

Pratchett gibt Smedley die Hand. Taschentücher werden über Smedleys Schoß hinweg gereicht, seine Frau streichelt seine Finger. Be strong, my darling, sagt er. Just relax, sagt die Dignitasfrau.

Smedley hustet, sein Kinn wird abgewischt. Großaufnahme Pratchett, Smedley stöhnt im Off. Er verlangt nach Wasser. Das Wasser wird ihm verweigert. Die Dignitas-Mitarbeiterin hat einen Arm um seinen Kopf gelegt, hält ihn fest und streicht ihm übers Haar, während seine Hand sich vergeblich nach dem Glas ausstreckt. Smedleys Frau tupft sich ein Taschentuch unter die Nase und schaut in die andere Richtung. Smedley nuschelt Unverständliches, er knattert, er stöhnt, er grummelt. He's sleeping now, erklärt die Dignitasfrau, very deep. No pain at all. He's snoring, he's sleeping very very deep. He feels in a unconsciousness, and then afterwards, uh, the breathing will stop. And then the heart.

Smedley, oder was er einmal war, sitzt umgesunken neben seiner Frau. Man hört ihn schnorcheln. Die Mitarbeiterin entfernt sich. Niemand verliert die Fassung.

That's what he wanted. And he was ready to go. Yes. Now you are allowed to cry. Let it come out. It does you good. Everything you kept inside until now, let it out.

Am Küchentisch werden Formulare ausgefüllt. Der Blick durchs Fenster zeigt schneebedeckte Fichten.

5. 3. 2012 19:59

So will ich nicht sterben, so kann ich nicht sterben, so werde ich nicht sterben. Nur über meine Leiche. Der Film hat 8,4 Punkte auf IMDB, und lustig: «This review may contain spoilers.»

9. 3. 2012 13:17

Der Versuch, den immer wiederkehrenden vierzehntägigen Zyklus aus Frei- und Chemowoche tabellarisch zu untersuchen in den Kategorien Kopfschmerz, Schlafdauer, Fatigue, Arbeit und Epilepsie Querstrich Aura, hat sich als vergeblich erwiesen. Gearbeitet werden konnte praktisch immer, Wachheit und Stimmung korrelieren, wenn überhaupt, mit dem Erfolg der Arbeit, nicht mit der Einnahme der Medikamente, und gegen Arbeitsmüdigkeit hilft Arbeit. Arbeit, Arbeit, Arbeit. Was einerseits schön ist. Andererseits scheint auch die Aura arbeitsgebunden.

Wurden die Anfälle zunächst durch optische, dann durch auditive Reize getriggert, durch Musik, laute Geräusche, Stimmen und Gespräche – insbesondere durch inhaltslose Gespräche, die dem Hirn formal das Signal gaben, dass hier ein Inhalt prozessiert werden müsste, der dann aber nicht prozessiert werden konnte, da er nicht existierte, was jedes Mal äußerst mühsam und das Gehörte immer wieder neu ordnend umständlich festgestellt werden musste –, ist es nun das Lesen, Schreiben und Sprechen selbst, das die sich im Hirn verhakenden, schlangenhaften, in sich selbst verbissenen, schleifenden Schleifen und Gedanken, die von anfänglicher Unsicherheit über Wirrnis bis zur Sprachblockade führen, hervorzubringen scheint. Punkt, neuer Absatz.

11. 3. 2012 23:06

Start in die Badesaison. Nicht geschwommen, linke Schulter nicht belastbar, aber immerhin schon im See gestanden und auch irgendwie gelegen, toter Mann gespielt, dann an den Steinstufen einarmig aus dem Wasser gestützt. Herrlicher Tag, acht oder zehn Grad, man riecht den Frühling. Bald werden die Bäume grün, lindgrün und maigrün und dunkelgrün vielleicht, aber lindgrün auf jeden Fall schon mal.

15. 3. 2012 12:52

Den wie immer auf Englisch, wie immer mit einem Rhythmus oder einer Melodie unterlegt wirkenden Text während des Status epilepticus erstmals zu fassen gekriegt, zuerst ein Wort, dann die ganze Zeile: I see a red door and I want it painted black. Nicht ganz so interessant, wie ich gedacht hatte.

18. 3. 2012 11:29

Die Zahl der Irren nimmt nicht zu, aber auch nicht gerade ab. Brief, Mail, Telefon, guten Tag, mein Name ist Cohn, ich bin Heilpraktiker. Ja, auf Wiederhören. Und wieder ist mein Tag unterbrochen, wieder ist meine Arbeit unterbrochen, wieder stehe ich in meiner Wohnung und weiß nicht, wo ich war. Ich wünsche ihnen allen Hirnkrebs an den Hals, auf dass sie sich ihr informiertes Wasser innerhalb wissenschaftlicher Studien zu Testzwecken mal selbst ins Ohr spritzen können, wahlweise an ihren von gesegneten Händen zusammengepanschten Natursäften ersticken, der halbe Liter zu hundert Euro. Und der Herr mit seinen christlichen Streifbandzeitungen steckt sie sich bitte auch in den Arsch. Ich bin kein Atheist, der missioniert werden muss. Ich bin überhaupt kein Atheist. Ich glaube, und wenn Sie mein Blog gelesen hätten, wüssten Sie das, nicht allein nicht an die Existenz eines Gottes in, über oder jenseits dieser Welt, ich glaube oft nicht einmal an diese Welt. Das verstehen Sie nicht? Ja, sehen Sie, ich Ihren Quark ja auch nicht.

SECHSUNDZWANZIG

18. 3. 2012 23:32

Ein schattenhafter, unwirklicher Tag. Sonne von morgens bis abends, Fahrt zum See. Die Bäume ändern ihre Farbe, die Dinge sind wie keine Dinge. Tex wollte kommen und schwimmen, aber Tex kommt nicht. Dann habe ich zu lange gewartet und schwimme auch nicht. Im Deichgraf zwischen Lars und Cornelius fühle ich mich wie ein Mensch, und auf dem Weg nach Hause wieder wie ein Schatten. Neben C. liegend wie ein Mensch, und als sie geht: ein Schatten.

21. 3. 2012 9:02

Traum: Mit sechs oder acht anderen nehme ich an einer Medikamentenstudie teil. Hinter einem Pult stehend, erklärt Lukas die Modalitäten. Jeder bekommt eine Tablette, ich schlafe ein. Am Morgen merke ich, dass alle anderen Betten schon leer sind. Lukas schaut im Raum umher und sagt: Oh, da ist ja noch einer. Er tritt an mein Bett und betastet die Luft über dem Kissen, auf dem bis eben noch mein Kopf gelegen hat, die Stelle, wo meine Stirn gewesen war, und macht ein nachdenkliches Gesicht.

22. 3. 2012 16:54

Lektüre: «Imperium». Stilblüten, Redundanzen, Adjektive. Kein Lektorat, wie man hört, und das zuletzt auf welchen

Wegen auch immer in Druck gelangte Syntaxmassaker macht es schwer zu entscheiden, ob darunter tatsächlich noch ein Roman verborgen ist. Nach zehn Seiten die Frage, ob das Absicht sein könnte – aber was für eine? –, nach fünfzig Seiten weggeworfen. Hin und wieder ein Kracht-Satz wie früher, ein gutes Bild, aber zu 95 Prozent zweitklassige Parodie eines viertklassigen Autors der vorletzten Jahrhundertwende. Oder wie der Verfasser selbst nun vermutlich sagen würde: Ein in einem aufs allerärgste fidel und famos misslungenen Stile verfasstes Palimpsest, welches auch der wohlweisliche Gebrauch eines lustig in der Luft vor des Protagonisten blassbewimpertem Auge wippenden Federkiels zur Verfertigung gleichsam nicht habe salvieren können. Hätte habe hat. Cum grano salis dergestalt indessen. Das Erstaunlichste an alledem vielleicht, was sich das Feuilleton noch immer für einen Begriff von Thomas Mann macht.

Wenig hat mich so geprägt wie «Faserland» vor fünfzehn Jahren.

23. 3. 2012 8:51

Bleib, mein goldener Vogel
Und tanze durch die Tränen
Und flüstere mir vom Leben
Im Himmel warten Bäume auf Dich
Man sagt sich mehr als einmal Lebewohl
Rückruf ins Leben
Malt Mami jetzt den Himmel bunt?
Wie ich den Krebs besiegte und die Tour de France
gewann
Mut und Gnade

Wunder sind möglich
Arbeit und Struktur

25. 3. 2012 15:00

Forsythien und Teppiche von Blaustern auf dem Weg zum Plötzensee.

25. 3. 2012 18:07

«Lange Zeit schon will ich mich bedanken für das Frühstück im Hotel am Meer», beginnt der Brief einer Frau, die ich nicht kenne, nie getroffen habe, nur vor sehr langer Zeit einmal bei Alexander Kluge sah und sofort in meinen ersten Roman hineinschrieb, wo sie dem betrunken heimkehrenden Protagonisten aus dem Fernseher heraus äußerst Charmantes und Gescheites über Proust zu sagen weiß. Zehn Jahre ist das nun her, und was für ein reizender Brief.

30. 3. 2012 18:00

Seit gestern sind die Gespenster zurück, die nach der letzten OP vor einem halben Jahr in meinem Sichtfeld aufgetaucht und dann bald wieder verschwunden waren. Damals Reizung des Hirns nach der Operation, jetzt Narbenbildung oder das Naheliegende.

Fußball, auch deshalb, Test, ob's noch geht. Geht. Nicht gut, aber für eine Torvorlage reicht's.

31. 3. 2012 15:36

Hagel und Schnee und Gewitter.

Die Arbeit am im November gestarteten Science-Fiction aus Kompliziertheitsgründen seit langem abgebrochen. Stattdessen «Isa», Roadmovie zu Fuß. Mit etwas Rumprobieren einen Ton gefunden, schreibt sich wie von selbst. Und praktisch: kein Aufbau. Man kann Szene an Szene stricken, irgendwo einbauen, irgendwo streichen, irgendwo aufhören.

1. 4. 2012 19:30

«Young Adult», «Take Shelter», «Der Junge mit dem Fahrrad». Am Urteil der anderen merke ich, dass ich von allem viel zu begeistert bin, Kino schaltet mein Hirn komplett aus. Nach «Take Shelter» kommt es qua Einfühlung in den Protagonisten zu einem kurzen Moment der Geisteskrankheit, als mir, während ich umständlich meine Jacke anziehe, plötzlich einfällt, dass in meinem Kopf ja auch etwas nicht in Ordnung war, ich mich aber ums Verrecken nicht erinnern kann, was. Dasselbe wie bei Michael Shannon? Was anderes? Gar nichts? – Ach nein, ach nein, ich weiß es wieder.

8. 4. 2012 3:02

Traum: Mit Philipp und Kathrin steige ich ein dunkles Treppenhaus hinab. Ein Geschoss über uns tritt Natascha aus einer Tür und sagt: Und übrigens, Robert ist tot. Das stimmt doch nicht, sage ich, und der flüsternde Ton meiner Stimme scheint mir sofort unangemessen in zweierlei Hinsicht. Es kann mich ja niemand hören, außerdem würde Natascha mit so etwas nie scherzen. Ich renne die Stufen hinauf, gehe vor ihr in die Knie und umschlinge mit beiden Armen ihre Taille. Irritierenderweise ist ihr T-Shirt bis unter die Brust hochgeschoben. Natascha, flüstere ich, und die Situation bekommt etwas immer Unechteres, Theatralischeres durch den Klang meiner Stimme. Ich überlege, ob mein falsches Benehmen eine Folge meiner Erschütterung sein könnte, und weiß, dass die Vernünftigkeit dieses Gedankens sich selbst widerlegt. Natascha, wiederhole ich, aber sie ist mit in den Nacken gelegtem Kopf erstarrt, den Blick zur Decke erhoben, man sieht das Weiße in ihren Augen. Natascha, sage ich, Natascha, Natascha, Natascha, Natascha. Ratlos warte ich auf Kathrin und Philipp, die nicht erscheinen. Ich erwäge, in die unbeleuchtete Wohnung hineinzugehen, in der, wie ich weiß, ein Computer stehen wird, auf dem ich im Internet nachschauen kann, ob Robert wirklich tot ist. Denn woher sollte Natascha die Information sonst haben? Dann hole ich das MacBook ins Bett, um den Traum aufzuschreiben.

9. 4. 2012 15:12

Der erste Brustschwimmzug des Jahres im Plötzensee. Schlüsselbein steht komisch hoch, sonst kein Problem.

15. 4. 2012 20:10

Recherche: «Unter den Brücken» von Helmut Käutner.

17. 4. 2012 21:46

Morgen MRT. C. ruft an, um zu sagen, dass ihr Vater die Nacht vielleicht nicht überlebt. Nein, du musst nicht kommen, nein. Bayern gegen Real. Anschließend Dokumentation über ugandische Kindersoldaten. Von Rebellen verschleppte Mädchen, die in einem Heim auf ihren HIV-Test warten. Ihr größter Wunsch ist es, eine Schule zu besuchen und lesen und schreiben zu lernen, ohne dass erkennbar wäre, warum. Nichts deutet darauf hin, dass es ihnen in ihren Dörfern etwas helfen würde. Ihren Familien sind sie entfremdet, Geister müssen ausgetrieben werden. Ein Mädchen möchte lieber zu den Rebellen zurück, in das ihr besser bekannte Leben. Jungen verbringen die Nächte auf den Straßen, wo es sicherer ist als in den Häusern, die immer wieder überfallen werden. Einem haben sie Nase und Lippen abgeschnitten. Er war zu Unrecht bezichtigt worden, Soldat gewesen zu sein; die Rebellen haben ihn an einen Baum gebunden und ihm beide Ohren, Nase und Lippen abgeschnitten. Dann wurde eine Hand abgehackt. Er bat, ihm die andere zum Leben zu lassen, und sie haben sie auch abgehackt. Ich habe geweint, sagt er.

18. 4. 2012 9:39

Tee trinken, lesen und arbeiten an einem herrlichen Morgen mit blauem Himmel über der Zivilisation und den sich heute sehr stark materieähnlich gebärdenden, gelben Häusern vor meinem Fenster.

19. 4. 2012 14:11

Befund liegt dem Onkologen nicht vor, nicht auf dem Schreibtisch und auch sonst nirgends. Anruf beim Radiologen, dann verschwindet Dr. Vier Richtung Empfangszimmer, wo sich hinter drei freundlichen Empfangsdamen in weißen Kitteln für gewöhnlich das Faxgerät versteckt.

Ausblick über Berlin und die Plattenbauten. Ein Stethoskop. Ein oranger Notizblock. Eine grüne Kaffeetasse mit Teelöffel. Eine Brille, eine schwarze Tastatur, eine schwarze Schreibtischunterlage. Eine exotische Pflanze. Eine Blutdruckmanschette. Drei Stühle. Dunkelgrauer Nadelfilz. Ein bunter Porzellanelefant auf dem Boden. Das polierte Holz der Tischplatte, auf der Rücken an Rücken mit dem Arztrechner mein MacBook steht, in das hineingehackt wird. So, sagt Dr. Vier, setzt sich und liest. Aha, aha. Schrankenstörung, Strukturstörung, Balken, kennen wir ja. Leukenzephalopathie und immer wieder das Wort progredient. 5,3 Zentimeter hinten links, mehr oder weniger stabil. Besser geht's doch kaum, behaupte ich, Dr. Vier widerspricht. Aber erst mal drei Monate? Ja, das wohl.

Und ab.

SIEBENUNDZWANZIG

23. 4. 2012 12:00

Mietvertrag unterschrieben für eine Wohnung, die ich noch nicht gesehen habe.

24. 4. 2012 19:00

Flug nach Agadir, Fahrt nach Essaouira. Als wir das Auto vor der Stadtmauer parken, bin ich sicher, herzukommen sei ein Fehler gewesen. Die nächtliche Ankunft am von Flutlicht zugestrahlten Strand lange nicht so magisch wie beim letzten Mal. Dunst und Nebel, sagt Per, beim letzten Mal war Dunst und Nebel. Ach ja.

Bewohne das gleiche Zimmer wie vor zwei Jahren, es ist schön und fremd, und von Müdigkeit, Aufregung, Chemo und Reisestress zerschossen, sacke ich ins Bett.

25. 4. 2012 7:00

Bei Sonnenaufgang durch fast leere, stinkende Gassen zum Meer. Zwei Straßenköter, die um mich herumspringen. Das Wasser ist nicht kalt. In sehr weiter Ferne ein paar Fußballspieler.

25. 4. 2012 12:00

Der Spaziergang durch die Altstadt ist erst herrlich, dann stressig, dann schön, dann ermüdend. Ich denke an meine neue Wohnung und wäre nun vielleicht doch lieber in Berlin.

25. 4. 2012 18:42

Nach Thor Kunkel entlarvt auch Lottmann die Hirnsache im taz-Blog als Marketingcoup.

26. 4. 2012 11:46

Drei oder vier asynchrone Muezzins. Auf der Hoteldachterrasse in praller Sonne sitzend und arbeitend, überrascht mich die Meldung vom Tod einer Brieffreundin aus Freiburg. Ihre Erstdiagnose war im Dezember 2010, nach jeder von drei Operationen wuchs das Glioblastom sofort weiter. Im Gegensatz zu mir machte sie sich Hoffnungen, klammerte sich an neue Mittel und suchte in Studien reinzukommen. Vor zwei Monaten meldete sie: Tamoxifen scheint zu wirken, neuer Herd löst sich auf, alte, bestrahlte Stelle unverändert. Vor fünf Tagen starb sie.

Eine Freundin von ihr mailt, sie sei zuletzt rund um die Uhr betreut worden, selbst zum Schreiben zu schwach. Der Versuch, sie mit den Mitteln der Palliativmedizin in einen stabilen Zustand zu bringen, hatte wenig Erfolg. Auch im Hospiz kam sie nicht zur Ruhe und schrie die Nacht durch vor Angst. Die offensichtliche Kraft, die zum Schreien vorhanden war, habe, so die Freundin, im krassen Gegensatz zum geschwächten Gesamtzustand gestanden. Die Ärzte konnten sie nur beruhigen, indem sie sie komplett sedierten. Sie hat die durchschnittliche Lebenserwartung von siebzehn Monaten knapp verfehlt, in der ungünstigen MGMT-Gruppe gehörte sie zu den glücklicheren 15 Prozent.

Unten in der Hotellobby finde ich Per und Lars, an denen ich mich festhalten kann, zum Glück.

26. 4. 2012 18:46

Hinter den anderen her durch die Medina auf der Suche nach dem nördlichen Strand und der Fabrik, in der Per seine Schatullen herstellen lässt. Das Gewimmel der vor sich hin krepelnden Menschen, die aus Müll und Abwasser gemachten Straßen, der Gestank, das Geschrei, der Schmutz alles Lebendigen lassen mich umkehren. Sofort verlaufe ich mich. Zweimal renne ich die auf ganzer Länge verstopfte Hauptstraße hoch und runter, bis ich endlich die mit einem Stadttor markierte Abzweigung zum Hotel gefunden habe.

Dann in Badehose Spaziergang zum leer und befreiend vorgestellten, aber vermüllten und von Quads zerfetzten südlichen Strand, der vor zwei Jahren noch großartig schön gewesen war. Ich gehe, so weit ich kann, und über den Fluss und zurück, um wenigstens erschöpft zu sein am Abend. Ich versuche mir vorzustellen, was es bedeutet, eine Nacht durchzuschreien vor Angst. Ich könnte nicht einmal sagen, ob es Empathie ist oder Selbstmitleid, ich denke nicht nach.

Auf dem Weg zum Italiener verliere ich erneut die Orientierung und bin froh, als ich endlich im Bett liege und der Muezzin zum hundertsten Gebet des Tages ruft. Ein großer, mächtiger, tödlicher Gott, der so anhaltend bebetet werden muss.

27. 4. 2012 09:09

Von frühester Kindheit an hatte ich die Vorstellung, nicht von dieser Welt zu sein. Ich sah aus und redete wie die Erdlinge, kam aber in Wirklichkeit von der Sonne. Das erklärte das seltsame Anderssein der anderen. Aus mir selbst rätselhaften Gründen durfte ich mit niemandem über meine Herkunft sprechen. Meine Mission war unklar. Ich hielt es für eine gute Idee, erst mal alles zu beobachten. Ein einziges Mal offenbarte ich mein Geheimnis meinem besten Freund, und zwar, das weiß ich noch, als wir bei meiner Großmutter vor dem Goldfischteich standen. Ich erklärte ihm, dass ich oft spielte, ich käme von der Sonne. In Wahrheit hoffte ich, auch er würde sich als Außerirdischer zu erkennen geben. Die Vorstellung verschwand, als ich acht oder neun war, und ich weiß noch, dass mich ihr Verschwinden leer zurückließ.

Einzig mir nachvollziehbare religiöse Handlung immer gewesen: der in allen frühen Zivilisationen praktizierte Kult um die frühmorgendliche Erwartung und Verehrung der Sonne. Aber alles, was danach kam und das Bild der Sonne ersetzte durch andere Bilder und die Bilder durch Abstracta und den Gott fröhlicher Gegenwart durch jenseitige Finsternis –

1975 im Ägyptischen Nationalmuseum in Kairo gesehen: Echnaton samt Gattin und den in den Kalkstein gekratzten bestirnten Himmel über ihnen. Für den Zehnjährigen wenig beeindruckend; die effeminierte, leicht fernöstlich wirkende Statue des ersten Monotheisten hingegen schon.

27. 4. 2012 14:08

Für Marrakesch bin ich zu unruhig, Per und die anderen machen sich allein auf den Weg. Ich bleibe im Hotel, lese Agota Kristof, sofort sind alle Schmerzen weg.

30. 4. 2012 15:00

Am Strand von Sidi Kaouki den eigentlichen Grund der Reise in Augenschein genommen, angegangen und gewissenhaft erledigt, Baden in tosender Brandung. Toll. Dann deprimierendes Wettrennen am Strand: Letzter. Dabei fühle ich mich wie mit zwanzig. Bemerkenswert, wie Lars den Strand niederstampft wie Ailton – wirklich genau wie Ailton. Er ist allerdings auch verliebt.

Während ich wenigstens in der Disziplin des Sandalenweitwurfs das Feld beherrsche, führt Per in dem sonst leeren Strandcafé geschäftliche Verhandlungen mit dem zwielichtigeren Teil des Personals eines Robert-Rodriguez-Films.

1. 5. 2012 10:30

Fahrt zurück über die Küstenstraße nach Agadir, kurzer Halt, Gruppenfoto und Abschied vom Atlantik.

1. 5. 2012 22:30

Zoll- und Passkontrolle Schönefeld. Menschenmassen, lange Schlangen, die Wände schwanken auf mich zu. Per hält mich fest, sonst würde ich umfallen. Körper, Seele, weiß nicht. Sollen wir einen Arzt rufen? Die Passbeamtin. – Nein, nein, nur ein epileptischer Anfall.

3. 5. 2012 19:12

Traum: An meiner Panzerung erkenne ich, dass ich ein Soldat bin. Ich bin Hannibal. Ich habe ein Schwert, einen Schild und eine Waffe, deren Sinn sich mir nicht auf Anhieb erschließt, ein großer, gepunzter Messingteller, auf dem eine an einer goldenen Schnur befestigte Quaste sanft herumgeschleudert wird, um ein leises Klingeln zu erzeugen. Ich komme zu dem Ergebnis, dass diese Waffe einen aus dem toten Winkel von links unten gegen mich heraufgeführten Angriff meines Gegners verhindern oder frühzeitig anzeigen soll. Mit Schild und Schwert zusammen kann ich den Teller aber nicht bedienen, ich würde drei Arme brauchen. Hilflos suche ich mein Heil im Angriff und stürze mit allen Waffen schreiend das Treppenhaus hinunter, wohl wissend, dass dies in der Literatur als ungewöhnliche und wenig erfolgversprechende Taktik gilt. Ich hoffe, so wenigstens das Überraschungsmoment auf meiner Seite zu haben. Tatsächlich gelingt es mir, den Gegner im Sprung mit meinem Körper umzureißen und ihm mein

Schwert, das sich in einen Brieföffner verwandelt hat, durch die hölzerne Treppenstufe (Berliner Mietshaus) von unten in den Hals zu stoßen. Mit einem kraftvollen Ruck könnte ich nun Holz und Hals durchtrennen. Nennen wir es ein Patt, schlage ich vor, und Publius Cornelius Scipio Africanus ist einverstanden, obwohl er so gut wie ich weiß, dass dafür die Geschichte geändert werden müsste, die doch längst vergangen ist, was so wenig regelkonform ist wie überhaupt ein Unentschieden im Kampf. Lasst mich leben, sage ich, und wir lassen Rom in Frieden. Mit der Hand über die Ähren eines Weizenfeldes streichend, gehe ich davon, dazu erklingt die Schlussmusik aus «Gladiator», damit es auch der Letzte begreift. Aber ich habe nichts dagegen. Es gefällt mir sogar. Es ist schöne Musik.

5.5.2012 17:24

Leukenzephalopathie noch mal gegoogelt, Tag versaut, arbeitsunfähig. Zum ersten Mal die neue Wohnung betreten. Christoph, der den Umzug koordiniert, erklärt, dass man von der Dachterrasse aus die ganze Stadt beherrschen könne, und wir überlegen, welche Ziele man mit einer RPG-7 als Erstes abräumen würde. Der Fernsehturm, der sich hinter einem Schornstein versteckt, müsste freigespielt werden. Christoph nimmt den großen grauen Kasten («weil er so groß ist»), ich den Berliner Dom.

6.5.2012 13:30

«Während ich in den vergangenen Wochen die zehn meistverkauften Romane der Deutschen las», erklärt Denis Scheck mit immer wieder fröhlich auf und ab segelnden Augen-

brauen, deren Bewegungen die Kamera mit waagerechtem Geschwenke anhaltend zu kontrastieren oder zu negieren versucht – und kommt dann übergangslos auf Grass' neuestes Israelgenörgel zu sprechen, das von aller Welt falsch gelesen worden sei. Die Welt hat schlecht, die Welt hat miserabel gelesen, er habe den Eindruck, Zeuge der schwärzesten Stunde der deutschen Literaturkritik während seiner bisherigen Lebenszeit geworden zu sein. Wörtlich so.

Dann bespricht er dreizehn Bücher, von denen er die Hälfte über eine Rollenbahn in eine Kehrichttonne stößt, Gesamtseitenzahl der besprochenen Romane: 6039.

7.5.2012 11:40

Beim Blick auf die Analoguhr scheint der Sekundenzeiger stillzustehen, geht zwei, drei Schritte zurück und wandert weiter.

17. 5. 2012 19:00

Im Käfig am Sparrplatz wird ein Turnier gespielt, einziger Deutscher auf dem Platz ist der Schiedsrichter. Die Kleinsten sind vielleicht zehn oder elf, die Mannschaften heißen Afghanistan, FC Bayern, La Familia. Und sehen auch so aus. Wie es sich gehört, wird fast nur mit der Sohle gespielt, kombinieren geht aber auch sehr gut. Und unglaubliches Tempo. Ich überlege, gegen welche Altersklasse ich mit meiner Mannschaft noch antreten könnte. In der Bergstraße haben wir über die Jahre noch alle zufällig den Platz blockierenden Jugendlichen mit unserem Altherrenfußball auseinandergenommen, hier hätte ich schon bei den Zwölfjährigen Bedenken. Wie die rennen. Diese Vitalität. Und wie jung man sein kann.

«Und wie süß die alle sind!», sagt C. «Kaum zu glauben, dass sie in ein paar Jahren ihre Schwestern umbringen.»

ACHTUNDZWANZIG

20. 5. 2012 14:42

Plötzensee. Jörg schenkt mir Tomatenpflanzen für den Balkon, die jetzt vor sich hin trocknen.

26. 5. 2012 23:12

Im Spätkauf kaufe ich Schokolade, Haribo und den Spiegel, ich hebe am Leopoldplatz Geld ab und fahre mit dem Rad zwei Stunden die Straßen um meine Wohnung herum ab, ohne nach Hause zu finden. Kein Nordufer, kein Kanal. Die Amrumer Straße kommt mir bekannt vor, Häuser und Perspektive allerdings ganz falsch, also Richtung vermutlich falsch. 180-Grad-Wendung. Jetzt heißt die Amrumer Straße Afrikanische Straße, und der Leopoldplatz ist verschwunden. Kleine und immer kleinere Straßen, von denen die eine Hälfte nach belgischen Orten heißt, die andere nach afrikanischen Staaten. Turin und Kiautschou fallen raus. Samoastraße. War das nicht mal deutsche Kolonie? Für Hirnorganiker nur suboptimal, einem realen Gassenlabyrinth und straßenplanerischen Komplettdesaster eine falsche Weltkarte unterlegt zu finden. Genter Straße, Utrechter Straße, Limburger Straße. Brüssel, Antwerpen, Uganda, Sambesi. Sansibar, ein Anzug für einen Hosenknopf.

Beim Schreiben der Finsternisszenen in «Sand» war der Orientierungsverlust sehr hilfreich. Vor zwei Jahren noch hätte ich mir nicht vorstellen können, wie blöd ein Mensch sich im Dunkeln anstellen kann.

An fast jeder Bushaltestelle halte ich, um zu schauen, ob der fett gelb umrandete Standortkreis auf der Karte der Stelle, an der ich das Nordufer vermute, langsam entgegenwandert. Tut er nicht.

Stattdessen ruckt er auf einer unförmigen Kreisbahn um den Westhafen herum, der der mittlerweile vorläufig angepeilte Zielort ist, seiner auf der Karte leicht identifizierbaren Paddelform wegen und weil ich vermute, das Nordufer liege zwischen ihm und mir. Dann stehe ich zum dritten Mal vor einem Haus, auf dem eine riesige Fassadenmalerei die Schönheit des Weddings besingt. Ich überlege, ob dieselbe Malerei auf drei verschiedenen Häusern an drei exakt gleich aussehenden Straßenkreuzungen angebracht sein könnte, und mutmaße: nein.

ICK STEH
UFF
WEDDING
DIT IS
MEEN DING

Warm ist die Nacht, ich versuche, es zu genießen. Mein Leben. Die Leute, die Wärme, die auf Türkisch und Arabisch geführten Gespräche. Immer wieder komme ich an den mir bekannten Mauern und Gebäuden des Virchow-Klinikums vorbei, und ich weiß, dass ich den Komplex nur einmal ganz umrunden müsste, um irgendwo aufs Nordufer zu stoßen. Aber genau das passiert nicht.

Mittlerweile komme ich überhaupt nicht mehr voran, weil ich an jeder Bus- und Straßenbahnhaltestelle ausgiebig die Lage analysieren muss. Dabei achte ich darauf, das Fahrrad immer genau in Fahrtrichtung abzustellen, weil ich, wenn ich beim Kartenstudium die Übersicht verliere und in Panik gerate, nicht mehr erinnern kann, aus welcher Richtung ich gekommen bin. Und weil ich, wenn ich das nicht mehr kann, endgültig in Panik gerate. Ich gerate also in Panik. In einer von mir provisorisch Dönerladenstraße getauften Straße stelle ich fest, dass ich mein Handy zu Hause vergessen habe, sodass ich mich auch nicht wie sonst oft zuletzt von C. telefonisch durch die Stadt fernsteuern lassen kann.

Und ich könnte natürlich irgendwelche Leute fragen, die aussehen, als wüssten sie Bescheid und seien des Deutschen mächtig. Aber das will ich nicht. Je schwärzer die Nacht, umso sehnlicher der Wunsch, die Situation selbst zu meistern, auch als Vergewisserung, die Eigenschaften, die ich einmal besaß, noch nicht komplett verloren zu haben, darunter die Fähigkeit, Ich zu sein und zu sagen. Und dieses Ich verdammt noch mal im Raum zu orientieren. Herrndorf, der Logiker, der Mathematiker, der geborene Navigator, das war ich doch einmal. Und deshalb bin ich das heute noch. Nur dass mich der große Navigator gerade durch die Lütticher Straße navigiert, was auch falsch sein könnte. Das ist falsch. Also tritt zu den Vorgenannten noch der brillante Stratege hinzu.

Der brillante Stratege unterscheidet sich vom mittelmäßigen Strategen dadurch, dass er einmal gefasste Pläne im Handumdrehen und leichten Herzens durch völlig andere Pläne ersetzen kann. Mit kühnem Federstrich entwirft er eine ganz neuartige Taktik, und diese Taktik sieht vor, das kolumbusgleich-filigrane Nachhausenavigierenwollen aufzugeben zugunsten der Brute-Force-Variante, auf der immer wieder unverständlich quer zum Weg liegenden Seestraße in die Nacht zu brettern, an der früher oder später der Plötzensee liegt, wie meine Erinnerung mit großer Sicherheit meldet; schon schwindet die Sicherheit. Brace yourself.

Links führt die sechsspurige Straße endlos schnurgerade ins Dunkel, rechts ebenso. Ich wähle die von meiner Intuition sofort als nicht richtig eingeschätzte Richtung, und es ist die richtige. Vom See nach Hause dann ein Kinderspiel. Womit der Proband sich kurz nach Mitternacht den Titel Großer Navigator vielleicht doch noch verdient hat. Irgendwie. Herrndorf, der Magellan der Amrumer Straße, der Wedding-Cook, das Human Global Positioning System.

29. 5. 2012 09:06

Ach, ist das ein herrlicher Morgen, so kühl, so hell, so diesig und schiffbefahren.

Die mich zuletzt wieder so beunruhigt habende Leukenzephalopathie des letzten Befundes verwandelt sich unter den freundlichen Blicken Dr. Fünfs in einen eher komplett egalen Strahlenschaden, von der progressiven multifokalen Leukenzephalopathie der ebenfalls immungeschwächten HIV-Leute jedenfalls grundverschieden. Thou shalt not google.

2. 6. 2012 12:13

Lektüre: «Das Tagebuch der Anne Frank», das aus unklaren Gründen bisher an mir vorbeigegangen war. Die Aufzeichnungen beginnen an ihrem Geburtstag, der auch mein Geburtstag ist, an dem sie das Buch geschenkt bekommt.

Als Kind war mir die deutsche Geschichte immer unendlich fern. Als ich zum ersten Mal das Wort Lager hörte, bekriegten sich in der Tagesschau gerade Israelis und Palästinenser, eine meiner ersten Fernseherfahrungen, unverständlich, Jom Kippur 1973.

Ich fragte meinen Vater, und mein Vater erklärte es mir,

erklärte die Geschichte des kleinen Staates im Nahen Osten, der am Tag seiner Gründung überfallen wurde und warum; und warum er überhaupt gegründet worden war, und dann gleich die ganze Breitseite zwanzigstes Jahrhundert für den Achtjährigen: Reichskristallnacht, Hakenkreuz, Vergasung, Russen, Amis – Grotesken aus einer Welt, die mit der freundlich-friedlichen bundesrepublikanischen Welt, in der wir lebten und die wir waren, nicht die geringste Ähnlichkeit hatte, vergangenste Vergangenheit.

Jetzt zum ersten Mal die zeitliche Dimension bemerkt: 23 Jahre liegen zwischen dem ersten Tagebucheintrag und meiner Geburt, eine Generation, mehr nicht, ein Wimpernschlag.

4. 6. 2012 7:44

Gestern so erschöpft und deprimiert gewesen, dass ich mich mit dem beim Umzug überraschend wiederaufgetauchten Stoffhasen, der fast zur selben Zeit und im selben Krankenhaus wie ich zur Welt gekommen ist, hingelegt und ihm erklärt habe, du musst keine Angst haben.

5. 6. 2012 12:53

Grass' Gedicht[16] «Auch vor Juden eben/darf man Zeigefinger heben» hat auf Wikipedia mittlerweile einen Eintrag so lang wie der über Goethe und mehr als sechzig Mal so lang wie über Hölderlins «Hälfte des Lebens».

7.6.2012 14:21

Als Reaktion auf das Blog kriege ich immer wieder Briefe von Leuten, die schreiben, dasselbe durchgemacht und von ihren Ärzten die gleiche Behandlung erfahren zu haben, Unterton: kalt, unmenschlich, Horror. Das ist, was mich und meine Ärzte betrifft, ein Missverständnis.

Meine Ärzte sprechen sachlich mit mir, ebenso sachlich schreibe ich über sie. Emotionen sind meine Sache, streng arbeitsteiliger Prozess.

9.6.2012 12:47

Beim Fußball weiß ich oft nicht, in welche Richtung ich spiele, und wenn ich nicht das Leibchen an mir bemerkte, das auch meine Mitspieler tragen, wüsste ich es gar nicht. Seit ich die neue Wohnung habe, fällt alles schwerer. Der Umzug war kraftraubend und ist noch nicht vorbei, zugleich ist alles so schön, dass ich gar nicht mehr sterben will. Die Routine des Mitallemfertigseins und Jederzeitverschwindenkönnens ist dahin. Erwachen mit herrlichem Blick über rosigen Frühhimmel und gleichzeitig starken Kopfschmerzen jetzt unrelativierbar scheiße.

12.6.2012 07:21

Endlich die erweiterte, verschissen bürokratische, die Möglichkeit des Sterbenwollens zum Ankreuzen weiterhin nicht enthaltende Patientenverfügung komplett ausgefüllt. Ja, nein, ja, nein, nein, nein, nein, nein, nein, nein. Nein. Unterschrift. Ergänzung.

Neben den Bevollmächtigten sollen meine Freunde X., Y.

und Z. und alle weiteren von diesen Benannten ebenso für mich sprechen und meinen Willen vertreten dürfen, über den sie von mir ausführlich und genau informiert und instruiert worden sind. Ich möchte sterben, sobald ich ohne Bewusstsein bin und eine Rückkehr in das vorige Leben unmöglich oder nur unwahrscheinlich ist, und zwar so schnell wie möglich. Unter Leben verstehe ich ein schmerzfreies Leben mit der Möglichkeit zur Kommunikation.

Alles Weitere, insbesondere Angaben über meinen körperlichen und geistig einwandfreien Zustand zur Zeit der Abfassung dieser Nachschrift entnehmen Sie bitte meinem Blog. Berlin, 12. Juni 2012, Unterschrift.

12. 6. 2012 19:21

Mit den letzten Umzugskartons Zeichnungen und Bilder eingetroffen, die Ölbilder fast alle beschädigt von vielen anderen Umzügen und jahrelanger unsachgemäßer Lagerung, Dellen, dicke mit dem Firnis unauflösbar verbundene Dreck- und Staubschichten. Würde ich am liebsten alles wegschmeißen. C. dagegen.

Während C. badet, stehe ich am Waschbecken und versuche, wenigstens eines der Selbstporträts zu retten, schreiend. Ich tobe, ich beruhige mich, dann tobe ich wieder, angetrieben und aufgedreht von der immer wieder sofort in Motorik übersetzten Erkenntnis, dass alle in diese Bilder und Zeichnungen gesteckte Energie, dass zehn oder fünfzehn Jahre einsamer Arbeit sinnlos waren. Und dass noch einmal genauso viele Jahre, die ich seitdem – mit vielleicht etwas mehr Erfolg – ins Schreiben investiert habe, am Ende genauso sinnlos gewesen sein werden.

Egal. Allein das Bild zeigt jemanden, dem es einmal nicht egal war.

Während ich mit dem Teppichmesser auf die Leinwände losgehe, sitzt C. einfach da. Verzieht keine Miene, sagt nichts, vor allem nichts Beruhigendes, wartet, bis ihre Ruhe sich von selbst auf den Rasenden zurückübertragen hat. Dann bin ich ruhig und heule ihre Schulter voll.

Ein staubverkrustetes Triptychon, das D. darstellt und das sie haben wollte, postfertig eingepackt, aus den Augen, belastet mich, weg damit, weg mit allem, freies Schussfeld, ich muss weiterarbeiten.

14. 6. 2012 11:12

Lektüre: Naters, «Königinnen». «Lügen» fand ich noch besser als «Königinnen», aber «Königinnen» auch toll. Die ganze Atmosphäre Mitte, Ende der Neunziger, die mir gleich wieder so schön erscheint. Wobei sie es wahrscheinlich gar nicht war.

Damals wusste ich ja keine Sekunde, wohin mit mir und meinem Leben, lief immer so mit und kam mir vor wie der letzte Mensch neben all den anderen, die unaufhörlich mit großen Projekten beschäftigt waren. Heimlich vor mich hin geschrieben und dann nachts von Ulrike in irgendwelche Kellerclubs im Osten geschleift worden, oder man musste auf das Dach eines verlassenen Hauses steigen. Meine Erinnerung verklärt das alles wahrscheinlich stark. Jahrtausendwende dann die größte Katastrophe überhaupt, und vielleicht war ich auch die ganzen Neunziger besoffen und verzweifelt. Ich weiß es nicht mehr, die Tagebücher habe ich ja weggeschmissen. 2002 dann die «Plüschgewitter», die mir meiner Meinung nach aufhelfen sollten, endlich irgendwas zu sein (Schriftsteller), 5000 Euro für zehn Jahre Arbeit, null Auflage trotz guter Kritiken in SZ und FAZ, am Gefühl, nicht existenzberechtigt zu sein, änderte das alles natürlich nichts.

Und jetzt kann man die Torstraße kaum noch betreten. Zweimal ist es uns nach dem Fußball zuletzt passiert, dass wir nicht bedient wurden. Verschwitzt draußen gesessen, hundert Mal die Bedienung gerufen und ignoriert worden, erst eine Stunde lang im Spaghetti Western und dann im Lokal etwas weiter noch eine Stunde lang, und ich war kurz davor, im original Naterstonfall den Leuten entgegenzuschreien, dass ich schon fünfzehn Jahre hier wohne, dass ich genauso lange mit meiner Mannschaft auf der Torstraße nach dem Fußball etwas essen und trinken gehe, dass ich trotz meiner zerfetzten Sporthosen nicht ärmer bin als die beschlipsten Nullen am Nebentisch und dass sie mich alle mal kreuzweise können.

Überflüssig zu erwähnen, dass die kleinen Thais und Vietnamesen alle längst plattgemacht wurden, die traurigen Spätfolgen von Moebel Horzon und White Trash I.

17. 6. 2012 13:41

Things will turn to the bright side, sagt der Glückskeks.

22. 6. 2012 20:45

Fußball gespielt. Ball ins Gesicht bekommen, umgefallen. Hingesetzt, gewartet. Weitergespielt, wieder umgefallen. Aufgehört. Mit dem Fahrrad nach Hause, nicht umgefallen. Gebadet mit Ausblick über Berlin und auf den Sonnenuntergang. Der Rechner auf der Waschmaschine zeigt Deutschland – Griechenland. Mein Leben, immer noch mein Leben.

22. 6. 2012 21:10

Linker Fuß taub. Mildes Schwanken.

NEUNUNDZWANZIG

25. 6. 2012 13:59

Mosebach endgültig verrückt geworden.

Rätselhafterweise wurde ich wegen des von Mosebach so vehement geforderten, seit Zeiten des Deutschen Reichs allerdings immer im Strafgesetzbuch existiert habenden Blasphemieparagraphen sogar mal angezeigt. Langweilige Geschichte, Kurzversion: Im Auftrag eines Satiremagazins Zeichnungen zum Kruzifixurteil gemacht, Witz mau, ich brauchte das Geld. Dann Behörden unfähig, den V.i.S.d.P. zu ermitteln, also Zeichner und Layouter geladen, deren Namen zufällig drunterstanden. Ich verteidigte mich mit den Worten: «Ich habe doch nur meine Pflicht getan», das Verfahren wurde niedergeschlagen. Amtsgericht Tiergarten, 1995.

Irgendwas ist da fundamental schiefgelaufen in den letzten zwei Jahrzehnten, wenn die Sache der Aufklärung jetzt schon in der «Frankfurter Rundschau» mit Füßen getreten wird.

29. 6. 2012 21:00

Morgens von der Waage seitwärts in den Umzugskarton gekippt, neben den Stuhl gesetzt. Linke Hand findet ihren Platz auf der Tastatur nicht. Pappschablone auf den Rechner geklebt, um dem Handballen Halt zu geben, vergeblich.

Dann Hand am Tisch festgeklebt, ohne dass es hilft. Linker Fuß rutscht vom Fahrradpedal. Ausflug zum Tegeler See. C. verbietet Rausschwimmen. Gewitter.

30. 6. 2012 16:30

Passanten am Nordufer gefragt, ob sie das auch röchen, ein entsetzlicher Gestank die ganze Straße runter. Nein, rochen sie nicht … obwohl, manchmal rieche es hier schon ein bisschen … hm … nach Fäkalien.

2. 7. 2012 15:45

Auf dem Boden sitzend versucht, meine Socken anzuziehen. Die linke Hand hängt in der Luft, die rechte weiß nicht, wo der linke Fuß ist. Sehen kann ich ihn auch nicht, schließlich finde ich ihn unter meinem Schenkel.

3. 7. 2012 13:50

MRT vorverlegt, Besuch C.

3. 7. 2012 19:29

Links jetzt, als ob jemand die Nervenstränge büschelweise aus den Buchsen zieht.

4. 7. 2012 7:30

Befund wie erwartet, Rezidiv. Ödem, Dexamethason. Notaufnahme in der Neurochirurgie im Virchow, freundlicher Empfang, alte Bekannte.

Konferenz: Tumor näher am Balken, aber operabel. Freue mich auf die OP, Hauptsache, Entscheidung.

6.7.2012 18:30

OP für sieben Uhr eingetaktet, kein Beruhigungsmittel, lieber wach, vier Stunden gewartet, dann sechs Stunden operiert. «Ist diese Scheißrealität immer noch da?», wollte ich eigentlich beim Erwachen zu C. sagen, sage aber nur, dass ich es sagen wollte. C. gibt mir Wasser. Ich sei halbseitig gelähmt, hat man ihr mitgeteilt, und der Patient liege aufgedeckt, mahnt die Ärztin, er möge sich bedecken (Penis). Der Patient hat allerdings gerade andere Probleme und macht neurologische Tests zur Funktion der linken Seite: Kraft da, Automatismen eingeschränkt, Zustand wie vor der OP, keine Lähmung.

Vom Aufwachraum zur Intensiv. Gewitterschwüle, ich rotiere die Nacht in schweißnassen Laken. Schweiß und Pisse, wie sich am Morgen herausstellt, der Katheter ist ausgelaufen.

7.7.2012 11:00

Kontroll-MRT okay, aber das die Ausfälle verursachende Ödem möglicherweise durch krebsdurchsetztes Narbengewebe hinter dem entfernten Rezidiv verursacht, an das nicht näher heranzukommen ist.

7.7.2012 18:30

C. wäscht mich. Erste Schreibversuche.

7. 7. 2012 19:20

Kaum beherrschbares Down angesichts der Tatsache, dass ich mit links den Strohhalm nicht mehr in den Mund stecken kann, und angesichts des Folgegedankens, den Lauf wahrscheinlich nicht mehr durch den Mund aufs Stammhirn richten zu können.

Bitte C. am Handy, den ohnehin im Anmarsch befindlichen Cornelius zu bitten, noch schneller zu mir zu eilen. Er kommt, sofort Entspannung. Unterhaltung über Mosebach, Nina Hoss, Barbara, «Yella», Petzold, Lentz, Villa Lysis, George, die Karlauf-Biographie, die so gut sein soll, das Forum, Klagenfurt, Sascha, Passig und ihr neues Buch, das allen Ernstes vom Internet handelt.

8. 7. 2012 9:11

Weiter schwül, ganze Nacht geschwitzt und herumgewälzt, dazu im Halbschlaf unablässig Cornelius' Stimme in meinem Kopf, die mein Erleben in der bekannten Art noch einmal für mich zusammenfasst und verdoppelt – alles nass hier, aha, linke Seite komplett nass, richtig nass, heißt unignorierbar, also Körper besser mal umdrehen, wobei auch gefährlich, gibt dann Probleme, weil später andere Seite nass, also vielleicht nicht zu früh drehen, am besten immer eine trockene Seite für Notfälle, und dabei gleich noch mal die Decke mit links nach rechts rübergezogen, quasi Funktionsprüfung, muss beübt werden, geht doch, das geht doch gut, das üben wir doch gleich noch mal, sagt Cornelius, und so Stunden schlaflos bis zum Morgen. Dass es ausgerechnet Cornelius' Stimme ist, wundert mich nicht, aber warum es mir nicht gelingt, auf meine eigene, gewöhnlich alles halblaut mitredende Selbstgesprächsstimme zurück umzustellen, weiß ich nicht.

9.7.2012 14:08

Besuch Julia.

9.7.2012 18:00

Mit der Study Nurse Gespräch über Weiterbehandlung. Antrag bei der AOK auf das in Deutschland noch nicht zugelassene Avastin, dazu Irinotecan, danach hebt das Wort austherapiert das krause Haupt. Manche hält Avastin ein paar Wochen oder Monate stabil, manche ein Jahr, sogar zwei hat man hier schon erzielt. Dauerübelkeit hauptsächlich durch Irinotecan, kann bei Bedarf abgesetzt werden, spar ich mir dann, nicht mein Leben, definitiv nicht mein Leben.

Der aktuelle Champion in meiner Gewichtsklasse hat es hier auf vier Hirn-OPs gebracht.

10.7.2012 17:05

Spatzenfüttertag vor der Krankenhauscafeteria. Die ungebremste Freude im Spatzenhirn und im die Spatzen beobachtenden Menschenhirn, das die taxonomische Grenze zwischen den von verwandten Anwandlungen vergleichbar aufgeregt wirkenden Arten am Ende eines langen Krankenhaustages nicht mehr klar erkennen kann und in romantischer Unordnung zu lassen sich geneigt fühlt.

Neben uns ein sehr tumbes, frisch am Kopf operiertes und möglicherweise behindertes Kind, das die von C. gereichten Krümel schwerfällig auf das Geflatter zu seinen Füßen schmeißt.

Die kreischenden Vögel, das Kind, die Bäume, die in ihren Rollstühlen zum Rauchen rausgeschobenen Greisinnen, die Schwangeren, der tote Stein – wo feuern die Spiegelneuronen und wie stark? Schiebe den Regler auf eine Zahl zwischen 1 und 5.

C. 5
Spatzen 5
Schwangere 4
Greisinnen 2
Kind 1
Bäume 0

Stein etwa null Komma fünf wegen des sich in der Form abbildenden und auf den Terrassenbenutzer klar und heute positiv einwirkenden Bewusstseins des Architekten.

13. 7. 2012 12:33

Gestern Entlassung, meine Eltern überschwemmen mich mit Johannisbeeren.

14. 7. 2012 9:43

Man kann nicht leben ohne Hoffnung, schrieb ich hier vor einiger Zeit, ich habe mich geirrt. Es macht nur nicht so viel Spaß. Hauptsächlich in den Knochen steckengeblieben das Erlebnis, nicht mehr tippen zu können. Sprachsoftware fürs nächste Mal bestellt.

Jetzt Blick über den Kanal, die Schiffe, die Brücken und die Baustellenkräne am regenverschleierten Berliner Horizont. Stille und Frieden. Und Arbeit.

14. 7. 2012 23:22

Musik höre ich ja epilepsiebedingt schon lange nicht mehr, Musik fast immer falsch, fast jede Musik falsch. Richtig nur: Bach. Bach geht immer. Ging immer, war immer richtig. Hirnrichtige Strukturen, ahnte man ja schon lange. Auf You-Tube über Gould kommend jetzt BRAHMS Piano Concerto no. 1 in D minor. Geht auch.

Sie sind Redakteur einer Musikzeitschrift und wollen wissen, ob das Geräusch, das Sie berufsbedingt gerade hören, richtig oder falsch ist? Wenden Sie sich vertrauensvoll an Dr. epi. Herrndorf.

17. 7. 2012 13:27

In der Praxis klagt eine alte Frau zur auf moderate Lautstärke gedimmten Wartezimmermusik. Sie jammert zu «Layla»,

stöhnt zu «Downtown», sie weint und winselt zu «Lady in Black», Lambada, Nachrichten und Werbung.

Und weiter mit Musik.

Eine Sprechstundenhilfe kommt und erklärt, dass es mit Jammern auch nicht schneller geht, und das Jammern wird leiser und verstummt. Derweil haben die Kumuluswolken vor dem im neunten Stock befindlichen Panoramafenster der onkologischen Praxis noch einmal die massiven, schwerelosen und strahlenden Lichtblöcke aufgetürmt, wie sie an einem Tag vor genau 350 Jahren auch schon einmal über den Häusern und Kirchen der Stadt Delft zu sehen waren und bezeugt wurden durch Johannes Vermeer.

Vielleicht auch kein Rezidiv, sagt Dr. Vier, kann man auf den Bildern nicht sehen, was man sieht, ist die Raumforderung. Kann aber auch eine Einblutung gewesen sein, bei dem Gemüse in Ihrem Kopf geht das leicht, da platzt ein Äderchen, einfach so oder durch einen Schlag auf den Kopf – aber ich habe doch einen Knockout gehabt beim Fußball? Ja, sehen Sie, und den histologischen Befund kennen Sie auch, nicht. Keine Glioblastomzellen. Das bedeutet nicht viel, ja, ich weiß, was das Krankenhaus sagt, sieht man öfter bei solchen OPs, Narbengewebe, frische und ältere Einblutungen, Strahlenschaden, Leukenzephalopathie, das ganze Geschmadder – nur ob die Ursache für das Ödem ein Rezidiv war oder nicht, wissen wir nicht. Können wir nicht wissen, das zeigt das Bild nicht. Und sonst geht's Ihnen gut? Neurologische Defizite weg, Dexamethason ausgeschlichen, Resektionshöhle frisch durchgefeudelt? Das ist doch erfreulich, wir kommen zum Avastin.

Schrankenstörung mittlerweile fünf Komma drei, nein, fünf Komma vier Zentimeter, im Vergleich deutlich progredient.

DREISSIG

26. 7. 2012 8:45

Ohne Operation wären Sie tot, erklärt Dr. Fünf und freut sich am guten Zustand des Patienten. War mir selbst zwar auch irgendwie klar, gesagt aber hatte das bisher keiner, und ich bin in diesen Phasen immer so gleichgültig gegen alles, dass außer der aktuellen Gegenwartssekunde in meinem Bewusstsein nichts Platz hat. Der Ausblick auf die beiden grünen Kuppeln auf dem Nachbargebäude im frühen Morgenlicht, das Krankenhauskäsebrot, das meine Hände mit einer Gurkenscheibe garnieren, der Aufenthalt im ansteckenden Vitalismus einer Krawallspatzenwolke. Das ist mein Horizont.

27. 7. 2012 10:49

Das Unangenehme an dieser ganzen Beschneidungsdebatte schon wieder, dass es genau wie beim Frauenwahlrecht, dem Schwulenparagraphen, dem Rauchverbot, der Sterbehilfe oder der Einführung der fünfstelligen Postleitzahlen eine von Anfang an klar erkennbare Position der Vernunft gibt, die sich am Ende auch durchsetzt. Was von der Querulantenfraktion Monate, Jahre oder Jahrzehnte verzögert, aber niemals verhindert werden kann. Es ist ermüdend.

28. 7. 2012 2:00

Seit Anfang der Woche große Hitze, ich schwitze und habe Kopfschmerzen und Fieber, das ich nicht messen kann, weil ich nicht weiß, wo mein Thermometer ist. In der Nacht Umzug auf den Balkon, wo wenigstens ein leichter Wind weht und die Sterne blinken. Das ist schön, aber immer wenn ich eine Sekunde hochschaue, bin ich schon eingeschlafen.

28. 7. 2012 14:00

Thermometer gefunden, 39,3°. Notfallonkologennummer angerufen. Dr. Sechs rät zum Krankenhaus, damit die mal draufschauen.

C. steht schon mit dem Taxi vor der Tür, da sage ich, schick's wieder weg, schaff ich nicht, zu schlapp für sechs Stunden auf einem Stuhl im Krankenhaus sitzen und Formulare ausfüllen. Gib mir noch einen Tag. Und dann noch einen und dann noch einen.

Langsam geht das Fieber runter.

29. 7. 2012 17:00

Besuch von Calvin, der zufällig in Deutschland ist. Ich hatte große Angst vor einer Begegnung, wollte erst nicht. War dann aber doch gut. Mein ältester Freund. Mach's gut.

2. 8. 2012 20:04

Donner, Sturm und Blitz, Hagelkörner so groß, dass sie in der Straße der Reihe nach die Autoalarmanlagen anschalten. Wir setzen uns raus, wir setzen uns rein. Kinder, die noch nie

Hagel gesehen haben, sammeln die Klumpen ein, die über die Schwelle des Lindengartens springen und hüpfen und schießen. Ein Mädchen streckt die Hand aus und schlägt vor zu tauschen.

5. 8. 2012 19:55

Mit dem Fahrrad zu C., als fahre man in die Vergangenheit. Der Geruch des Sommers drückt dunkel und breit aus den Flächen hoher Bäume, auf die es den ganzen Tag geregnet hat. Die vertrauten Ausblicke über Brücken, Kanäle und Wege sind nicht mehr so schön wie früher, als ich noch keine Terrasse hatte.

Zwei oder drei Anfälle. Sind die Kinder im Hof oder in meinem Kopf? Im Hof, sagt C.

5. 8. 2012 23:30

Maximal schnell zurück und Usain Bolt gucken. Die unglaubliche Freude, das seltsamste Wesen auf dem Planeten bei Höchstleistungen in Bereichen, für die es nicht ausgelegt ist, sich abmühen zu sehen, als ginge es um Leben und Tod, worum es wahrscheinlich auch geht – die gleiche Freude, wie sich Robert Koch über sein Mikroskop gebeugt vorzustellen, Einstein und Bohr in Kopenhagen, die Freude, sich unter das Messer des besten Neurochirurgen der Welt zu legen, der Enthusiasmus, Teil dieser der Evolution längst entglittenen und auf dem Weg ins Ungewisse befindlichen Art und ihres auf verschlungenen Pfaden geführten Kampfes gegen den zweiten Hauptsatz der Thermodynamik und den immer wieder und in jedem Moment übermächtigen Impuls zur Selbstauslöschung zu sein – ich reiße die Arme hoch, Bolt reißt die Arme hoch, der schnellste Mann auf dem Planeten, Sieg! Sieg für Bolt! Sieg für uns alle!

9. 8. 2012 19:30

Cornelius holt den Holtrop ab, der plötzlich in meinem Briefkasten steckt, und liest, während wir im Deichgraf sitzen, schnitzelkauend Stellen vor, Wahnsinn, sagt er, Wahnsinn, was ist das. – Und wann krieg ich das wieder?

16. 8. 2012 21:55

Der Putzzwang, der nach meiner Erstdiagnose und in Verbindung mit meiner Manie zuerst auftrat, dann erneut beim Umzug in die neue Wohnung und noch einmal verstärkt nach der dritten OP, lässt wieder ein wenig nach, verschwindet aber nicht. Eine Staubflocke am Boden, und ich bin arbeitsunfähig.

17. 8. 2012 17:29

Antrag auf Avastin von der Krankenkasse zum zweiten Mal abgelehnt.

EINUNDDREISSIG

21.8.2012 23:59

Spaziergang um den Plötzensee in die wetterleuchtende Nacht hinein. Auf den Steinstufen ein Pärchen, das sich im Nieselregen auszieht, um zu baden, es donnert. Ich biege rechts in den Park, die bekannte Baumgruppe, seitlich Grabsteine, Grablichte, eine schwach erleuchtete Villa.

Ich laufe matschige Wege, laufe durch Gras, das höher wird, dann kniehoch. In der Ferne Reste eines Tors, dahinter eine Lichterreihe, die eine unbefahrene Straße zu säumen scheint, von der mich ein hoher Zaun trennt. Ich gehe hin und her, die Baumgruppe folgt mir wie ein Schatten, jetzt will ich zurück. Nachdem ich zum fünften Mal vor der Villa stehe, weiß ich, dass ich mich verlaufen habe. Ich stapfe durch Unterholz und Morast und versuche, es unter Recherche für den neuen Roman zu verbuchen.

In unregelmäßigen Abständen ein schwacher Schein in den Sträuchern, eine Art Bach, eine betonierte Abflussrinne, ist das der See?

Handy hab ich dabei, aber was soll ich damit? Hallo, einen Notfallhelikopter mit Wärmebildkamera zum Plötzensee bitte, Herrndorf hier, ja, nicht weit vom Ufer des Plötzensees entfernt unter einem großen Busch, Hartriegel, ja, nein, das könnte Hartriegel sein, natürlich ist das mein Ernst, Hirnschaden, Heinrich Emil Richard Richard Nordpol, D, Dorf wie Dorf –

Endlich ein Radfahrer, den ich fragen kann. Falls er nicht

bremst, plane ich, mich mit ausgebreiteten Armen auf den Weg zu stellen, und wenn er versucht, um mich herumzufahren, bin ich entschlossen, ihn am Gepäckträger festzuhalten, so groß ist die Angst mittlerweile. Aber er hält, und extrem freundlich weist er mir den Weg: einfach da geradeaus.

Der Klang seiner Stimme und der im Nullwinkel gehobene Arm verraten mir, dass wir uns höchstens zwanzig, dreißig Meter vom See entfernt befinden können. Also einfach geradeaus. Zur Sicherheit strecke ich beide Arme vor, um den Sektor, innerhalb dessen mein Ziel liegt, noch einmal zu markieren. Dass das mit den Armen nicht funktioniert, wird mir nach drei Schritten klar, und stattdessen einen Baum anzupeilen, funktioniert genauso wenig. Die Bäume sehen alle gleich aus, und wenn ich um einen herum bin, weiß ich nicht, woher ich komme und wohin ich muss.

So irre ich zwischen Parkanlagen, Wiesen und Friedhöfen immer weiter im Kreis, bis ich im Licht eines explodierenden Blitzes plötzlich etwas durch das Laub aufblinken sehe, und das ist der See.

Zu Hause steige ich mit Jeans und Schuhen unter die Dusche, und ein halber Kubikmeter Sand, Gras und Schlamm spült von mir herunter in den Abfluss.

31. 8. 2012 18:30

Die Schwester führt mich in den Raum mit dem Magnetresonanztomographen. Auf dem Untersuchungstisch liegt eine nackte Frau mit weit gespreizten Beinen. Da ist schon jemand, sage ich, und die Schwester führt mich in den nächsten Raum. Aus Angst, es könnte nun jeder mitkriegen, dass der Arzt seine Patientinnen vor dem MRT vögelt, versuche ich, so leise wie möglich aufzutreten; aber das ungenierte Gebaren der Belegschaft macht mir klar, dass es ohnehin längst alle wissen.

Das ist der Traum, den ich habe in der Nacht vor dem MRT. Kurz vor Mittag liege ich in der Röhre, und bis zum Abend warte ich zu Hause auf den Anruf des Radiologen. Normal erfahre ich den Befund von ihm nie, aber es ist Wochenende, und wenn das Glioblastom in meinem Kopf zufällig gerade explodiert sein sollte, kriege ich aus naheliegenden Gründen heute schon Bescheid.

Ich warte. Am späten Nachmittag eine unbekannte Nummer im Display, und ein Mann fragt, wer ich bin. Ich frage, wer *er* ist, und er spricht von wissenschaftlichen Methoden, nach denen nun vorgegangen wird. Erst nach einer Minute Gerede wird mir klar, dass er fürs Forsa-Institut arbeitet, und ich verabschiede ihn mit den leider viel zu schwachen Worten, er solle aus meiner Leitung gehen – gehen Sie aus meiner verdammten Leitung, ich sterbe, Sie verblödeter, im Leben nichts gelernt habender Callcenterarsch von Ihrem Scheiß-Forsa-Institut –

2.9.2012 11:25

Während des Studiums in Nürnberg bin ich manchmal bei Karstadt einkaufen gegangen, ein Nobelschuppen mit goldenen Einkaufswagen. Da hatten sie einen jungen, schwindenden Mann, der an der Kasse angelernt werden sollte. Das ging nicht, also räumte er eine Weile die Regale ein. Das ging auch nicht, also schob er hinter der Kasse die Wagen zusammen. Monatelang. Es brauchte nicht unbedingt einen Einkaufswagenschieber, aber da schon mal einer da war, ließen die Leute ihre Wagen sofort hinter der Kasse los, ein Chaos war die Folge. Nach einiger Zeit drehte der junge

Mann durch. Sein Gesichtsausdruck wurde freudig erregt, sein Mund formte lautlose Schreie. Wenn er einen Einkaufswagen geschnappt und in die Schlange der wartenden Wagen geschoben hatte, machte er die Säge. Er lief zwischen hochtoupierten Seniorinnen mit Gleitsichtbrillen hindurch, sein Blick suchte niemanden. Manchmal riss er beide Arme hoch, wenn ihm ein besonderer Coup des Wagenzusammenschiebens gelungen war. Irgendwann sah ich ihn nicht mehr.

Neben dem Dauergrinsen, das meinem Körper signalisiert, dass in meinem Leben alles nach Plan läuft, ist die Beckerfaust nun meine Standardgeste, wenn mir wieder ein besonderer Coup beim Sätzezusammenschieben gelungen ist.

5. 9. 2012 8:30

Linke Seite trotz Rückbildung des Ödems immer irgendwie wie verschwunden wirkend, der linke Fuß ist oft taub und eiert beim Gehen, im Bett weiß ich nicht, ob der Arm, den ich streichle, C. gehört oder mir.

5. 9. 2012 10:04

Neue Chemo nach dem PCV-Schema, das vor der Entdeckung des Temozolomids gebräuchlich war und dessen Versagen an mir für die Krankenkasse noch einmal erwiesen werden soll, um Genehmigung und Kostenübernahme für Avastin zu erhalten.

Heute eine Spritze Vincristin plus fünf Kapseln CCNU, Procarbazin folgt nächste Woche, kotzen bei Bedarf.

Befund: Neu nachweisbare temporale Schrankenstörung auch in der vorbekannten kortikalen Strukturstörung links temporoparietal, sodass (neben im Verlauf weitestgehend konstanten niedergradigen Tumoranteilen) nun auch dort höhergradiges Tumorgewebe dringend zu verdächtigen ist. Neu angrenzende Leptomeningen akzentuiert, verdächtig auf beginnende Infiltrationen DD Aussaat.

9. 9. 2012 17:30

Im See im Nichtschwimmerbereich, C. am Ufer. Hinterher alles zu laut, zu viele Leute. Unter meine Jacke und drei Decken versteckt liege ich auf irgendwessen Oberschenkeln.

10. 9. 2012 22:55

Schlechter Tag, keine Arbeit. Müde, schlapp, ich bestehe nur noch aus einem einzigen Gedanken. Ich erzähle C. davon, weil wir das Abkommen haben, alles zu erzählen, und dass ich mich, wenn ich wie durch ein Wunder geheilt würde, dennoch erschießen würde. Ich kann nicht zurück. Ich stehe schon zu lange hier.

12. 9. 2012 18:37

Und Himmel, könnt ihr euch das mühevoll zusammenrecherchierte Epitheton für den krebskranken Schriftsteller mal in den verblödeten Arsch stecken, Freunde der Henri-Nannen-Behindertenschule? Ich nenn euch doch auch nicht dauernd behindert, nur weil ihr es seid.

15. 9. 2012 6:56

Wie neun Jahre lang jeden Tag, während ich das Gymnasium besuchte, weckt mich der Wecker – es ist noch derselbe – um 6 Uhr 50. Dann trete ich barfuß auf die Terrasse, greife das verzinkte Geländer und beginne mit Blick über Berlin meine mittlerweile ans Lächerliche grenzende Gymnastik.

Hätte ich als Kind auf meinem Schulweg am Friedrichsgaber Weg einen alten Mann auf seinem Balkon so herumturnen sehen, ich hätte Ekel empfunden.

Hier gibt es zum Glück keine Schulkinder, ich muss mich nicht schämen. Ich schäme mich trotzdem. Das von der Herde getrennte, sich versteckende, seine Verletzungen zu verbergen suchende Tier; als wäre der Leopard mit ein paar Liegestützen, Kniebeugen und Dehnübungen zu täuschen.

Zwei Krähen streichen von Süd kommend über mich, meine Terrasse und das hinter mir liegende Dach in den dunkleren Himmel. Links das älteste, unvergesslich schönste Schauspiel der menschenbewohnten Welt: Seine Klauen durch die Wolken sind geschlagen, er steiget auf mit großer Kraft.

16. 9. 2012 16:30

Baden im morgens baumgrünen, nachmittags blaugrünen Plötzensee. Fast keine Leute mehr. Gerutscht im Wechsel mit einem fünfjährigen Mädchen, das beim Ersteigen der Aluleiter weniger Probleme hat als ich. Vier Meter Schwerelosigkeit, Wasser in der Nase und ein Spaß, der hauptsächlich die Erinnerung an Spaß ist.

18. 9. 2012 2:03

Traum: In einem Dresdner Museum führe ich eine Gruppe meiner Freunde vor zwei Werke, über die sie ein vergleichendes Urteil abgeben sollen. Das eine ist eine Ölskizze mit schrägem Lichteinfall auf eine stehende Figur, schon an der Palette relativ leicht als Adolph von Menzel erkennbar, das andere eine naiv zusammengemanschte Tonskulptur eines kleinen, pummeligen Häuschens mit fröhlich grün glasiertem Garten drumrum. Niemand wagt sich hinaus in die Möglichkeit eines Fehlurteils. Nachdem die Mehrheit meiner Freunde dem Ölbild den Vorzug gibt, erkläre ich auftrumpfend die Schwächen des viel zu routiniert gemachten Menzels mit seiner fehlerhaften Komposition, während die Haus-mit-Garten-Skulptur Uwe Tellkamps ein Meisterwerk sei.

19. 9. 2012 10:43

Zweieinhalb Meter von meinem Arbeitstisch entfernt trapst und schlittert ein Spatz über das Laminat. Den Weg zurück durch das Labyrinth zweier Fensterfronten ins Freie findet er leicht. Wie befohlen schütte ich die Frühstückskrümel auf die Terrasse.

20. 9. 2012 8:30

Jeden Morgen ist der Kanal von Salomon van Ruysdael gemalt.

23. 9. 2012 8:45

Traum: In einem nordkoreanischen Lager wird ein Mann, der nur noch aus Haut und Knochen besteht, von Kim Jong-un persönlich hingerichtet. Eine Maschine schreddert den Verurteilten, presst ihn zusammen und spuckt ihn in Form eines haarigen Bonbons wieder aus, der von seinem Zellennachbarn gegessen werden muss. Der Zellennachbar bin ich.

ZWEIUNDDREISSIG

23. 9. 2012 15:25

Baden im von Angelika Maisch mit einer Flasche Lourdes-Wasser komplett durchgesegneten See. Fische treiben kieloben, Hirntumore verschwinden, durch Herbstlaub scheint die Sonne.

24. 9. 2012 9:24

Lektüre: «Werther». Auf dem Titelblatt steht Oktober 1985, Februar 1996 und – September 2012.

1985 war ich Zivildienstleistender und lag im Krankenhaus Barmbek, weil nach einer missglückten Mandeloperation und anschließendem CT eine ringförmige Struktur in meinem Hirn sichtbar geworden war. Damals sagte man noch Tumor, nicht Raumforderung. Zahlreiche Untersuchungen folgten.

Während ich auf der Neurologie lag, wurden zwei Leute in schwarzen Kisten rausgefahren. Ein Mädchen öffnete sich erfolglos die Pulsadern. Mein Zimmergenosse hatte einen IQ von 75. Nachts spielten wir auf der Station Ben Hur, den gelb gestrichenen Gang entlang und um die Säulen herum und zurück, mangels Pferdewagen in Rollstühlen.

Der Arzt stellte Fragen wie: Wie viele Selbstmörder hatten Sie in der Familie? Und ich musste nachzählen. Es wurde festgestellt, dass ich beim Gehen auf der Stelle mit geschlossenen Augen den rechten Arm etwas mehr bewegte als den linken. Meine Freundin kam zu Besuch und weinte, ich musste sie trösten. Ich musste meine Eltern und meine Großmutter trösten. Das war anstrengend.

Sonst gefiel es mir gut auf der Station. Ich las viel. Ich hatte Liebeskummer und wollte sowieso sterben, da erwischte Goethe mich richtig.

Schließlich schickte man mich in den ersten Kernspintomographen Hamburgs. Ich öffnete die Aufnahmen im Taxi und konnte nichts entdecken. Die ringförmige Struktur war, wie sich herausstellte, die Folge eines fehlerhaften ersten CT gewesen. Um das zu bemerken, hatte das Barmbeker Krankenhaus anderthalb Monate gebraucht.

Bei der zweiten Lektüre zehn Jahre später hatte der «Werther» nachgelassen, der Ossian-Quatsch in der zweiten Hälfte verdarb mir auch die erste. Nun killt es mich.

Am Anfang, wo er gerade angekommen ist in seinem lieblichen Tal – habe ich das früher überhaupt gelesen? Jetzt liege ich im Gras und spüre ich jeden Halm.

30. 9. 2012 16:00

Baden im schon kalten See, zwanzig Minuten schaffe ich. Der vom letzten Winter bekannte Schmerz zwischen den Schulterblättern. Viele Freunde anwesend, viele Stimmen, ich halte mich fern.

3. 10. 2012 21:55

Sehr epileptischer Tag. Jedes Geräusch hallt als Wort und Brei aus Silben wider in meinem Hirn, das vergeblich den Sinn darin enträtseln will. Arbeit unmöglich.

6. 10. 2012 15:40

Sturm und Wolkenbruch. Ich laufe in meiner Wohnung herum, um der Reihe nach durch alle Fenster zu sehen und mich zu freuen.

9. 10. 2012 10:41

Die Spatzensituation ist nicht optimal. In der Frühe schon rotten die Vögel sich auf der Terrasse zusammen, picken in meinen Frühstückskrümeln aber nur lustlos rum. Sonnenblumenkernbrot geht so, Brötchen kaum, Schwarzbrot gar nicht. Aus sympathetischen Gründen hatte ich eine Weile angenommen, was mir schmeckt, müsse auch ihnen schmecken. Aber um die zerbröselten Pfeffernüsse hopsen sie nur einäugig herum. Mein Supermarkt führt kein Vogelfutter. Fünf Kilo auf Amazon bestellt.

11. 10. 2012 13:36

Halsschmerzen, extreme Schlappheit und unkontrollierbarer Putzzwang, keine gute Kombination. Von unter der Bettdecke hervor erblickt der Proband die Andeutung einer Staubschicht auf dem Laminat im Flur seiner Wohnung. Aufstehen? Liegen bleiben? Wohnung komplett durchsaugen? Die Neurose siegt.

12. 10. 2012 8:28

Sehr geehrter Herr Herrndorf, ein Kollege heilte [unleserlich] Neoplasmen mit folgender Diät:

1. Darmreinigung mit Movieprep (wie vor der Darmspiegelung).
2. Solange Sie es aushalten: Nur schwarzer Kaffee ohne Zucker und Wasser mit Apfelessig und alle 2 Stunden frisch gepressten Gemüsesaft von Biogemüse.
3. Gegen den Hunger: gekochte Kartoffeln.

Wenn Sie diese Therapie interessiert und Sie noch Fragen haben, rufen Sie mich bitte an, oder schreiben Sie mir. Biopsie u./o. OP sind beim Glioblastom absolut tabu. Entstehung häufig im Kindesalter durch Kopfverletzung.

Schreibt Dr. H. G. Fritz, Kieferorthopäde aus Bietigheim-Bissingen. Nachdem ich mit exzessiven Beschimpfungsorgien die Zahl briefeschreibender Esoteriker halbieren konnte, melden sich nun wieder vermehrt Ärzte zu Wort.

14. 10. 2012 11:30

Unter dem großen Fenster, das die Welt am meisten zeigt, wie sie ist, also wie sie sein soll, sitze ich nur noch so da. Zum Lesen sind die Augen zu zugeschwollen, zum Schreiben auch.

16. 10. 2012 8:31

Traum: Ich fahre zu einem Treffen mit Passig die Friedrichstraße runter und überlege mir eine Reihe von Wörtern, bei denen sie sagen soll, wo sie sie zum ersten Mal gehört hat (was sie bekanntlich kann), aber ich kann mir die Worte nicht merken, und ich habe kein Notizbuch dabei.

Immer wieder erwache ich, um mich nach dem Kugelschreiber neben meinem Bett umzudrehen, er ist nicht da.

Da kommt Friederike, die neuerdings in der Anstalt arbeitet, mit einer Mappe voller Behindertenzeichnungen angeradelt. Der Wind reißt ihr die Mappe aus der Hand. Die Zeichnungen wirbeln über die Weidendammer Brücke davon, ich kriege eine zu fassen und schreibe auf die Rückseite:

morganatische Ehe
Hapaxlegomenon
Behuss
Prosopagnosie
Diaphanie
Rist

Mit Behuss, stellt sich nach dem Erwachen heraus, war Buhurt gemeint.

17. 10. 2012 13:21

Zweiter Zyklus wegen schlechter Blutwerte (Leukozyten) verschoben. Die Hälfte der Patienten im Infusionszimmer sieht aus wie Seniorenheim, die andere: tot.

DREIUNDDREISSIG

22. 10. 2012 8:31

Mädchenschönschrift, liniertes Papier, Realschule, Baden-Württemberg: «Eigentlich *hasse* ich es Bücher zu lesen, aber das hier hat mir Spaß gemacht. Das ist auch das Beste was ich gelesen habe, aber ich habe eh nur 2 gelesen. Das andere war aber scheiße.»

Die Lieblingsstellen der Vierzehnjährigen sind die Schimpfwortorgie von Tschick und Isa auf der Müllkippe (von Gymnasiasten immer wieder kritisiert, «weil wir dann dieselben Worte benutzen») und die Szene, wo der Mann sich einen runterholt, während Isa die Haare geschnitten bekommt.

Ihre Klassenkameradin A. schreibt: «Ich konnte mich sehr gut in Maik hinein versetzen, da er im gleichen Alter wie ich ist und ich so ähnliche Sachen machen würde.»

Im Nachhinein bedauere ich, die Autoknack- und Fahranleitung nicht so ausführlich behandelt zu haben wie ursprünglich geplant.

22. 10. 2012 15:57

Hier bittet gleich der Nächste um Entzug der Approbation:

Sehr geehrter Herr Herrndorf, es gibt außerhalb der klassischen Medizin einen Ansatz zur Heilung von Glioblastomen: Erzeugung einer Ketose durch eine spezielle Diät, kombiniert mit Omega-3-Fettsäuren und schwefelhaltigen Aminosäuren. Dazu liegen Berichte vor.

Mit freundlichem Gruß, Dr. Siegfried Jedamzik, Facharzt für Allgemeinmedizin, Ingolstadt.

Und damit endet die kleine Dokumentation auch schon wieder. Diese Irren sind eh nicht aufklärbar, ich bin schon froh, meinen Briefkasten nicht mehr von Anhängern Ryke Geerd Hamers verstopft zu finden.

22. 10. 2012 21:15

Am Kanal entlangspaziert auf der Suche nach einem guten Ort, da der bisher bevorzugte Platz auf den Steinstufen mir mittlerweile zu fern und auch in der Nacht nicht menschenleer genug erscheint. Unter der Fennbrücke steht eine kleine Bank, dahinter ein schmaler Streifen mit Geländer zum Nordhafen. Ich sitze Probe auf der Kante, fühle mich aber nicht ganz wohl. Man sitzt beengt, und mit meiner defizitären Motorik, fürchte ich, könnte ich bei Schnee und Eis (ich sterbe im Winter, denke ich) abrutschen, bevor ich Zeit zum Zielen gehabt hätte. Schön die leichte Strömung, die Herbstlaub und tote Körper nach Westen treibt.

Auch eine Möglichkeit die Brache am Friedrich-Krause-Ufer, wo im Dunkeln allerdings schwer auszumachen ist, ob man wirklich allein ist. Unter den Birken zwischen Straße und Kanal könnte immer noch ein Penner campieren.

24. 10. 2012 10:15

Nach der Gabe von CCNU und Vincristin hat man noch zwei, drei Stunden, den Kalorienbedarf zu decken, bevor man in die Horizontale sackt. Wie immer laufe ich vom Onkologen direkt zum Burger King. Der Hamburger schmeckt noch, der Junior Whopper bereits wie Pappe. Und das liegt nicht am Burger King. Großer Panoramablick über die riesige Straßenkreuzung, Landsberger, Tram, Großstadt. Die Bedienungen sind freundlich, sehen alle aus, als sparten sie auf ein Tattoo, und werden ihre Welt nie verlassen.

Zum ersten Mal war ich hier vor genau zweieinhalb Jahren, als ich mit dem Fahrrad zum Kienberg fuhr, um die Straßen in der Umgebung des Hauses von Maik Klingenberg abzufahren. Ich erinnere mich an den herrlichen Tag, den Sonnenschein und an das Mädchen, das in der gegenüberliegenden Ecke über ihrem Tablett saß. Unglaublich, wie ich seitdem abgebaut habe, körperlich und geistig.

29. 10. 2012 15:35

Meine Gedanken werden zunehmend laut in mir, in allen Geräuschen schwimmen Silben und Sätze. Der gleichmäßige Atem C.s schwillt an wie Meeresbrandung und treibt mich auf, zwischen sich selbst sagenden Sätzen und Sprachverlust, zwischen innerer Stimme und Epilepsie ist kaum noch ein Unterschied.

4. 11. 2012 5:50

Liegestütze unter dem Dreiviertelmond, Orion und Jupiter, Osten hinter schweren Wolken.

4. 11. 2012 8:16

Zwei langgezogene Vogeldreiecke und -schnüre auf dem Weg nach Süden.

4. 11. 2012 8:25

Die erste Blaumeise.

8. 11. 2012 16:04

Meine alte Kunstprofessorin, die schlimmste, menschlich unangenehmste Person, die mir in meinem Leben begegnet ist, hat nun auch ihren von kleinen Navigationssackgassen begleiteten, gut gelungenen Internetauftritt. Erst freue ich mich am großzügig über die Seite verteilten künstlertypischen Nonsens – «Geht es darum, ein Material (Farbe) zu nobilitieren oder es als das zur Geltung zu bringen, was es eigentlich ist?» –, dann überfällt Traurigkeit mich. Zwanzig Jahre sind vergangen seit unserer letzten Begegnung, und sie hat ihre Zeit mit komplett sinnlosem Quatsch vertan, genau wie ich.

Einer ihrer letzten Sätze, an den ich mich erinnere, geäußert auf einer der letzten Klassenbesprechungen: «Jesus hat die Welt erlöst, das ist bewiesen.» Auf meine Frage «Wie?» erhielt ich nie eine Antwort.

9. 11. 2012 21:51

Ein Schatten huscht über die Terrasse im fünften Stock. Als ich das Licht lösche, um besser sehen zu können, verschwindet die Maus in der Öffnung für das Regenwasser.

12. 11. 2012 21:45

Aufstehen, schlafen, Gymnastik, kalt duschen, frühstücken, lesen, schlafen. Vögel füttern, Versuch, nicht zu schlafen, schlafen, C. anrufen. Gespräch über den Tod, über das Weinen, über das Sterben im Alter, wenn man der Letzte ist und keiner mehr da, der eine Erinnerung hat an den Jungen, der fünfzehn Meter über dem Erdboden einhändig im Baum hängt, an das Mädchen, das seinen Schulranzen auf einen fahrenden Laster wirft, das Kind unterm Sofa, das, während unbekannte Stiefel durch die Wohnung poltern, mit der flachen Hand zentimeterdicken Staub zusammenschiebt, zitternd.

14. 11. 2012 12:30

Die Asche kriegen Sie unter Umständen ausgehändigt, sagt Dr. Vier, aber Sie müssen einen Bestattungsnachweis erbringen, so wie in The Big Lebowski geht es nicht.

VIERUNDDREISSIG

19. 11. 2012 22:17

Themenwoche Sterben auf der ARD. Komplett Enthirnte wie Margot Käßmann versuchen, ein freies Leben gelebt habenden Menschen das Recht auf Freiheit im Tod zu bestreiten. Die Position der Vernunft wie immer dünn besetzt. Ein Mann, der seine alzheimerkranke Frau beim Suizid unterstützte, sitzt neben einer Zumutung namens Kapuzinermönch Bruder Paulus, dem sein ihm das Gesicht verwüstet habender zweistelliger IQ befiehlt, eine Stunde lang mit zusammengekniffenen Augen angestrengtes Nachdenken simulierend in die Runde zu schauen und seinen Vorredner anzublaffen, warum er seiner Frau denn nicht gleich die Pulsadern aufgeschnitten habe. Lang lebe Berlin-Mitte.

Nicht geladen wie immer einer, der das Naheliegende erklärt, nämlich dass in einem zivilisierten Staat wie Deutschland einem sterbewilligen Volljährigen in jeder Apotheke ein Medikamentenpäckchen aus 2 Gramm Thiopental und 20 mg Pancuronium ohne ärztliche Untersuchung, ohne bürokratische Hürden und vor allem ohne Psychologengespräch – als sei ein Erwachsener, der sterben will, ein quasi Verrückter, dessen Geist und Wille der Begutachtung bedürfe – jederzeit zur Verfügung stehen muss.

19. 11. 2012 22:45

An welche angesprochenen Medikamente man übrigens weder mit Rezept noch sonst legal rankommt. Wer es darauf anlegt, versucht, sich beizeiten mit einem Tierarzt gutzustellen (mühsam), oder bricht gleich in die Praxis ein. Dort heißen die Medikamente Eutha 77 bzw. mittlerweile Esconarkon, kleinste Packungsgröße 100 ml, damit lassen sich größere Säugetiere ohne Probleme einschläfern. Thiopental kann man sich selbst spritzen (Narkose), Pancuronium muss von einer zweiten Person zugeführt werden (Atemstillstand).

19. 11. 2012 22:49

In meinem Freundes- und Bekanntenkreis damals, als der Gedanke auftauchte, an Leuten, die mich ins Jenseits befördern wollten, zum Glück sofort kein Mangel, an erster Stelle meine Mutter. Klar.

19. 11. 2012 22:53

Zeugnisverleihung und Abi-Ball vor dreißig Jahren: Ich wollte eigentlich überhaupt nicht hin, und wenn, dann auch nur in meinem maximal komplettkaputten Lieblings-T-Shirt, und auf keinen Fall wollte ich meine Eltern dabeihaben (Spätpubertät), ganzer Tag Diskussion, schließlich sagte meine Mutter den schönen Satz: Ich hab dich da reingebracht, ich hol dich da auch wieder raus. Da ließ sich nicht viel gegen sagen.

19. 11. 2012 23:01

Wobei an die Medikamente, wie gesagt, gar nicht ranzukommen war. An überhaupt nichts Sicheres. Nichts Einfaches, nichts Hundertprozentiges. Erschießen ist in 76 bis 92 Prozent der Fälle tödlich, bei Schüssen in den Kopf liegt die Quote noch etwas höher. Aber auch da überleben 3 bis 9 Prozent, und die haben dann Hirnschäden und sind entstellt.[17] Erhängen fühlt sich schätzungsweise an, wie es aussieht, und hat wie die meisten anderen Methoden den Nachteil, dass man Erfahrung damit bräuchte und nur einen Versuch hat. Man kann aus dem zwölften Stock springen und überleben. Man kann aus dem zwölften Stock springen und noch dreißig Minuten als blutiger Matsch auf dem Trottoir die Passanten erschrecken, und wenn man wochen- und monatelang durch das Labyrinth geirrt ist auf der Suche nach dem sicheren Ausgang, versteht man irgendwann, wie vollkommen vernünftige und zurechnungsfähige Menschen auf die Idee kommen können, sich auf eine ICE-Trasse zu stellen im vollen Bewusstsein, einen Lokführer für den Rest seines Lebens zu traumatisieren.

25. 11. 2012 5:50

Traum: Am See, wo wir immer Rollhockey spielten, übe ich Double Kickflip, was sonst nur Bernd übte, dann zurück Richtung Westtor, so schnell und schwebend wie damals, und schon lange vor dem Erwachen weiß ich: Mehr Sport. Ich brauche mehr Sport für meine Psyche, wo Fußball aus Gründen der Lebensgefahr gerade gecancelt ist.

25. 11. 2012 18:30

Spaziergang zum Plötzensee. Um den Fastvollmond herum bricht die Wolkendecke auf. Erst von einer Bank aus der Natur bei ihrer unangestrengten Nachbildung Deutscher Romantik zugesehen, dann auf dem kleinen Weg, den wir im Sommer zum Tegeler See fuhren, den Kanal runter bis zu der schmalen Brücke und den Spundwänden, wo eine schöne Stelle ist.

Blase gelaufen.

28. 11. 2012 13:00

Wirkung der PCV-Chemo im MRT nicht erkennbar, Progredienz wie gewohnt. Das vor 16 Monate beschriebene, vier mal vier Zentimeter große – möglicherweise Strahlenschaden, möglicherweise niedriggradigen Tumor darstellende – Gebilde hat sich nun in Hochgradiges verwandelt, mindestens Astrozytom Grad III. Dritter Versuch, bei der Krankenkasse Avastin zu beantragen.

29. 11. 2012 10:52

Lange war alles ruhig, jetzt brauche ich zum Arbeiten wieder die Magnum neben mir auf dem Schreibtisch.

1. 12. 2012 8:17

Es schneit, es schneit, es schneit, es schneit, Schnee! Leuchtend hebt sich die Sonne über der Fennbrücke hinauf.

3. 12. 2012 10:00

Dr. Badakhshi, kein regulärer Arzttermin, will nur mal gucken, wie es dem dreimal operierten, zweimal bestrahlten Hirn und dem dazugehörigen Patienten geht. Gut geht es dem. Jedenfalls besser, als die Bilder erwarten lassen: gut.

6. 12. 2012 5:50

Keine Morgengymnastik, um die Schneewehen auf der Terrasse nicht zu zerstören. Ich muss nachdenken, wie lange es her ist, dass ich in der Psychiatrie vor Sonnenaufgang vorm Fenster des Gemeinschaftsraums meiner Schneebegeisterung freien Lauf ließ, fünf Uhr morgens, neben mir eine Schwester, die mich, so nachsichtig, wie sie mich behandelte, offenbar für geisteskrank hielt.

Die kleinen Schlingpflanzen, die sich mit winzigen Saugnäpfen am Fensterrahmen festhielten und aussahen wie Invasion from Outer Space – und die grüne Kuppel da rechts, was ist das? Kirche, Ministerium oder Naturkundemuseum? Wusste sie auch nicht. Zwei Jahre und neun Monate.

8.12.2012 20:01

Winterfutter in die Jacke geknöpft, die ich 1992 mit Arbeitshose und Käppi zusammen auf der Post bekam, Hilfsarbeiter, Zugverladung. Seitdem die Jacke Jahr für Jahr getragen, jeden Sommer, jeden Winter. Zwanzig Mal habe ich das Futter im Frühjahr rausgeknöpft und zwanzig Mal im Winter wieder rein. Sensationelle Qualität, begrabt meine Jacke an der Biegung des Flusses.

9.12.2012 12:17

Es schneit von unten nach oben, der Kanal ist verschwunden.

10.12.2012 18:01

Mit Elina auf beschneiten Wegen unter den dick beschneiten Bäumen, es staubt auf unsere Mützen und Gesichter, am See und den Kanal entlang wieder bis zu den übermannshohen Spundwänden, hinter denen man auf ein im Schnee noch fremder und wie nicht von dieser Welt wirkendes, weites Gelände sieht, dunkel waldumstanden, Weiß, aus dem ockerfarbenes Gras rausbüschelt, das Jenseits. Elina trägt Sommerschuhe, ich Stiefel, von denen rechts und links die Sohlen abgefallen sind, wir kehren um. Zwei Stunden lang keinem einzigen Menschen begegnet, erst an der Föhrer Straße ein Mann mit Hund.

13. 12. 2012 18:50

Mit C. durch die Rehberge, wegen Epilepsie meistenteils schweigend. Ein Kleinwagen parkt, Tür auf, Schäferhund raus. C. stellt sich zwischen mich und den Hund, er zerreißt ihre Hose und zerfetzt ihre Jacke. Als ein Schatten nach meinen Füßen fasst und in meinem Sichtfeldausfall hochspringt, lasse ich mich fallen und liege da wie ein Insekt auf dem Rücken im Schnee, bis es vorbei ist. Austausch von Telefonnummern und ein Berliner, der seinen Hund böser Hund nennt, sehr böser Hund.

15. 12. 2012 18:30

Das Verfallsdatum auf dem beim Kaiser's gekauften Ciabatta zum Aufbacken ist der 17. Februar.

17. 12. 2012 18:00

C. angeschrien, weshalb noch mal, weiß nicht, vergessen, wegen nichts. Ich verändere mich. Normal, findet Dr. Vier, Gereiztheit, aber so bin ich nicht, und ich will derselbe sein bis zum Ende. Mit geübter Handbewegung holt der Arzt eine Packung Kleenex von unterm Tisch hinauf.

19. 12. 2012 16:53

Dr. Badakhshi hat mit den Neurochirurgen und anderen Hirnleuten noch mal eine Konferenz anberaumt. Avastin, ja, engmaschig kontrollieren, hinten links könnte auch ein viertes Mal operiert werden. Und ein drittes Mal bestrahlt.

FÜNFUNDDREISSIG

21. 12. 2012 8:51

Trockenes Laub weht auf meiner Terrasse im Kreis, was mich beim Arbeiten immer zum Aufschauen zwingt, weil ich jedes Mal denke, es sei die Maus, die sich schon seit zwei Tagen nicht mehr blicken ließ. Terrasse gefegt.

21. 12. 2012 22:39

Agota Kristofs Trilogie zum dritten Mal nacheinander in Folge gelesen, das Personal verirrt sich schon in meine Träume. Einer der eineiigen Zwillinge, Klaus, Schriftsteller wie im Buch, steht von Gaffern und Polizisten umringt auf dem Nürnberger Hauptmarkt und hält ein Manuskript mit dem Titel «Die glückliche Stadt» hoch, dessen sofortige Publikation er verlangt. Es handle von Ungeheuerem, Skandalösem, Verborgenem. Doch niemand, scheint ihm, nimmt ihn ernst; man behandele ihn wie einen Wahnsinnigen. Ein Polizist sagt: Warum bringen Sie es nicht zur Zeitung, um es dort veröffentlichen zu lassen?

Klaus betritt ein Gebäude, dessen Flure und Räume an einen vor Jahrzehnten stillgelegten Bürokomplex der Deutschen Post erinnern, und gibt sein Manuskript zusammen mit einem kleinen Zettel an der zuständigen Stelle ab. Beim Verlassen der Redaktion bemerkt er, dass alle ihm mitleidig nachschauen. Er kehrt um. Ein junger Mann erklärt: «Sie kommen jedes Jahr einmal mit Ihren Dokumenten hierher und geben sie zusammen mit einem Zettel ab, auf dem steht: ‹Bitte nehmen Sie mein Manuskript entgegen, tun Sie so, als ob Sie es drucken würden, und lassen Sie mich niemals wissen, was auf diesem Zettel steht.›»

Das große Heft.
Der Beweis.
Die dritte Lüge.

Die Geschichte des zwanzigsten Jahrhunderts in einer Nussschale, die die Dimensionen eines Riesentankers hat, ungeheuer, wahnsinnig, maximal kaputt.

24. 12. 2012 22:16

Spaziergang allein am Kanal, Invalidenfriedhof, Charité-Mitte, Torstraße, die alte Wohnung, uninteressant, Kastanienallee komplett ausgestorben, keine Säufer, keine Familie, zwei Weihnachtsmänner, eine Currywurst, mit dem Taxi zurück, Klassikradio, Speech Arrest, todmüde.

25. 12. 2012 2:32

Nächtlicher Anruf, niemand dran, dann Kopfschmerzen, die auch mit Ibuprofen nicht verschwinden, Stunden wach, Möglichkeiten durchgespielt, alles ordnen, raus hier. Erstmals eine Nacht, die schlimmer ist als ein Morgen.

28. 12. 2012 18:22

Erneuter Antrag auf Avastin erneut abgelehnt mit exakt demselben Textbaustein, ein positiver Einfluss von Avastin bei rezidivierendem Glioblastom sei nicht ersichtlich. Dass mit der PCV-Therapie auch die letzte Möglichkeit ausgeschöpft wurde, interessiert den Medizinischen Dienst der Krankenkassen einen Scheiß. Genauso wenig die erfolgreiche Phase-III-Studie aus den USA. Bleiben nur Klagen, dauert Monate oder Jahre – und dann? Wird der positive Bescheid vom Sozialrichter persönlich Wort für Wort in den Schnee über mein Grab gepinkelt?[18]

3.1.2013 9:48

Zwei Stunden lang läuft das Avastin in mich rein, eine glasklare Flüssigkeit, Patient zahlt. Zwei Zyklen, ein Monat, kosten 7000 Euro. Davon habe ich früher ein Jahr gelebt.

6.1.2013 12:22

Inschrift auf dem Grab Duchamps: D'ailleurs c'est toujours les autres qui meurent.

10.1.2013 4:00

Die irre Stalkerin wieder. Diesmal: Was ist Ihre Lieblingsfarbe? Rest der Nacht ohne Schlaf, das Festnetz endgültig unbenutzbar. Bisher immer noch rangegangen, weil C.s Vater weiter im Sterben liegt. Bestimmt vor zehn Jahren schon die Telekom gebeten, die Nummer zu streichen. Wenn ich auf Arztanrufe warte oder gerade mit C. gesprochen habe, vergesse ich oft hinterher, den Stecker zu ziehen.

Außer Stalkern und Irren auch noch eine wachsende Gruppe von Hilfesuchenden, die sich in der Regel brieflich meldet. Aber nicht nur.

Sind Sie *der*?

Ja, bin ich.

Sie müssen drei Fragen beantworten.

Wer spricht da, bitte?

Deneb. Die Hausaufgabe ist nämlich der Lebenslauf, Heirat zum Beispiel. Da steht nichts auf Wikipedia.

Ich beantworte keine Fragen.

Schweigen.

Am Ende meine Bitte an Deneb, der verantwortlichen Lehrkraft auszurichten, sich die Hausaufgabe in den verblödeten Arsch zu stecken. Sag ihr, dass ich das gesagt habe, sage ich. Und vergiss nicht das mit dem Arsch.

Bitten um eine Inhaltsangabe kommen häufiger. Aber im Moment scheint irgendwo ein Formular zu kursieren, das so beknackt ist, dass es eigentlich nur aus einem dieser Bücher für geistig unbeschenkte Lehrer stammen kann: Wie sieht das Leben des Autors aus? Biographie? Und hier die für das Textverständnis besonders wichtige Frage: Familienstand?

18. 1. 2013 8:00

Morgens vom Tod Jakob Arjounis gelesen und mit sonderbar unpassender Beschwingtheit das Haus verlassen und mich auf den Weg zu Dr. Vier gemacht.

18. 1. 2013 11:50

Wieder Gespenster, wieder Stimmen im Kopf. Hier, sagt die Apothekerin, hier bin ich.

18. 1. 2013 16:37

Die sehr gute Geschichte «In Frieden» von Arjouni auf YouTube angehört. Blumen. Erde. Und der ganze Scheiß.

18. 1. 2013 19:07

Das Radio spricht mit mir. Neben mir im Bett liegt der Stoffhase. Wir sind fast genau gleich alt, und gemeinsam kämpfen wir gegen den Anfall. Die Uhr zählt die Minuten.

SECHSUNDDREISSIG

25. 1. 2013 8:19

In den Schild aus Eisschollen, der sich von Tag zu Tag weiter und bis hinter die Signalbrücke zurückstaute, schiebt der Eisbrecher eine schmale Fahrrinne. Sie wird immer schmaler, über Nacht schließt sie sich.

Morgens kann ich kaum sprechen. Wörter mit vier oder mehr Silben kann ich nicht sagen, oft nicht denken. Prognositizieren – im dritten Versuch macht Google einen passenden Vorschlag. Problem immer Verteilung der Konsonanten.

26. 1. 2013 19:42

Allein auf dem See. Weiß das Ufer, schwach orange der Vollmond, hinten ist eine Fläche für Eishockey freigeschoben.

27. 1. 2013 15:30

Leichter Schneefall, herrlicher Tag. Eine Aufregung wie als Kind. Mit vier hatte ich meine ersten Schlittschuhe. Seitdem immer gelaufen, jeden Winter, jeden Tag, wenn Eis war. Im Winter Eishockey, im Sommer Rollhockey, manchmal zehn oder elf Stunden am Tag, bis Arthrose beide Knie auflöste und mich für lange Jahre zum Fußgänger machte.

Aber zwanzig Jahre habe ich immer Schlittschuhe und Rollschuhe bei jedem Umzug mitgeschleppt. Alles andere weggeschmissen, meine Bilder, Möbel, Bücher, Papiere, alles. Die Schuhe nicht.

Nun sitze ich mit getapeten Knien am Rand des Plötzensees, schnüre die Eishockeystiefel und weiß, es ist das letzte Mal. Mit dem Aufstehen kehrt sofort das alte Selbstvertrauen zurück, und ich weiß, es wird gehen. Ich habe nichts vergessen und nichts verlernt. Aber es geht nicht. Ich schliddere nur so rum.

Der rechte Fuß funktioniert einigermaßen, der linke ist taub und teilt seine Gelenkstellung nicht mit. Die gut geölten Bewegungsroutinen, die das Hirn nach unten meldet, finden keinen Empfänger. Ich kann es nicht mal beschreiben. Analog zum Phantomschmerz vielleicht: Phantomkontrolle. Wenn ich noch einige Stunden übte – aber meine Freunde wollen nach Hause. Wayne Gretzky ist nicht mehr.

30. 1. 2013 19:00

Im Dunkel versucht, auf einem mir vorher auf Google Earth genau eingeprägten Weg zu C. zu gelangen. Nach vierstündigem Fußmarsch, von Schnellstraßen und Autobahnzubringern umzingelt, aufgegeben und mit dem Taxi zurück. Zu Hause auf der Karte gesehen, dass ich nur 150 Meter von der Schneckenbrücke entfernt gewesen war.

31. 1. 2013 17:19

Lektüre: «Nadja» von Breton, 1928 geschrieben, 1963 überarbeitet, 20 Auflagen, neu übersetzt, Nachwort von Karl Heinz Bohrer, Meilenstein der Moderne, Rezensionen, FAZ, SZ, ich versteh's nicht. Perlentaucher dazu, deutsche und französische Wikipedia, ich verliere fast den Verstand, Riesenangst, wieder verrückt geworden zu sein. Eine Stunde nachgedacht, ob es nicht besser wäre, niemanden zu informieren, Gesundheit zu simulieren, ob die Simulation von Gesundheit nicht ebenso gut sei wie normalmäßige Normalität, ob diese aus jener sich nicht von selbst über kurz oder lang zwangsläufig ergebe, dann in Panik Cornelius angerufen, um auf der Stelle beruhigt zu werden, ah ja, ok, ja, denkt er auch, kann ich nicht überprüfen, irre, jetzt vorbei, Buch in den Müll geworfen, Teufelswerk.

Für Hirngeschädigte, die in jedem Geräusch, in jedem Knistern, Schaben und Schleifen, im Singen eines Autoreifens, im Sprudeln des Wassers Gedanken ausgesprochen zu finden glauben: Nicht nachmachen. Nicht kaufen. Für alle anderen: Auch nicht kaufen.

Als Jugendlicher mit Dada sozialisiert worden, rätselhaft. Aber exakt so sieht es über weitere Strecken des Tages in meinem Hirn aus, das brauch ich nicht noch als Buch.

2. 2. 2013 3:25

Ich stehe in der Steppe, ein Löwe schleicht um mich herum, aber ich habe keine Angst. Ich habe eine großkalibrige Flinte und einen sechsschüssigen Revolver. Als das Tier nahe genug ist, schieße ich, Kugel für Kugel geht fehl. Erst mit der letzten Patrone treffe ich. Der Löwe kippt auf die Seite und ist tot.

Hinter dem Löwen her schleppt sich ein tollwütiger Fuchs auf mich zu. Ich wechsle zum Revolver. Der Fuchs ist schwieriger zu treffen, weil er dünner ist. Er hat Schaum vorm Maul und taumelt. Ich habe keine Munition mehr. In Panik flüchte ich in ein Haus und verschanze mich im Bad. Wie ein Geist weht der Fuchs durch eine Ritze in der Wand zu mir herein und versteckt sich hinter der Tür. Ich habe nur noch eine Gabel. Damit stochere ich blind hinterm Türblatt herum. Endlich spüre ich einen fellüberzogenen weichen Widerstand. Die Gabel steckt zwischen den Rippen des Fuchses. Er verendet. Ich werfe den Kadaver ins Waschbecken. Das ganze Bad ist blutbesudelt. Beim Putzen frage ich mich, ob ich mich infiziert habe. Ich kann keinen Notarzt erreichen.

Tollwütige Füchse sind eine Kinderangst von mir. Kühe, tollwütige Füchse, durch das Fensterglas schwebende Gespenster, Einbrecher, Mitschnacker (Pädophile). In dieser Reihenfolge.

Nach meinem Umzug nach Berlin sprang ich nachts noch einmal aus anderthalb Metern Entfernung auf mein Bett, weil ich nicht wusste, was darunter war. Ein Mann von 33 Jahren.

6. 2. 2013 5:50

Der Sonnenaufgang verschiebt sich immer weiter in die Nacht. Ich muss jeden Tag früher aufstehen, um mit einem Tee in der Hand auf den ersten Lichtstrahl am dunklen Himmel zu starren. Ich will im Winter sterben. Das haben die letzten Sommer gezeigt, im Sommer geht es nicht. Im Winter ist es leicht.

7. 2. 2013 18:18

Unter der Brücke loht ein haushohes Feuer, wahrscheinlich die Baustelle. Sattes Orange, vom warmen Blaulicht bedrängt und gelöscht, Naturalismus, frühes 19. Jh., Turner vielleicht, dann schwarzes Quadrat auf schwarzem Grund.

Demnächst an dieser Stelle: Nichts vor Nichts (o. Abb.).

11. 2. 2013 15:48

Papst zurückgetreten, Namen vergessen.

11. 2. 2013 17:00

Ein dünner epileptischer Firnis überzieht meine Tage, immerzu Stimmen.

Und Selbstmord doch nicht so schwierig, wie ich lange dachte. Es reicht, die Föhrer Straße bei Grün zu überqueren. Weder Linksabbieger noch Geradeausfahrer erkennen in den verschieden bunten Lichtern etwas anderes als einen unverbindlichen Vorschlag der Behörden.

15. 2. 2013 19:00

Kleine Brouillerie mit Lottchen. Über Tscheljabinsk ist ein Zehn-Tonnen-Meteorit explodiert, etwa tausend Verletzte durch die Druckwelle. In einem zugefrorenen See ein Loch, aus dem sich für einen Moment ein schleimig-grüner Arm heraustastet, von den Kameras nicht bemerkt.

C. ist deutlich weniger begeistert als ich, und auch mein Versuch, den nur wenige Stunden später an der Erde so nah wie lange nichts mehr, auf Satellitenhöhe, vorbeischrammenden 13 000-Tonnen-Asteroiden 2012 DA 14 mit meinen Gedanken zu uns hinunterzulenken, findet nicht ihren Beifall.

18. 2. 2013 12:33

Man rät mir zum GPS-Handy, hilft nichts. Ich kann C. doch anrufen, das mache ich ja, ich lese die Straßennamen und sage, ich stehe an der und der Kreuzung, rechts geht es in den

Tegeler Weg. C.s Informationen kann ich nicht auf die Landschaft übertragen. Ich kann den Tegeler Weg nicht runtergehen, denn er hat zwei Richtungen. Man kann mir ein Gerät in die Hand drücken, auf dem ein grüner Pfeil die Richtung zeigt, in die ich muss: Ich kann dem Pfeil nicht folgen. Lars hab ich das mal vorgemacht, wie ich mit einem Kompass in meiner Wohnung Norden suche, um aus dem Fenster in die Richtung gucken zu können, aus der das Gewitter kommen wird – funktioniert nicht. Ich weiß immer noch nicht, wo Norden ist. Norden ist ein 180-Grad-Winkel etwa.

Zahlen sind komplett weg. Das kleine Einmaleins ist noch da, weil es nicht Rechnen ist, sondern Erinnerung. Aber Zahlen: null.

Einfache Multiplikation nicht im Kopf, nicht auf Papier und auch nicht anders. Wenn ich was rechnen muss, benutze ich den Taschenrechner des MacBooks, was auch Schwierigkeiten macht.

Meistens mache ich vier oder fünf Versuche und entscheide mich für das häufigste Ergebnis. Vier identische Zahlen untereinander: Okay, das überweise ich dann jetzt mal an das Finanzamt.

Ich lerne nichts Neues mehr. Weil ich nicht will. Es ist, wie mir Bücher zu schenken: Erinnert mich an den Tod. Neues braucht man für später, Bücher liest man in der Zukunft. Das Wort hat für mich keine Bedeutung. Ich kann den heutigen Abend in Gedanken berühren, dahinter ist nichts. Ob ich nachher noch C. treffe, ob wir verabredet waren, weiß ich nicht. Sie wird mich anrufen, um mich daran zu erinnern, oder nicht.

19. 2. 2013 7:00

Drei Jahre.

84 % derer, die Bestrahlung und Chemo hatten, sind tot, 95,6 % derer mit Bestrahlung allein (UCLA, 2009). Wobei das noch die optimistischste Studie ist, die ich finden konnte. Da überleben zum Beispiel 9,8 % fünf Jahre, während andere Studien durchschnittlich weniger als 2 % Fünfjahresüberlebende ausweisen. Zum Vergleich: Leute mit nur Biopsie und Bestrahlung sind nach vier Jahren noch zu 0 % am Leben (optimistischste Studie), was das Erreichen der Fünfjahresmarke selbst für überzeugte Gemüsekostler zu einer Herausforderung macht.

Unsterblich duften die Linden –

20. 2. 2013 11:29

Lektüre schon wieder Duve, «Liebeslied», bereits zum zweiten Mal seit meiner Diagnose. Und wie oft zuvor schon, weiß ich nicht mehr. Trotzdem habe ich wieder Sachen vergessen. Die Bootstour mit Hemstedt, wie sie sich an den Tag erinnert, wie die Erinnerung zerhackt wird, und wie das gemacht ist. Auch der Goethe-Aufsatz: Wie sie Werther erst für sein empfindsames Gewinsel beschimpft und dann heimlich zitiert – vergessen.

Wenn es noch eines Beweises bedurft hätte, dass sie dem Armleuchter, Thor-Kunkel-Bejubler und Goetz-zu-kühl-Finder Volker Weidermann spätestens in den Neunzigern die Hauptplatine rausgelötet haben, reichte sein Urteil: «Der Roman ist kein Roman, sondern eine entwicklungslose Leidensgeschichte, eine Selbstmitleidsgeschichte, der selbst Duves böser Blick von einst verlorengegangen ist. Leidverbissen, hoffnungslos.» Am Arsch, Mann. Am Arsch. Wie das Kohelet auch sollte man «Dies ist kein Liebeslied» (beschissener Titel leider) mindestens alle fünf Jahre einmal lesen, bis man hundert ist, um keine Sekunde zu vergessen, was das hier ist und was es bedeutet: nichts. Und insbesondere: nichts Gerechtes. Und wieder kriegt Anne Strelau die Fresse voll. Und wieder. Und wieder und wieder.

SIEBENUNDDREISSIG

22. 2. 2013 9:11

Eine Bekannte, deren per SMS, Telefon und Mail wiederholt geäußerte Hilfs- und Besuchsangebote der letzten Wochen ich immer und immer wieder mit Hinweis auf meine zunehmende Soziophobie und Zeitknappheit abgelehnt hatte, steht unangekündigt vor meiner Tür, zwei Pappbecher mit dampfendem Kaffee in ihren Händen. Ich bitte sie zu gehen. Ich arbeite, ich habe keine Zeit. Nein, ich kann dich nicht reinlassen, nein, ich will mich nicht unterhalten, nein, ich kann nicht noch einmal frühstücken. Nein. Sie will den Kaffee dalassen. Ich bitte sie, ihn mitzunehmen. Ja, ganz sicher. Nein. Letztes Bild: Sie steht vor der Fahrstuhltür und drückt den Knopf.

Wenige Minuten später informiert eine SMS mich, dass vor meiner Wohnungstür nun eine Kleinigkeit zu essen liegt, dazu ein Kaffeebecher, dessen Inhalt kalt wird. «Ich bleibe im Auto und warte, bis du es dir überlegt hast, wenn du willst, den ganzen Tag! Komm schon, ich hab ein leckeres Frühstück dabei! Dein Kaffee steht vor deiner Tür!»

Nach längerer Zeit, in der ich immer unruhiger, ruhiger und wieder unruhiger werde, öffne ich die Tür, um die Gegenstände vor meiner Tür, die auf meiner Türschwelle, auf meiner Grenze stehen und mich bedrohen, vorsichtig zu entsorgen. Der Kaffee spritzt durch die Küche, der Becher rollt über den Fußboden, ich putze die Küche.

Nachdem ich halb epileptisch, halb sprachlos in das Handy gestammelt habe, sie möge vor meinem Haus bitte auf keinen Fall stehen bleiben, sondern nach Hause fahren, kommt eine SMS, sie fahre jetzt und habe mich lieb.

Für den Abwehrzauber des Weiterarbeitens sind meine Nerven zu gespannt. Wie bei der Jana-Krise vor drei Jahren laufe ich im Kreis durch meine Wohnung. Stunden vergehen, bevor ich mich traue, C. anzurufen. Lieber riefe ich sie nicht an. Ich weiß, dass aus meiner Stimme Panik und Irrsinn sprechen, und ich fürchte, dass sie Maßnahmen ergreift, wenn ich mich nicht verständlich machen kann.

22. 2. 2013 14:31

Aus Angst vor weiterer Grenzverletzung aus dieser Richtung schließe ich die Mailingliste für Aktuelles, auf der viele, eigentlich alle meine Bekannten und Freunde mitlesen. Ich weiß nicht, ob ich paranoid bin. Keine Fragen, schreibe ich, keine Mails, keine SMS, don't call us, we call you.

Okay, ich bin paranoid.

22. 2. 2013 21:30

Überstürzte Verabredung im Deichgraf. Drei Freunde, die ich ewig nicht gesehen habe, vier. Seit Wochen kein Sozialleben gehabt. Außer C., Ärzten und Supermarktkassiererinnen niemanden gesehen.

Cornelius ist der Schnellste. Unverzüglich stellt Normalität sich ein. Caroline, Philipp und Christoph. Gruppensituation funktioniert überraschend gut, toll, Riesenfreude mit Schlagseite zur Manie.

23. 2. 2013 4:41

Traum: Ich sitze am Abend mit Cornelius im Deichgraf, um ihm eine Geschichte zu erzählen, in deren Verlauf meine persönlichen Grenzen von außen, bildlich gesprochen, mit einem Bulldozer planiert werden, und ich erwarte, dass er mir zustimmt, dass dieser entsetzliche Vorgang tatsächlich genau so zu werten sei, wie ich es tue.

Ohne Frage, ja, erklärt er sofort in der corneliustypischen Weise, emphatische Zustimmung immer noch einmal signalisierend, ein regelrechter Exzess der Zustimmung, ja, entsetzlich in der Tat, wiederholt er, um die Zustimmung jedoch sogleich einzuschränken: Denn *eines* hätte ich bei alledem doch nicht bedacht: dass arschlange, blonde Haare und blaue Augen schon *sehr* geil seien.

Ja, zweifellos, richtig, beeile ich mich beizupflichten, seine Zustimmung nachahmend, jawohl, wobei ich meinerseits nun auch einschränken müsse, wie auch er, Cornelius, mit Recht einschränke, dass er bei seiner Argumentation etwas außer Acht gelassen habe, dass nämlich er, Cornelius, einen ganz anderen Typ bevorzuge als ich, mein Typ sei doch bekanntlich der dunkle, nicht der helle, was von meinem Gegenüber mit einem begeisterten Kopfnicken abermals sogleich bestätigt wird, womit auch dieses Problem, die Beurteilung der Vorgänge des Vortags betreffend, zur allgemeinen Zufriedenheit aus der Welt geschafft sein dürfte und auch im Traum noch einmal und endgültig ad acta gelegt werden kann.

23. 2. 2013 12:47

Weiter psychotisch, weiter keine Arbeit, was praktisch dasselbe ist. Zutiefst erschöpft, aber zurück ins Bett kann ich nicht. Im Liegen zucken die Beine wild, der ganze Körper, keine Epilepsie, keine Aura, keine Sprachblockade, einfach nur Panik. Aufstehen, rumlaufen, hinlegen, zucken, aufstehen. Kurz davor, in meinem imaginären Pinguinkostüm rüberzugehn in die Notfall, aber die Gefahr, nicht wieder rauszukommen, ist zu groß. Oder verursacht mir noch mehr Angst. Am Telefon mit C. entschieden, ich müsse weiterarbeiten, denn nur Arbeit hilft. Alle Panik ja immer nur dem Gedanken an die verlorene Arbeitszeit geschuldet.

23. 2. 2013 14:47

Würde die Arbeit am Blog am liebsten einstellen. Das Blog nur noch der fortgesetzte, mich immer mehr deprimierende Versuch, mir eine Krise nach der anderen vom Hals zu schaffen, es hängt mir am Hals wie mein Leben wie ein Mühlstein. Ich weiß aber nicht, was ich sonst machen soll. Die Arbeit an «Isa» tritt auf der Stelle.

24. 2. 2013 17:30

Mit Textausdruck im Deichgraf, um beim Essen Korrekturen zu machen, nichts geht. Meine vor wenigen Sekunden aufs Papier geworfenen Gedanken mir selbst komplett unnachvollziehbar, alles dunkel, nicht zum ersten Mal. Beim Spaziergang um den See dann zum ersten Mal gecheckt, dass diese auch mit äußerster Willensanstrengung und Konzentration nicht in den Griff zu kriegenden Zustände keine

Folge unwiderruflicher Hirnauflösungsprozesse über dem Text in Verbindung mit extremer Schlappheit sind, sondern von mir selbst unbemerkte und von keiner Aura eingeleitete lautlos vorbeireitende Anfälle.

Scheint mir jedenfalls so und wird zur Gewissheit, als der Versuch, deutsche Gedichte zu memorieren, nur noch Fetzen und so was Ähnliches wie englische Liedtexte produziert.

Gedichte und Englisch ja immer mein Maßstab, scheinen aus welchem Grund auch immer im Zentrum meiner Anfälle zu liegen. Über den Gipfeln ist nobody, dings über den Wipfeln die Vögel im Wald, da – am Ende Ruhe.

26. 2. 2013 10:38

Brauche immer mehrere Versuche, um die Hausschuhe anzuziehen. Könnte natürlich L und R auf die Sohlen schreiben, um das grausame Spiel abzukürzen. Aber es ist halt auch eine Herausforderung, den Morgen mit einem IQ-Test zu beginnen. Auf dem Boden sitzend untersuche ich Wölbung und Form meiner Füße und vergleiche sie mit der Kurve der Schuhsohlen. Hilft nichts. Ich check's nicht, und es wird nicht besser.

1. 3. 2013 19:18

C. holt etwas in ein rot und weiß kariertes Mäntelchen Gehülltes aus ihrer Tasche. Ich betrachte es, C. betrachtet mich. Wahrscheinlich erwartet sie eine Reaktion. Aber ich kann nicht reagieren, weil ich nicht weiß, was das ist.

Ratlos drehe ich es hin und her. Erst beim Anblick einer sonderbaren Falte im Mantel hinten beginnt sich in das Gefühl der Fremdheit langsam etwas anderes mit hineinzuschleichen, etwas nicht mehr ganz so Fremdes, geradezu grauenvoll Vertrautes: zwei Arme, zwei Füße, kleine Zunge, schwarze Augen, und im Bruchteil einer Sekunde zerfallen vier Jahrzehnte zu Staub. Da muss ein Druckknopf sein, sage ich, und da ist ein Druckknopf: der Bär. Willkommen, alter Gefährte.

Fassungsloser und entsetzter könnte ich nicht sein, hätte sich direkt neben mir statt des Bären der über alle Zeit unverändert gebliebene siebenjährige Stefan Büchler wie aus dem Nichts materialisiert, braungebrannte Beine, kurze Hosen, eine kleine Deutschlandfahne in der erhobenen Hand.

5.3.2013 13:14

So könnte ich ewig sitzen. Zum ersten Mal in meinem Leben eine richtige Wohnung, schön und groß und licht und still. Ein Fenster mit Blick über die Stadt, und alles, was man durch dieses Fenster sieht, ist groß wie großes Kino. Ein Liter Tee, ein Buch, blauer Himmel, Sonne.

«Die Frevler aber holen winkend und rufend den Tod herbei und sehnen sich nach ihm wie nach einem Freund; sie schließen einen Bund mit ihm, weil sie es verdienen, ihm zu gehören. Sie sagen: Kurz und traurig ist unser Leben; für das Ende des Menschen gibt es keine Arznei und man kennt keinen, der aus der Welt des Todes befreit. Durch Zufall sind wir geworden und danach werden wir sein, als wären wir nie gewesen. Der Atem in unserer Nase ist Rauch und das Denken ist ein Funke, der vom Schlag des Herzens entfacht wird; verlöscht er, dann zerfällt der Leib zu Asche und der Geist verweht wie dünne Luft. Unser Name wird bald vergessen, niemand denkt mehr an unsere Taten. Unser Leben geht vorüber wie die Spur einer Wolke und löst sich auf wie ein Nebel, der von den Strahlen der Sonne verscheucht und von ihrer Wärme zu Boden gedrückt wird. Unsere Zeit geht vorüber wie ein Schatten, unser Ende wiederholt sich nicht; es ist versiegelt und keiner kommt zurück.» (Weish 1,16;2,1–5)

6. 3. 2013 5:53

Guten Morgen, Sterne
Guten Morgen, schwarzer Kanal
Guten Morgen, Schornsteine, Brücken, Hochhäuser und Kräne
Guten Morgen, Viertelmond
Guten Morgen, goldschimmernde Viktoria
Guten Morgen, S-Bahn
Guten Morgen, andere Bahn
Guten Morgen, weißer Kanal
Guten Morgen, Morgenröte
Guten Morgen, Berlin

12. 3. 2013 13:26

Kaum wieder auf den Füßen, die nächste Irre. Über einen alten, längst gesperrt geglaubten und ihr vor Jahren bereits mehrfach verbotenen Zugang klickt Jana via Dropbox durch meine persönlichen Dateien. Sie schreibt, sie hätte mich vorher wahrscheinlich fragen müssen: «Darf ich reinschauen, ohne irgendwas zu ändern oder zu kommentieren, oder ist dann Chaos?»

Kein Chaos, nur Riesentobsuchtsanfall, Mailingliste dichtgemacht, Kontakt zu allen Freunden abgebrochen, Nervenzusammenbruch. Abbruch Stunden später wieder rückgängig gemacht, jedenfalls teilweise. Jetzt halten mich wieder alle für verrückt, nur weil Verrückte mich belagern. Neben meiner Tür nun ein 35 cm langes Brotmesser. C. dagegen, aber ich stehe auf dem gleichen Standpunkt wie Horst Fricke: Die oder ich.

12. 3. 2013 21:35

Spaziergang zum See, die Steinstufe ist verschwunden. Ohne den Hauptweg zu verlassen, verirre ich mich. Ich entdecke einen verborgenen Zugang zur Bucht. Ich kralle mich an einem Zaun fest. Das Eis braucht nur noch drei oder vier Nächte. Ich renne weiter den Weg, wenn man das, was ich da mache, noch rennen nennen kann, verfolgt von meiner Angst und einem Fuchs im Schnee.

14.3.2013 9:07

Neben mir sechs ältere Patienten im Infusionszimmer. Das Radio spielt Gloria Gaynor, «I Will Survive». Ohrstöpsel. Lektüre, Arbeit.

16.3.2013 14:45

Eiskalt, Schnee auf der Terrasse, in der Sonne 14 Grad. Mit einem Becher Tee und in warme Decken gehüllt, halte ich das Gesicht der Sonne entgegen, die bald auch schon ein Drittel ihres Lebens hinter sich hat.

17.3.2013 6:39

Zum ersten Mal die Maus bei Licht gesehen. Sie sitzt auf einer Schneeinsel, sieht sich nach Vogelfutter um und findet auch welches.

18.3.2013 20:30

Im Deichgraf alle der Meinung, es müsse mit Winter nun auch mal ein Ende haben, sei doch scheiße, Joachim will im Trockenen joggen. Flocken vor dem Fenster. Find ich nicht, ich find's toll. Der Schnee ist toll, es soll weiter schneien, immer weiter, der Winter soll nie enden.

19.3.2013 10:17

Und es schneit. Zu Fuß die vier Kilometer zu Dr. Fünf am Kanal lang. Wege teils geräumt, teils jungfräulich. Ich trample über die aufgetürmten Seitenränder, ich nehme jede Abkürzung, rutsche über die Uferböschung hinab, ich stapfe durch die größten Wehen wie ein Fünfjähriger, Gedanke immer: Es ist vielleicht das letzte Mal, das letzte Mal, vielleicht ist es das letzte Mal. Das habe ich bei den Schuhen allerdings auch schon gedacht. Die letzten Schuhe, die letzte Hose, die letzten Johannisbeeren.

Zwischen Hauptbahnhof und Psychiatrie hindurch. Der Schnee pappt. Im Laufen mache ich einen Schneeball und werfe ihn mit einer halben Drehung nach einem Laternenmast, an dem ich gerade vorbeigegangen bin, um herauszufinden, ob ich zu den 0,5 Prozent Zehn-Jahre-Überlebenden gehöre. Ein Meter vorbei. Man hat nur einen Versuch, oder? Oder darf ich noch mal? Nein, wie im richtigen Leben, immer nur einmal.

20.3.2013 4:42

Traum: Meine Freunde haben zusammengelegt und mir ein Cabrio geschenkt. Am Morgen steht es im großen Zimmer wie in einem Autosalon. Kein Alfa, aber genau das Modell, das ich im Sinn hatte, als ich die Szene des Wüstenromans schrieb, wo die vier Idioten Cetrois verfolgen, cremefarben, rote Sitze.

Ich frage mich, wie meine Freunde das Auto hier hochgekriegt haben. Sie müssen es unten auseinandergeschraubt, Teil für Teil mit dem Fahrstuhl hochgefahren und in meiner Wohnung wieder zusammengesetzt haben. Ich freue mich sehr darüber, auch wenn ich nicht weiß, wie ich es wieder auf die Straße kriegen soll. Es wird wahrscheinlich hierbleiben müssen, was mich nicht beunruhigt, da ich als Epileptiker ja sowieso nicht mehr fahren darf. Und nach einer Weile des Freuens fällt mir auch ein, wie ich doch damit fahren kann: vorsichtig bis zur Wand, dann im Rückwärtsgang zur anderen Wand und immer hin und her. Mein erstes Auto.

ACHTUNDDREISSIG

21.3.2013 12:57

Ich bin nicht auf Facebook, ich war nie auf Facebook, ich werde nie auf Facebook sein. Unbelehrbarer Betreiber der in diesem verrotteten Drecksladen unter meinem Namen erstellten Seite ist der Hamburger Internetirre Gerhard Bangen. Nur so zur Information.

25.3.2013 13:50

Auf dem vereisten Kanalufer nach Mitte zum MRT. Hinterm Bundesministerium für Wirtschaft und Technologie zwischen Invalidenfriedhof und Naturkundemuseum:

GESUCHT!!!

Am 09.03.2013 ist unsere Hündin in Berlin-Mitte entlaufen. Sie hört auf den Namen Pupsi und hat eine Schulterhöhe von ungefähr 42 cm und ist 6 Jahre alt. Unsere Pupsi ist krank und braucht dringend ihre Medikamente. Die kleine Maus hat am rechten Oberschenkel eine lange Narbe. Sie könnte auch noch ihr Halsband und Leine haben. Pupsi ist eine ganz liebe, aber ängstliche Hündin.

Essen beim Thai, Apotheke, Arbeit, Warten. Ein oder zwei Tage schreibt der Radiologe an dem Befund, das Ergebnis erfahre ich Donnerstag von Dr. Vier. Das ist Standard. Nur wenn es einen auf den Bildern auf Anhieb erkennbaren und sofortiges Eingreifen erfordernden Notfall gibt, kriege ich einen Anruf. Ich arbeite.

25. 3. 2013 15:50

Telefonat mit C., der ich nichts gesagt hatte und der ich auf die Frage, was ich den ganzen Tag gemacht hätte, nun das MRT gestehen muss. Aber kein Problem, sage ich. Wenn was wäre, hätte ich doch Bescheid, Praxisschluss war ja schon, behaupte ich.

Erst spät sehe ich das rote Blinklicht auf dem Telefon, fünf Anrufe während meiner Abwesenheit: Mutter, C., eine Münchner Vorwahl, Berlin und noch was Unbekanntes. Ich vergleiche die Nummern im Display mit der Nummer der radiologischen Praxis: Nein, der Radiologe hat nicht angerufen. Ich kontrolliere die Nummern noch einmal und der Akalkulie halber noch einmal. Ein Rest Unsicherheit bleibt.

Nach einer nicht ganz kleinen Weile komme ich auf die Idee, die Nummern zurückzurufen. München behauptet, nicht angerufen zu haben und kennt mich nicht. Der Unbekannte nimmt nicht ab, und unter Berlin meldet sich der Anrufbeantworter der onkologischen Praxis. Sie rufen außerhalb unserer Sprechzeiten an.

Ich könnte jetzt natürlich die Notfallrufnummer der Gemeinschaftspraxis meiner drei Onkologen anrufen und alle verrückt machen, am meisten mich. Wenn was passiert wäre, hätte man mich doch sicher ein zweites Mal angerufen. In der Nacht schlafe ich wie immer. Erst am Morgen wird mir mulmig, die Praxis öffnet um halb neun. Um 8:31 geht jemand ans Telefon: Nein, wir haben Sie nicht angerufen, nein, eine Nachricht haben wir nicht für Sie, Dr. Vier kommt um zwölf. Noch fast drei Stunden. Ich versuche es weiter mit Arbeit. Eine Stunde geht es noch. Dann nicht mehr.

Kurz nach zwölf ruft Dr. Vier an. Nein, er war das nicht mit dem Anruf, Befund liegt auch nicht vor. Sollte der schon vorliegen? War das MRT nicht erst Montag? Dann bis Donnerstag.

Ein großer Spaß, dieses Sterben. Nur das Warten nervt.

28. 3. 2013 4:31

Noch früher aufgestanden als sonst, um das Morgenrot zu sehen, wenn es eines gibt, aber es gibt keins. Wolkendecke, dünner Schneefall. Schwarzer Tee und Lektüre: «Last Day of the Last Furlough». Wie er auf dem Boden sitzt zwischen seinen Büchern: Sir, I've brought my books. I won't shoot anybody just yet. You fellas go ahead. I'll wait here with the books.

28. 3. 2013 9:10

Im Infusionszimmer protokolliere ich die Minuten, sinngemäß den Vorgang des Protokollierens selbst. Blutdruck, Nadel, Blutbild, welcher Arm, 130 zu 105, und wie fühlen Sie sich? Ausgezeichnet, und Sie? Das genau vorgeschriebene rituelle Gespräch vor jeder Infusion.

Wobei der wichtigste Wert noch fehlt: Wenn das Avastin keine oder nur minimale Wirkung zeigt, und auch wenn der Angiogenesehemmer das Glioblastom quer durchs Hirn gestreut hat oder anderswo eine Rakete gestartet ist, kann man sich die Infusion auch sparen und die 7000 Euro gleich dem Kinderhilfswerk spenden.

28. 3. 2013 9:40

Das Fax liegt vor Dr. Vier auf dem Tisch. Der Gesichtsausdruck meldet sofort: keine Katastrophe. Das Avastin wirkt. In diesem Teil mehr, dort weniger. Um die Resektionshöhle, wo die Schrankenstörung von MRT zu MRT größer geworden war – von zuletzt fünf bis über sechs Zentimeter –, ist ein Rückgang im Bereich drei Komma irgendwas bemerkbar, Ventrikel weitgehend unverändert usw.

Der spiegelbildlich zum Glioblastom gelegene Tumor links parietal hingegen – wir nennen ihn jetzt zum ersten Mal Tumor – ist langsam weitergewachsen und hat nun eine Ausdehnung von sechs mal drei bis vier Zentimeter erreicht, der Wachstumsgeschwindigkeit nach zu urteilen, ein Astrozytom Grad II oder III. Ja, vielleicht operabel, sagt Dr. Vier, aber wozu, macht doch keine Probleme, oder? Von der Lage her müsste das in die Motorik rechts eingreifen, tut es aber nicht. Und solange es das nicht tut, kann es uns – Ihnen – egal sein.

Eine Prognose gibt es nicht, eine allgemeine Statistik auch nicht mehr. Nach drei OPs, zwei Bestrahlungen, drei verschiedenen Chemos ist man seine eigene Statistik.

Vor drei Jahren noch war ich ein winziger Punkt in einer Punktwolke, reine Mathematik, kein Individuum, das hatte mir gefallen. Jetzt weiß ich nicht mehr. Keiner weiß.

Avastin hilft manchmal ein paar Wochen, manche hält es Monate stabil. Im Virchow gibt es eine Frau, die Avastin seit vier Jahren bekommt. Das ist möglich. Und morgen mit Kopfschmerzen aufwachen und übermorgen tot sein, auch.

28. 3. 2013 15:56

Ich arbeite, ich schreibe. Dann rufe ich C. an, weil mir bewusst geworden ist, was der Befund bedeutet. Ich habe Käsekuchen für uns gekauft, sage ich heulend. Sie mag leider keinen Käsekuchen. Auch Mohnkuchen mag sie nicht. Wusste ich nicht, ich war nie gut in sowas.

Ich kann dir ein Stück Nusskuchen auftauen, sage ich, ja, Nusskuchen mag sie.

29. 3. 2013

Schneegestöber seit dem ersten Lichtstrahl und schon zuvor.

15. 4. 2013 19:45

Es ist Sommer geworden gegen meinen Willen. Meine erste Radtour, überall Gerüche, Blaustern am Plötzensee, Abendrot in den Zweigen. Kanal, Kanal, Kanal, über die Mäckeritzbrücke in den Jungfernheideweg, Siemensdamm, Orientierungsverlust, wie erwartet. Einstündiges Herumgegurke zwischen Häusern, sommerlich aufgeheizten Fassaden, Dönerbuden, U-Bahn-Stationen, Leuchtreklame vor dunklem Himmel, eine Welt wie früher, wie im richtigen Leben, immer neue Gerüche, von C. telefonisch begleitet: Du fährst schon wieder in die falsche Richtung, steig ab, Mann, ja sicher, dreh das Rad um 180 Grad, zurück zum Siemensdamm, so ein schöner Sommer, so eine schöne Brücke, was für eine schöne Fahrt in einer solchen Nacht, in einer solchen Wärme, ich wusste, dass ich im Sommer nicht sterben wollte. Geht's dir gut? Ja, dir auch?

17. 4. 2013 13:30

Blauer Himmel. Ich stehe seit Tagen in meiner von der Sonne aufgeheizten Wohnung, tue nichts und warte auf den Tod.

NEUNUNDDREISSIG

19. 4. 2013 17:26

Den ganzen Tag lang über nichts anderes als darüber nachgedacht, das Blog einzustellen, nicht zum ersten Mal, die mühsame Verschriftlichung meiner peinlichen Existenz.

Wenn ich noch eine Chance sähe, «Isa» fertigzustellen, wäre mit dem Blog Schluss, Beschränkung auf das Notwendigste, Rückkehr zur ursprünglichen Mitteilungsveranstaltung für Freunde und Bekannte in Echtzeit. Dafür war das gedacht. Aber funktioniert hat es nie. Statt alle Fragen zu beantworten und Zeit zu sparen, kostet es mich welche.

19. 4. 2013 17:30

Ein Brief von meiner von mir als Erstklässler so sehr geliebten Lehrerin. Früher schon lange immer vergeblich versucht, sie zu finden, nach der Ehe mit Sergeant Waurich Mädchennamen wieder angenommen, traurig, dreißig Jahre unauffindbar. Silberne Schrift auf blauem Briefpapier: Ich glaube, einige Großbuchstaben sofort wiedererkennen zu können, wahrscheinlich ein Irrtum, nach dreisekündigem Draufstarren, nach vierzig Jahren in einem dunklen Klassenraum für immer verschwunden.

Peter ruft Flocki.

Flocki kommt nicht.

20. 4. 2013 13:21

C.s Vater hat endlich aufgehört zu atmen.

Vor über einem Jahr ins Koma gefallen, rasch keine Hoffnung mehr, gegen den Wunsch der Angehörigen künstlich immer weiter am Leben erhalten, zahlreiche Versuche, ihn sterben zu lassen, gescheitert und von der Heimleitung sabotiert, bis endlich ein Arzt die Maschine abstellt. Über Wochen immer wieder haben C. und ihre Geschwister im Schichtdienst neben dem Bett auf dem Boden campiert.

21. 4. 2013 13:15

Von einer Freundin gehört, dass ihr in der Ausbildung im Hospiz beigebracht wurde, das Fenster im Zimmer der Gestorbenen zu öffnen, damit die Seele rauskann.

Das hat mir gerade noch gefehlt, zu verrecken in einem Haus, das von offensichtlich Irren geleitet wird.

«Auch bleib der Priester meinem Grabe fern; zwar sind es Worte, die der Wind verweht, doch will es sich nicht schicken, daß Protest gepredigt werde dem, was ich gewesen, indes ich ruh im Bann des ewgen Schweigens.» (Storm)

23. 4. 2013 12:15

Von einem rückwärts einparken wollenden Auto am Robert-Koch-Platz vom Fahrrad gestoßen worden. Rad, Computertasche und ich liegen auf der Straße, jemand schreit. Ich. Vorgerannt, Fahrer Arschloch genannt, der Fahrer schreit, ich schreie, Beifahrerin steigt aus und brüllt, ich soll endlich mit Schreien aufhören und stattdessen das Fahrrad aufheben, man will in die Parklücke.

Als ich sage, wir können auch die Polizei rufen, wird es ruhiger.

Schiebe das Rad zurück, zu viel Angst vor Straßen. Erst zu Hause drauf gekommen, dass die Idioten mein Rad ja auch selbst hätten aufheben können, ich hatte es ja nicht freiwillig dahin geworfen.

Ohne Waffe ist man kein ernstzunehmender Verkehrsteilnehmer. Ich will ein Springmesser. Wie ich es als Zwölfjähriger hatte. C. zeigt mir den Vogel.

23. 4. 2013 16:09

Immer mühsamer das Sprechen. Satzteile finden nicht von selbst zueinander, ich benutze falsche Wörter, ich umschreibe, was ich sagen will. Beim Schreiben hilft Google. Komplizierte Strukturen vermeide ich, vor Freunden schäme ich mich.

24. 4. 2013 17:30

Kein Mensch am See, nur Ines in ihrem hellblauen Pullover vor schattigen Sträuchern, durch die Baumkronen schießen Sonnenpfeile.

Ebenso unbekümmert wie zwanzig Jahre zuvor sitzt sie im Schlamm des Ufers, die nackten Füße ins Wasser gehängt. Auf einem trockenen Baumstumpf ich, zehn und fünfzehn Meter weiter, als wäre ich ein Maler, der ich damals tatsächlich auch noch war, und ich weiß, wie schön das war, wie viel Zeit verging, und wie jung wir einmal waren.

Mein Gedächtnis stellt die Konkordanz vergleichbarer Szenen aus der Kunstgeschichte zusammen, lauter tote Objekte, lauter tote Maler. Ob ein Baum, den Corot malte, heute noch steht?

Mit Ines am Kanal weiter durch Natur, Mond im Osten, Sonne im Westen, Brombeeren, wilde Johannisbeeren, Himbeere. Bei der Himbeere sind wir nicht sicher, müsste man später noch einmal nachgucken. Ja, sagt Ines.

30. 4. 2013 20:45

Was mit mir los ist, weiß ich nicht. Depression ist es nicht. Wobei ich auch nicht weiß, wie Depression sich anfühlt. Ich habe in meinem Leben noch nie eine gehabt. Der ganz große Spezialist bin ich also nicht. Aber die anderen, die ich kannte, sahen anders aus. Dafür geht es mir meiner Vorstellung nach noch zu gut. Aber wenn es keine Depression ist – was ist es dann?

30. 4. 2013 21:18

Die Krebskur nach Rudolf Breuss richtig gemacht!
Wenn das Lächeln meine Seele streichelt
Was ich mir wünsche ist ein Clown
Ich mal mir ein Tor zum Himmel
Fliege nicht eher als bis dir Federn gewachsen sind
Wie ein Schiff im Sturm
Morgen bin ich wieder da
Und trotzdem mal ich mir ein Lächeln ins Gesicht
Arbeit und Struktur

7. 5. 2013 18:30

Seit einer Ewigkeit wieder einmal ein Versuch, zwei Personen zugleich zu treffen, Per und Cornelius, geht doch.

Wenn ich mich auch ins Gespräch einschalten will,

muss ich kurz die Hand heben, um für mich um Ruhe zu bitten.

Einmal muss ich einen kurzen Spaziergang machen, weil die Stimmen überhandnehmen. Gegenüber das Friedrich-Krause-Ufer ist Hunderte Meter fliederbewachsen.

Zurück im Deichgraf, weiter über den Alexanderroman, über Bessing, Pers Tochter, Flieder und Gespenster.

Über den Alexanderroman, von dem ich noch nie gehört hatte, das neben der Bibel im Mittelalter am weitesten verbreitete Buch in Europa.

Über Pers Tochter, die Schwimmen lernen muss, was alle anderen im Kindergarten schon können, und wie sie weinend aus dem Wasser steigt, nicht weil die anderen über sie lachen, im Gegenteil, weil sie sie anfeuern, was sie dem Vater gegenüber gleich als die eigentliche Demütigungssituation verbalisieren konnte: Nicht nicht schwimmen zu können, sondern die Scham, von allen angefeuert zu werden, die Scham, in den Augen der anderen bedürftig zu sein.

Alexa, Bessings Buch, über Tristesse Royale noch mal und wie Bessing in einer Unterhaltung mit Cornelius immer seinen Bauch streichelt, seinen, wie Cornelius zugibt, schön flachen Bauch, den unablässig zu streicheln, wie Bessing erklärt, so schön sei, während ja im Gegensatz dazu Cornelius' Bauch nicht so schön sei, wie Bessing, Cornelius' T-Shirt aufhebend, feststellt, dies sei ja nicht so schön, eine weiße Schweineplauze.

Ein schöner Tag an einem schönen Tag.

8. 5. 2013 10:36

Der zehnte Zyklus Bevacizumab wird in der Natur ambulant in rasender Fahrt gegeben.

9. 5. 2013

Mit einer jungen Frau gehe ich hinter den Fabriken auf dem Trampelpfad am Kanal spazieren, wo man immer in Gefahr ist, ins Wasser zu fallen. Wir gehen lange, dann haben wir Hunger und suchen einen Burger King. Ich warte vor der Tür und sage, sie solle schon mal Pommes mit Ketchup für mich bestellen. An den Blicken der anderen Gäste erkenne ich, wie schön sie ist. Es ist Edie Sedgwick. Mein schlechtes Englisch lässt das Gespräch stocken, doch nach nur zwei oder drei Stunden hat sie Deutsch gelernt. Beim Essen streichelt sie meinen Arm, beim Erwachen fällt mir ein, dass sie tot ist seit 1971.

21. 5. 2013

Dramatischer Sprachverfall. Unklar, ob die Worte schon schwinden oder ob nur Stress. Denn immer wieder gelingen fast fehlerfreie Sätze. Hauptsächlicher Bestandteil, wenn ich das richtig sehe: der Gedanke, «Isa» nicht fertigstellen zu können. Spätestens letzten Sommer wäre es da gewesen.[19] Zuletzt immer noch manchmal zunehmend schlapp Tage gearbeitet, Material längst genug, kann ich nicht mehr, wird nichts.

Jeden Satz im Blog mit größter Mühe zusammengeschraubt. Freunde korrigieren. Mein häufigster Satz in Unterhaltungen: Was ist, was ich sagen will, nicht das, das andere Wort, das ohne mit dem, so was Ähnliches, das, ja, nein, lateinische Wurzel, ja –

VIERZIG

24. 5. 2013 20:58

In der Bergstraße beim Kicken zugesehen, musste die Augen bedecken. Einen ins Aus geschossenen Ball zurückgeschossen. Hinterher ein Neuer, der fragt, ob ich ihn kennte. Nein. Oder doch. Auf einer Lesung 2007 im Deutsch-Amerikanischen Institut Heidelberg war er einer von drei zahlenden Gästen. Mit ihm, seiner Freundin, einer Bekannten von mir und dem Veranstalter dann noch trinken, schöner Abend. Später habe ich ihn auch noch einmal bei einer Lesung in Kreuzberg getroffen (und auch erkannt), zufällig hat es ihn nun nach Berlin und in meine ehemalige Mannschaft gespült, guter Spieler, wie eigenartig. Und wie traurig das Gefühl, nicht mehr mitspielen zu können. Auf dem Weg zum Supermarkt laufe ich in mäßigem Dauerlauf fünfzig Meter, das geht, hundert nicht mehr.

31. 5. 2013 16:16

Selbstmedikamentiert mit 5 mg Frisium zusätzlich, seit vielen Tagen keine Sprache mehr, Arbeit am Text reiner Unsinn, Worte, Fehler, Suche, Hilfe, Trauer, Sprache mündlich gar nicht. Stimme, Stimmen, Epilepsie von Panik alles nicht unterscheidbar. Dann ist Land wieder da, dann sinke ich zurück, ein Riesenirrsinn, jeden Tag, jeder Tag.

In C.s Gegenwart aushaltbar. Immer wieder schöne Tage. Ich vergesse das immer. Ich habe es mir aufgeschrieben, um es nicht immer zu vergessen. Aber ich vergesse es immer.

Die Hunde hetzen mich, ich töte einen nach dem anderen auf entsetzliche Art, später in der Nacht ist C. gestorben, später kommt der Morgen.

1. 6. 2013 4:32

Traum: Ich habe ein Grab im Grunewald gekauft. Ich fahre in die Novalisstraße, wo C. meine alte Wohnung bewohnt. Sie ist nicht zu Hause. Ich schließe mein Rad im Garten an. Dort ist das Grab 92A. Das ist meins. Die Erde ist frisch ausgehoben. Ich habe meinen Rechner dabei und klappe ihn auf, um zu schauen, ob das WLAN von C.s Wohnung bis hierhin reicht. Tut es nicht. Ich schwenke das MacBook vor der verschlossenen Wohnungstür. Ich habe keinen Schlüssel.

1. 6. 2013 18:46

Seit Tagen Regenwetter. Spaziergang um den See mit C., auf den Steinstufen kurz entschlossen ins Wasser. Erkenntnis, dass ich schwimmen kann und dass C. mich lässt, kein Mensch außer uns, die Brust weitet sich, unter den tropfenden Bäumen, will gar nicht mehr raus aus der Kühle.

2. 6. 2013 11:48

Ein Irrsinn jeder Tag. Gleichgültigkeit, Manie, Angst, Freude, Arbeit, Begeisterung wechseln im Minutentakt.

Ausnahmsweise hat C. die ganze Nacht einen Panikanfall, und ich mache, was C. sonst macht: nichts, ruhig sein.

Am Morgen mit dem Taxi nach Hause zu C. und ihren Medikamenten gefahren und gleich zu mir zurück.

4. 6. 2013 7:21

Seit über zehn Jahren gibt es keine sehr starke Verbindung mehr zwischen Passig und mir in unseren Leben, abgesehen von gegenseitigen ausufernden Auslöschungsphantasien in unseren Träumen. Zuletzt im März haute ich Passig so lange mit dem Hammer auf den Kopf, bis sie tot war. Passigs Traum der letzten Nacht:

«Ich lese alles über einen mir bis dahin ganz unbekannten, ungelösten Mordfall aus Deggendorf. Mindestens fünf Menschen sind ums Leben gekommen, und obwohl es zahlreiche Spuren gibt, sind die Täter nie gefasst worden. Unter den Toten ist Herrndorf. Augenzeugenberichten zufolge ist er aufgegessen worden. Natürlich können wir nichts über seine letzten Gedanken wissen, aber ich nehme an, sie lauteten: ‹Schade, dass niemand davon erfahren wird, das mit dem Aufessen hätte Passig gefallen.›»

10. 6. 2013 22:46

Sitze mit Blick über den Sonnenuntergang wie fast jeden Abend, links die marokkanische Mondsichel, trinke Minztee mit kiloweise Zucker und lade zum Gebet rufende Muezzins auf YouTube und beschalle meinen Hof damit. Auf dem Gelände der Neurochirurgie hebt sich eine nicht sehr große grüne Kuppel in den roten Himmel.

11. 6. 2013 18:46

Meiner Bergstraßentruppe bei ihrem Turniersieg in der Kleinen Hamburger Straße zugeguckt. Sie schicken zehn Mannschaften vom Platz, darunter, was mich am meisten freut, den Veranstalter, einen Kleintierzüchterverein mit dem sensationell beknackten Namen Autonama.

EINUNDVIERZIG

20. 6. 2013 21:45

Tagelang Hitzewelle. Nach der Infusion am Mittag nur geschlafen, bis Sturm mich weckt, Gewitter. Mit Pfefferminz aus eigenem Anbau lange nackt im kalten Regen auf der Terrasse, die Blitze aus der Richtung Plötzensee.

Erinnerung an meinen Urgroßvater, von dem ich nichts mehr weiß, bis auf das, was man mir erzählte. Dass er mir angeblich ähnlich war und auch bei Gewitter aus dem Fenster starrte und den eigenen Pfefferminz trank.

Das Pfefferminzgebüsch in seinem Garten habe ich als Kind noch gesehen. Ich war sechs. Eine Familie von Preetzer Bauern und Messerschleifern.

24. 6. 2013 20:40

Ich habe eine woher auch immer sich speisende recht genaue Vorstellung von meiner verbleibenden Zeit, die sich von Zeit zu Zeit ändert. Gerade ist es dieses Jahr. Es kann aber auch in zwei, drei oder fünf Jahren sein, das ist möglich, sage ich zu C., um sie zu belügen, als hätte ich noch Hoffnung. Zum ersten Mal gemerkt, dass auch C. sich eine Vorstellung macht. Ich denke, zwei Jahre, sagt sie, hoffe ich. Zwei Jahre, das wäre schön.

27.6.2013 17:02

Seit Tagen extreme Sprachstörungen. Vielleicht noch Folge des Avastin, möglicherweise auch Panikstörung (Vermutung des Neurologen schon seit Monaten).

Nun Selbstversuch mit Tavor, um die Panikhypothese zu verifizieren. Wirkung: null. Auch keine andere Wirkung. (Fürs Protokoll: drittes Tavor seit der Klapse vor drei Jahren.)

Forum zerschossen, keinen Supermarkt gefunden, Spaziergang ohne Plan, rede mit mir allein ohne Worte. Vielleicht, dass ich ein Gegenüber bräuchte. Nummer von Friederike und Rudi gefunden. Ewig lange nicht gesehen. Ich überlege, mich für mein voraussichtliches komplettes Sprachversagen vorab zu entschuldigen. Sie merken es erst kaum. Meine Sprache besser als die letzten Tage. Im Deichgraf sprechen wir von früher, ich erzähle von Daniel L. Everett und den Pirahã.

Rudi und Friederike bringen mich nach Hause.

Don't Sleep, There Are Snakes.

30.6.2013 02:17

Kann mich mit C. kaum sinnvoll unterhalten. Sie versucht meine Sätze zu erraten und zu ergänzen. Ich bin traurig.

1.7.2013 15:21

Beim Schreiben fehlen mir die passenden Verben. Und wenn ich sie habe, fehlt mir Konjugation. Das kann ich nicht für das Lektorat aufsparen, weil ich gar nicht weiß, was ich eigentlich sagen will.

Das kann ich nicht noch mal lernen, ich hab nicht noch mal sechs Jahre.[20]

3.7.2013 09:38

Mit Caroline, Susann und 13 oder 14 anderen im Deichgraf. Ich sitze allein an einem Tisch. Die Sprache seit Tagen kaputt. Ab und zu kommen Einzelne und sprechen mit dem Stammelnden. Für sie ist es kein Abschied. Es ist ein schönes Gespräch, sagen alle, man merkt überhaupt nichts, ich rede wie gewohnt, so schön, mich zu sehen, und ich will das nicht hören, ich kann nicht mal das Wort finden, das meinen Zustand beschreibt.

Ich bin nicht der Mann, der ich einmal war. Meine Freunde reden mit einem Zombie, es kränkt mich, ich bin traurig, ich will weg. Ich will niemanden mehr sehen.

6.7.2013 18:45

In einem riesigen, unbekannten Supermarkt am Ende der Putlitzbrücke. Während C. zurückmuss, um die Johannisbeeren zu wiegen, versuche ich im Gespräch mit der Kassiererin die Einkäufe als meine zu identifizieren und in meiner Tüte zu verstauen. Das gelingt nicht auf Anhieb, ich fürchte, den Ablauf zu stören.

Ich kann mich der Kassiererin nicht verständlich machen, der Stress lässt kein einzelnes Wort übrig, ich weine. Ich will nicht weinen, es purzeln immer mehr Einkäufe auf mich zu. Ich fühle mich weniger wie ein verwirrter Greis an der Kasse als wie ein Vierjähriger, der zum ersten Mal allein einkauft.

Ich schlinge die Arme um meinen Kopf, ich berge den Körper, sinke so tief wie möglich mit Kopf und Oberkörper auf den Auffangtisch hinter dem Laufband in der Hoffnung, dass niemand mich anspricht.

Diese Position verspricht mir Sicherheit, der Körper erinnert sich klar an das Verhalten des Vierjährigen.

Ich übertreibe mein Drama weiter, das ist ein gutes Gefühl, und alle Dämme brechen.

Als C. zurückkommt, liege ich laut schluchzend tief verborgen hinter der Kasse auf dem Boden.

11.7.2013 18:53

MRT. Seit Tagen kann ich nichts lesen, schon lange nichts, Bücher nicht, Mails mit Mühe, längere Sätze eine Qual, Hypotaxen meiner eigenen Bücher und Blogsätze nur, wenn ich sie laut lese. Allein kann ich nicht oft laut lesen. Manchmal bei Tagesform.

13.7.2013 21:30

Mit C. die Dokumentation über die Selbstmörder auf der Golden Gate Bridge geguckt. Wie unterschiedlich sie über das Geländer springen.

Interview mit Kevin Hines, einem der wenigen von über tausend, die sprangen und überlebten. Vier Sekunden bis zum Einschlag und eine Ewigkeit mit dem Gedanken, einen Fehler gemacht zu haben, wahnsinniger Schmerz, diverse gebrochene Halswirbel, eintauchen und sinken ins Schwarze, dann Licht, ein Seelöwe, der Hines über die Wasserfläche stupste, bis die Küstenwache kam.

15.7.2013 14:26

Beim Aufstehen am Morgen drei oder vier Meter rückwärts durchs Zimmer getaumelt und mit Kopf und Nacken gegen die Tischkante geknallt. Mit Rückenschmerzen zum Westhafen, S-Bahn zu Dr. Vier. Befund schlecht wie erwartet. Avastin ohne Wirkung, Glioblastom beiderseits progressiv. Ende der Chemo. OP sinnlos.

Ich weiß, was das bedeutet. Wie lange habe ich noch, zwei oder drei Wochen? Noch weniger, ein paar Tage?

Nein. So wenig erwarte ich nicht, sagt Dr. Vier, eher mehr. Mehr. Zwei, drei Monate. Kann auch sein, vier. Kann sein, fünf. Mit Glück auch sechs.

Viele Taschentücher habe ich in dieser Praxis nicht gebraucht. Heute brauche ich eins.

15. 7. 2013 23:12

Niemand kommt an mich heran
bis an die Stunde meines Todes.
Und auch dann wird niemand kommen.
Nichts wird kommen, und es ist in meiner Hand.

16. 7. 2013 4:52

Gut geschlafen. Oranges Morgenlicht.

16. 7. 2013 5:11

Gehe zum See baden.

Nachdem ich ein Posting im Forum abgesetzt habe, ob einer wach ist und mitwill. Klar niemand wach. Wobei, ich gehe auch lieber ohne Begleitung, der Morgen gehört mir allein. Von der Steinstufe in den See, quer durchs Wasser, scheiß auf Epilepsie. Zurück, mühsam die Steinstufe hoch.

Unfreiwillig rücklings wieder reingefallen. Noch mal und noch mal. Musste mir niemand helfen. War auch keiner da. Körperlich gleich besser ohne Chemo.

Durch den Waldweg aus Holz und Harz: ein langvergessener Geruch. Das sind die seit 40 Jahren abgehackten Lärchen im Garten meiner Großmutter.

Ampel Seestraße. Zwei Läufer strahle ich breit an, kurz davor, ihnen mitzuteilen, wie groß mein Glück heute ist.

16. 7. 2013 20:15

Mit C. im Deichgraf.

Nächster Versuch, meinen Nihilismus in der Öffentlichkeit zu beweisen und festzumachen.

Es gibt uns nicht. Wir sind schon vergangen.

17. 7. 2013 18:11

Ulrike, die ich eine Ewigkeit nicht sah, entdeckt in meinem Regal die taiwanische Ausgabe von «Tschick» und liest mir den ersten Satz vor.

Als Erstes ist da der Geruch von Blut und Kaffee.

19. 7. 2013 8:12

Am liebsten das Grab in dem kleinen Friedhof im Grunewald, wo auch Nico liegt. Und, wenn es nicht vermessen ist, vielleicht ein ganz kleines aus zwei T-Schienen stümperhaft zusammengeschweißtes Metallkreuz mit Blick aufs Wasser, dort, wo ich starb.

ZWEIUNDVIERZIG

20. 7. 2013 16:07

C. und Caroline kommen, um mir beim Blog zu helfen.

21. 7. 2013 15: 30

Passig kommt, um mir beim Blog zu helfen.

Beim Gespräch über eine später zu ändernde Stelle aus dem Juni 2010:

WH: «Ich weiß noch, dass du froh warst, über Flitter …»
KP: «Was?»
WH: «Ich kann es nicht mehr sagen.»
KP: «Und ich hab es vergessen. So muss das Leben im Altersheim sein.»
WH: «Schreib das auf, das kommt ins Blog.»

Während Passig schreibt, lese ich mit.

WH: «Das hab ich nicht gesagt.»
KP: «Doch, du hast Flitter gesagt.»

Ich verlange, dass irgendwas aufgeschrieben wird, aber während des Aufschreibens vergisst Passig die Pointe.

23. 7. 2013 21:00

Die Libelle, die ich gestern am Terrassenfenster sah und der ich den Weg ins Freie mehrfach gewiesen hatte, bis sie für mich nicht mehr zu finden war.

Jetzt liegt sie auf den Fliesen. Ich beobachte das Wunderwerk auf dem Boden. Es liegt in den letzten Zügen. Nur ein Beinchen zuckt noch. Oder auch nicht. Ich trage das Insekt vorsichtig in eine windgeschützte Ecke der Terrasse. Ich platziere einen winzigen Wassertropfen nah an seinen Mund und beobachte lange die vielleicht nur noch vom Wind bewegten Arme.

Sie ist tot.

Ich schiebe den Leichnam in eine Streichholzschachtel. Mit C. bestatte ich die Libelle am Ufer.

27. 7. 2013 14:00

Marcus, Passig, letzte Fragen zum Blog für Rowohlt. Passig liest die ersten zwei Kapitel von «Isa» laut vor. Die hab ich noch nie gehört, die anderen auch nicht. Gut finden sie's.

Ich schreie und schreie und heule und tobe, und dann ist es vorbei.

C. kennt's auch. Sie kommt morgen, um mir das kaputte Material vorzulesen.

29. 7. 2013 20:16

Schwüle und Regen den ganzen Tag.

Ines erinnert sich an vor zwanzig Jahren, genau wie auch ich.

Natürlich als Erstes «Das Fliegenpapier», aber dann sofort mir immer das Liebste gewesen: «Hellhörigkeit».

2. 8. 2013 7:16

Im See zwei Schwimmer, einer davon ich.

2. 8. 2013 18:00

Lars liest mir «Isa» vor.

2. 8. 2013 20:21

Jeden Abend der gleiche Kampf. Lass mich gehen, nein, lass mich gehen, nein. Lass mich.

4. 8. 2013 14:51

Ich kann nichts schreiben, nicht lesen, kein Wort.

Ich will spazieren. Wo will ich hin. Den ganzen Winter habe ich's gefunden.[21]

4. 8. 2013 18:10

Stundenlang Epilepsie, den Namen von C. vergessen. Die anderen in ihrer Wohnung kenne ich auch nicht, weil ich sie nicht angesehen habe, aus Angst, auch ihre Namen nicht zu wissen.

5. 8. 2013 19:42

Westhafen. Mit Ines zum Kanal. Im Wald schnell Dämmerung, keine Johannisbeeren, dafür Brombeersträucher wie vor Monaten. Liegen bis in die Nacht am Ufer unter Sternen. Ihre Kinder, Mäckeritzbrücke, Saatwinkler Damm, Italien, Taxi.

9. 8. 2013 18:56

Abschied von meinen Eltern. Ich kann nichts sagen. Ich sitze neben ihnen, ich kann nicht in ihre Gesichter sehen.

11. 8. 2013 12:01

August, September, Oktober, November, Dezember, Schnee. Jeder Morgen, jeder Abend. Ich bin sehr zu viel.

17. 8. 2013 17:00

C. liest mir «Isa» vor.

18. 08. 2013 17:30

Stundenlang Regen. Niemand am See, nur der Bademeister.

19. 08. 2013 11:00

Passig und Marcus kommen. Lesen «Isa», halten es für machbar.

20. 8. 2013 14:00

Almut.[22]

MEINEN ÄRZTEN GEWIDMET, IN CHRONOLOGISCHER REIHENFOLGE:

Dr. Thorsten Richter
Prof. Dr. Dag Moskopp
Dr. Harald Gelderblom
Dr. Olga Geisel
Dr. Tina Schubert
Prof. Dr. Wolfgang Mohnike
Prof. Dr. Siegfried Vogel
Dr. Bernhard Sander
Dr. Fritz Maiwirth
Zerabruke Gebremariam
Dr. Ulrike Höller
Dr. Daniel Jussen
Tobias Finger
Prof. Dr. Peter Vajkoczy
Mandy Stoffels
Dr. Harun Badakhshi
Hans-Jürgen Lange
Dr. Herbert Lebahn
Dr. Jana Schmidt
Dr. Stefan Nawka
Dr. Wibke Jakob
Dr. Julius Dengler

FRAGMENTE

(1)

xx. xx. 2013

Lektüre Marga Berck.[23] Besser gebaut ist ein gut gebauter Roman auch nicht. Dachte, es würde mir bei «Isa» helfen, aber ganz falsche Baustelle. Trotzdem Zweitlektüre so bestrickend wie die erste. Jetzt mitgekriegt, dass das Lied, das Percy von morgens bis abends singt, dasselbe ist, das HAL 9000 auch singt, als Bowman ihn manuell abschaltet, indem er ihm mit einem Schraubendreher nach und nach die Speichermodule rausfährt.

Ich hatte mir immer vorgestellt, bei einer Wach-OP auch mit ersterbender Computerstimme «Daisy Bell» zu singen, während Vajkoczy seine Arbeit tut.

Ich hatte ihn bei einer solchen OP vor drei Jahren oder so einmal im Fernsehen gesehen, absolut faszinierend. Erst Narkose, dann wird der Schädel aufgemacht, dann der Patient zurückgeholt; man zeigt ihm Bilder von Gegenständen, die er benennen muss, während man ihm mit einer Elektrode bestimmte, mit Zettelchen markierte Stellen im Hirn kurzzeitig abschaltet, um zu testen, ob das verkrebste Gewebe da noch dringend gebraucht wird für den Wahrnehmungs- und Benennungsvorgang, und wenn nicht: raus damit.

Ich hatte Dr. Dengler letztes Mal gefragt, ob ich so was auch mal kriegen könnte, wenn das bei mir weiter in die Sprache reinwächst, aber anscheinend machen sie Wach-OPs so gut wie nicht mehr. Angeblich könne man das Hirn mittlerweile auch schon vor der OP mit einem Laser kartieren, ohne den Patienten eigens aufzumachen. Dabei hätte ich so was wahnsinnig auch gern mal gehabt.

Dengler: Wolln Sie nicht.

Doch, will ich genau so, schon als ich das damals im Fernsehen gesehen hab: Wollte ich sofort, genau so. Wann hat man schon einmal Gelegenheit, in das reinzugucken, was man eigentlich im Innern ist, ein Klumpen Blut und Fleisch, nichts Besonderes, ich denke mir das genau so groß und wahnsinnig, wie als Astronaut vom Mond aus die Erde zu sehen, Staub im Nichts, eine notwendige Kalibrierungsmaßnahme für das menschliche Ego. Ich werde bei der nächsten Gelegenheit noch mal fragen.

(2)
ca. 29. 3. 2013

Was für eine befriedigende Tätigkeit ist doch das Entlüften der Heizung, einfach und ohne die Möglichkeit des Scheiterns. Ich glaube, wenn ich das nächste Mal ins Krankenhaus gehe, nehme ich den Entlüfterschlüssel mit. Egal, wie viel sie mir aus dem Hirn noch schneiden, es wird mir doch immer noch möglich sein, unter den teils wohlwollenden, teils prüfenden Blicken der Schwestern sämtliche Heizungen auf der Station zu entlüften. Behaupte ich jetzt.

Gut, Herr Herrndorf, ja, die vielleicht noch, aber das ist die letzte, den Gang da haben Sie schon zweimal entlüftet, jawohl, heute Morgen, sagt die Frühschicht, und jetzt mal huschhusch zurück ins Bett, ja … nein, Herr Herrndorf, nein, das Bett ist das mit den Kissen drauf, das ohne Kissen ist die Wand, und das im rechten Winkel dazu der Boden, so nennen wir das hier, das ist das Bett, und auch diese Heizung wurde schon entlüftet, die entlüften wir jetzt nicht noch mal, auch die nicht, die Heizung ist weiß, das Rote, das ist der Feuerlöscher, damit macht man das aus, wenn es brennt, und der entlüftet sich von selbst, und jetzt schauen Sie mal da, was kommt denn da durch die Wand, durch das weiße Rechteck, da wo keine Heizung ist? Da durch die Heizung mit der Türklinke kommt doch schon das Abendessen, sehen Sie das? Das schmeckt Ihnen gut, ja, das hat Ihnen auch heute Morgen geschmeckt, und da können Sie, ja, bitte, wenn Sie möchten, ja, wenn Ihnen das Freude macht, können Sie mit Ihrem Schlüssel jetzt die Wurst auch noch einmal entlüften, wenn Ihnen das lieber ist, Herr Herrndorf, obgleich die ab Werk vorentlüftet geliefert … jetzt nimm ihm doch mal einer diesen dämlichen Schlüssel weg –

(3)
xx. 3. 2013

Ich spiele mit dem Gedanken, mir ein Grab zu kaufen.

Woher die vernunftwidrige Vorstellung auf einmal, man wolle lieber hier vermodern als dort, verbrannt, in der See verstreut, mit einer Rakete in den Weltraum geblasen werden? Warum die Persistenz des auf einem Ostseespaziergang bei tollstem Wetter im Sommer 2010 aufgetauchten Bildes vom Verschollensein auf dem Amazonas, bis heute bevorzugte Option des Verschwindens?

Warum unbedingt in Berlin bleiben wollen, warum nicht dorthin, woher ich komme, wo meine Eltern sind, denen daran sicher am ehesten gelegen wäre? Aber das geht nicht. Wichtigste Entscheidung in meinem Leben (und ich habe wirklich nur ganz wenige nicht nur zufallsbedingte Entscheidungen getroffen): Nach Berlin kommen. Hier bin ich der

Mensch geworden, der ich bin, nie wollte ich hier wieder weg, und auch als Asche will ich nicht zurück in die Provinz.

Woher der Drang, das Leben, das dann Vergangenheit ist und mit dem Heute nicht zu tun hat, zu ordnen? Wozu Tagebücher vernichten, damit nie jemand erfährt, was für ein komplexbeladenes, erbärmliches Würstchen man vierzig Jahre lang gewesen war?

Es hilft einem nichts, was in Zukunft ist, wenn man selbst nicht ist. Was hilft's? Man spürt es nicht. Wozu ist es gut, Zeugnis abzulegen, wenn dieses Zeugnis nur ein paar Jahre länger bleibt als man selbst, bis sich auch die letzten zusammenpappenden Moleküle verstreut haben? Was hat es Ramses II. geholfen, dass noch 3226 Jahre nach seinem Tod ebenfalls vergehende, schon seit Jahrhunderten vergangene Menschen bezeugten, welch ein Mensch und gottgleicher Feldherr er gewesen sei? Was nützt ihm der umfangreiche, wenig sachliche Bericht von seinem Leben und seinen Taten? Was kümmert es ihn? Was sorgt es ihn, dass die Nachwelt seine Taten und die Faktentreue des Berichts in verschiedenen Punkten bezweifelt? Was stört es mich, wenn ungebildete Literaturwissenschaftler meine Großtaten bei der mehrfachen Umrundung des Plötzensees, sowohl zu Fuß als auch im Wasser schwimmend, nicht gelten lassen wollen? Geschmeiß, erbärmliches, das mir ganz und gar unbemerkt am Arsch vorbeigeht wie eine 3000 Jahre tote Made aus der 19. Dynastie des Neuen Reichs.

Als Zwölfjähriger sah ich noch den 15 Zentimeter tief in den Sandstein gehauenen Namen des Ramses (der die Hieroglyphen seiner Vorgänger – übliche Praxis – aus ihren Bauten ausmeißeln ließ), und seine eindrucksvollen Hieroglyphen wird es noch lange geben, bis sie verschwinden.

Dennoch Klarstellung zur Sicherheit: Die Epileptiker-

Schwimmflügelchen aus meinem Nachlass habe ich nie wirklich benutzt. Sie zeigen keine Gebrauchsspuren. Sie wurden nur angeschafft, um C. zu beruhigen.

Man hat davon nur was, wenn man dabei ist. Unwichtig, was die Leute von einem sagen, die ihrerseits mitsamt ihren Gedanken in der nächsten Sekunde nur noch Staub sind. Warum einen Gedanken an alles dies verschwenden? Was hilft es, in den Untiefen der Zeit und des Nichts? Wozu darüber nachdenken, ob man einen schönen Platz neben dem Gestrüpp vor den Spundwänden mit Blick auf den Berlin-Spandauer Schifffahrtskanal hat in der vergänglichen Ewigkeit? Wozu, fragt der Pragmatiker, was hilft es einem in der Zukunft? Es hilft in der Zukunft nichts. Aber es hilft jetzt.

Der Mensch lebt in seiner Vorstellung, und nur dort. Unmöglich, ohne den durch die Evolution im Hirn verankerten Irrationalismus leben zu wollen, und den fragwürdigen Irrationalismus verlangt es nach einem aus zwei T-Schienen stümperhaft zusammengeschweißten Metallkreuz mit Blick aufs Wasser, dort, wo ich starb.

(4)

Ich kann sagen, dass ich in meinem Leben nichts getan habe, was ich nicht wollte. Wenn ich unfreiwillig etwas getan habe, weil ich Geld verdienen musste zum Beispiel, habe ich mir immer Arbeiten gesucht, die keinen Geist erforderten, rein körperlich waren. Lieber habe ich am Existenzminimum rumgekrebst, als etwas zu tun, was mit Unfreiheit verbunden war. Illustrationen im Auftrag anzufertigen war ein Grenzfall, weil ich schon vor Ende meines Studiums nicht mehr malen wollte. Diese Sachen haben mich immer sehr unglücklich gemacht. Schreiben wollte ich immer.

(5)

Klaus Hartz, der jeden Morgen erfreut die grünen oder hellblauen Fensterläden – je nachdem, wo wir gerade waren – aufstieß und rief: Und wieder blauer Himmel! Und immer *war* blauer Himmel, denn so ist das in Ägypten, Klaus, dessen Enthusiasmus ich heute noch immer reproduziere, gehört zu den drei, vier Menschen, die mein Leben prägten, Stefan, Calvin darunter, Majko. Als Letzter Cornelius, von dessen Verhalten und Sprache ich viel übernahm.

Bewunderung war für mich nie etwas anderes als Kopie oder rasches Kopieren, sodass mein Leben mir heute als kaum etwas anderes als eine Reihe von Reproduktionen erscheint.

(6)

Ich habe meiner Mutter das von Kant so genannte Diktat der Geburt nie vorgeworfen. Ich glaube, sie hatte allerdings schon früh eine Ahnung davon, wes Geistes Kind ich war. Ich liebe sie sehr, und ich weiß, dass auch deshalb Verlass auf sie ist.

(7)

Verschiedene philosophische Modelle integrieren auf die eine oder andere Weise die Idee, die Welt sei eine Halluzination, deren realitätsähnliches Gespinst man nützlicherweise anerkennt, ein Film, den unser Hirn an die weißen Wände unserer persönlichen Truman-Show-Kulisse projiziert, in dem man sich einrichtet, weil ein Leben sonst nicht durchführbar scheint, auch wenn man die Tricks, mit denen Hollywood arbeitet, die Fehler und Anschlussfehler erkennt. Das kommt einem als Kind wirr und lustig, als Jugendlichem interessant oder tiefsinnig, als Erwachsenem meist billig, arm und abgeschmackt vor (wenn auch nicht ärmer oder abgeschmackter als jedes andere Modell). Kaum jemand, der bestreitet, dass der Tod sei; von dem man nur allein durch die Zeit (das ist: durch nichts) getrennt ist, was bedeutet, dass man nicht existiert.

Ich hatte mich hier früher schon mal über Nahtod-Erfahrungen verbreitet, die ich eklig finde. Dass ich die eklig finde, ist natürlich falsch ausgedrückt. Nicht die Erfahrung ist eklig. Eklig ist die Interpretation. Da sitzen dann erwachsene Menschen in Talkshows und schreiben Bücher darüber. Dass sie drüben waren, dass sie jetzt mit Gewissheit sagen können: Es gibt das Jenseits, denn sie waren da, sie haben es gesehen, und dann kommt da dieses helle Licht, wobei die Interpretation abhängig ist vom kulturellen Hintergrund, alle sehen immer das, wovon sie schon geträumt oder von dem sie sich erhofft haben, es käme dann nach dem Tod, Gott, Allah, christlich grundiertes Paradies oder was auch immer man in sie hineingefüllt hat als Kind und woran sie nie mehr gedacht haben, whatever, und nun sind sie glücklich, weil, es hat ihr Leben verändert im Sinne von: zum Guten. Keine Angst, keine Zweifel mehr.

Ich hatte nie ein Nahtoderlebnis, und ich fürchte, mein Leben hätte es nicht auf den Kopf gestellt. Aber ich hatte Depersonalisation in Einheit mit Derealisation. Das hat mein Leben auch nicht direkt auf den Kopf gestellt. Ich musste mein Weltbild nicht komplett umdrehen. Es hat mich nur vom Atheisten zum Nihilisten gemacht. Wo ich früher an nichts Metaphysisches innerhalb, außer oder über der Welt geglaubt habe, glaube ich jetzt selbst an diese Welt oder ihre

Existenz nicht mehr. Da habe ich nicht viel verloren. Und da wird vielleicht jemand sagen, ich mache es ganz genauso wie die Nahtod-Leute: Ich sehe einfach das darin, was ich sinngemäß auch zuvor darin schon sah. Das ist aber, vermute ich, falsch. Die Erfahrung der Depersonalisation ist, soweit ich weiß, nicht im Geringsten abhängig von meiner Kultur. Depersonalisation ist für jeden scheiße, egal, ob Christ, Moslem, andere oder für Leute wie mich, egalweg scheiße, Ich-Verlust, Inexistenz, Nichts: kontextfreie Hölle.

Und weil mich die Erfahrung der Depersonalisation und die Frage ihrer Unbeschreibbarkeit in Gedanken immer weiter beschäftigt, fast jeden Tag denke ich daran zurück, die Erinnerung hängt wie ein Fleischerhaken in meinem Kopf, ist mir nachträglich nun doch noch eingefallen, wie Depersonalisation auch beschrieben werden könnte: als Aufhören dieser Halluzination, die die Welt ist.

Man kann nicht lange so leben, der Horror des Morgens, der lange darin bestand, sich im Moment des Erwachens aufs Neue vergegenwärtigen zu müssen: Nun stirbst du, die Überraschung und Fassungslosigkeit bei jedem Augenaufschlagen, längst vergangen, der Gedanke so vollständig internalisiert, so unmerklich mit der lebenden und toten Person verschmolzen wie die Gewissheit, welchem Geschlecht oder welcher Spezies man angehört: Unmöglich, jemanden fragen zu wollen, woher er seine Gewissheit nimmt, auf diesen oder jenen kulturellen oder biologischen Fundamenten zu stehen, er würde den Fragesteller für schwachsinnig halten oder nicht verstehen.

Dennoch ist meine Gewissheit, bereits inexistent oder tot zu sein, nicht vollständig. Hin und wieder, meistens in der Natur, überfällt mich zu meiner Überraschung in manchen Momenten das verwirrende Gefühl, noch da zu sein. Diese

Bäume, dieser Baum, der Weg, die Brücke: Dies ist doch alles noch da, in diesen Augenblicken wankt mein Nihilismus auch, ein leichter Schwindel, ein Fahrgeschäft auf dem Jahrmarkt, nie lange, ein nervenzehrender Schwindel auf brüchigem Boden, wo ein Weitermachen mir überhaupt nur durch den Besitz der Waffe erlaubt wird, als einfachste Möglichkeit, sich jederzeit und ohne Mühe aus einem Nichts ins Nichts hineinzukatapultieren, bitte aussteigen, alle aussteigen, meine Damen und Herren.

Als ich nach meiner Entlassung die Überzeugung, diese Welt existiere nicht, äußerte und stirnrunzelnd beibehielt, erklärte der Waffenverkäufer bei einer Tasse Tee, dass eine in den Räumen der Psychiatrie gewonnene Weltanschauung makelbehaftet erscheinen und der Ort ihrer Auffindung wenig vertrauenbildend wirken könne. So ähnlich drückte er sich aus. Fand ich lustig und stimmte zu.

(8)

Voraussagen: Ich werde mit einem Bettlaken über dem Kopf als Gespenst verkleidet noch eine Weile durch die Albträume meiner Freunde irren. Zwei Gedanken von mir werden noch eine Zeitlang in einem kleinen Lada durch die Welt und den Schulunterricht kurven, dann nicht mehr.

Hertha steigt ab in die dritte Liga, Werder in die zweite.

Die Marskolonie scheitert, weil der zwischen Japan und China begonnene Atomkrieg die Ressourcen verbraucht und außer Insekten nicht viel übrig lässt. Das Klima wird besser. Die Welt wird grün. Der Meeresspiegel sinkt. Die Sonne verglüht.

(9)

30. 3. 2013

Jede Blaumeise ist für mich noch immer die Blaumeise im Garten der Neuropsychiatrie.

In den ersten Tagen nach der Diagnose sehr beharrlich durch meine Gedanken ziehende Vorstellung, ob ich ein anderer sein, mit jemandem tauschen wollte, jemandem mit längerer Lebenszeit. Aber ich fand niemanden geeignet. Niemanden in meinem Bekanntenkreis, auch Cornelius nicht, der mir unter allen Kandidaten irgendwie noch am passendsten schien, warum auch immer, um seiner Gaben willen vielleicht, nicht um seines Glückes willen (ich weiß tatsächlich nicht, ob er glücklich ist, ich bezweifle es sogar), einfach weil ich ihn liebe – aber auch da hätte ich ja er sein müssen, und sosehr ich ihn liebe um aller Gaben und Eigenschaften willen, er ist doch nicht ich, und er zu sein wäre mit dem Tod oder dem Verschwinden meiner Person doch identisch. Andererseits wurde ich den Gedanken lange nicht los und betrachtete geradezu zwanghaft alles um mich herum auf der Suche nach einer brauchbaren Projektionsfläche, und von der Regel, dass ein Tausch dem Tod gleich sei, fand ich nur zwei Ausnahmen: sehr kleine Kinder, unfertige Menschen, keine Personen – sie hätte ich sein wollen, daher auch die unkontrollierbare Rührung beim Anblick von Kindern –, und Vögel. Warum Vögel? Wunderte mich selbst. Aber jeden Morgen, wenn ich Brötchen holen ging, hockte in meiner Ausfahrt in der Novalisstraße eine Krähe (ein Kolkrabe?), wahrscheinlich immer die gleiche, und ich fragte mich, wie lange lebt so ein Tier eigentlich? Überhaupt noch länger als siebzehn Komma eins Monate? Ich hätte es googeln können, ich tat es nicht, ich wollte es gar nicht wissen. Ich freute mich einfach jeden Morgen, sie zu sehen, und ich hätte in jedem Fall mit ihr getauscht, wenn ich gekonnt hätte, um meinerseits statt ihrer jeden Morgen da in der Ausfahrt zwischen den parkenden Autos zu sitzen und an nichts zu denken beim Auffliegen.

(10)

Ich kann kein Instrument spielen. Ich kann keine Fremdsprache. Ich habe den Vermeer in Wien nie gesehen. Ich habe nie einen Toten gesehen. Ich habe nie geglaubt. Ich war nie in Amerika. Ich stand auf keiner Bergspitze. Ich hatte nie einen Beruf. Ich hatte nie ein Auto. Ich bin nie fremdgegangen. Fünf von sieben Frauen, in die ich in meinem Leben verliebt war, haben es nicht erfahren. Ich war fast immer allein. Die letzten drei Jahre waren die besten.

(11)

Einmal vor vielen Jahren auf dem Weg von der Sneak nach Hause Kathrin gebeten, die zehn größten Klischees des Kriminalromans aufzuzählen, und alles getreulich eingebaut; von Waffenspionage über Geheimdienste in Anführungszeichen über die blonde, großbusige Frau als Sidekick bis zur Globalen Amnesie usw.

(12)

Sätze, die Sie als Vollidiot zum Thema Tod unbedingt sagen müssen:

1. Der Tod ist ein Tabuthema in unserer Gesellschaft. Er wird von ihr an den Rand gedrängt.

2. Der Tod ist ein Bestandteil des Lebens.
3. Es weiß ja niemand, was danach kommt.
4. Ich habe keine Angst, ich weiß ja, was danach kommt.

(13)

«Kopfleuchten»[24]: Der Film nach zehn Jahren jetzt auf YouTube. Man muss eigentlich auf den ersten Teil gehen und die Kommentarspur ignorieren, dann toll. Was ich seinerzeit am traurigsten fand, war die Frau, der die Worte fehlen, um zu sagen, was sie am liebsten wäre. Das Wort, das sie sucht, ist: tot. Was für einen Schaden sie hatte, wusste ich damals nicht. Heute weiß ich. Und richtiger Horror, dagegen scheint allen anderen Hirnen die Sonne aus dem Arsch. Manches aus dem Wüstenroman kommt daher, das weiß ich noch. Wie Carl hoffnungsvoll auf Menschen zugeht. Oder wie Dr. Cockcroft mit vertauschten Rollen Türen in seinem unbekannten Haus öffnet und sagt: Hoppla.

(14)

Erinnerung, etwa 4./5.3.2010, zwischen Diagnose und Einweisung, später, ungewöhnlich warmer Märzabend, ich hocke mit einer Tasse Tee vor dem Badfenster unter der prächtigen Nacht und sage zu mir selbst, ich weiß, was der Tod ist, und noch eine Weile weiß ich es, bis ich es wieder vergesse.

ANMERKUNGEN

1 The survival of patients treated with TMZ plus radiotherapy according to MGMT promoter status, nach: Monika E. Hegi, Annie-Claire Diserens, Thierry Gorlia et al., «MGMT gene silencing and benefit from temozolomide in glioblastoma», in: The New England Journal of Medicine 352 (2005), S. 997–1003 (www.nejm.org/doi/full/101056/NEJMoa043331#t=articleTop).

2 Das Blog verlinkt an dieser Stelle auf den Artikel «Glioblastome: Forscher nehmen ‹vergessene› Zellen unter die Lupe», in: Ärzte Zeitung online, 13.4.2010 (www.aerztezeitung.de/medizin/krankheiten/krebs/zns-tumoren_hirntumor/default.aspx?sid=597974).

3 Kris Stelzl (1973–2007).

4 «Der Weg des Soldaten» ist eine Erzählung des Autors aus dem Band «Diesseits des Van-Allen-Gürtels» (Berlin 2007).

5 Hier befindet sich im Blog der Link zu einem Interview, das Jelenia Gora mit Jens Friebe geführt hat (www.dailymotion.com/video/xewbzj_jens-friebe-abandern-interview_music).

6 Im Blog wird hier auf einen Artikel des Journalisten Tom Lubbock verlinkt, in dem dieser – ebenfalls in tagebuchartiger Form – über seine Krankheit schreibt (Tom Lubbock: «a memoir of living with a brain tumour», in: The Observer, Sunday 7 November 2010, www.guardian.co.uk/books/2010/nov/07/tom-lubbock-brain-tumour-language).

7 Hier verlinkt das Blog auf die englische Originalversion des Textes «Am Beispiel des Hummers» von David Foster Wallace aus dem Jahr 2004 (www.gourmet.com/magazine/2000 s/2004/08/consider_the_lobster).

8 An dieser Stelle befindet sich im Blog der Link zu einem Video, in dem Wolfgang Herrndorf das Gedicht «An der Weser, Unterweser» von Georg von der Vring aufsagt und dabei Ravioli isst (www.wolfgang-herrndorf.de/wp-content/uploads/2011/08/Film-am-06-09-2011-um-18.25.mov).

9 Das Zitat ist einem Interview Alexander Kluges mit dem Kulturwissen-

schaftler Josef Vogl entnommen: «Was Herman Melvilles Wal-Roman heute bedeutet», in: Die Welt vom 18. 10. 2012.

10 Der Autor bezieht sich hier auf ein tags zuvor in der Buchmessenzeitung der «Frankfurter Allgemeinen Zeitung» unter der Überschrift «Seinetwegen musste mein geliebter Chef gehen» erschienenes Interview mit Monika Kunz, der, wie es dort heißt, «geheimen Chefin der Literaturredaktion der F. A. Z. seit 1967».

11 Die Schauspielerin Natasha Little hat in der BBC-Verfilmung des Romans «Jahrmarkt der Eitelkeit» von William Thackeray aus dem Jahr 1998 eine Szene, in der sie das Stück «When I Am Laid in Earth» von Henry Purcell singt und auf dem Klavier spielt.

12 Zu den Symptomen der Depersonalisation verlinkt das Blog hier auf Wikipedia (de.wikipedia.org/wiki/Depersonalisation#Symptome).

13 Aus einem Interview, das die Buchmessenzeitung der «Frankfurter Allgemeinen Zeitung» mit dem Medienwissenschaftler Harun Maye geführt hat. Die zitierte Passage fehlt indessen im gedruckten Text, vgl. «Ein zarter Flirt mit dem Warenfetisch», in: Frankfurter Allgemeine Zeitung zur Buchmesse (15. 10. 2011), S. 19.

14 Gemeint ist das Internetforum «Wir höflichen Paparazzi».

15 Im Blog wird hier auf das Interview verlinkt, das der Journalist André Müller 1989 mit seiner Mutter Gerta geführt hat (www.a-e-m-gmbh.com/andremuller/gerta%20mueller.html).

16 Das Blog verlinkt hier zur Verdeutlichung auf den entsprechenden Wikipedia-Eintrag (de.wikipedia.org/wiki/Was_gesagt_werden_muss).

17 Quelle für diese Angaben: Geo Stone, Suicide and Attempted Suicide, Methods and Consequences, New York 1999.

18 Die Therapie mit Avastin wurde, nach einem Wechsel der Krankenkasse, am 9. September 2013 bewilligt, zwei Wochen nach Wolfgang Herrndorfs Tod.

19 «Spätestens letzten Sommer wäre es da gewesen.» Laut mündlicher Erläuterung des Autors ist damit gemeint, «Isa» hätte fertiggestellt werden können, wären nicht der Unfall mit Schulterverletzung und die Episode vom 22. 2. 2013 dazwischengekommen.

20 «Das kann ich nicht noch mal lernen, ich hab nicht noch mal sechs Jahre.» – Hier verlinkt das Blog zu einer Konjugationstabelle des Verbums «lieben» (brockhaus1952.blogspot.de/2013/07/z07.html).

21 «Den ganzen Winter habe ich's gefunden.» Laut mündlicher Erläute-

rung des Autors ist damit der von ihm ausgewählte Sterbeort am Hohenzollernkanal gemeint. Der tatsächliche Ort seines Todes liegt etwa hundert Meter von dieser Stelle entfernt.

22 Almut Klotz (1962 bis 15.8.2013).

23 Marga Berck ist das Pseudonym der Bremer Autorin Magdalene Pauli. Deren in Briefen erzählte Geschichte einer unglücklichen Liebe, «Sommer in Lesmona», findet sich im Eintrag vom 19.4.2010 in der «Liste der Bücher, die mich in verschiedenen Phasen meines Lebens aus unterschiedlichen Gründen am stärksten beeindruckt haben und die ich unbedingt noch einmal lesen will».

24 «Kopfleuchten» ist ein deutscher Fernseh-Dokumentarfilm von Mischka Popp und Thomas Bergmann (Buch und Regie) aus dem Jahre 1998, der sich mit den Themen neurologische Erkrankungen, Hirnverletzungen, Schlaganfälle und Psychosen beschäftigt.

NACHWORT

Nachdem Wolfgang Herrndorf im Februar 2010 erfahren hatte, dass er nicht mehr lange leben würde, beschloss er, die ihm bleibende Zeit mit Arbeit zu füllen. Gemeint war damit das Schreiben von Romanen. Der Plan erwies sich als hilfreich: «Am besten geht's mir, wenn ich arbeite» (19.4.2010). Und er trug Früchte. Herrndorf entwickelte eine Produktivität, die man vorher an ihm nicht gekannt hatte. Binnen weniger Monate war «Tschick» vollendet, ein weiteres Jahr später der fast 500 Seiten umfassende Roman «Sand».

Diese Leistung ist nur zu einem kleinen Teil den im Blog beschriebenen manischen Phasen zu verdanken. In beiden Büchern steckten zum Zeitpunkt der Diagnose schon mehrere Jahre Arbeit. Herrndorfs Schreiben beschleunigte sich vor allem, weil er schnellere Entscheidungen traf, anstatt wie früher monatelang Varianten jedes Satzes durchzuprobieren.

Sein digitales Tagebuch war zunächst als reines Mitteilungsmedium für die Freunde gedacht. Im September 2010 veröffentlichte er es auf Drängen von Freunden und mit Hilfe von Sascha und Meike Lobo als Blog: unter dem Titel, den auch dieses Buch trägt. Zu dem Zeitpunkt war das Journal noch eher Mittel als Zweck. Herrndorfs Aufmerksamkeit galt dem nächsten Roman, und nur in den Arbeitspausen war Platz für «Tee trinken, Stendhal lesen, bisschen Blog, abwaschen, Wäsche machen, staubsaugen» (so im Eintrag vom 8.10.2011).

Durch die Metamorphose vom Informationsmedium für

den Freundeskreis zum Text für jeden, der ihn lesen wollte, wurde aus «Arbeit und Struktur» aber immer erkennbarer etwas anderes. Man kann es, wenn man mag, Literatur nennen. Das taten schon sehr bald Leser, die Wert auf diese Unterscheidung legen, und Herrndorf selbst sah es irgendwann auch so. Zunächst in dem Sinne, das Blog könne ja als Ersatz dienen, falls die Lebenszeit für einen Roman nicht mehr reichen sollte. Gelesen wurde es ohnehin von immer mehr Menschen. Dass schon die Schwere seiner Erkrankung dem autobiographischen Projekt Gewicht verlieh, hat der Autor mit Sarkasmus zur Kenntnis genommen: «Was Status betrifft, ist Hirntumor natürlich der Mercedes unter den Krankheiten. Und das Glioblastom der Rolls-Royce. Mit Prostatakrebs oder einem Schnupfen hätte ich dieses Blog jedenfalls nie begonnen.»

Und Herrndorf schrieb, manchmal täglich, manchmal mit Unterbrechung. Er empfand das oft als Belastung, die ihm das Wertvollste, die verbleibende Zeit, raubte, und neben sehr viel Bewunderung brachte das Blog auch unerwünschte, bisweilen rundheraus verstörende Zuwendung mit sich. Zum Schluss war die Arbeit am Text nur unter großer Mühe und mit Hilfe der Freunde möglich.

Dass aus dem Blog ein Buch wird, kritisch durchgesehen und lektoriert, hatte Wolfgang Herrndorf seit längerem als Wunsch formuliert. Seine schriftlich festgehaltenen Vorgaben dazu beschloss er mit einem Zitat von Stendhal: *«Ich wollte, dass dieses Buch wie der Code civil geschrieben sei. In diesem Sinne sind alle dunklen oder unkorrekten Sätze zu korrigieren.»* Das haben die von ihm Beauftragten zu erfüllen versucht. Viel zu tun hatten sie dabei nicht.

An wenigen Stellen im Text sind Passagen aus einem Dokument eingefügt, das der Autor zum Vergleich und zur Ergänzung herangezogen sehen wollte. Andere Teile daraus, die in der Chronologie nicht eindeutig zu platzieren waren, befinden sich im mit «Fragmente» überschriebenen Anhang. Anonymisierungen wurden in der Regel aufgelöst. Links, die im Blog gesetzt waren, sind in der gedruckten Ausgabe des Textes durch Einträge im Anmerkungsteil ersetzt, der ansonsten bewusst knapp gehalten wurde. Die farbigen Abbildungen im Blog erscheinen in der Buchversion aus technischen und gestalterischen Gründen schwarzweiß.

Ein Nachwort sei *«bei Bedarf»* zu verfassen, *«insbesondere, wenn ich, was ich nicht hoffe, mit meinen Aufzeichnungen nicht selbst bis zuletzt durchhalte»*. Herrndorf wünschte sich darin eine medizinisch-fachliche Beschreibung seines Todes: *«Wie es gemacht wurde; wie es zu machen sei. Oder bei Misserfolg eben: Wie es nicht zu machen sei. Kaliber, Schusswinkel, Stammhirn etc., für Leute in vergleichbarer Situation. Das hat mich so viele Wochen so ungeheuer beunruhigt, keine exakten Informationen zu haben.»*

Wolfgang Herrndorf hat es gemacht, wie es zu machen ist. Am Montag, den 26. August gegen 23:15 schoss er sich am Ufer des Hohenzollernkanals mit einem Revolver in den Kopf. Er zielte durch den Mund auf das Stammhirn. Das Kaliber der Waffe entsprach etwa 9 mm. Herrndorfs Persönlichkeit hatte sich durch die Krankheit nicht verändert, aber seine Koordination und räumliche Orientierung waren gegen Ende beeinträchtigt. Es dürfte einer der letzten Tage gewesen sein, an denen er noch zu der Tat imstande war.

Marcus Gärtner/Kathrin Passig

BILDNACHWEIS

Philipp Albers: S. 13; Holm Friebe: S. 192; Sascha Lobo: S. 203; Kathrin Passig: S. 10, 147; Jochen Schmidt: S. 325; alle übrigen Bilder: Wolfgang Herrndorf.

INHALT

ISBN 978-3-87134-791-7